책벌레의 하극상

사서가 되기 위해서라면 뭐든지 할 수 있어

제 1 부 **병사의 딸 Ⅲ**

카즈키 미야
miya kazuki

길찾기

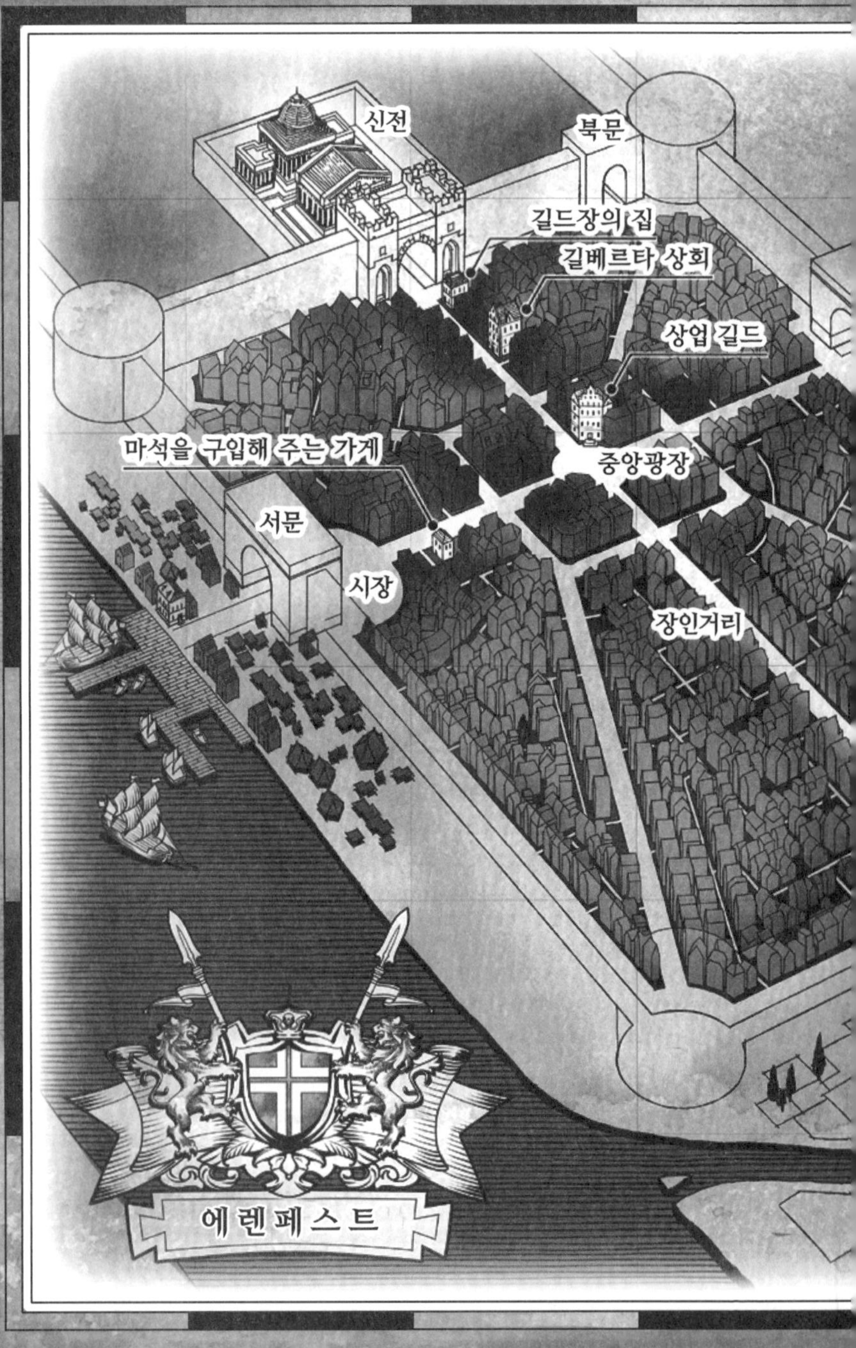

신전
북문
길드장의 집
길베르타 상회
상업 길드
마석을 구입해 주는 가게
중앙광장
서문
시장
장인거리
에렌페스트

동문
가도
마인의 집
마인의 집
루츠의 집
마인공방
남문
채집하러 가는 숲

제1부 병사의 딸 Ⅲ

일러스트 시이나 유우 **지도제작** 후지시로 요 **번역** 김 봄 **디자인** 백진화
편집 정성학 김일철 **마케팅** 이수빈 **주간** 조성길

제 1 부
병사의 딸 Ⅲ

프롤로그

"마인이 결국 길베르타 상회에서 쓰러졌답니다. 객실 준비와 마술 도구를 부탁합니다."

상업 길드에 계신 조부가 보낸 급사가 말을 타고 달려와 전했다.

프리다는 갈색 눈동자를 강하게 빛내며 기어코 올 것이 왔다고 생각했다. 급사를 맞이한 집사를 올려다보며 당장 준비하라는 지시를 내렸다.

"할아버님이 보낸 사자가 분명 길베르타 상회에도 향했을 거야. 벤노 씨가 마인을 데리고 금방 이곳에 도착할 테니 어서 서둘러 준비해 줘. 난 할아버님 방에 가야겠어."

프리다는 항상 자신의 목에 걸고 다니는 가느다란 체인을 만져 열쇠를 끄집어냈다. 체인에는 열쇠 두 개가 달려 있었다. 하나는 조부의 방 열쇠, 다른 하나는 조부의 방 안에 있는 금고 열쇠다.

시종인 유테와 둘이서 조부의 방에 들어가 단단히 잠긴 금고를 열었다. 금고 안에는 귀족에게 어마어마한 돈을 주고 산 마술 도구가 들어 있다. 열 개 가까이 있었지만 이젠 몇 개밖에 남지 않은 이 마술 도구는 마인처럼 신식이라는 병에 걸린 프리다의 목숨을 이어 주는 데 필요한 물건이었다.

프리다는 광범위하게 상업 활동을 하는 조부의 연줄을 통해 마법 도구로 수명을 연장하며 사는 어느 귀족과 계약을 맺은 덕분에 오래 살 수 있게 되었다. 하지만 귀족의 마음이 언제 변할지 알 수 없기에 어쩌면 이곳에 남은 마술 도구가 프리다의 마지막 목숨줄이 될지도 몰랐다. 프리다는 손목에 찬 귀족에게 받은 마술 도구를 만지작거리며 살짝 눈을 가늘게 떴다.

"아가씨. 괜찮으시겠습니까?"

프리다의 망설임을 알아챈 유테가 말을 걸었다. 프리다는 순간적인 망설임을 떨쳐 버리고 금고 안으로 손을 뻗었다.

"응. 마인은 처음 생긴 친구야. 마인을 우리 쪽으로 끌어들일 수 있다면 아깝지 않아."

함부로 건드렸다간 금방 깨질 것만 같은 목걸이 모양의 오래된 마술 도구를 조심스레 집었다. 아무리 귀족에게 돈을 쏟아 부어도 평민이 얻을 수 있는 건 깨지기 직전의 마술 도구뿐이다. 약점을 이용당하는 셈이지만, 목숨값이라 생각하면 살 수밖에 없었다.

"마인도 분명 알겠지."

실을 짜서 희귀한 머리 장식을 만들어 낸 마인은 분명 그 외에도 새로운 상품을 쥐고 있음이 틀림없었다. 이익에 밝고 에렌페스트에서 가장 상승세를 보이는 길베르타 상회가 세례식 전부터 임시 등록을 하면서까지 애지중지하는 황금알이다. 프리다는 그 황금알이 너무나도 갖고 싶었다. 자신의 감이 상업적으로도 반드시 마인을 끌어들여야 한다고 외치고 있었다.

하지만 마음은 비록 장사 때문만은 아니었다. 비슷한 나이에 똑같은 신식(身食)을 앓고 있으며, 같은 직종에 종사하려는 마인은 프리다가 처음으로 발견한 동료였다. 가까이에 있길 원했다. 앞으로 귀족 마을에 가게 되어서도 계속해서 서로에게 힘이 되어 주길 진심으로 바랐다.

마인도 앞으로 살아가려면 자신과 마찬가지로 귀족과 계약을 맺어야 하는 운명이다. 그러려면 신흥 길베르타 상회가 아니라 상업 길드에서 길드장을 맡는 조부야말로 마인의 힘이 될 게 분명했다. 귀족과 관계가 깊은 자신들에게 의지하는 편이 조건이 좋은 귀족과 계약할 수 있다.

"마인은 벤노 씨에게 은혜를 느끼고 있으니까 우리도 마인에게 빚을 지게 하면 돼. 목숨을 구해 주면 분명 우리에게 빚이 생겼다고 생각할 거야."

그렇게 해서 쉽게 마인이 우리 편에 붙어 주면 좋겠지만, 사람 감정은 그리 간단히 바뀌지 않는 법이다. 그럼 이쪽으로 올 수밖에 없도록 만들면 된다. 수많은 계획을 짜내서라도 원하는 걸 손에 넣어야 한다.

"이 마술 도구의 가격…… 할아버님이 벤노 씨한테는 소금화 1닢과 대은화 2닢이라고 전했지만, 사실은 소금화 2닢과 대은화 8닢이거든. 벤노 씨는 마인이 낼 거라고 하는데 과연 원래 가격과 달라도 낼 수 있을까?"

"마인이 그 돈을 내지 못하면 어떡합니까? 아가씨가 손해를 보지 않으셔야 할 텐데요."

그렇게 중얼거리는 유테에게 프리다가 후후 웃었다.

"마인을 오트마르 상회에 등록시켜야지. 마인이 이쪽에 온다면 대금화정도야 손해를 보더라도 금방 메꿀 수 있어."

프리다와 신식(身食) 이야기

열 속에 잠기며 가장자리부터 천천히 먹혀 가는 이 감각은 전에도 느껴 본 적이 있다. 나는 예전처럼 의식을 집중해서 어떻게든 열을 떨쳐내려고 맞서 보았다.

아직 책도 못 만들었는데!

예전에 열에서 벗어났던 방식을 떠올리며 열을 중심으로 모으려고 발버둥 쳤다. 하지만 예전과 다르게 열량이 엄청나 아무리 밀어내도 반대로 밀려나 휩쓸려 버릴 것 같았다.

그래도 '에잇, 에잇!'하고 힘차게 내 몸속에 퍼진 열과 씨름하는데, 갑자기 열이 어느 방향으로 빨려 나가기 시작했다. 마치 대량의 쓰레기가 진공청소기 속으로 빨려 들어가듯 주위에 퍼진 신식 열이 사라져 갔다.

좋아! 이대로 사라져 버려!

점점 열이 줄어들자 신이 나서 빨아들이는 청소기 쪽으로 열을 보내는데 갑자기 어디에선가 펑! 하고 터지는 소리가 들렸다. 그와 동시에 열을 빨아들이던 움직임이 멈추어 버렸다. 보내려고 해도 다시 열이 돌아오려고 했다.

어라? 청소기가 부서졌나? 혹시 내가 이상한 짓이라도 저지른 거야? 어떡하지?

단숨에 줄어들었던 열이 둥둥 떠다니는 사이에서 나는 잠시 막막해졌다. 물론 지금 상황을 알려 줄 사람도 없을뿐더러 자신 이외에 아무것도 존재하지 않았다.

일단은 살아난 모양이니까 나중에 생각하자.

조금 전과 달리 반 정도로 줄어든 신식 열을 가운데로 몰아갔다. 줄어든 열을 눌러 뚜껑을 닫는 일은 그다지 힘들지 않았다. 못 쓰는 물건을 상자에 집어넣고 옷장에 밀어 넣듯이 열을 꽉꽉 모아 중심부로 눌렀다.

겨우 끝난 성취감에 휩싸이자 의식이 천천히 떠오르기 시작했다.

여긴 어디…………?

눈을 뜨니 또다시 기억에 없는 세계였다.

우선 어두컴컴했다. 처음엔 날이 저물었나 싶었는데 내 머리 쪽만 어두울 뿐, 발 쪽에서 빛이 아련하게 들어오는 것으로 보아 시야에 가득한 천장에서부터 짙은 녹색 커튼이 축 늘어져 내가 누운 침대를 감싸고 있다는 걸 알았다. 그 커튼은 내 발 언저리에서 반쯤 열린 모양으로 쳐져 있었다. 사람 눈을 완전히 피하려고 두꺼운 천을 덮은 캐노피 침대다. 이런 천을 사용할 수 있는 사람은 분명 부자들이다.

혹시 이번엔 귀족으로 태어났나!?

침대 소재도 우리 집과 전혀 달랐다. 항상 덮고 자는 짚이 아니라 부드러운 소재에 따뜻한 모직 시트와 폭신하고 따뜻한 이불이 씌워져 있었다. 감촉이 좋아 잠자리가 편하다. 우라노 시절엔 스프링이 좋은 침대에서 깃털 이불이나 부드러운 고급 담요를 썼지만, 기억의 상당수가 1년 사이에 다시 덧씌워진 모양이다. 옆으로 몸을 뒹굴어도 머리를 이리저리 움직여도 베개와 이불이 바스락거리지 않았다. 시트 밑으로 삐져나온 짚 때문에 따끔거리지 않아 오히려 이상한 느낌마저 들었다.

'짚 이불도 따뜻하긴 하지. 익숙해지면 벼룩이나 진드기에게 뜯기면서도 잘 자는걸. 익숙해진다면 말이야. 하지만 이렇게 기분 좋은 이불은 오랜만이야. 이대로 더 자고 싶어.'

투리와 함께 쓰는 침대는 몸 뒤척임도 신경 써야 할 정도로 좁았지만, 이 침대는 뒹굴뒹굴해도 괜찮을 만큼 넓었다.

몸을 굴려 침대 가장자리까지 다가갔다. 측면에 의자와 조그마한 탁자 위에 불이 꺼진 촛대가 보였다. 어디에도 눈에 익지 않은 물건들뿐이었다.

하지만 뒹굴뒹굴하다 보니 익숙한 것도 눈에 들어왔다. 바로 내 손과 머리였다. 손을 뻗어 보고 머리도 잡아당겨 보니 마인의 모습에서 변화가 없다는 사실만큼은 확인할 수 있었다.

다시 태어난 게 아니네. 그럼 대체 여긴 어디야?

나는 의식을 잃기 전의 일을 어떻게든 생각해 내려고 기억을 더듬었다. 그러고 보니 의식을 잃기 전에 분명 벤노가 길드장에게 연락을 취하라고 했었다.

"아~ 혹시 길드장 저택인가?"

신식 열을 해결할 마술 도구를 가지고 있다는 말도 있었고, 벤노가 말을 맞춰 뒀다고 했으니 길드장 저택이 틀림없었다. 화려한 주변을 보아도 납득이 갔다.

"저기요, 누구 없어요?"

몸이 나른해서 일어나기 싫지만, 상황 파악은 해 두어야 했다. 침대 끝에 누운 채 느릿하게 손을 뻗어 커튼처럼 생긴 늘어진 천을 살짝 잡아당겼다. 그러자 내 목소리를 들었는지 커튼이 흔들리더니 처음

보는 여성이 캐노피 안으로 들어왔다.

"잠시 기다려 주십시오."

여성은 그 말만 하고 밖으로 나갔다. 나는 영문을 모르는 채 이불에 몸을 둘둘 말고 기다렸다. 그러자 조금씩 몸이 따뜻해지며 졸음이 찾아왔다.

'안 되는데, 또 졸려.'

꾸벅꾸벅 졸기 시작할 때 문을 여닫는 소리가 들리며 발소리가 다가왔다. 수업 중에 졸다가 선생님의 발소리에 눈이 번뜩 뜨인 학생처럼 단숨에 정신이 돌아왔다.

살짝 커튼이 흔들리며 옅은 분홍색 양갈래 머리가 보이더니 양초를 든 프리다가 캐노피 안으로 들어왔다.

"마인, 정신이 드니? 네 상황을 어디까지 기억해?"

프리다는 초를 탁자 위에 올리고 침대 옆 의자에 앉았다. 이야기하려는 분위기를 감지하고 몸을 일으키려는 나를 프리다가 말렸다.

"이번 열로 몸에 큰 부담이 갔을 거야. 그대로 누워 있어도 돼."

"고마워. 하지만 이야기하는데 누우면 깜빡 잠이 들 것 같아서……."

내가 몸을 일으켜 앉자 프리다가 말했다.

"무리는 하지 마."

"음. 나 벤노 씨 상점에 있을 때 솟아난 열에 삼켜 들어간 부분까지는 기억해. 신식 열이 너무 강해서 혼자서 어쩔 줄 몰랐는데 어디선가 열을 빨아들이더라. 혹시 프리다가 한 일이야?"

지금까지 그런 식으로 갑자기 열이 사라진 적이 없었다. 어쩌면 벤노가 말한 마술 도구를 사용했는지도 몰랐다. 그 말인즉, 비싼 마술 도구를 깨트렸다는 말이겠지? 핏기가 싹 가신 나와는 반대로 프리다는 부드러운 미소로 고개를 재차 끄덕였다.

"거의 정답이야. 깨지기 직전인 마술 도구에 열을 담을 수 있을 만큼 담았어. 결국, 마술 도구는 깨졌지만, 신식 열은 꽤 줄었을 텐데, 어때?"

"응. 굉장히 편해졌어. 하지만 마술 도구는 비싸다고……."

새파랗게 질린 얼굴로 묻자 프리다는 매우 기쁜 듯한 미소로 가격을 제시했다.

"응. 조금 전 깨진 물건이 소금화 2닢에 대은화 8닢이야. 벤노 씨는 네가 낸다던데 정말 낼 수 있어?"

린샴의 추가 정보에 가격을 매길 때 벤노는 이미 마술 도구의 가격을 알고 있었다고밖에 생각할 수 없었다. 그러지 않고서야 이렇게 가격이 딱 맞아 떨어질 수가 없지.

'잠깐만? 하지만 처음에 벤노 씨가 소금화 2닢을 정보료로 제시했는데? 그 금액으론 부족했잖아? 종이 판매로 메꿀 수 있다고 생각했나?'

나는 벤노의 발언에 약간의 착오를 느끼며 프리다를 향해 끄덕였다.

"낼게……."

"정말 그 돈이 있었다니…… 마인을 데려올 좋은 기회였는데."

가볍게 놀란 프리다가 조금 불만스럽게 볼을 부풀렸다.

"돈을 못 내면 마인을 길베르타 상회가 아닌 오트마르 상회에 등록하려고 했어. 할아버님은 벤노 씨에게 마술 도구 가격을 소금화 1닢과 대은화 2닢이라고 했다니까 분명 돈이 부족하겠거니 했는데. 나보다 벤노 씨가 한 수 위였네.”

‘소금화 2닢을 거절했길 잘했어! 그리고 정보료를 빠듯하게 올려 준 벤노 씨. 참으로 지혜로운 결단이셨습니다! 목숨이 걸린 상황에 마술 도구 가격까지 속이는 상점에 취직했다간 나의 섬세한 위에 구멍이 뚫릴 거야!’

안심하며 가슴을 쓸어내리는 내게 프리다가 조금 진지한 표정을 지어 보였다.

“조금 전 마술 도구는 예를 들자면 컵에서 넘칠 것 같은 물을 빨아들였을 뿐이야. 컵 속에 남은 물은 그대로고, 성장할수록 양이 늘어날 거야.”

프리다의 말에 나는 고개를 끄덕였다. 1년 전보다 반년 전. 반년 전보다 한 달 전. 한 달 전보다 지금. 신식 열은 점점 다루기 어려워졌다. 마술 도구로 빨아들인 지금은 안정되어 그 양이 상당히 줄었지만, 앞으로 또 늘어나리란 사실을 나 자신이 가장 잘 알았다.

“안타깝게도 그릇이 커지는 속도보다 물이 늘어나는 속도가 더 빨라. 그러니 아마 1년 정도면 또 가득 찰 거야.”

같은 신식 경험자인 프리다의 말이니 정확한 정보일 터였다. 내가 고개를 끄덕이자 프리다는 의식적으로 감정을 배제한 듯한 무표정으로 담담하게 말했다.

“그러니까 마인. 잘 생각해서 선택해. 귀족의 노예로 평생 살아갈지. 가족과 함께 생활하며 이대로 죽을지.”

그 의미를 금방 이해할 수 없어 눈을 껌뻑이는 내게 프리다는 곤란스러운 웃음을 지었다.

“마술 도구는 기본적으로 귀족의 소유물이야. 할아버님이 돈을 쏟아부어서 귀족에게는 가치가 없는 깨지기 직전의 마술 도구를 사 모은 덕분에 우리 집에 아직 몇 개 남아 있는 거지만, 이 이상은 다른 곳을 뒤져도 없을 거야."

"뭐어어어어어!? 가치가 없는 깨지기 일보 직전인 물건이 소금화 2닢과 대은화 8닢이란 말이야!?"

내가 눈을 희번덕 뜨자 프리다는 눈을 재차 깜빡인 후 살짝 고개를 갸웃거렸다.

"목숨값이라고 생각하면 그리 비싼 가격도 아니잖아? 제대로 된 마술 도구는 대금화가 필요해. 신식에 걸린 평민은 살고 싶으면 귀족에게 평생을 바친다는 계약을 맺고 마술 도구를 사서 죽을 때까지 그 빚을 갚으며 살 수밖에 없어."

그 말이 당연한 양 설명하는 프리다의 모습에서 프리다 자신도 똑같은 설명을 수없이 들어 왔을 것이라는 생각이 들었다.

"혹시…… 프리다도?"

귀족과 계약해서 마술 도구를 샀는지 묻자 프리다는 활짝 핀 꽃 같은 미소로 끄덕였다.

"응. 난 이미 귀족과 계약했어. 성인이 되기 전까지는 이곳에서 지내도록 허락받았지만, 성인식이 끝나면 귀족의 첩이 되어야 해."

"뭐라고!? 처, 처처처, 첩!? 첩이란 의미를 알고 하는 말이야?"

사랑스럽고 귀여운 소녀의 입에서 나온 말이라는 사실이 믿기지 않아 입을 뻐끔뻐끔 벌리자 오히려 프리다가 놀라며 나를 보았다.

"그 반응은…… 마인은 첩이 어떤 존재인지 아는구나?"

평범한 예닐곱 아이가 알 만한 단어는 아니다. 하지만 그 의미를 알면서 첩이 된다는 말을 아무렇지 않게 말하는 쪽이 더 이상하다.

"두 번째나 세 번째 부인으로 삼겠다는 말도 나왔는데, 정식 부인이 되어 버리면 상속권이나 부인들 사이의 우선순위 같은 일로 성가시대. 특히 우리 집은 하급 귀족보다 돈이 있으니까 쓸데없는 갈등을 만들 가능성이 높다고 할아버님이 말씀하셨어."

"히이이이이익! 길드장님은 대체 애한테 무슨 말을 한 거야!?"

나도 모르게 소리쳤다. 그러자 프리다가 조금 심각한 표정을 지으며 나를 보았다.

"마인, 남의 일이 아니야. 사는 쪽을 선택하고 나면 이제 귀족 세계에서 살아야 해. 약삭빠르지 않으면 마술 도구가 있어도 다른 이유로 죽임을 당할 수도 있어. 자기 몸을 지키려면 정보가 가장 중요하다고. 그걸 모르면 네가 위험해져."

"미안해. 내가 생각이 짧았어."

평화에 익숙한 일본인의 사고방식이 여전히 남아있는 모양이다. 안락하게 살 수 있었던 평온한 세계와 이곳은 다른 세계인데 말이다. 바로 사과하자 프리다가 쓴웃음을 지었다.

"신경 쓰지 마. 난 할아버님이 길드장이고 귀족들과도 발넓게 거래를 하시니까 특수한 경우야. 우리 연줄이 필요하거나 원조를 바라는 귀족도 있어서 나나 가족에게 조건이 좋은 곳을 선택할 수 있었어."

"조건이라니……?"

대화의 흐름에 따라 고개를 갸웃거리며 묻자 원하던 질문이었다는 얼굴로 프리다가 입을 열었다.

"난 귀족 마을에 상점을 가지고 있어. 남편이 사는 저택의 방 한 칸이나 별채가 아니라 내 상점 말이야. 출점 비용이나 생활비도 전부 우리 집에서 내야 하지만, 귀족 마을에 지점을 낼 수 있는 데다 신식이라는 이유로 포기했던 장사도 할 수 있으니까 정말 기대돼."

반짝반짝 빛나는 얼굴로 장래가 기대된다고 말하며 프리다는 꽃 같은 웃음을 띠었다.

"그렇구나……. 프리다는 좋아하는 사람과 결혼하고 싶지 않아?"

"어머, 무슨 말이니? 어차피 결혼은 아버님이 정해 주신 상대와 해야 하잖아? 몇몇 후보 중에서 선택하는 일은 있어도 정해진 상대와 결혼한다는 점은 변함없어."

아, 이곳에서는 비상식인 내 상식이여. 그나저나 결혼 상대를 아빠가 정하다니. 완전히 집안끼리의 결혼이네.

"그래서 귀족 마을에 거점을 두게 되어서 가족들은 만족하고 있어. 이익의 30%는 남편이 거둬 가긴 하겠지만, 내 상점을 가질 수 있고 남편과도 물리적으로 거리를 두면 성가신 일과도 멀어질 테니까 나에게는 좋은 조건이야."

그런 사랑스러운 얼굴로 첩이 될 미래를 얘기하는 프리다의 말에 이곳은 상식이 다르다고는 하지만 상당히 복잡한 기분이 드는 건 어쩔 수 없었다.

"난 금전적인 원조가 가능하다는 장점이 있지만, 마인에게는 귀족한테 어필할 수 있는 장점이 없잖아? 첩이 되는 내 입장마저 부러워하게 될 생활을 보내게 될지도 몰라. 잘 생각해서 조금이라도 후회하지 않을 삶을 고르도록 해."

아, 그렇군. 나도 같은 신식이니까 살려면 귀족의 보호가 필요하구나. 프리다의 말은 다음 신식 열이 차오르기 전까지 자신의 처신을 생각해 두라는 말이었다. 평생 귀족의 노예로 살지, 아니면 가족과 함께 살다가 죽을지.

"고마워. 어떻게 할지 생각해 볼게. 자세한 얘기를 들을 수 있어서 다행이야."

"응. 마인 주위에는 자세히 아는 사람이 없지? 신식으로 고민이 있으면 나에게 상담해. 진정한 의미로 서로를 이해할 수 있는 사람은 우리뿐이니까."

신식은 희귀한 병이라 아는 사람이 적었다. 앞으로 고민을 상담할 상대가 생겨 정말 마음이 든든했다.

"신세 많이 졌어. 이만 돌아가야겠다."

해가 지는 시간이라 점점 방이 어둑해졌다. 빨리 돌아가지 않으면 가족이 걱정하겠지.

대화가 끝나서 침대에서 내려가려는데 프리다가 내 몸을 침대에 밀었다.

"괜찮으니까 이대로 쉬어. 가족분들은 오늘도 조금 전까지 이곳에 계셨어."

"뭐? 오늘도? 나 며칠 정도 의식을 잃었어?"

날이 바뀌었다는 말에 깜짝 놀라자 프리다가 뺨에 손을 대고 살짝 고개를 갸웃거렸다.

"어제 점심시간 전에 옮겨 와서 오늘은 이미 해가 졌어. 상당히 체력을 소비했는지 열을 내리고 의식이 돌아오기까지 꽤 시간이 걸렸어. 아직 상태를 봐야 하니까 내일모레 세례식까지는 이곳에 묵어야 할 거야."

나도 모르는 사이 길드장과 벤노, 그리고 가족들 사이에 여러 대화가 오갔나 보다. 보고받은 가족들의 모습을 상상만 해도 위가 아파졌다.

"오늘 상태면 내일 아침에도 루츠가 방문할 테고, 가족들도 오실 거야. 오늘은 다시 눈 감고 쉬는 편이 좋아."

"고마워. 프리다."

"가족들과 대화하기 전에 자신의 의견을 잘 생각해 둬. 내일 건강해지면 약속했던 과자를 만들자."

덜컹 하고 의자에서 일어난 프리다가 양초를 들고 조용히 나갔고 시야가 어두컴컴해졌다.

프리다의 말을 되새기며 고민하려는 내 머리와 반대로 몸은 휴식을 구하고 있는지 앉아 있어도 눈꺼풀이 스르르 감겨 왔다. 꿈틀거리며 이불 속으로 들어가니 기분 좋은 이불에 저항할 새도 없이 잠에 빠졌다.

프리다와 케이크 만들기

다음 날 아침, 침대에서 일어나 처음으로 내가 묵은 방을 보았다.

'오오오오. 호텔 같아.'

4평 정도 되는 방의 한 면이 캐노피가 달린 침대였고, 그 외에는 동그란 테이블과 의자 세 개와 난로가 있는 단순한 방이었다. 바닥에는 두꺼운 카펫이 깔렸고 하늘거리는 커튼 사이로 밖의 시선을 피할 수 있도록 물결 모양으로 만든 창문이 보였다. 단순하지만, 상당한 돈을 투자한 방이었다.

그리고 문에 가까운 의자에 이미 시종 여성이 대기하고 있었다.

"안녕하세요. 이쪽에서 얼굴을 씻어 주세요. 옷을 갈아입으시면 식당으로 안내하겠습니다."

"아, 네."

그 여성은 빠릿빠릿하게 얼굴을 씻을 따뜻한 물을 준비하고 청결한 수건을 내게 건넸다. 빈틈없는 여성의 행동에 조금 긴장이 되었다.

"실례인 줄 압니다만, 그런 옷으로 저택 안을 돌아다니면 곤란하니 이 옷으로 갈아입어 주십시오."

그러면서 여성은 프리다의 헌 옷이라며 옷을 건네주었다. 오랫동안 입지 않은 듯 보여도 기운 데가 없는 깨끗한 옷을 입을 수 있다는 사실에 나는 마음이 들떴다. 여성이 머리를 빗겨 주었지만, 비녀는 스스로 꽂았다. 그 여성은 비녀를 신기한 듯 바라보면서도 말 한마디 없이 내 채비를 마쳤다.

식당으로 따라가자 이미 프리다와 길드장이 나를 기다리고 있었다. 신세를 많이 졌음에도 불구하고 아직 길드장에겐 감사의 말을 전하지 않은 상태였다.

"안녕하세요, 길드장님. 이번 일로 정말 신세를 많이 졌어요."

내 인사에 길드장이 가볍게 끄덕이며 대답했다. 그러자 프리다가 빠른 발걸음으로 가까이 다가와 내 뺨과 목덜미를 손으로 만지작거렸다. 조금 차가운 손에 몸이 움찔거렸지만, 프리다는 전혀 신경 쓰지 않았다.

"안녕, 마인. 열이 완전히 내린 것 같네."

"응. 프리다. 몸 상태는 아주 좋아. 굉장히 상쾌해."

나는 프리다의 갑작스러운 행동이 열을 확인하려는 것임을 알고 히죽 웃었다. 프리다도 기쁜 듯이 웃음으로 답해 주었다.

우리가 함께 식탁으로 오자 길드장이 콧방귀를 뀌었다.

"건강해져서 다행이나, 마술 도구를 주는 건 이번 한 번뿐이다. 우리 집 마술 도구는 프리다에게 무슨 일이 생겼을 때 써야 하니까."

"할아버님!"

"길드장님 말씀이 옳아. 프리다를 위해 모은 물건이잖아. 길드장님, 귀중한 마술 도구를 양보해 주셔서 감사합니다."

길드장 입장에서는 최대한의 연줄과 돈으로 손에 넣은 귀중한 물건이다. 돈을 낸다고는 해도 양도받은 사실 자체가 행운이었다.

"마인, 이후엔 어찌할지 잘 생각하도록."

길드장이 강렬하게 빛나는 눈으로 꿰뚫듯 바라보자 나는 조그맣게 숨을 들이쉬며 끄덕였다.

"그럼, 마인의 가족들에게 마인이 눈을 떴다고 보고해야지. 사자

(使者)를 준비해 뒀는데 다른 전할 말 있어?"

사자란 말에 순간 움찔했지만, 길드장이나 프리다가 직접 우리 집에 가기보다 심부름꾼을 보내는 편이 맞았다. 나는 사자를 향해 자세를 고쳤다.

"프리다에게 답례를 하고 싶으니까 **'간편 한린샴'**을 가져와 달라고 전해 주세요."

우리 집에서는 아직 간편 한린샴이라고 부른다. 그런데 한 번 만에 기억하기 힘든지 사자가 전언을 기억하려고 얼굴을 찡그렸다.

"간편한……? 저기 실례지만, 다시 한 번 말씀해 주실 수 있으십니까?"

"음, 머리가 반들반들해지는 액체, 린샴이라고 말하면 가족들은 알 거예요. 수고스럽지만, 부탁드릴게요."

"머리가 반들반들해지는 액체, 린샴 말이군요. 알겠습니다."

우리 집 위치를 확인한 사자를 배웅하자 턱을 어루만지며 나를 쳐다보는 길드장을 눈치챘다. 무언가 이상한 예감이 들게 하는 그 웃음은 전에도 본 적이 있었다.

"프리다. 마인이 재미있는 물건을 꽤 가지고 있다면서?"

"네. 마술 도구와의 교환 조건으로 우리 쪽으로 거두려 했는데 의도가 빗나가서 아쉬워요."

도와줄 사람도 없이 이 두 사람 사이에 낀 이 상황이 무서웠다. 눈 깜짝할 사이에 잡아먹힐 것만 같았다.

"마술 도구 금액! 미리 낼게요."

어쩌니저쩌니하며 터무니없이 가격을 올리는 곤란한 상황을 벗어나고자 그 자리에서 길드장과 길드 카드를 맞추어 지급을 끝냈다.

"정말 그 돈이 있을 줄이야……. 벤노 녀석."

분한 듯이 길드장이 신음했다. 아무래도 벤노 덕분에 길드장이 친 덫에서 빠져나온 모양이다.

'벤노 씨. 굿 잡! 덕분에 살았어요.'

"마인, 많이 먹어."

"잘 먹겠습니다."

반짝거리는 표정을 참기가 힘들었다.

아침 식사로 흰 빵! 밀로만 만든 흰 빵이라고! 그것도 꿀을 마음껏 뿌려도 된다니 이런 사치스러운 아침밥이 어디 있단 말인가.

달고 맛있는 빵을 입안 가득히 넣은 뒤 수프로 손을 뻗었다. 수프는 소금으로 간이 되어 있었지만, 채소의 단맛이 날아간 듯했다. 역시 이 주변에서는 채소를 한 번 완전히 삶아 국물을 전부 버리는 조리법이 정착된 모양이다. 그래도 베이컨 에그는 정말 맛있었고 디저트로 과일까지 나왔다. 나는 일본에서 먹을 법한 사치스러운 아침 식사에 감동했다. 길드장 댁 아침 식사는 정말이지 너무 맛있었다.

우물우물하며 열심히 먹는데 길드장이 미간을 좁히며 나를 바라보았다.

"마인은 어디에서 식사법을 배웠지?"

"딱히 배우지 않았는데요?"

우라노 때 식사 예절 책을 닥치는 대로 읽고 패밀리 레스토랑에서 따라 해 본 적은 있어도 정식으로 배우지는 않았으니 거짓말은 아니었다. 길드장은 더욱 미간을 좁히며 이해할 수 없다고 쓰인 얼굴로 나를 바라봤지만, 되도록 신경 쓰지 않는 척하며 아침 식사를 마쳤다.

신경 쓰면 지는 거다.

아침 식사를 끝내고 길드장은 일하러 집을 나갔다. 나와 프리다가 잠깐 쉬고 있는데 손님이 왔다는 보고가 들어왔다. 가족들이 출근하기 전에 얼굴만이라도 보려고 들린 모양이었다.

"마인! 으앗!?"

몸을 날리며 방으로 들어온 아버지를 엄마가 밀쳐내며 끼어들었다.

"마인, 눈을 떴구나. 다행이다. 벤노 씨 상점에서 쓰러져서 프리다 씨 댁에 실려 갔다는 말을 루츠한테 듣고 심장이 멈추는 줄 알았어."

"걱정 끼쳐서 미안. 같은 병을 가진 프리다가 아니면 어떻게 할 수 없는 상황이었어."

소금화 2닢과 대은화 8닢이나 하는 마술 도구를 받았다고 솔직히 말했다간 분명 엄마는 졸도할 거다.

"프리다 씨. 정말 고맙습니다."

"엄마, 답례로 줄 **'간편 한린샴'** 가져왔어?"

돈 이외에 답례로 줄 물건이 이것밖에 생각나지 않았지만, 마침 내일이 프리다의 세례식이라 반짝반짝하게 광내기 좋은 타이밍이었다.

"가져왔지. 이런 게 답례가 될지 모르겠지만. 투리."

"마인을 구해 줘서 고마워, 프리다."

투리가 조그마한 병을 프리다에게 건넸다. 프리다는 생긋 웃으며 건네받고 살짝 허리를 굽혔다.

"별말씀을요. 도움이 되었다니 다행이에요."

"정말 고맙구나. 루츠한테 상당히 위험한 상태라고 들었거든. 우리 딸을 구해 줘서 정말 고맙다. 마인, 건강해졌다면 오늘은 이만 집으로 돌아갈까?"

아빠가 눈으로 빨리 돌아오라며 호소했다. 나로서는 가족에게 걱정을 끼치니 돌아갈 수만 있다면 돌아가고 싶은데 프리다가 웃으며 가로막았다.

"아뇨. 그건 어제 말씀드린 대로 상태를 봐야 하니 세례식 날까지는 이쪽에서 맡겠어요. 용태가 급변하면 곤란하잖아요?"

"그런가……."

"폐가 되겠지만, 잘 부탁해요."

엄마가 프리다를 향해 허리를 숙였다. 이곳 인사법인가 싶어 자세히 보려고 내가 한 발짝 앞으로 다가가자 투리가 양손으로 내 볼을 감쌌다.

"우린 출근할 테니까 마인은 평소처럼 버릇없이 굴면 안 돼."

"알아, 투리. 세례식 날 데리러 와. 일 열심히 해."

급하게 방을 나서는 가족들과 거의 엇갈리게 이번에는 루츠가 들어왔다.

"정신이 들었다며? 열은? 정말 내렸어?"

프리다와 마찬가지로 루츠가 내 볼과 목덜미를 만지작거리며 열이 있는지 확인했다. 바깥에서 들어온 루츠의 손은 프리다와 비교할 수 없을 정도로 차가웠다.

"잠깐, 루츠! 손 차가워!"

"아, 미안."

"걱정 끼쳤지? 이젠 괜찮아."

"괜찮은 기간은 1년 정도잖아."

신식 이야기도, 마술 도구의 이야기도 아는지 루츠가 아직 기뻐하기 이르다는 듯 입술을 내밀었다. 하지만 궁지에 몰렸던 나로서는 약

1년 동안의 유예기간이라도 생겼다는 점 자체가 중요했다.

"그동안 좋은 방법이 있을지 이것저것 찾아 볼게. 우선은 책을 만들어야지."

"넌 그것밖에 모른다니깐. 그럼 난 벤노 나리에게도 알리고 올게. 어제 얼굴을 보러 오후에는 이리로 오겠다고 했거든."

벤노의 이름이 나온 순간, 지금까지 한 발짝 뒤에서 나와 루츠의 대화를 듣던 프리다가 정색하며 우리 사이에 끼어들었다.

"어쩌지? 오후는 곤란한데? 우린 오후부터 과자를 만들기로 약속했거든. 그렇지, 마인?"

어쩐지 지금 프리다와 벤노를 만나게 하면 안 될 것 같은 기분이 들었다. 내가 가장 피해를 볼 것 같다고나 할까, 둘 사이에 끼여 난처해질 상황이 눈에 훤했다. 어쨌든 싫은 예감이 들었다.

"루츠. 미안한데 벤노 씨에게는 다음에 찾아뵙겠다고 말해 줘."

"나야 상관없지만…… 뭘 만드는데? 새로운 요리?"

루츠는 벤노의 전언보다 프리다와 약속한 과자 만들기가 신경 쓰이는 모양이다. 나는 킥킥 웃으며 고개를 저었다.

"뭘 만들지는 요리사하고도 이야기를 해 봐야 해서 아직 정하지 않았어."

"어머, 마인이 정하지 않고?"

사용할 수 있는 재료나 도구를 모르는 상태에서 무엇을 만들지 정하기는 힘들었다. 그리고 협조적인 요리사라면 조금 손이 많이 가는 과자도 괜찮겠지만, 귀찮아하는 사람이라면 조금이라도 간단하게 끝낼 수 있는 요리를 하고 싶었다.

"사용해도 좋은 재료나 도구를 전혀 모르면 정할 수 없거든."

"하지만 루츠한테는 만들어 줬잖아?"

내 설명을 이해할 수 없다는 듯 프리다가 입술을 삐죽 내밀었다. 하지만 생활 수준이 비슷해서 가진 도구도 큰 차이가 없는 루츠네 집과 소재 하나를 따져보아도 하늘과 땅만큼이나 차이가 나는 프리다네 집을 어떻게 똑같이 취급할 수 있으랴.

"루츠한테는 만들어 준 게 아니라 조리법만 가르쳐 줬어. 루츠네 집 재료로 루츠 가족들이 열심히 만들어 준 거야. 그치, 루츠?"

"응. 마인은 팔심도 체력도 없고 작으니까."

"저녁에는 완성할 테니까 맛보기 정도는 챙겨 둘게."

"진짜야!? 기대할게."

프리다는 루츠에게 경쟁 의식을 느끼는지 루츠가 나간 문을 노려본 뒤 귀엽게 볼을 부풀린 불만스러운 얼굴로 나를 보았다.

"마인은 루츠에게 너무 물러."

"아니, 오히려 그 반대야. 루츠가 나한테 무른 거야."

내 말에 프리다가 더욱 욱한 표정을 지었다. 솔직히 왜 기분이 나빠졌는지 이유를 몰라 곤란해 하는 내게 프리다가 집게손가락을 척 들이댔다.

"그럼 나도 마인한테 응석 부릴래."

"엥? 왜?"

"나의 가장 친한 친구가 마인인데, 마인한테 가장 친한 친구가 내가 아니라서 분하니까."

'뭐지, 이 귀여운 생물은? 볼록한 저 볼을 콕 찌르고 싶어.'

프리다의 기분이 나빠진 이유가 질투라니, 낯간지러운 웃음밖에 나오지 않았다.

"그럼 루츠랑은 할 수 없는 여자아이들 놀이를 하면 기분 풀어 줄래?"

"여자아이들 놀이?"

나는 투리와 함께 꺅꺅 소리를 지르며 즐겼던 놀이를 떠올렸다.

고개를 갸웃거리는 프리다의 취미는 돈이다. 평범한 여자아이가 하는 인형 놀이도 의외의 전개가 될 듯해서 재미있겠지만, 함께 놀 수 있는 시간이 그리 많지 않았다.

"같이 목욕하면서 서로 머리를 씻겨 준다든지 같이 침대에서 뒹굴면서 수다 떠는 건 여자아이끼리만 할 수 있잖아?"

"어머, 재밌겠다. 그럼 우선은 과자를 만들러 요리사에게 가자."

나는 프리다의 손에 이끌려 부엌으로 갔다. 그곳에는 아침 식사 정리를 막 끝낸 풍채 좋은 여성이 있었다. 우리 엄마와 비슷해 보이는 나이에 루츠의 엄마인 칼라와 분위기가 닮았다.

"일제, 일제. 오늘 만들 과자 말인데……."

"네네, 아가씨. 친구분과 만들죠? 벌써 여러 번 들었답니다."

"어떤 재료가 있는지 여쭈어도 될까요?"

내가 질문하자 일제의 눈썹이 살짝 실룩거렸다.

"재료라니, 대체 뭘 쓸 생각이니?"

"음. 일단 밀가루, 버터, 설탕, 달걀이요. 우리 집에는 설탕이 없어서 잼이나 꿀을 쓰거든요. 여긴 있나요?"

재료와 도구가 있고 없고에 따라 만들 수 있는 과자가 크게 바뀐다. 루츠네 집에서 팬케이크 종류나 프렌치토스트밖에 만들 수 없었던 것도 그 이유였다.

"설탕은 있어."

"정말인가요? 대단해! 아, 그럼 오븐도 있나요?"

"있어. 저쪽에 보이지?"

일제가 살짝 몸을 비키자 커다란 나무 오븐이 보였다. 기대감에 점점 가슴이 벅차올랐다. 나는 가슴 앞에 깍지를 끼고 일제를 올려다보았다.

"오븐이 있다면 오븐에 쓰는 용기랑 철판도 있겠죠? 저울도 있어요?"

"물론 있지."

당연한 걸 묻냐는 듯이 어깨를 들썩인 일제의 모습에 나는 춤이라도 출 듯이 기뻤다.

"우와! 그럼 '**케이크**'도 구울 수 있겠다."

과자 조리법이 차례차례 떠올랐다. 분량까지 기억나는 조리법도 많았다.

'잠깐만? 조리법을 기억해도 이곳의 무게 표기가 그램(g)일 리가 없잖아. 어떡하지?'

과자를 만들 생각만으로 가득해 완전히 잊고 있었는데 과자를 만들려면 재료와 도구만 있어서는 안 된다. 실패하지 않으려면 분량을 정확하게 재야 했다.

루츠네 집에서 만든 파루 케이크는 오코노미야키처럼 만들었기 때문에 부푼 정도나 두께가 매번 달랐다. 먹는 상대가 양만 많으면 만족하는 남자아이들이라서 상관없었지만, 본격적으로 만들려면 반드시 정확한 분량을 재야 했다. 프리다네 집에서 나무 오븐까지 써 놓고 실패나 시행착오를 할 수도 없었다.

'정량이 아니어도 만들 수 있는 과자로 뭔가 없을까?'

정량을 몰라도 만들 수 있는 과자를 생각하던 중에 프랑스 과자 책에서 본 가장 알맞은 조리법이 떠올랐다.

"음, '**카트르 카르**'라는 과자를 만들어 볼까 해요."

카트르 카르(Quatre-Quarts)는 프랑스어로 4분의 4라는 뜻으로 밀가루, 달걀, 버터, 설탕을 같은 비율로 섞은 케이크다. 카트르 카르라면 분량이 똑같으니까 무게 단위를 몰라도 저울로 분량을 똑같이 재면 만들 수 있다. 이걸 파운드 케이크라고도 부른다.

"처음 듣는걸? 어떤 과자지?"

"밀가루, 달걀, 버터, 설탕을 똑같은 양으로 넣어 만든 과자예요."

"진심으로 그런 과자를 만들 생각이니?"

믿기지 않는다는 듯 눈을 크게 뜬 일제를 보고 나는 무심코 깜짝 놀라 앞말을 고쳤다.

"안 된다면 다른 과자로 할게요……."

"안 되는 건 아니지만, 정말 조리법을 알긴 아니?"

"네."

일제는 우리에게 과자 만들 시간에 맞춰 나무 오븐을 준비하겠다고 약속했다. 그동안 우리는 부엌을 나와 과자 만들기에 쓸 앞치마를 찾기 시작했다. 가사를 도운 적이 없는 프리다는 지금껏 단 한 번도 앞치마를 두른 적이 없다고 한다. 시종이 찾아 준 앞치마를 두르고 커다란 손수건을 삼각건으로 만들어 머리를 감쌌다. 만반의 준비가 끝났다.

약속한 시각에 부엌으로 가자 일제가 눈을 동그랗게 뜬 익살맞은 표정으로 웃었다.

"아니, 아가씨. 꽤 기합이 들어갔네요."

"응. 나도 같이 만들 거니까."

당연한 말이지만, 케이크 틀이 없어서 대신 작은 원형 철 냄비를 쓰기로 했다.

"그럼 흐름을 알아야 하니까 간단하게 조리법을 들어 볼까?"

"네. 우선 분량을 재고 달걀과 설탕을 사람 체온 정도의 온도에서 거품을 내요."

"어떻게 사람 체온 정도로 온도를 내지?"

"이것보다 깊은 볼에 따뜻한 물을 넣고 그 위에서 데우면 돼요."

"아, 중탕 말이구나. 그럼 분량을 재기 전에 먼저 물을 끓여야지."

당연히 가스버너와 달라 물을 금방 끓일 수는 없다는 걸 알면서도 이곳에서 본격적으로 과자를 만들어 본 적이 없었던 나는 아무래도 이러한 세세한 부분까지는 알아차리지 못했다.

"달걀과 설탕을 거품 내는 과정이 제일 중요해요. 찰기가 들 때까지 거품을 낸 뒤 체로 친 밀가루를 넣고 주걱으로 칼 자르듯이 섞어요. 그리고 녹인 버터를 넣고 되도록 달걀 거품이 죽지 않게 크게 섞어요."

"버터를 녹여야 하는구나. 전부 섞은 다음엔 구우면 되니?"

"맞아요."

흐름을 파악한 일제가 저울을 꺼내 조리대 위에 올렸다. 그리고 우리에게 미리 준비한 재료를 계량하도록 지시했다. 일제에게 저울 쓰는 법을 배우면서 나는 프리다와 둘이서 똑같이 계량했고 그동안 일제는 물을 끓이기 시작했다.

우선 달걀과 설탕을 계량한 후 일제에게 중탕하여 사람 체온 정도의 온도에서 계속 거품을 내도록 했다. 케이크의 볼륨감과 맛을 결정하는 데에는 이 거품 내기가 가장 중요했다. 나는 그동안에 프리다와 함께 밀가루와 버터를 계량했다.

"재료 준비가 끝났으면 다음엔 케이크를 꺼내기 쉽게 틀에다 버터를 발라 두자."

철 냄비에 버터를 바르고 밀가루를 얇게 털어 두었다. 종이가 없으니 이렇게 대체할 수밖에.

"이젠 거품에 밀가루를 체로 쳐서 넣을까? 충분히 공기를 넣어야 반죽이 폭신해져."

주변에 튀지 않도록 조심하면서 밀가루를 체로 3번 정도 쳐냈다.

"어머, 노란색을 띠던 거품이 매우 하얘지고 양도 늘었네."

달칵달칵 소리 내며 거품을 내는 일제의 손놀림을 프리다가 부러운 눈으로 바라보았다. 한눈에도 섞고 싶어 하는 눈치기에 일제가 웃으며 볼과 거품기를 프리다에게 건넸다.

"아가씨도 해 볼래요?"

"응!"

프리다는 기쁜 듯이 달그락거리며 휘젓기 시작했지만, 이내 금방 포기했다. 핸드 믹서를 쓰지 못하는 케이크 만들기는 완력이 승부인데, 신식인 우리에게는 부담이 컸다.

"마인, 이 정도니?"

"네! 여기에 밀가루를 첨가해요."

다시 한 번 볼 위에 체를 준비하고 밀가루를 치면서 넣은 후, 나는 나무 주걱으로 반죽을 칼 자르듯이 섞어 보였다.

"이런 식으로 섞고 다음엔 버터를 넣어요. 버터는 녹았나요?"

"아, 물 끓인 아궁이 옆에 놓아 뒀지."

"일제 씨. 교대해 주세요. 팔이 한계예요……."

"정말이지. 두 아가씨가 다 힘이 없어서야."

쓴웃음을 지으며 교대해 준 일제에게 같은 요령으로 버터를 넣고 섞게 했다.

프리다는 케이크 틀로 쓸 철 냄비를 가까이 가져와 눈을 반짝이며 쳐다보았다.

"틀에 반죽을 부어 넣고 이렇게 가볍게 두드려서 공기를 빼야 해."

철 냄비는 무거워서 일제에게 맡겼다. 일제도 처음부터 우리에게 맡길 생각이 없었는지 내 설명대로 해 주었다.

"이제 오븐에 구우면 완성이에요."

나무 오븐 사용법은 잘 모르니 일제에게 맡기는 편이 제일이었다. 일제는 뜨거운 소리를 내는 오븐 속에 케이크 반죽이 들어간 철 냄비를 넣고 뚜껑을 덮었다.

"정리하는 동안에 다 구워질 거예요."

우리는 민첩한 동작으로 정리하는 일제 곁에서 방해도 도움도 아니고 어중간하게 정리를 돕는 동안 맛있는 냄새가 공기 중에 퍼졌다.

"이제 다 구워졌을까?"

오븐 앞에서 안절부절못하며 들뜬 프리다의 모습이 정말 귀엽다.

"아직이야."

그렇게 말하며 나는 혹시나 실패했을까 긴장하면서 오븐을 바라보았다. 이 카트르 카르는 상당히 귀중한 재료를 마구 쓴 과자다. 남의 집에서 남의 재료를 쓴 데다 처음으로 프리다에게 만들어 주는 과자이니 실패할 수는 없었다.

"일단 상태를 볼까?"

일제가 오븐을 열어 살며시 반죽 상태를 보았다. 좋은 느낌으로 부풀어 오른 반죽이 보였다. 하지만 안쪽과 앞쪽의 구워진 색깔이 달랐다.

"일제 씨. 안쪽은 잘 구워진 것 같으니까 반대로 돌려 주시면 안 될까요?"

일제가 틀을 반대로 빙글 돌려 철 냄비를 집어넣었다. 벙어리장갑처럼 생긴 두꺼운 오븐 장갑을 껴도 절대 이 뜨거운 오븐에 손을 넣지 못할 나는 요리사의 능숙한 솜씨에 감동했다.

찰카닥 하고 뚜껑을 닫은 후, 일제가 나를 내려다보았다.

"다 구워졌는지는 어떻게 판단하니?"

"대꼬챙이처럼 가느다랗고 앞쪽이 뾰족한 긴 막대기를 찔러서 확인하는데, 있나요?"

"음, 고기를 구울 때 쓰는 이런 막대기밖에 생각 안 나는걸."

일제가 바스락거리며 바베큐 때 고기나 채소를 찌르는 철 꼬챙이를 찾아 주었다. 철 꼬챙이로 구워진 상태를 확인한 적이 없었던지라 솔직히 괜찮을지 어떨지는 해 보지 않으면 몰랐다.

뭔가 엄청 커다란 구멍이 생길 것 같지만, 대꼬챙이가 없으니 어쩔 수 없지.

우라노 때는 대꼬챙이가 없어서 젓가락을 찔러 본 적도 있으니 아마 괜찮으리라.

일제가 막대기를 쑥 꽂아 넣고 상태를 보니, 반죽이 막대기에 살짝 붙어 나왔다.

"아직 안까지는 덜 구워졌나 봐요."

"그걸 어떻게 알아?"

"여기에 조금 덜 구워진 반죽이 붙어 있죠? 반죽이 안 붙어 나오면 다 구워진 상태예요."

오븐이 생각보다 뜨거웠는지 속까지 구워졌을 땐 윗면이 살짝 짙은 갈색을 띠고 있었다. 하지만 내가 썼던 오븐과 달리 온도 조절이 간단하지 않으니까 이것만큼은 요리사의 경험과 감에 맡길 수밖에 없었다.

"다음번엔 오븐 온도에 신경을 써 봐야겠구나."

일제가 중얼거리며 오븐에서 카트르 카르를 꺼냈다. 그리고 철 냄비에서 반죽을 꺼내자 폭신하고 동그란 카스텔라처럼 생긴 케이크가 나왔다.

"굉장해!"

"응. 맛있어 보이네."

다 구워진 카트르 카르를 바라보는 두 사람의 반짝반짝 빛나는 눈을 보니 내 가슴에는 형용할 수 없는 성취감에 휩싸였다.

"원래는 건조해지지 않게 이대로 꽉 짠 젖은 행주에 싸서 이틀에서 사흘 정도 식힌 후에 먹는 편이 맛있지만, 조금 맛을 볼까?"

일제가 칼로 얇게 자른 조각을 손가락으로 집어 입에 쏙 넣었다. 냄새에 이끌려 사람들이 몰리기 전에 만든 사람들끼리만 아주 살짝 먹어 보는 것이 맛보기의 묘미지.

"응. 대성공이야."

나에 이어서 일제가 익숙한 동작으로 케이크를 입에 넣었다. 손가락으로 집는 행동을 조금 망설이던 프리다도 일제가 먹는 모습을 보고 서둘러 입에 넣었다.

"어머나!"

맛을 본 두 사람은 눈을 동그랗게 뜨더니 얼굴을 이쪽으로 돌려 나를 보았다. 그 눈은 아침에 길드장에게서 느낀 포식자의 눈처럼 굉장히 위험한 분위기를 풍겼다. 곤란한 질문을 받기 전에 도망쳐야겠다고 생각한 나는 프리다의 손을 덥석 잡았다.

"프리다. 이건 차 마실 시간이나 식후 디저트 때 내오게 하자. 목욕이 먼저야."

우리는 요리다운 요리는 하지 않았지만, 과자를 만들면서 밀가루를 체로 친 탓에 소맷자락이 가루투성이였다. 시간도 충분하니 린샴을 써서 깨끗하게 씻자고 말하며 나는 부엌에서 나왔다.

그 전에 부엌 입구에서 몸을 돌려 감사 인사만큼은 잊지 않았다.

"일제 씨. 고마웠어요."

프리다와 목욕

프리다의 손을 잡고 부엌을 나가자 시종 여성이 이미 대기하고 있었다.

"두 분 모두 여기저기 돌아다니기 전에 목욕부터 해 주세요."

"어머, 유테도 마인과 똑같이 말하네?"

프리다가 키득키득 웃으며 걷기 시작했다. 유테는 우리가 과자를 만들다 더러워지리라 예상했는지 목욕도 준비해 둔 모양이었다. 유테가 갈아입을 옷과 수건, 린샴 병을 넣은 바구니를 들고 우리를 안내했다.

"이쪽으로 오시죠."

유테가 집안 계단을 내려가자 나는 깜짝 놀랐다. 벤노네 상점에서도 안쪽 방에 위층과 연결된 계단이 있었기에 집안에 상점으로 이어진 계단이 있다는 점은 이상하지 않았다. 하지만 그 계단을 내가 걸어도 되는 걸까? 나는 프리다에게 살짝 물어보았다.

"이 계단을 내려가면 상점이 나오는 거 아냐?"

"괜찮아."

유테는 상점이 나오는 1층 문을 지나 더욱 아래로 내려갔다.

지하실 계단으로 내려오자 두 개의 문이 나타났다. 견고해 보이는 훌륭한 문과 평범한 문이었다. 유테는 훌륭한 쪽 문을 열고 우리를 안으로 들어가게 했다.

그곳은 온돌이라도 깔렸는지 바닥이 따끈따끈하고 실내 온도도 높은 방이었다. 커다란 나무 탁자가 두 개 놓여 있고 그 위에 천이 덮여 있어 꼭 마사지 침대 같았다.

"자, 구두와 옷을 벗어 주세요."

아무래도 이곳은 마사지실 겸 탈의실인 듯하다. 유테의 재촉에 나는 입고 있던 옷을 벗었다. 프리다도 유테의 도움을 받으며 옷을 벗었다.

그리고 또 다른 문을 열자 3평 정도 넓이의 욕실이 나왔다. 일본 온천의 가족탕 정도 넓이로 어른 두세 명이 다리를 뻗을 수 있을 만한 크기의 욕조도 있었다.

"우와아!? 뭐야, 여기!?"

예상치도 못한 호화로운 욕실의 등장에 무심코 높인 목소리가 웅웅 울렸다.

대충 훑어 본 바로는 하얀 대리석 같은 바닥이 펼쳐져 있고, 같은 소재로 된 욕조에는 뜨거운 목욕물이 가득 차 있었다. 욕조 끝에는 따뜻한 물이 졸졸 흐르는 병을 든 소녀상이 있었다. 조각상에서 나온 물이 욕조에서 조금씩 넘쳐흘렀고 그 물로 인해 욕실이 따뜻하게 데워져 있었다. 천장에는 타일이 붙어 있고, 천장에서 가까운 위치에 있는 창문에서는 눈부신 빛이 내리쬐었다. 주위를 둘러싼 하얀 대리석에 빛이 반사해 밝은 분위기를 연출했다.

문을 연 상태로 놀라서 굳은 내 모습에 프리다가 재미있다는 듯 키득키득 웃으며 내 옆을 지나 욕실로 들어왔다.

"우후후, 놀랐어? 할아버님이 귀족 저택에 있는 욕조를 재현했어. 평소엔 안 쓰는데 내일이 세례식이라서 특별히 허락받았어."

"욕조가…… 있었구나."

"외국에서 들어온 욕조인데 귀족들 사이에서도 미용과 건강에 좋다고 평판이 자자해."

1년 이상 들어가 보지 못한 욕조가 눈앞에 있다. 우라노 때 욕조보다도 크고 화려했다.

유테는 옷을 입은 채 욕실로 들어왔다. 젖을 걸 예상했는지 앞치마만은 조금 딱딱한 소재로 바꾸어 치마 부분에 둘렀고 치마도 살짝 걷어 올려 한쪽으로 묶여있었다.

유테가 바로 프리다를 씻기려고 하자 나는 허둥지둥 린샴을 꺼냈다.

"유테 씨. 씻을 때 이걸 써 주세요. 이렇게 조금 흔들어서……."

내가 설명했지만, 유테는 조금 곤란한 표정으로 프리다를 내려다보았다.

"유테, 오늘은 마인한테 씻겨 달라고 하면 되잖아?"

"음. 제가 씻겨도 될까요?"

유테가 자리를 피해 주자 나는 프리다의 머리를 씻겼다. 그동안 유테는 수건에 비누를 문지르고 프리다의 몸을 씻기기 시작했다.

"여기처럼 씻을 공간이 있고 따뜻한 물을 많이 쓸 수 있을 때는 이렇게 손에 직접 액을 묻혀서 머리를 씻도록 해. 손톱을 세우지 말고 손가락 밑바닥으로 두피를 꼼꼼하게 씻는 거야."

"간지러운데 기분 좋아."

프리다는 유테가 자주 관리해 주는 모양인지 원래 머리도 부드럽고 윤기가 조금 있어서 린샴을 쓸 필요가 없을지도 몰랐다. 어쩌면 부유층들은 이미 자신의 미용법이 확립되어 있을 가능성이 높아 린샴을 팔기 어려울 수 있겠다고 프리다의 머리를 씻기면서 생각했다. 벤노에게 보고해야 할지도 모른다.

"전부 씻었으면 머리를 헹궈야 해요. 두피에 묻은 액이 전부 씻기도록 꼼꼼하게 헹궈 주세요."

내가 그렇게 말하자 유테가 프리다의 몸에 묻은 거품을 씻어 내렸다. 그러자 몸만 깨끗해진 프리다가 터벅터벅 걷더니 욕조 안에 첨벙하고 들어갔다. 뭐하는가 싶어 지켜보니 프리다는 욕조 가장자리에 머리를 두고 머리카락을 욕조 밖으로 늘어뜨렸고 유테가 욕조 밖으로 늘어뜨린 머리카락을 정성스럽게 헹궈 갔다.

'호오, 저런 식으로 머리를 감기는구나. 내가 헹궈 주겠다고 물을 끼얹지 않아서 천만다행이야. 큰일 날 뻔했네.'

내가 부잣집 따님의 목욕 방법에 놀라는 동안 프리다의 몸을 다 헹군 모양이다. 뜨거운 물을 마음껏 쓸 수 있는 환경에 감탄했다.

프리다가 다 씻었으니 나도 린샴으로 머리를 씻으려고 병으로 손을 뻗었다. 그러자 욕조에서 나온 프리다가 눈을 반짝이며 다가왔다.

"나도 마인 머리를 씻겨 보고 싶어."

'프리다 같은 아가씨에게 이런 일을 시켜도 되려나?'

유테에게 여부를 묻는 시선을 힐끗 보내자 유테가 가볍게 한숨을 내쉬고 내 가까이에 앉았다.

"그럼 아가씨. 저도 이 린샴으로 연습하고 싶으니까 같이 씻겨요."

'연습하고 싶다면서 아가씨가 실패했을 땐 도와주실 거죠? 유테 씨. 감사합니다.'

머리를 씻겨 주는 두 사람의 커다란 손가락과 조그마한 손가락이 조몰락거리며 움직였다. 매우 간지러웠지만, 나는 필사적으로 웃음을 참았다.

"마인 머리는 정말 잘 빗겨지네."

"이 머리는 끈이 빠져서 잘 안 묶여. 그래서 비녀를 쓰는 거야."

"나무 막대기로 머리가 정리되다니 신기해."

"음. 주위에 마땅한 물건이 없어서 다른 방법이 없었어."

내 머리를 어느 정도 씻긴 유테가 나머지는 프리다에게 맡기고 내 몸을 씻기기 시작했다. 프리다에게 머리를 맡긴 상태로 도망칠 수도 없이 나는 얌전히 몸을 맡겼다.

"마인도 이제 깨끗해졌어."

한동안 내 머리를 만지작거리며 씻던 프리다가 만족스럽게 손을 빼자 나는 통을 잡으려고 했다. 하지만 나보다 빨리 유테가 통을 잡아들었다.

"자, 머리를 헹굴 테니 탕에 들어가 주세요."

"제, 제가 할 수 있는데요?"

"마인 씨는 손님이잖아요. 어서."

유테가 미소로 밀어붙이는 바람에 어쩔 수 없이 나도 프리다처럼 욕조에 들어가 가장자리에 머리를 뉘었다. 머리카락을 늘어뜨리자 유테가 정성스럽게 씻겨 주었다. 따뜻한 물이 스며들고 부드러운 손이 머리를 흔들며 두피를 쓰다듬었다. 매번 프리다의 목욕을 돕는 유테의 익숙한 손놀림이 기분이 좋아 이대로 잠들어 버릴 것 같았다.

아, 미용실 같아. 기분 좋아라.

"저기, 마인. 욕실을 쓰지 않을 땐 어떻게 머리를 씻어?"

프리다의 질문에 퍼뜩 정신이 들었다. 이곳은 미용실이 아니다. 잠들어서는 안 돼. 프리다의 목소리가 들린 쪽을 시선만 돌렸다. 살짝 옆으로 다가온 프리다가 가장자리에 머리를 뉘어 나와 같은 자세를 취한 모습이 보였다. 나는 수증기 저편에 있는 모자이크 모양의 타일 천장을 올려다보며 평상시에 머리 감는 법을 설명했다.

"욕실을 쓰지 않을 땐 저 정도 크기의 통에 따뜻한 물을 절반 가량 넣고 거기에 린샴을 넣어서 희석하거든? 그리고 통에 머리를 담가서 액체를 묻히듯 씻으면 돼. 머리에 액체가 안 남도록 여러 번 천으로 닦고 빗으로 빗지."

조금은 머리에 남아도 괜찮을 만큼 묽게 탄 액체로 여러 번 씻은 후, 되도록 린샴이 남지 않도록 수건으로 닦는다. 이 방법도 따뜻한 물이 없는 상황에서 어떻게든 머리를 감고 싶어 고심한 끝에 얻은 해법이었다. 집에 이런 욕실이 있다면 이렇게 고민할 필요도 없었다.

"린샴은 마인 거야?"

"아니, 벤노 씨가 전부 권리를 가졌어. 슬슬 팔기 시작할 거야."

"그렇구나……."

프리다가 뭔가 말을 하고 싶어 했지만, 프리다의 말보다도 빠르게 유테의 손이 멈췄다.

"이제 괜찮습니까?"

"고마워요. 굉장히 기분이 좋았어요."

일어나 인사하자 유테가 자리에서 쓱 일어났다.

"그럼 전 다음 준비를 하러 가겠습니다. 두 분은 몸을 따뜻하게 데우고 나오십시오."

욕실에서 나가는 유테를 배웅하고 나는 뜨거운 물에 어깨까지 몸을 담갔다. 물을 퍼 올려 얼굴을 씻고 깊은숨을 내쉬었다.

'후아, 극락이 따로 없네.'

"마인 얼굴 봐. 황홀한 표정이네. 욕조가 마음에 들었구나?"

"그야 당연하지! 매일매일 들어가고 싶어. 탕 안에 이렇게 손발을 쭉 뻗고 어깨까지 담글 수 있다니 나한텐 지나친 사치야."

활짝 웃으며 크게 끄덕였지만, 프리다의 미소는 그다지 즐거워 보이지 않았다.

"프리다는 욕조 싫어해?"

"싫어하진 않지만, 뜨거워서 탕에 들어가고 나면 머리가 어지러워."

"아아. 그건 현기증이야. 탕 안에 너무 오래 있어서 그래."

반사적으로 대답하자 프리다가 눈을 동그랗게 떴다.

"몸을 따뜻하게 데우고 나오라고 해서 평소 목욕처럼 몸을 데울 뿐인데?"

"목욕물은 금방 식지만, 이 욕조는 저 조각상에서 계속 뜨거운 물이 나오니까 같은 시간 동안 들어가면 현기증이 나서 기분이 안 좋아져. 오늘은 조금 빨리 나가 보면 어때?"

"그렇게 할게."

프리다와 함께 조금 빨리 욕조에서 나왔다. 내 감각은 빨랐다 생각되었지만, 프리다의 몸은 상당히 데워졌는지 전신이 핑크로 물들었다.

"기분은 나쁘지 않아? 괜찮아?"

"오늘은 괜찮아."

욕조를 나오면 향유로 마사지한다는 유테의 권유를 나는 거절했다.

향유 마사지가 어떤지 궁금하긴 했는데 다음번에도 욕조에 들어갈 수 없기에 집으로 돌아가서 투리와 서로 몸을 닦아 줄 때 향유를 깨끗이 닦아낼 수 있을지 자신할 수 없었기 때문이다.

옷을 입고 머리를 닦으면서 프리다가 마사지를 받는 모습을 지켜보았다.

"마사지라니 왠지 우아하네."

"난 이런 시간을 별로 좋아하진 않아. 하지만 할아버님이 귀족 사회에 들어가려면 익숙해져야 한다고 말씀하셨거든."

나는 납득했다. 프리다 입장에는 욕조에 들어가는 일도, 성가신 표정으로 마사지를 받는 일도 뜨겁고 기분 나쁜 일일 뿐이지만, 전부 귀족 사회에 익숙해지기 위한 연습인 셈이었다. 이런 생활을 아느냐 모르느냐는 앞으로 프리다에게 다가올 인생에 큰 차이를 줄 터였다.

"기회가 있을 때 익숙해지는 편이 좋아. 상식과 습관의 차이는 크거든."

"그래서 이 집안에는 귀족 저택에나 있는 물건들이 많이 들어와 있어."

같은 상인의 집이라도 길드장의 저택은 결혼 전 생활과 크게 다르지 않은 생활을 보내는 코린나의 집과는 굉장히 다른 분위기를 자아낸다고 느꼈는데, 화려한 이유가 그저 돈 많은 상인의 집이라서만은 아닌 모양이다. 전부 프리다를 위해 귀족 생활에 필요한 것들을 들여왔기 때문에 식사도 욕조도 생활용품도 품질이 현저하게 달랐던 것이었다.

"엄청 사랑받고 있구나."

"미래의 투자야. 내가 귀족 마을에서 상점을 꾸려도 곤란하지 않게, 모처럼 생긴 장사 토대를 헛되게 하지 않으려고 할아버님도 여러 가지로 고민하실 거야."

프리다가 조금 불만스럽게 입술을 삐죽거렸다. 프리다의 의견이 전부 틀리진 않겠지만, 애정 없이는 불가능한 일이었다.

"상점을 가지는 일이 프리다의 꿈이니까 응원해 주시는 거야. 머리 장식을 주문하러 왔을 때 길드장님은 완전히 손녀를 끔찍이 사랑하는 평범한 할아버지였어."

"그럴까?"

혹시 프리다는 사람이 그리운 걸까?

신식인 탓에 외출도 못 하고 겨우 신식에서 해방됐을 땐 귀족과 계약으로 얽매여 버렸다. 귀족의 첩이 되기로 한 이상은 첩이 되기 위해 살아야 하고, 주위 또래들과도 처지가 전혀 달라 친구도 만들 수 없었을 테지.

귀족 사회에서 살아가기 위해 강인한 정신과 타산적인 면을 익혀야 했던 프리다는 성인이 되기 전까지 상점을 경영할 수 있는 지식을 익혀야 할 테니 분명 매일마다 공부에 시달렸을 터였다. 자기 자신을 위해서라고 해도 목숨, 생활, 그리고 가족의 기대가 어마어마한 중압감으로 소녀의 어깨를 짓누르는 셈이다. 게다가 가족들의 투자도 미래의 자신에게 거는 타산적인 계산으로 보여 고분고분하게 응석 부릴 수만은 없었을지도 모른다.

그래서 나한테 집착하는 걸까?

같은 신식에 세례식 전부터 상업계에 발을 담그고 루츠의 말처럼 이상한 취미에 폭주하는 점이 나와 상당히 닮았다고 했다. 다른 아이들과 비교하면 공통점이 많아서 다소 이야기가 통하니까 나를 자기편으로 끌어들이려는 걸까?

"마인, 굉장해. 머리가 반들반들해졌어!"

내가 멍하게 있는 동안 마사지를 끝내고 옷을 갈아입은 프리다가 자신의 머리카락을 손으로 빗으며 경탄스러운 소리를 질렀다. 빗으로 정성스럽게 프리다의 머리를 빗는 유테도 기쁜 듯 머리를 쓰다듬었다.

"정말 결과가 좋네요."

"좋아해 주니 기쁜데? 조금은 마술 도구를 받은 답례가 됐을까?"

"어머, 요금을 냈으니까 신경 안 써도 되는데?"

실로 상인다운 프리다의 대답에 쓴웃음을 지으며 고개를 저었다.

"답례는 내 마음이야. 길드장님이 프리다를 위해 마술 도구를 모으지 않았다면 돈만 있다고 해결하지 못했을 거야."

느긋하게 목욕을 끝내고 위층으로 돌아오니 부엌에서 또다시 맛있는 냄새가 퍼졌다. 아무래도 일제가 다시 카트르 카르에 도전한 모양이다.

"모처럼 새 조리법을 알았으니 확실히 기억해 둬야지."

일제의 듬직한 웃음에 피식 웃음이 나왔다. 맛있는 조리법이 보급되면 나로서도 기쁘니까 응원이라도 해 두자. 프리다도 또 카트르 카르가 구워지자 싱글벙글하며 좋아했다.

"일제가 새로 구우면 내가 만든 건 먹어도 되지? 마인이랑 차를 마시면서 먹고 싶으니까 준비해 줘."

"바로 올릴게요."

우리가 식당에서 차를 마시려고 할 때 딱 맞춰 루츠가 찾아왔다.

"야아. 마인. 엄청 좋은 냄새가 나는데?"

과자 쪽 후각이 예민한가? 하고 마음속으로 웃었다. 그랬더니 루츠가 얼굴을 마주치자마자 눈을 가늘게 뜨며 내 얼굴을 들여다보았다.

"어이, 마인. 너 오늘 무리한 거 아냐? 열 내렸다고 열심히 움직였지? 바로 자. 피곤하면 열 난다고."

"응? 응? 아니야. 팔팔한데?"

자신의 얼굴을 만지면서 고개를 갸웃거렸지만, 루츠는 미간에 주름을 새긴 채 고개를 저었다.

"흥분해서 네가 모를 뿐이야. 얼굴색이 안 좋아."

"어머, 하지만 마술 도구로 신식 열은 안정됐을 테고, 오늘은 과자 만들기랑 같이 욕조에 들어간 것밖에 없어."

프리다도 나를 옹호하듯 오늘 일정을 말했다.

"그렇군. 넌 신식만 아니면 건강하구나? 하지만 마인은 신식을 앓지 않았더라도 원래 허약한 애야. 잘 모르는 녀석은 신식으로 쓰러졌는지, 피곤해서 쓰러졌는지 구별하기 어려울 정도로 갑자기 쓰러진다고."

관자놀이를 누르며 한숨 섞인 루츠의 말에 프리다와 나는 무심코 얼굴을 마주 보았다.

"마인, 정말이야!?"

"프리다는 허약하지 않아?"

서로가 서로를 안다고 멋대로 착각한 모양이다. 프리다는 내가 신식만 고치면 괜찮으리라 생각했고, 나는 프리다도 신식이라 몸이 약하니까 함께 행동해도 괜찮다고 생각했다.

"욕조가 뭔지는 잘 모르겠지만, 어차피 처음 간 곳이라고 좋은 모습 보여주려고 이래저래 열심히 움직였겠지?"

"으으……. 그 정도로 움직이진 않았는데."

사실 계속 긴장감에 사로잡혀 있었던 데다 프리다가 괜찮으면 자신도 괜찮겠지 하고 안이하게 생각하긴 했다.

"오늘은 피곤해 보여. 네 허약한 몸을 얕잡아 보지 마. 정말 약해빠졌으니까."

"그렇게 약하다, 약하다 연속으로 부르지 말아 줄래?"

"사실인데 뭐. 내일 세례식이 집에 돌아가는 날인데 열이 또 나면 가족들한테 혼나는 일로 끝나지 않을걸?"

신식 열을 해결해 준 답례로 이것저것 멋대로 일을 저질렀다가 또 열로 쓰러지면 은혜를 원수로 갚는 셈이었다. 건강하게 돌아올 날을 기대하는 아빠에게 혼나고, 프리다에게 막대한 폐를 끼쳤다고 엄마에게 야단맞고, 투리에게 '왜 마인은 가만히 있지를 못해?' 라고 질려할 모습이 눈에 훤했다.

"어버버버……."

"그러네. 마인을 맡은 입장에서도 몸이 안 좋아지게 둘 순 없지. 마인, 오늘은 이만 쉬어. 응?"

걱정스럽게 말하는 프리다의 말에 나는 크게 끄덕였다.

"그럴게. 알려줘서 고마워, 루츠. 프리다, 미안하지만, 루츠에게 이 **'카트르 카르'**를 나눠줄 수 있어?"

"그럼, 당연하지. 유테, 마인을 방까지 데려다줘."

객실로 안내받아 침대에 누우니 자신이 상당히 피곤한 상태였다는 사실을 깨달았다. 온몸이 축 늘어지고 몸에 살짝 열이 도는데, 오랜만에 욕조에 들어갔기 때문만은 아닌 모양이다. 실패해서는 안 된다는 부담감 속에서 과자를 만드는 일도, 평소의 목욕이 아니라 욕조에 몸을 담그는 일도, 마인의 몸으로는 처음 한 경험이라 얼마나 몸에 부담이 갈지 잘 몰랐었다.

'역시 루츠야. 한눈에 알아보다니…….'

부드러운 이불이 온기로 따뜻해질 즈음에는 이미 내 의식이 완전히 끊어져 버렸다.

프리다의 세례식

눈을 떴을 때 방 밖이 굉장히 시끌벅적했다.

유테가 아닌 다른 시종이 문 옆 의자에 앉아 내가 일어나길 기다리고 있었다. 서른 살이 채 안 되어 보이는 상당히 젊고 상냥해 보이는 여성이다. 침대에서 내려와 생각보다 무거운 캐노피 커튼을 걷고 방으로 나온 내게 여성이 싱긋 웃었다.

"좋은 아침입니다. 몸은 어떠세요?"

"열은 없지만, 아주 좋은 상태는 아니네요. 오늘은 가족들이 데리러 올 때까지 얌전히 있을게요."

여성이 살짝 웃었다.

"어제 저녁 식사는 정말 떠들썩했어요. 디저트로 나온 과자를 아가씨와 마인 씨가 만들었다는 이야기가 나와서 가족분들이 마인 씨를 보고 싶어 하셨어요. 꼭 우리 상점에서 일해 주길 바란다며 시끌벅적했지요."

저기, 웃을 일이 아닌데요? 혹시 나 잠들어서 다행이었나? 오늘은 방에 틀어박혀 있는 편이 좋을까?

주인님 상점에서 일하면 장래가 든든할 거라고 말하는 그 여성까지 날 이곳으로 끌어들이려는 부하로 보여 살짝 경계심이 일었다.

"저기, 밖이 굉장히 소란스럽네요……."

화제를 돌리려고 문 쪽에 시선을 돌리자 여성이 더욱 짙은 웃음을 띠었다.

"아아, 아가씨께서 아침 식사를 끝내고 세례식 준비 중이세요. 옷을 갈아입으시면 식당으로 안내해 드릴게요."

저녁을 먹지 않아서 솔직히 배가 고팠다. 하지만 프리다에게서 상상되는 성격 강한 가족들에게 둘러싸여 아침을 먹는다고 생각하니 위가 아팠다. 먹을 수 있는 음식도 못 먹을 것 같았다.

"저기, 아침은 이 방으로 가져와 주실 수 있나요? 몸 상태가 아직 좋진 않아서 많이는 필요 없고요. 처음 대면하는 분들과 먹으면 긴장되어서 밥이 목구멍으로 안 넘어갈 것 같아서요……."

"후후, 알겠습니다. 여기로 옮겨 드릴게요."

여성은 나에게 프리다의 헌 옷을 입혀 준 다음 방을 나갔다. 혼자가 되자마자 나는 머리를 감싸 안으며 쭈그려 앉았다.

'큰일이다. 좀 일이 이상하게 된 거 아냐? 길드장이랑 프리다에게 찍힌 건 그렇다 치고, 가족들까지 왜 관심을 가지는 건데? 카트르 카르가 원인인가? 하지만 설탕이 있으니까 과자가 있어도 이상하지 않잖아? 전에도 여기서 얇은 피자 반죽 위에 꿀에 절인 견과류를 뿌린 과자도 나왔고. 엄청 생각하기 싫은 일이긴 한데, 혹시 설탕도 이제 막 시장에 나오기 시작해서 과자 문화가 발달하지 않은 건 아니겠지?'

머리를 감싸며 몸부림치는 사이 아침 식사를 든 여성이 돌아오는 발소리가 들렸다. 벌떡 일어나 아무 일도 없었다는 얼굴로 여성을 맞이했다.

"그럼, 천천히 드세요."

어제 아침 식사로 완전히 내 취향을 파악했는지 하얀 빵에 잼과 꿀, 달콤한 과일 주스가 딸려 왔다. 수프는 양이 조금 적었지만, 베이컨 에그는 1인분이 올라가 있었다. 순식간에 나의 약점도 뽑아낼 법한 관찰 능력이다.

식사를 마치면 가족들이 데리러 올 때까지 몸 상태가 안 좋다는 핑계로 방에 틀어박혀 있는 편이 좋을 듯하다. 벤노와 루츠를 절실하게 이곳으로 소환하고 싶었다.

“좋은 아침입니다. 마인 씨. 몸은 어때요?”

몸 상태를 묻는 인사치고는 상당히 산만해 보였다. 유테는 필요한 말 이외에는 입을 열지 않는 인상이 있어 나는 빵을 떨어뜨릴 뻔하면서 바보처럼 솔직하게 대답했다.

“열은 없는데요?”

“준비를 도와주실 수 있나요? 머리 장식을 꽂는 법을 가르쳐 주세요.”

머리 장식은 내가 만든 물건이니 꽂는 방법을 알려주는 일은 애프터서비스 범위 안에 들겠지? 이상하게는 보이지는 않을 터였다.

조금 서둘러 아침 식사를 끝내고 나는 유테의 안내를 받아 프리다의 방으로 향했다. 프리다의 방은 3층이었다. 유테의 말에 의하면 2층은 길드장 세대의 집이고, 3층이 아들과 손자 세대의 집이라고 했다. 하지만 층마다 안쪽 계단으로 연결되어 있고 식사는 다 함께 하기 때문에 딱히 따로 산다는 감각은 없는 모양이다.

“아가씨, 마인 씨를 데려왔습니다.”

프리다의 방은 문 근처에 칸막이가 있었다. 그 칸막이를 돌아 들어가자 객실과 같은 구조에 방 한쪽에는 캐노피 커튼이 달린 침대가 있었고, 침대 반대편에 라이팅 데스크로 보이는 선반이 있었다. 방 중앙에는 조그마한 책상과 의자가 몇 개 놓여 있었다. 커튼이나 침대 캐노피는 빨강이나 핑크 같은 여자아이다운 색이었지만, 인형이나 장식품이 없어 소박했다.

테이블 위에 머리 장식이나 빗 등이 놓여 있고, 의자에 앉은 프리다의 머리를 여성들이 빗어 내리고 있었다. 볼륨감 있는 분홍색 머리를 늘어뜨리며 정성스럽게 빗질을 받는 프리다의 모습이 마치 실물 크기의 인형처럼 보였다.

"안녕, 마인. 컨디션은 좋아졌니?"

"프리다, 안녕. 열은 없지만, 원래 몸 상태는 아니야."

곤란한 요구를 강요받지 않도록 나는 솔직히 자신의 몸 상태를 보고해 두었다. 프리다가 살짝 어두운 표정을 지으며 눈을 내리깔았다.

"그렇구나. 불러서 미안해. 투리의 머리 장식을 마인이 만들었으니까 혹시 투리의 머리를 묶어 준 사람도 마인이지 않을까 해서."

"나 맞는데?"

"나도 같은 머리로 묶어 줄 수 있어?"

투리의 세례식 머리 모양은 양옆 머리를 중앙으로 땋은 반올림 머리 스타일이었다. 프리다에게 어울리지 않는 머리는 아니지만, 모처럼 머리 장식을 두 개나 만들었고 양 갈래머리가 귀여우니 그대로 하길 바랐다.

"음, 머리 장식을 두 개 만들었으니까 투리랑 똑같은 머리가 아니라 양 갈래로 하자. 머리는 땋아 줄게. 응?"

"제발 가르쳐 주세요."

눈을 반짝이는 유테에게 빗으로 프리다의 머리를 반으로 나누게 하고 오른쪽 귀 위 정도까지 머리를 땋는 방법을 설명해 갔다.

"여기서부터 머리카락을 집고 이 머리와 합친 후 이렇게 꼬아서 묶어요."

왼쪽에서 유테가 내가 하는 방법을 보면서 땋게 시작했다. 역시 익숙한 사람은 능숙했다. 내 작은 손은 요령이 없어서 아무리 해도 머리가 삐뚤삐뚤하게 손에서 빠져나가 버렸다. 투리의 머리는 꼬불꼬불한 천연 곱슬머리라서 조금 삐뚤삐뚤하고 느슨하게 묶어도 나름 풍만한 분위기를 자아냈지만, 프리다의 머리는 조잡한 부분이 눈에 띄었다.

"땋는 방법을 외웠다면 양쪽 다 유테 씨가 묶는 편이 좋겠어. 난 손이 작아서 잘 못 묶어."

"마인 씨만큼 손이 작으면 불편하겠네요. 그럼 제가 땋을게요."

유테는 손이 기억하고 나니 능숙하게 척척 묶어 갔다. 오래 만져 온 머리여서일까. 삐죽삐죽하게 튀어나온 곳도 없었다. 내가 묶은 투리의 머리와 달리 빗으로 말끔하게 빗어 가르마도 깔끔했다.

'으으. 내가 얼마나 서투른지 보는 것 같아 괴로워.'

"연습 시간이 조금 있었다면 좋았으련만……."

땋아 올린 프리다의 머리를 보며 진심으로 분한 듯이 유테가 중얼거렸다. 격한 감정을 드러내는 유테를 보고 놀라자 프리다가 곤란한 듯 쓴웃음을 지었다.

"유테는 어젯밤 사이에 너한테 상담하고 온종일 연습할 생각이었대."

"아아, 내가 피곤해서 빨리 자 버려서……. 미안해요."

허약한 탓에 폐를 끼쳐 버렸다고 사과하자 유테가 고개를 저었다.

"천만에요. 몸이 안 좋으니 어쩔 수 없죠. 그저 좀 더 빨리 알았다면 아가씨를 더 예쁘게 꾸며 드릴 수 있었을 것 같아서."

아하. 프리다를 꾸미는 일이 유테의 취미로군. 실제 크기의 인형같이 귀여우니 이해합니다. 나도 머리 땋기에 심취해 버렸으니까.

유테는 귀 위로 머리를 땋은 후 묶은 끈 위로 역작의 머리 장식을 꽂아 떨어지지 않도록 고정했다. 작은 붉은 장미 네 개가 달려 있어서 앞으로 보나, 옆으로 보나, 뒤로 보나 작은 꽃이 하나는 눈에 들어왔다. 옅은 분홍 머리 위에 새하얀 안개꽃을 형상화한 작은 꽃이 마치 새하얀 레이스처럼 보여 장미의 붉은빛을 더욱 두드러지게 했다. 듬성듬성 보이는 녹색 나뭇잎이 멋진 악센트가 되었다.

"응. 생각보다 훨씬 좋아! 프리다에게 매우 잘 어울려."

"정말 귀여우세요. 아가씨."

준비를 도운 시종이 칭찬하는 동안 유테가 프리다 앞으로 오늘 입을 의상을 가져왔다. 프리다가 일어나자 시종이 의자를 치웠다. 그리고 바로 옷을 갈아입힐 준비로 바뀌자 나는 허둥지둥 그 자리에서 물러섰다.

프리다가 팔을 들면 여성들이 그 팔에 의상을 넣었고, 반대쪽을 들면 마찬가지로 그쪽 팔에 팔 부분을 넣었다. 여러 명이 단추를 잠그고 끈을 묶었고 프리다는 가만히 서 있는 자세로 준비가 갖추어져 갔다. 영화나 책에서 묘사된 부잣집 아가씨들의 옷 입는 장면을 눈앞에서 보니 한숨이 나왔다.

나였다면 팔을 올리고 내리는데 보이지 않는 위치에 있는 누군가의 머리를 내리치지나 않을까. 오랜 경험 없이는 불가능한 동작이었다.

"마인, 괜찮다면 이 방에서 세례식 행진을 보지 않을래? 나도 이곳에서 밖을 바라보는데 이 방은 밖이 정말 잘 보이게 되어 있거든."

내가 묵는 객실 창문 유리는 물결 모양이었지만, 프리다의 방 창문은 바깥 경치가 잘 보이는 평평한 유리였다. 세례식 행렬이 신전으로 들어가는 모습이 잘 보이는 이 방 창문은 특등석이라고 해도 과언이 아니었다.

"그래도 돼?"

내가 번갈아 창문과 프리다를 바라보자 프리다가 싱긋 웃었다.

"그럼. 혼자서 불안하면 유테도 붙여 둘게."

"저도 함께하게 해 주세요."

얼굴이 확하고 핀 유테는 아마 이 창문으로라도 프리다 아가씨의 의복을 입은 모습을 보고 싶었던 것이리라. 프리다가 내게 붙이겠다고 선언하면 당당하게 이곳에서 행진을 볼 수 있었다. 나로서는 주인이 없는 방에 있기엔 살짝 불편했던지라 운 좋게 프리다의 제안이 들어온 셈이다.

"유테가 있어 주면 좋겠어."

그런 이야기를 하는 동안에 부츠까지 다 신겼는지 프리다의 발 부근에 쭈그렸던 여성들이 일제히 일어나 한 발짝 뒤로 물러섰다.

완벽하게 준비를 끝낸 프리다가 그 자리에서 빙글 돌았다. 따뜻해 보이는 모피를 목에 두른 새하얀 의상에 빨강과 핑크의 밝은색 자수가 프리다의 머리색과 머리 장식에 잘 어울렸다.

"이상한 곳 없을까?"

"네. 정말 귀여우세요."

"우와, 우와. 프리다, 정말 잘 어울려."

입을 모아 칭찬하고 있으니 프리다의 준비가 끝났다는 연락을 받은 가족들이 찾아왔다. 칸막이 뒤편에서 길드장이 가장 먼저 모습을 드러냈다.

"오오, 프리다! 정말 멋지구나. 이 겨울 세례식에 이렇게나 아름다운 꽃을 걸치다니 마치 봄을 가져오는 새싹의 여신 같구나. 실로 아름답도다."

"할아버님이 선물 주신 머리 장식도 어울리지요?"

프리다가 살짝 머리 장식에 손을 갖다 대면서 웃자 길드장도 환하게 웃었다.

"그렇고말고. 정말 잘 어울리는구나. 네가 기뻐하는 미소가 무엇보다 가치 있지."

길드장의 칭찬이 끝나길 기다렸다는 듯이 프리다의 가족들이 잇따라 방으로 들어왔다.

"와, 프리다. 엄청 잘 어울리는데?"

"내가 아는 여자애 중에서 가장 귀여워."

프리다와 조금 나이 차이가 나는 10대 전반 정도의 두 소년이 프리다를 극찬했다.

잠깐만. 전에 프리다가 칭찬에 익숙하지 않다고 생각했었는데, 오빠들은 평범하게 칭찬하잖아?

고개를 갸웃거리는 내 앞에서 프리다는 칭찬받는 얼굴이라고 생각되지 않는 무표정으로 두 사람을 올려다보았다.

"오라버니들……. 어째서 이곳에?"

"어째서라니. 오늘은 흙의 날이니까 다 같이 축하하자고 말했었잖아."

"그렇긴 하지만 지금까지 약속을 지키신 적이 없어서 정말 계시리라고 생각 못 했어요."

으아, 오빠들이 약속을 지킨 적이 없었구나. 그건 확실히 불안하고 칭찬받아도 말뿐이라고 느껴지겠네.

오빠들도 자신들을 향한 프리다의 불신을 느꼈는지 새파랗게 질린 얼굴로 변명거리를 내놓기 시작했다. 그런 아이들을 내려다보며 실로 담담한 표정을 한 부부가 프리다의 머리 장식을 주목했다.

"이 머리 장식. 굉장하군."

"그러네요. 저도 갖고 싶을 정도로요. 어쩜 이리 훌륭하죠?"

다들 자신의 주장을 펼치며 다른 사람의 말을 듣지 않는 혼란스러운 가족관계를 어리벙벙하게 보고 있자 내 눈앞에 몸을 웅크린 길드장의 얼굴이 쓱 다가왔다.

"오오, 마인!"

'큰일이다! 오늘은 이 가족들과 얼굴을 안 마주치게 방에 틀어박힐 예정이었는데 까맣게 잊고 있었어!'

깜짝 놀라며 뒷걸음치는데 길드장이 개의치 않고 손을 덥석 잡더니 감동에 눈물을 글썽이기 시작했다.

"잘해줬다. 고맙구나, 마인. 내가 사 준 물건을 머리에 꽂고 저리도 기뻐하는 프리다는 처음이다. 네 말대로 놀란 표정보다 기뻐하는 표정이 몇 배는 더 가치 있구나."

"저, 저도 열심히 한 만큼 기뻐해 주니 보람 있네요."

'히이이이이이익! 도와줘, 벤노 씨!'

"이 감동을 나눌 수 있는 사람은 좀처럼 만나기 힘든 법이네. 다음부터 프리다에게 선물할 때에는 너에게 상담하도록 하지. 그런데 마인, 묻고 싶은 게 있다만…… 우윽!?"

갑자기 길드장이 뒤로 물러서자 살았다는 기쁨도 찰나였다. 길드장 대신 수많은 얼굴이 일제히 다가왔다.

"네가 마인이구나. 프리다와 아버님께 많이 들었단다."

"네, 저……."

프리다의 아버지에게 제대로 인사를 하려 했더니 누군가가 내 몸을 다른 방향으로 빙글 돌렸다. 눈을 깜빡이는 순간 내 정면에 프리다의 엄마가 있었다.

"프리다와 사이좋게 지내 줘서 고마워. 요 며칠간 프리다가 정말 즐거워하며 잘 웃게 되었단다. 엄마로서 고맙다고 말해 두고 싶어."

"저, 저야말로……."

감사의 말을 전하려 했더니 갑자기 두 오빠가 얼굴을 훽 내밀었다.

'부탁이야! 답변할 틈 정도는 달라고! 것보다 얼굴이 너무 가까워!'

소리도 내지 못할 정도로 혼란스러움에 당황하여 굳어 버린 나를 오빠들이 볼을 쿡쿡 찌르기도 하고 머리를 쓰다듬었다.

"네가 마인이야? 이야기로만 들었는데 실제로 있었네. 만든 이야기인 줄 알았는데."

"벌써 며칠이나 집에 있었는데 우리 처음 보지? 마인, 입 벌어졌어."

'실제로 있었다니. 내가 무슨 출현 빈도가 낮은 레어 몬스터냐!?'

"오라버니들, 슬슬 시간이지 않나요? 아래로 가요. 이제 마인을 놓아주세요."

"맞아요. 늦으면 큰일이니 빨리 가는 편이 좋아요."

내가 프리다가 건넨 구원의 손길에 매달려 슬금슬금 뒷걸음질 치자 오빠들 중 한 사람이 내 오른팔을 덥석 잡고, 다른 한 사람이 바로 내 왼팔을 잡았다.

"마인도 같이 가자. 같이 프리다 세례식을 축하해 줘."

"우리 집 손님이니까 같이 가도 전혀 문제없어. 축하는 사람이 많은 편이 즐겁잖아."

"전 여기서 보고 있을게요!"

양팔을 붙잡힌 내가 고개를 도리도리 흔들었지만, 강인한 가족들은 전혀 들어주지 않았다.

'이건 핏줄인가요!? 길드장 혈족은 사람 말을 듣지 않는 유전자라도 가지고 있나요!?'

"오라버니들, 저 때도 집적거렸다가 몸 상태가 안 좋아져서 혼났었죠? 마인한테는 집적거리지 마요. 가족들이 오후에 데리러 오기로 했는데 열이 나서 쓰러지면 곤란하다고요."

내 심정 따위는 상관없이 주위가 흐뭇하게 지켜보는 가운데 프리다만이 한숨을 쉬며 오빠들에게 충고해 주었다. 오늘 프리다는 정말 천사처럼 보였다.

"하지만 이 기회에 사이좋아지고 싶단 말이야."

"마인은 아직 몸이 좋지 않아서 이 방 창문에서 세례식을 보기로 했어요. 사실 마인도 밖에 나가고 싶지만, 그럴 수가 없다고요."

언제 쓰러져도 모를 신식 탓에 밖에 나갈 수 없어 창문으로 부럽게 밖을 쳐다보기만 했던 옛날의 프리다를 떠올린 모양이다. 오빠들이 갑자기 숙연해져서는 잡고 있던 내 팔을 놓아 주었다.

"자, 슬슬 종이 울릴 시간이에요. 밖에서 아가씨 세례식을 봐야죠."

유테의 말에 일동이 프리다를 둘러싸고 우르르 밖으로 나갔다. 나는 순식간에 지나가는 태풍을 지켜보는 기분으로 배웅했다. 역시 함께 식사를 안 하길 잘했다. 저런 기세로 계속 질문이나 간섭을 받았다면 분명 며칠은 앓아 누웠겠지.

"괜찮나요? 나쁜 아이들은 아니지만, 조금 극성맞은 데가 있어요."

'조금이 아니에요! 엄청 극성스럽다고요!'

유테를 향한 추궁은 마음속으로 삼키고 창문 근처로 다가갔다. 난로에 불을 지핀 방 안은 따뜻했지만, 창문 근처는 쌀쌀했다. 유테가 가져온 숄을 두르고 아래를 내려다보았다.

눈이 조금씩 내리는 맑은 날씨였다. 내가 내쉬는 숨에 흐려지는 유리창으로 보아 밖이 얼마나 추운지 알 수 있었다.

창문 저편에는 밖에 나와 이웃 사람들에게 극찬을 받는 프리다가 마치 여왕님처럼 눈에 띄었다. 가족들에게 둘러싸여 지금까지 중 가장 행복한 얼굴을 짓고 있었다. 이렇게 위에서 내려다보니 장식을 꽂지 않은 아이들 사이로 내가 만든 머리 장식이 상당히 두드러져 보였다. 창문에서 투리의 머리 장식을 발견했다는 프리다의 말도 이해가 갔다.

투리도 분명 눈에 띄었겠지? 투리는 귀여우니까 분명 모두에게 소문이 퍼졌을 거야.

프리다의 세례식을 내려다보는데 어째서인지 투리의 세례식에 있었던 일들만 머릿속에 맴돌았다. 아빠가 회의에 가기 싫어했던 일이나 가장 예쁜 옷을 입고 웃던 엄마의 얼굴이 차례차례 떠올랐다. 왠지 굉장히 가족들이 보고 싶어졌다.

"마인 씨. 얼굴색이 좋지 않은데 무슨 일 있어요?"

"가족들과 함께 기뻐하는 프리다를 보니 저도 가족들이 보고 싶어졌어요. 오후엔 데리러 올 테지만요."

"마인, 외로웠지? 아빠가 얼마나 외로웠다고."

오후 종이 울리자 기다렸다는 듯이 가족들이 데리러 와 주었다. 평소에는 조금 답답하게 느껴지던 아빠의 애정이 마음속에 스며들었다.

"조금. 아주 조금 외로웠어."

프리다의 가족들이 점심을 함께하자고 제안했지만, 엄마는 이 이상 신세를 질 수는 없다며 거절했다. 그리고 오랜만에 엄마가 만든 밥이 먹고 싶다는 나의 결정타로 완강하게 붙잡히는 일 없이 집에 돌아올 수 있었다.

"나도 대접받는 음식을 먹어 보고 싶었는데……."

볼을 부풀리는 투리에게 나는 조그맣게 웃었다.

"미안, 투리. 난 프리다네 화려한 음식보다 엄마가 만든 밥이 먹고 싶어."

"에파가 만든 음식이 맛있지."

나는 기분이 좋은 아빠의 목말을 타고 가족들과 집으로 돌아갔다. 겨우 며칠 비운 낡아빠지고 가난한 우리 집이지만, 긴장감 없는 집에 안도했다.

프리다네 저택은 풍부한 식사에 화려한 욕조, 푹신푹신한 이불과 멋진 장식품들로 가득했다. 그것들은 매력적이며 마음이 끌렸지만, 긴장하게 해서 쉽사리 피곤해졌다. 아름답고 편리한 환경임에도 어째서인지 계속 살고 싶다는 생각은 들지 않았다.

아아, 언제부턴가 이곳이 내 집이 되었구나.

그런 자신의 마음 변화에 놀라게 된 프리다 저택에서의 생활이었다.

겨울 시작

집에 돌아와서 안심한 다음 날, 난 루츠와 함께 벤노의 상점으로 향했다. 눈이 조금씩 흩날리는 날씨였지만, 쌓이기 전에 가서 회복했다는 보고와 감사의 인사를 전해야 했다.

"벤노 나리가 마인이 길드장한테 무슨 말이라도 듣진 않을지, 스카우트 당해서 곤란해 하지는 않을지 엄청 걱정했어."

"아~ 내가 속으로 계속 도움을 요청했는데 통했나?"

프리다의 가족들에게 둘러싸였을 때 나는 속으로 몇 번이고 벤노에게 도움을 요청했다. 이상한 전파라도 나왔는지도 모른다. 내 말에 루츠가 불만스러운 얼굴로 나를 노려보았다.

"나한테는 요청하지 않고?"

삐진 얼굴을 한 루츠를 보니 뭐라 할 수 없는 간지러운 웃음이 복받쳤다. 무심코 웃어 버리자 루츠가 더욱 입을 삐죽였다.

"왜 웃어!?"

"아니, 루츠는 실제로 날 도와줬잖아."

"뭐?"

충격을 받은 듯한 얼굴로 눈을 깜빡이는 루츠에게 나는 소리 내어 웃었다.

"너무 움직이면 열이 난다고 프리다에게 말해 주었잖아. 덕분에 충분히 잤고 저녁을 함께 먹지도 않아서 스카우트 제안도 안 듣고 넘어갈 수 있었어."

"헤헤, 그래?"

의기양양하게 웃는 루츠가 나와 잡은 손에 살짝 힘을 주며 반걸음 앞으로 나왔다. 내 몸에 닿는 바람이 적어지면서 얼굴에 떨어지는 눈이 줄어든 듯했다.

"안녕하세요."

"아아, 마인. 건강해져서 다행입니다."

벤노의 상점은 활기에 넘치고 따뜻했다. 상점에 들어가 입김을 내쉬는 우리를 발견한 마르크가 빠른 발걸음으로 다가왔다. 눈이 내리기 시작했는데도 불구하고 벤노의 상점을 출입하는 사람들은 여전히 많아 보였다. 성질 급한 공방은 벌써 문을 닫은 곳도 있는데 말이다.

상점 안을 둘러보며 내 생각을 중얼거리자 마르크가 싱긋 웃었다.

"저희는 겨울이 가장 잘 팔리는 때니까요."

겨울은 눈보라 치는 날이 늘어나 움직일 수 없는 날이 많아지므로 방에 틀어박혀 절약하는 생활을 보내는 계절이라 생각했는데 아닌 모양이다.

"눈에 갇혀서 시간이 많아진 귀족분들은 심심풀이로 색다른 물건을 사려고 지갑이 느슨해지죠."

"그렇군요. 오락 용품이라……."

게임기는 만들 수 없겠지만, 트럼프, 카루타, 화투, 주사위 등 익숙한 카드 게임이 머릿속을 맴돌았다. 여유가 생기면 만들어 봐도 좋을지도 모른다. 그런 생각을 하는 사이 루츠가 내 소매를 잡았다.

"뭔가 생각나는 거 있어?"

"종이가 있어야 하는 상품이긴 한데……."

얇은 판자라면 카드 게임도 가능할 것 같지만, 나무를 카드처럼 같은 크기와 두께로 얇게 자르는 기술이 필요했다. 목공 기술을 가진 사람에게 의뢰하면 간단하지만, 적어도 '내가 생각하고 루츠가 만든다'는 전제를 세례식이 끝날 때까지 지키고 싶었다.

얇은 판자를 루츠가 만들 수 있을까?

그리고 아직 이 세계에서 그림 도구를 본 적이 없었다. 염료가 있으니 존재는 하겠지만, 트럼프 같은 색칠이 우리 집에서 가능할 리가 없었다.

리버시나 장기라면 판자랑 잉크로 우리끼리라도 만들 수 있을지 모르겠는데. 놀이 종류는 트럼프가 가장 많긴 하지.

고민하는 동안 안쪽 방으로 안내를 받았는지 정신을 차렸을 땐 벤노가 가까운 거리에서 내 얼굴을 빤히 들여다보고 있었다.

"마인, 회복한 거지?"

"으악!? 네, 네. 걱정 끼쳐서 죄송해요."

눈을 깜빡거리며 말해도 벤노는 의심스러운 듯 미간만 좁힐 뿐 계속해서 내 얼굴을 뚫어지게 쳐다봤다.

"나리, 괜찮아. 마인은 골똘히 생각만 했을 뿐이지 몸 상태가 안 좋지는 않아."

루츠의 말에 겨우 납득한 벤노가 내 얼굴에서 손을 뗐다. 그리고 난로 근처 테이블로 우리를 앉히고 깊은 한숨을 내쉬었다.

"그 영감이 손녀를 위해 모은 마술 도구라면서 이러쿵저러쿵 집요하게 말이 많기에 정말 써 줄지 어떨지 도박이었는데……."

"아, 저를 길드장 상점에 빼돌릴 계획이었나 봐요. 돈이 부족했다면 빚의 담보로 상점을 옮기게 했겠죠?"

"빚의 담보라……. 뭐, 그렇겠지. 그래도 돈은 내가 이미 너에게 냈잖아?"

의기양양하게 씩 웃는 벤노에게 고개를 끄덕이며 길드장이 뒤에서 덫을 친 사실을 폭로했다.

"네. 벤노 씨에게는 마술 도구 가격을 소금화 1닢과 대은화 2닢이라 했다고 들었는데요, 사실은 소금화 2닢과 대은화 8닢이었대요……."

"그 망할 영감이!"

벤노가 분한 듯 자신의 머리를 휘저으며 격분하자 내가 말을 이었다.

"간당간당하게 제가 가진 돈으로 해결되어서 다행이에요. 프리다와 길드장은 돈이 충분하리라고 생각 못 했는지 깜짝 놀라더라고요."

그러자 순간 어안이 벙벙한 표정으로 '그러고 보니 정보료를 올렸었지?' 하고 중얼거리고는 씩 웃었다.

"녀석들에게 물을 먹였다면 그걸로 됐어. 다만, 그 집안을 방심하지 마. 너처럼 위기감 제로에 매사에 멍한 녀석은 금방 잡아먹히니까."

위기감 제로에 매사에 멍한 내가 저질러 버렸을지도 모를 실패도 일단 벤노에게 보고해 두는 편이 좋을지도 모른다. 하지만 조금이라도 야단맞을 일을 늦추고 싶은 나머지 빙빙 돌려 말하지 않을 수가 없었다.

"저기, 벤노 씨. 질문이 있는데요. 이 주변에 어떤 과자가 보급되고 있죠?"

"무슨 의미지?"

날카롭게 쳐다보는 적갈색 눈에 움찔하면서 변명 섞인 말로 설명했다.

"제 주변에서 단 음식이라고는 꿀이나 과일이나 겨울에 나는 파루 정도인데요. 그게…… 말이죠. 벤노 씨. 뜬금없는 말이긴 한데, 프리다네 집에 설탕이 있었거든요? 그거 드문 건가요?"

요리에 쓰는 설탕이 우리 집에 없는 사실로 따져 보아도 부유층 급에나 보급되는 재료라고는 생각했다. 하지만 유통에 훤한 사람에게서 확실한 대답을 듣고 싶었고 가능하면 우리 집이 가난해서 못 살 뿐, 대부분 사람은 살 수 있다는 대답이었으면 했다.

물론 그런 나의 기대에 보답하는 대답이 돌아올 리가 없었다.

"이 주변에서는 아직 드물지. 최근에 외국에서 수입되기 시작해서 왕도 주변이나 귀족들 사이에서는 상당히 인기가 높은…… 너, 혹시 또 무슨 일 저질렀냐!?"

저지른 전과가 많은 탓에 벤노가 금방 눈치를 채고 눈꼬리를 추어올렸다.

설탕 자체는 귀족 계급에 보급되기 시작했으나 아직 과자 문화라고 할 정도로 과자가 다양하지 않은 듯했다. 카트르 카르는 단순하고 전통적인 케이크지만, 내가 생각해도 도가 지나쳤다.

"그 '**카트르 카르**'라는 과자를 만들었더니 달려들 듯이 해서……."

"아아, 그거. 엄청 맛있었어. 입안에서 녹아내릴 것 같은 촉촉한 맛은 처음 먹어 보는 달콤한…… 잠깐, 마인!"

카트르 카르를 먹었던 루츠도 노려보자 큰일 날 짓을 저질러 버렸다고 실감했다.

"넌 어째서 육식 동물 앞에서 그렇게 무방비하게 수풀 사이로 머리를 들이미는 거지!? 순식간에 잡아먹혀 버릴 게 뻔하잖아!"

카트르 카르로 이렇게까지 격분하는데, 쇼트케이크를 만들었으면 큰일 날 뻔했다고 나 자신을 위로했다. 저울이나 나무 오븐으로 만들 수 있을지 불안해서였지만, 결과적으로는 안전권이다.

"프리다랑은 과자를 만들기로 약속했고, 내가 할 수 있는 답례로……."

"돈은 냈으니 답례 따위 필요 없어!"

벤노의 말이 하나하나 프리다의 말과 겹쳤다. 이곳 상인들에게는 대가를 치르면 그 이상은 불필요한가 보다.

"으으. 프리다한테도 그 말 들었어요."

"또!? 고객 상대로 그런 말을 듣고 어쩌자고? 깎아도 되는 상대인지 어떤지는 잘 보고 판단하라고 전에도 말했지!? 이 단세포야!"

으으으으으! 난 정말 학습 능력이 제로인가 봐. 하지만 생명의 은인에게 최대한 답례하고 싶은 건 당연하지 않아?

"일단 생명의 은인이니까……."

"그러니까 망할 영감탱이한테 속았던 일은 완전히 까먹었다는 말이군."

"으으……."

그렇게 말하니 할 말이 없다. 결과적으로 돈이 있어서 목숨을 부지한 셈이다. 하지만 돈이 부족해서 강제적으로 벤노의 상점에서 길드장의 상점으로 소속이 바뀌었다면 내 심경은 더욱 복잡해졌겠지.

"정말이지, 저쪽은 네가 신식이니까 시간상 여유가 없을 거라고 우리를 우습게 여기고 내버려 두는 거다. 녀석들이 진지해지면 넌 눈치챌 겨를도 없이 소속이 바뀌었겠지. 일부러 잡혀갈 짓은 하지 말도록."

벤노의 말에 조금 납득했다. 이것저것 덫을 치는 데에 비해 생각보다 허술하다고 느꼈다. 아무래도 신식이라는 병으로 어차피 금방이라도 귀족과 계약하게 될 상대이니 조금씩 찔러 보는 정도로 끝낸 듯하다.

"음, 눈치 못 채게 소속을 바꾸려고 하면 어떤 일을 꾸밀까요?"

"가장 간단한 방법은 너희 부모에게 접근해서 급소를 찌르겠지. 딸의 생명을 구해 준 은인의 부탁을 거절할 부모는 없으니까. 앞으로도 너를 돌보겠다면서 부모에게 세례식 후의 소속을 바꾸라고 강요하거나, 너도 모르는 새 그 집안 아들이 네 혼약자가 되어 있을 가능성도 있었다. 앞으로 1년을 살지 어떨지 모르는 너를 상대로 거기까지 할 의미가 없으니까 안 할 뿐이다."

"그게 뭐예요. 무서워!"

닭살 돋은 팔을 미친 듯이 문지르자 벤노가 어이없다는 얼굴로 나를 보았다.

"이제 알았나? 위기감이 없는 것도 정도가 있지. 그래서 완성한 과자를 주고 끝인가?"

벤노의 질문이 무슨 의미인지 알 수 없어 나는 고개를 갸웃거리며 모두와 함께 만들었다고 이야기했다.

"아뇨, 전 과자를 만들 완력이 없으니까 프리다네 요리사에게 조리법을 알려주고 만들게 했어요. 새하얀 밀가루가 엄청 많았고요. 설탕도 있고 집에 나무 오븐이 있었다니까요. 굉장하죠?"

"아아, 정말 대단하네. 그러니까 조리법을 통째로 저쪽이 파악했다는 말이군……."

머리를 감싸 안는 벤노의 모습에 불안감이 엄습해 왔다. 답례로 만든 과자가 여기까지 파문을 일으키리라고는 전혀 생각지 못했다.

"윽, 뭔가 큰일을 저질렀나요?"

"귀족 상대로 팔 수 있는 상품을 무상으로 주다니 바보 아니냐?"

무엇이 귀족에게 팔리고 무엇이 서민적인 물건인지 솔직히 말해서 몰랐다. 다만 케이크 조리법이 돈이 된다는 사실은 이번에 알았다. 다음부턴 조심해야지.

"으으……. 그럼 우리도 요리사한테 만들게 해서 팔면 되잖아요. 아직 저쪽도 팔기 전인데……."

"설탕 입수가 아직 어려워."

먼저 팔면 끝이라고 제안하자 벤노가 분명하게 불쾌한 표정을 지었다. 그렇다고 설탕 입수는 내 영역이 아니었다. 장사하는 벤노의 일이다.

"그럼 포기할 수밖에요. 설탕이랑 오븐에 능통한 요리사가 있으면 **'카트르 카르'** 조리법은 공짜로 벤노 씨에게도 공개할게요."

"듣자 하니 다른 조리법도 있는가 보군."

벤노가 금방 눈치 채고 나를 바라봤지만, 설탕 없이는 쓸 수 없는 조리법뿐이다. 공개해도 의미가 없었다. 조금 전에 과자 조리법이 돈이 되는 것을 깨우친 나는 당당하게 웃으며 말했다.

"이 이상은 유료예요."

"그런 고집은 저쪽에다 써."

"앞으로 잘 처리할게요……."

지당한 말에 풀이 죽었다. 선의의 행동을 돈으로 계산하는 일은 익숙하지 않지만, 그것이 상인의 세계라면 익숙해질 수밖에 없었다.

"보고는 그걸로 끝인가?"

"아뇨, 이건 상당히 사적인 보고인데요. 저 겨울 동안에는 기본적으로 외출할 수 없어서 봄이 오기 전까진 상점에 못 오니까 걱정은 말아 주세요."

무엇보다 이곳엔 내가 눈앞에서 쓰러져 과보호하게 된 마르크와 벤노가 있다. 내가 상점에 오지 않아도 상점 운영에 아무런 지장이 없겠지만, 또 내 몸 상태로 걱정을 끼치기도 미안하여 먼저 알려 둘 필요가 있었다.

"응? 오토를 도와주러 간다고 하지 않았나?"

아무래도 벤노는 겨우내 문에 가겠다고 생각한 모양이다. 하지만 그렇지 않았다. 우리 가족이 이 폭군을 그냥 눈감고 놔둘 리가 없다.

"음, 눈보라 치지 않는 날씨에 제 몸 상태가 좋고 아빠가 아침조나 오후조일 때가 조건이라 겨울 동안에 열 번도 못 갈 걸요?"

"너……. 세례식 후에 정말 일 할 수 있어?"

"저도 그 점이 항상 불안하긴 한데요."

굉장히 불안한 듯 벤노가 물어 왔다. 하지만 오히려 묻고 싶은 사람은 나였다. 과연 내가 할 수 있는 일이 있기나 한 걸까.

"일 방식은 차차 생각하는 편이 좋겠군. 그런데 겨울 동안에 수작업 납품은 어떻게 할 생각이지? 우리로선 다소 봄 세례식용 상품이 있으면 좋겠다만."

처음엔 봄이 오면 모든 물품을 납품하기로 했는데 그러면 봄 세례식에 맞출 수 없었다. 겨울 세례식용으로 급하게 만든 물품도 거의 다 팔려 재고가 없다고 벤노가 말했다.

"내가 날씨를 보고 가져올게요. 맑은 날엔 파루를 채집해야 하니까 흐린 날에는 올 수 있겠지?"

"아아, 파루. 그립네. 파루 주스는 아이들이 아주 좋아했지."

벤노가 옛날 생각이 난 듯 훗 하고 웃었다. 벤노도 옛날에는 파루를 채집하러 다녔을까? 내가 채집물을 코린나에게 나눠주는 어린 벤노를 상상하고 웃자, 옆에서 파루 채집을 상상하던 루츠도 헤헤거리며 웃었다.

"나 올해도 꼭 파루 케이크를 먹을 테야."

"파루 케이크? 그게 뭐지?"

벤노가 의아스러운 표정을 지었다. 나는 파루 케이크 조리법이 유출되었을 때 벌어질 일이 떠올라 식은땀이 줄줄 흘렀다.

"아~, 루츠. 조리법은 비밀로 해 둬. 파루를 채집하기 힘들어져."

파루 찌꺼기는 사람이 먹는 음식이 아니라 가축 모이였다. 그래서 루츠네 집에서 달걀과의 교환으로 많은 양을 얻을 수 있었다. 하지만 그 가치가 알려지면 파루 찌꺼기에 비싼 가격이 붙을지도 몰랐다. 그렇게 되면 겨울에 가축 모이로 쓰는 모든 사람에게 피해를 입히는 결과가 되어 버린다.

"그래? 그럼 우리끼리만 먹어야 하니까 비밀을 지켜야지."

이야기를 끝내고 벤노의 상점을 나와 돌아갈 즈음에 거리 가장자리에는 조금씩 눈이 쌓이기 시작하고 있었다.

"외출할 수 없는 날이 시작되었네."

쌓이다 만 눈을 지긋지긋하다는 듯이 쳐다보며 루츠가 조그맣게 끄덕였다. 집안 분위기가 좋지 않다고 칼라가 말했을 정도다. 당사자인 루츠는 더욱 험악한 분위기를 느낄 터였다. 집안에 틀어박혀야 하는 겨울은 루츠에게 괴로운 계절일 테지.

"저기, 루츠. 사흘에 한 번은 공부 도구랑 완성한 비녀 부분을 가지고 우리 집에 와."

난 루츠에게 숨을 돌릴 약간의 시간을 줄 수 있는 제안밖에 할 수 없었다. 매일같이 가족들과 마주치면 쓸데없이 비난만 거세질 듯하고, 루츠도 아무 이유 없이 우리 집에 오기 힘드니 비녀가 조금씩 만들어지는 기간을 가늠하는 편이 좋겠지. 나의 제안에 루츠의 얼굴에 아주 약간의 웃음이 번졌다.

"응, 그렇게 할게. 미안."

눈보라 치는 날이 늘어나자 거리를 걷는 사람이 줄어들었다. 사람들은 추위를 견디기 위해 외출을 자제하고 집안에서 지냈다. 병사라서 문에 출근해야 하는 아빠는 작년과 마찬가지로 겨울이라고 쉴 수 없었다. 눈보라 치는 날도 출근해서 집에 있는 날이 거의 없었다.

집에서는 투리가 틈만 나면 머리 장식을 만들었다. 확실히 돈이 된다는 사실을 알았는지 작년에 만들었던 바구니보다 더없이 진지하다. 엄마는 수작업에 관심을 보이면서도 가족들 옷을 만드는 쪽을 우선시해야 했다. 올해는 나의 세례식이 있으니 예복이 우선이었다.

"엄마, 작년에 투리가 입은 예복을 고치면 되지 않아?"

투리는 일 년 사이에 또 훌쩍 자랐다. 이미 여름에 입었던 예복이 조금 길 터였다. 그렇다면 한 번밖에 입지 않은 예복을 고치는 편이 손이 덜 들지 않을까?

"투리와 마인은 덩치 차이가 커서 고치는 일도 힘들어."

엄마는 곤란한 듯 쓴웃음을 지었다. 보통 예복은 여러 번 만드는 옷이 아니다. 자매라면 돌려 입는 경우가 일반적이다. 하지만 나와 투리는 덩치 차이가 달라도 너무 달랐다. 일곱 살이 되는 세례식에서 여덟아홉 살 정도로 보이는 투리와 네다섯 살로 보이는 내가 같은 옷을 입는다는 건 불가능했다. 가마 앞에서 입어 봤지만, 어깨와 겨드랑이 부분이 줄줄 흘러내렸고 무릎 길이 원피스가 발목까지 왔다.

"음……. 하지만 이 밑단은 이렇게 집어서 길이를 줄이면 주름이 생겨서 귀엽지 않을까? 집어서 꿰맨 부분에 이런 느낌의 작은 꽃을 장식하면 어때?"

"마인, 그건 수선이 아니야. 엄청 화려해질 거야."

옷자락에 주름을 만들어 잡은 나의 제안에 투리가 웃었다.

사이즈가 완전히 다를 경우, 실을 전부 풀어서 내 사이즈로 옷감을 잘라 다시 꿰매는 일을 수선이라고 부른다고 했다. 조금씩 집어 장식으로 가리면 좋지 않겠냐는 내 생각은 이상한 모양이다. 이 이상 쓸데없는 말은 하지 않는 편이 틀림없이 좋을 듯하다.

"그렇구나. 너무 화려해 보이니까 안 하는 편이 좋겠네. 집어서 꿰매는 식이면 나중에 내가 자라서도 이 부분만 펼치면 입을 수 있지 않을까 했는데……."

필요 이상의 천을 쓸 수 있는 사람은 생활에 여유가 있는 사람들뿐이다. 주름이 들어간 옷은 기본적으로 부자들만 입었고, 쓸데없는 장식을 달지도 못했다. 그래서 투리는 덩치에 딱 맞는 사이즈로 예복을 만들었던 셈이다. 수선이라 해도 주름이 들어간 옷을 입으면 눈에 확 띌 게 분명했다. 그렇게 생각하고 입을 다물었더니 묘하게 엄마가 의욕이 생겨 버렸다. 내 양어깨를 턱 잡더니 싱긋 웃었다.

"마인이 말한 대로 해 보자. 안 되면 평범하게 수선하면 되잖니. 그렇지?"

아. 큰일이다……. 엄마가 의욕에 불타기 시작했어. 이거 평범한 수선으로 해 달라고 해도 들어주지 않을 분위기지? 나도 내 머리 장식을 만들고 루츠의 가정교사와 요리 당번도 해야 해서 작년보다 바쁜데.

물론 의욕적으로 바뀐 엄마에게서 도망칠 수도 없는 노릇이었다. 가마 앞이긴 하나 여름 예복만 입은 상태로 엄마와 여기저기를 집으며 주름을 만드는 이야기를 하는 사이에 병약한 나는 감기에 걸려 버리고 말았다. 에취!

예복 완성과 머리 장식

열이 나고 이틀 후에야 겨우 열이 내렸다.

예복 수선에도 상당히 위험도가 높았다. 이 상태로는 수선이 끝날 때 즈음에 또 한 번 열이 날 듯하다. 그런 생각을 하면서 나는 침대에서 내려와 엄마의 모습을 찾았다. 부엌 가마 앞으로 테이블을 바짝 당겨 엄마와 투리가 부지런히 수작업하는 모습이 보였다. 아무래도 내가 앓아누운 동안 예복 수선은 할 수 없으니 수작업에 힘썼던 모양이다.

"어머, 마인. 열이 내렸나 봐? 그럼 오늘은 수선을 마저 해 볼까?"

엄마가 살짝 아쉬운 듯 수작업을 정리하고 예복을 펼치기 시작했다.

"아빠는? 아침조야?"

"오후조인데 눈이 많이 쌓여서 벌써 나갔어."

병사는 큰길의 제설작업에도 동원되었다. 제설 작업을 하면 특별 수당을 받을 수 있다고는 하나 중노동에 비해선 턱없는 금액이라고 아빠가 종종 술을 마시면서 투덜댔었다.

"자, 마인. 예복을 입으렴."

쫙 펼쳐진 얇은 반소매 옷감을 보고 나는 뺨을 움찔거렸다. 엄마의 말대로 입으면 가마 앞에 서 있어도 또 열이 나 버릴 듯하다.

"엄마, 한 장이라도 좋으니까 긴소매 셔츠를 입어도 될까?"

"그럼 딱 맞춰서 수선할 수 없잖니?"

"괜찮아. 여름까지는 덩치가 커질 테니까."

엄마는 뺨에 손을 대고 굉장히 의아스러운 표정으로 고개를 갸웃거렸다. 그리고 이것저것 다시 생각하는 듯이 시선을 굴리더니 이내 한숨을 내쉬었다.

"마인의 기분은 알겠지만…… 그렇게 크지 않을 것 같은데?"

'적어도 기대한다는 말 정도는 해 주세요, 엄마!'

또 열을 내긴 싫었으므로 긴소매 셔츠를 입고 그 위에 예복을 입은 상태로 수선하는 허락을 겨우 얻었다.

"가장 사이즈가 안 맞는 곳이 어깨구나. 이 부분은 어떡하지?"

엄마 말대로 투리의 예복을 입고 가장 질질 내려오고 보기 흉한 부분이 어깨였다. 그래서 어깨 품을 전부 모아 버렸더니 어깨에 주름이 잡힌 오프숄더 드레스처럼 되었다.

"이렇게 목 주변에 적당한 천이나 끈으로 어깨끈을 다는 거야. 이 예복을 만들 때 남은 자투리가 있으니까 그거라도 좋아. 없으면 파란색 계열 천이면 되겠지? 자수나 허리끈이랑도 어울리니까 괜찮지 않을까?"

"자투리는 남아 있어. 어깨끈을 만들기에는 충분하겠네."

엄마가 부스럭거리며 천 수납장에서 자투리를 들고 왔다. 자투리를 끈처럼 둥글게 만 후 꿰어서 어깨끈으로 만들었다. 어깨가 드러날 듯 말 듯 줄줄 흘러내리던 원피스가 캐미솔처럼 어깨끈이 달린 오프숄더 원피스가 되었다.

"아아, 이러면 어깨가 흘러내리지 않겠구나."

엄마가 만족스럽게 끄덕인 후, 미간을 찌푸리며 겨드랑이 쪽을 가리켰다. 어깨 천을 모아 버린 탓에 겨드랑이 쪽 옷감이 물결처럼 쏠렸다.

"마인, 아무리 그래도 이 겨드랑이 천은 보기 흉하구나. 어떻게 할 거니?"

"어차피 넓은 허리끈으로 묶을 거니까 겨드랑이에 조금 옷감이 쏠려도 문제는 없지 않을까?"

"안 돼. 보기 흉하잖니."

"그럼 이렇게 주름지게 해서 꿰매면 어때? 손은 많이 가도 귀엽지 않아?"

보기 흉하다는 천을 같은 간격으로 접어 가슴팍에서 겨드랑이 쪽으로 주름을 세 개 정도 만들어 보였다. 꿰매는 일이 귀찮겠지만, 천도 안 남게 되고 가슴 부분이 장식적인 모습으로 바뀌었다.

신음하던 엄마가 내 제안에 수긍한 후, 나를 향해 손을 뻗었다.

"이건 벗어 줘야 꿰맬 수 있겠어."

나는 예복을 벗어 엄마에게 넘겨주었다. 그리고 바로 옷을 여러 장 겹쳐 입고 안도의 한숨을 쉬었다. 솔직히 추웠다. 예복이 완성할 때즈음에 또 열이 날 듯하다.

"마인은 좋겠다. 엄청 화려한 예복을 입게 되어서."

엄마가 촘촘히 꿰기 시작한 주름을 바라보며 투리가 부러운 듯 한숨을 내쉬었다. 확실히 하늘하늘한 부분이 많아 화려해 보였다. 하지만 그건 투리와 나의 체격이 너무 다르기 때문이다. 평범한 자매였다면 이런 수선은 필요 없으니 나로서는 엄마의 시간을 뺏어 미안했다.

"투리랑은 덩치 차이가 너무 나서 그래. 다시 만들기가 힘드니까 이렇게 수선만 하는 거야. 그리고 원래 이 예복은 투리를 위해 만든 옷이잖아. 투리는 항상 새 옷인데 난 투리한테 물려받는 옷뿐이야."

항상 헌 옷을 물려받아야 하는 건 동생으로 태어난 자의 숙명이다. 평상복은 언니인 투리도 이웃에게 물려받은 옷이 대부분이라 새 옷을 입는 경우는 거의 없긴 하지만.

"엄마가 꿰매는 동안에 내가 쓸 머리 장식이라도 만들어 볼까."

주름을 꿰매는 동안 나는 자신의 세례식에 쓸 머리 장식을 만들기로 했다. 이왕이면 기성품과는 조금 다른 디자인을 만들고 싶었다.

"엄마, 내 머리 장식을 만들고 싶은데 우리 집 실을 써도 돼?"

"네 예복을 만들 필요가 없어졌으니 머리 장식을 만들 양만큼은 써도 괜찮아."

작년에는 엄마가 머리 장식 만들기를 이해하지 못해 실을 얻는 데 고생했지만, 올해는 거절당하지 않고 얻을 수 있었다. 상호이해의 중요성을 느끼며 나는 명주실을 손에 쥐었다.

"분명 이런 느낌인데……."

기억을 끄집어내면서 가느다란 코바늘로 은방울꽃처럼 둥그스름한 작은 꽃을 떠 갔다. 수작업 머리 장식을 하나 완성한 투리가 내 손을 들여다보며 말했다.

"마인, 이건 프리다의 작은 꽃이랑 수작업 꽃이랑도 형태가 조금 다르네?"

"이건 말이지. 내가 세례식에서 쓸 비녀 장식이야."

"이왕이면 프리다와 같은 장식으로 하지? 화려하고 예뻤는데."

장미 모양 꽃을 마음에 들어 했던 투리가 은방울꽃처럼 생긴 작은 꽃을 손가락 끝으로 굴리면서 입술을 삐죽였다. 나는 프리다를 위해 만든 촘촘하고 광택 나는 빨간 장미를 떠올리며 한숨을 내쉬었다. 똑같이 만든다 해도 그만한 장미는 만들 수 없을 터였다.

"실의 품질이 다르니까 똑같이는 되지 않을 거야."

"똑같지 않아도 좋다면 내가 만들게. 마인이 내게 만들어 준 것처럼 나도 마인에게 만들어 주고 싶어."

투리의 마음이 기뻐서 나는 장미 부분을 투리에게 부탁하기로 했다. 커다랗게 눈에 띄는 장미는 나보다 능숙한 투리에게 맡기는 편이 예쁘게 완성될 것이었다.

"고마워, 투리. 그럼 이 실로 프리다에게 만든 커다란 꽃을 아주 조금 더 크게 만들어 줬으면 좋겠어. 뜨는 방법은 기억해?"

"내가 마인도 아니고, 제대로 기억하고 있어. 맡겨 줘."

'기억력이 안 좋은 동생이라 미안합니다.'

투리에게 장미꽃 만들기를 맡기고 나는 부지런히 작은 꽃을 만들어 갔다. 내가 열심히 만들어도 그리 빠르지 않아서 3개째 끝났을 즈음에 엄마가 주름 꿰는 작업을 끝냈다.

"마인, 예복을 입어봐 주렴."

나는 다시 긴 소매 위에 예복을 입었다. 예복은 상반신에 주름이 들어간 오프숄더 원피스가 되었다. 주름이 들어가면서 하늘하늘한 소매 부분에 주름이 자연스럽게 잡혀 보였다.

"엄마, 허리끈 집어 줘. 묶어 보게."

엄마가 집어준 폭넓은 파란색 허리끈을 꽉 묶으니 치마 부분이 벌룬 치마처럼 둥그스름하게 부푼 형태가 되었다.

"꿰맬 땐 몰랐는데 이렇게 보니 굉장히 귀엽구나."

"내가 귀여우니까?"

"어머, 엄마 실력이 좋아서지."

둘이서 얼굴을 마주 보고 피식피식 웃은 후, 엄마가 내 어깨를 빙글 돌렸다.

"이젠 밑단만 남았네. 이대로라도 형태는 귀여운데 너무 길구나."

투리의 무릎길이 원피스는 내 발목까지 내려왔다. 누가 정했는지 모르겠지만, 이 주변에서는 10살까지 어린이의 치마 길이는 무릎까지로 정해져 있다. 참고로 미니스커트는 존재하지 않는다. 굳이 말하자면 한두 살 어린이는 허벅지 길이가 짧아서 무릎길이로 만든 치마가 미니스커트로 보일 정도다.

그리고 성가시게도 짧아도 안 되고 길어도 안 된다. 정강이 정도 길이는 10살에서 15살. 성인이 되면 발목도 보이지 않는 길이를 선호한다고 했다. 하지만 그렇게 질질 끌릴 듯한 치마를 입는 사람은 일할 필요가 없는 집에 있는 여자들 정도다. 훌륭하게 노동 계급에 속하는 엄마나 이웃 아줌마들의 치마 길이는 발목 정도였다.

"밑단도 어깨랑 똑같이 집어서 주름치마처럼 만들면 되겠니?"

"앞에 두 군데, 뒤에 두 군데 정도 집어 주면 괜찮을 것 같은데, 엄마는 어떻게 생각해?"

"그래. 딱 괜찮겠네."

밑단은 무릎까지 오도록 네 군데 정도를 집어 올리니 마치 벌룬 커튼 같은 주름이 만들어졌다. 실로 꿰맨 후, 실이 눈에 띄지 않게 머리 장식과 똑같은 작은 꽃으로 장식했다. 그리고 밑단에 새겨진 자수가 예쁘게 보이도록 주름을 정리해서 예복을 완성했다.

"부잣집 따님이 입는 예복 같아."

가슴 부분에 주름이 들어가고 소매는 하늘하늘하게 물결치는 디자인에 밑단은 벌룬형 주름치마다. 천을 듬뿍 쓴 장식적인 예복은 어디를 보아도 빈민이 입을 만한 예복이 아니었다.

질질 내려와 보기 흉했던 부분을 집고 꿰매어서 대강 숨길 계획이었던 예복이 부유층에서도 드문 디자인이 되어 버렸다. 확실히 우리 집 신분에는 어울리지 않았다.

“예상외로 손이 많이 가지 않아서 편했는데, 이건 상당히 눈에 띄겠네.”

엄마의 말을 듣던 투리가 가볍게 으쓱하며 만들던 중인 머리 장식을 가리켰다.

“인제 와서 새삼스럽게. 머리 장식도 눈에 띄니까 크게 달라지지 않아.”

땋은 머리를 하고 주위 사람들이 아무도 달지 않은 머리 장식을 꽂았을 뿐이었던 투리마저 프리다의 눈에 들어올 정도로 눈에 띄었다. 내가 새로 만든 비녀도 분명 돋보일 테니 주목받을 거란 사실엔 변함은 없었다. 프리다도 주목받는 편이 머리 장식의 홍보도 된다고 했었다. 차라리 각오하는 편이 좋을 듯하다.

“열심히 만들었고 귀여우니까 주목받아도 괜찮아. 나 이걸로 갈래!”

열을 내고 내 몸을 희생하면서까지 완성한 예복이다. 그리고 우라노였던 때 고등학생 문화제에서 강제로 입었던 나풀거리는 짧은 메이드복에 비하면 단연 얌전한 디자인이고, 길이도 무릎까지 오니 부끄럽지도 않았다.

“마인이 그걸로 괜찮다면 상관없어. 그런데 머리 장식은 어떤 디자인으로 하니?”

엄마가 흥미진진한 눈으로 투리가 만들고 있는 장미꽃을 유심히 들여다보았다.

"투리가 커다란 꽃을 만들고 있으니까 나는 이제 이런 작은 꽃을 열 개 이상 만들면 돼."

"엄마도 도울게. 마인의 축하 행사인걸."

엄마가 후후 웃으며 바구니 통에서 코바늘을 꺼냈다.

"그럼 축하 선물로 파란 실과 옅은 하늘색 실을 받아도 돼? 작은 꽃을 세 개씩 만들 수 있을 양만큼."

"하는 수 없지. 그러렴."

"신난다. 고마워, 엄마."

다 같이 부지런히 뜨면서 머리 장식을 만들어 갔다. 세 사람이 만드니 속도가 빨랐다. 하얀색 큰 장미꽃이 3개, 파란색 작은 꽃이 3개, 옅은 하늘색 작은 꽃이 3개, 하얀 작은 꽃이 15개. 하루 만에 전부 갖추어졌다.

"이건 어떻게 장식하는데? 작은 꽃이 너무 많지 않아?"

"완성을 기대해 줘. 몰래 만들 테니까 보지 마."

싱긋 웃으며 그렇게 말했지만, 만드는 장소야 단 한 군데밖에 없으니 훤히 다 보였다.

보지 않는 척하며 이쪽을 힐끗힐끗 쳐다보는 두 사람의 시선이 느껴졌다. 물어보고 싶어도 물어보지 못하는 상황이 조금 재밌었다.

"나 왔어. 아, 오늘도 힘들었다. 눈이랑 술주정뱅이를 챙기는 데 하루가 다 갔어."

투덜거리며 아빠가 돌아왔다. 집에 들어오기 전에 쌓인 눈을 털긴 해도 아직 몸에 조금 남아 있었다. 나는 그 눈을 투리와 함께 털어내 주면서 물었다.

"아빠, 내 세례식용 비녀는 완성됐어?"

"아아, 조금만 기다려."

의기양양하게 웃던 아빠가 창고에서 정성스럽게 깎아 다듬은 비녀를 들고 와 주었다. 정성 들여 닦은 느낌이 드는 매끄러운 감촉에 자연스럽게 입가가 올라갔다.

"정말 예쁘다. 걸리는 부분 하나 없이 매끈매끈해. 아빠, 고마워."

아빠가 만들어 준 비녀 구멍에 하얀 장미꽃 세 개를 꿰어 붙인 조그마한 천을 꿰매 넣었다.

그리고 그 천 아래로 늘어져 흔들리는 등꽃 같은 작은 꽃을 균일한 간격으로 이으며 연결했다. 장미꽃에서 가장 가까이에 파란색 작은 꽃, 그 밑에 옅은 하늘색, 그리고 흰 명주실 꽃 다섯 개를 이었다. 작은 꽃 일곱 개로 살짝 그라데이션이 만들어진 장식 세 개가 하늘거리는 디자인으로 완성되었다. 우라노 때 쓴 유카타 머리 장식을 참고했는데 예상보다 완성도가 높았다.

"와아, 이 흔들거리는 장식 정말 귀엽다! 마인, 꽂아 봐."

"이왕이면 예복도 입어 보렴. 아빠만 못 봤다고."

"그래. 긴소매는 입지 말고 실제로 입으면 어떻게 되는지 엄마한테도 보여줘."

가족의 강요에 나는 예복으로 갈아입었다. 그리고 꽂고 있는 비녀 옆에 세례식용 장식을 꽂아 넣었다. 작은 꽃이 하늘거리며 머리카락에 닿는 느낌이 들었다.

"오오, 마인. 굉장하군! 다들 어느 부잣집 아가씨인 줄 알 거야. 얼마 전에 본 프리다의 예복보다 훨씬 섬세하고 귀엽구나. 투리한테 물려받아 수선한 옷이라고는 누구도 생각 못 하겠지. 역시 에파야."

나를 칭찬하면서 아내의 바느질 솜씨를 칭찬하는 능글능글함을 보이며 아빠가 감탄한 듯 예복을 바라보았다. 엄마는 아빠의 말에 쓴웃음을 지으며 살짝 나무랐다.

"아무리 그래도 프리다 씨의 의상과는 천의 품질이 다르니까 비교는 실례야. 하지만 간단하게 고쳤는데도 굉장히 화려하고 예쁘게 완성됐어. 역시 천에 여유가 있으니 다르구나."

"품질이 똑같았다면 에파가 훨씬 잘 만들었다는 말이야."

"정말 귄터는 못 말리겠어."

어째선지 부모들끼리 자신들의 세계에 들어가 버렸다. 알콩달콩한 두 사람의 대화를 눈앞에서 지켜보는 건 정신적으로 피곤했다. 우라노 때부터 애인이 생긴 적이 없는 나에게 그런 모습은 그만 보였으면 싶었다.

따돌림당하는 기분을 느낀 나는 뒷머리에 꽂힌 머리 장식을 주목하느라 내 시야에 들어오지 않은 투리 덕분에 현실로 돌아올 수 있었다.

"응. 귀여워! 정말 귀여워, 마인! 옷도 화려하고 귀엽지만, 머리 장식이 최고야. 하늘하늘한 장식이 눈에 띄고 머리색이 밤하늘처럼 짙은 파랑이니까 하얀 꽃이 튀어. 만들 땐 꽃장식이 조금 크지 않나 싶었는데 이렇게 꽂고 보니 전혀 그렇지 않네."

'역시 투리. 나의 천사야.'

도움의 목소리에 따라 나는 부모에게 등을 돌렸다. 닭살 돋는 두 사람의 애정 행각이 시야에서 사라진 것만으로 마음이 놓였다.

"볼륨감 있는 투리 머리랑 다르게 난 머리숱이 없으니까 머리 장식으로 화려하게 꾸미지 않으면 옷이랑 비교해서 허전해 보이거든."

그런 이야기를 나누는 동안에도 얇은 여름 예복만 입은 상태로는 추워서 몸이 계속해서 떨렸다. 온몸에 닭살이 돋았고 등골이 이상하게도 오싹거려 왔다.

"에, 에, 에…… 에취!"

기침 소리에 놀란 엄마가 아빠를 밀쳐내며 내게 다가왔다.

"마인, 예복은 이만하면 됐으니까 빨리 옷 갈아입고 자도록 해. 또 열나겠어."

"에…… 에취! 엄마, 이미 늦었나 봐. 등골은 추워서 오싹거리는데 목덜미는 뜨거워지네."

엄마가 허둥지둥 잠옷으로 갈아입히고 침대에 눕혔지만, 열은 확실하게 올라갔다. 살짝 따끔따끔하는 짚 이불에 파고들면서 한숨을 내쉬었다.

'어차피 처음부터 열이 나겠다고 예상했으니 올 것이 온 셈이지만. 이 몸은 좀 강해지지 않으려나?'

루츠의 가정교사

수작업으로 머리 장식을 만드는데 콩콩 하고 현관문을 노크하는 소리가 들렸다. 서로 얼굴을 마주 본 후 투리가 상황을 살피러 갔다.

"누구세요?"

"나야, 루츠. 비녀 부분 가져왔어."

투리가 자물쇠를 열어 끼익 소리 내며 문을 열자 쌀쌀한 바깥공기와 함께 눈을 다 털지 못한 루츠가 들어왔다.

"으아, 추워 보이네. 눈보라는 심해?"

"우물까지는 꽤 추웠는데 지금은 괜찮아."

루츠가 현관문 주변에서 남은 눈을 전부 털어내며 말했다.

"이거, 비녀 부분이야. 형들이 세 개씩 만들어서 아홉 개 있어."

루츠가 머리 장식의 비녀 부분을 책상 위에 늘어놓자 투리가 자리에서 일어나 완성한 장식 부분을 들고 왔다.

"바로 완성해 둘까? 그럼 비녀 부분이 몇 개 부족한지 알겠지?"

아무래도 내가 열로 앓아누운 동안 많이 만들어 둔 모양이다. 나는 테이블 위에 놓인 장식을 보고 루츠에게 문제를 냈다.

"장식 부분이 열두 개. 루츠가 가지고 온 비녀 부분은 아홉 개. 부족한 비녀 부분은 몇 개일까요?"

"응? 음, 세 개."

"정답. 잘했어. 열심히 공부하나 보네? 머리 장식 만들기는 투리랑 엄마한테 부탁할게. 난 루츠 공부를 봐줘야 하거든."

루츠의 손에 들린 가방에 석판과 계산기가 들어 있는 것을 발견하고 말하자 투리는 눈을 몇 번 깜빡인 후 고개를 갸웃거렸다.

"문에서 계산한다는 말은 들었는데, 정말 마인이 가르쳐?"

"글자나 계산 정도는 가르칠 수 있는걸?"

신뢰감 제로라는 투리의 발언에 내가 부루퉁해 보이자 루츠가 옆에서 쓴웃음을 지었다.

"투리, 마인은 말이야. 글자랑 계산을 엄청 잘해. 뭐 비실대는 체력도 엄청나지만."

'기왕이면 앞말만으로 끝내지 그랬니.'

엄마도 투리도 웃어넘기니 루츠를 쏘아보아도 아무 소용이 없었다.

루츠가 가방에서 석판과 석필을 꺼내자 나도 실패한 종이에서 쓸만한 부분만 잘라 묶은 메모장과 검댕 연필을 나무 상자에서 꺼내려고 침실로 달려갔다. 루츠에게 공부를 가르친다는 명목으로 책을 만들자고 생각했기 때문이다. 열심히 수작업하는 엄마와 투리 옆에서 책을 만들면 왠지 혼자 게으름을 피우는 듯해서 불편했지만, 루츠에게 가르치면서 만들면 두 사람 다 글공부하는 행동으로 보일 테니 그렇게 눈에 띄지 않을 터였다.

'자, 책 만들기의 연속이다.'

틈만 나면 묶어 둔 메모장에 엄마가 해 준 이야기를 조금씩 적어 뒀지만, 아직 책이라고 부를 만한 양은 아니었다. 설레는 마음으로 메모장과 검댕 연필, 석판, 석필을 안고 부엌으로 돌아가려고 할 때, 엄마의 목소리가 들려왔다.

"저기, 루츠. 칼라도 그렇고 가족들이 네가 상인이 되는 일을 반대하지? 이대로 괜찮니?"

갑자기 시작된 진지한 대화에 나는 숨을 삼키고 발소리를 죽이며 살짝 부엌으로 돌아왔다. 질문하는 엄마의 옆에는 굳은 채 움직이지 않는 투리가, 정면에는 긴장한 얼굴로 엄마를 바라보는 루츠가 있었다.

내가 루츠의 옆에 앉자 엄마는 나와 루츠를 번갈아 보면서 입을 열었다.

"나는 루츠가 상인이 되겠다고 고집부리는 게 마인 때문이 아닐까 생각해. 마인이 상인이 되고 싶다니까 마인을 잘 챙기고 상냥한 루츠가 끌려다니는 게 아닐까 하고."

"그렇지 않아! 내가 상인이 되고 싶어서 마인한테 소개받았어. 에파 아줌마. 내가 마인을 끌어들인 거야."

루츠가 바로 부정했다. 행상인이 되고 싶어 하고 이야기를 통해 시민권이라는 존재를 알게 되어 상인이 되기로 한 건 루츠였다. 그 결심 과정은 솔직히 나와는 관계없었다.

엄마는 살짝 고개를 끄덕이며 루츠를 가만히 쳐다보았다.

"상인이 되고 싶은 건 루츠구나. 하지만 마인과 같은 곳에 수습을 가면 지금까지처럼 마인을 챙기게 되겠지? 마인을 챙기면서 일을 할 수 있을 정도로 수습생이라는 위치가 쉽지 않아. 마인을 신경 쓰느라 일도 제대로 못 할 거야."

생각지도 못한 말을 들었다는 듯 루츠의 침 삼키는 소리가 옆에 앉은 내게도 들려왔다. 동시에 엄마의 말이 내 가슴을 찔렀다. 아주 틀린 말은 아니었다. 내가 어금니를 꽉 깨물고 있자 루츠가 홱 하고 고개를 들었다.

"나…… 반드시 상인이 될 거야. 마인 덕분에 상인이 될 길을 찾았어. 그래서 되도록 마인의 도움이 되고 싶어. 하지만 그렇다고 마인 때문에 상인이 되고 싶은 건 아니야."

"그럼 루츠는 마인이 없어도, 만약 마인이 몸이 약해져서 일을 그만두는 일이 생겨도 상인을 계속한다는 말이지?"

루츠는 테이블 위에서 자신의 양손을 꽉 쥔 채 엄마의 눈을 가만히 바라보면서 천천히 끄덕였다.

"당연하지. 계속할 거야. 엄마도 아빠도 장인이 되라고만 하지만, 겨우 스스로 연 길을 포기하고 싶지 않아. 마인이 포기하라고 해도 난 상인이 될 테야."

그렇다. 루츠에게는 꿈이 있다. 자신이 하고 싶은 일을 위해서는 장인이 아니라 상인이 맞는 길이었다. 그리고 벤노나 마르크를 접하면서 점점 그 마음을 굳혀 갔다. 나와 함께 행동하는 일이 상인이 되는 지름길이었지만, 나를 위해 상인이 되려는 건 아니었다.

"그렇구나. 그럼 됐어. 칼라에게만 들었지 너에게 제대로 된 말을 듣지 못해서 신경이 쓰였단다. 솔직히 대답해 줘서 고맙구나."

루츠의 엄마인 칼라에게는 내가 루츠를 끌어들이는 듯이 보였겠지. 내 몸 상태에 따라 루츠가 휘둘리는 점은 사실이니 완전히 틀렸다고는 할 수 없었다. 그래서 루츠의 이야기를 반 정도밖에 듣지 않았을 수도 있고, 엄격히 말하면 루츠가 단념해 줄지도 모른다고 믿고 있는지도 모른다.

'전에 루츠를 설득해 달라는 말도 거절했고…….'

"에파 아줌마. 나도 묻고 싶은 게 있어."

"뭐니?"

루츠의 목소리에 엄마가 살짝 고개를 갸웃거렸다. 조용히 루츠를 바라보는 눈은 진지하게 대답하겠다고 약속하는 눈이었다. 안심한 듯 살짝 숨을 내쉰 루츠가 입을 열었다.

"에파 아줌마는 어째서 마인이 상인이 되려는 걸 반대 안 해? 아빠나 엄마 말처럼 정말로 상인이 주변 사람들이 싫어하는 추잡한 직업이라면, 왜?"

수수료를 챙겨서 이익을 가로채는 직업이 상인이니까 장인 입장에서는 그다지 좋은 인상은 없는 점은 이해하는데…… 주변 사람들이 싫어하는 추잡한 직업이라는 말은 좀 심하지 않나?

"상인에 대한 인상은 사람 따라 다르니까 이렇다저렇다 단정 지을 순 없어. 하지만, 그렇구나……. 반대하지 않는 이유는 마인이 줄곧 몸이 약해서일까나?"

의미를 알 수 없다는 듯이 고개를 갸웃거리는 루츠를 보며 엄마는 얕게 웃었다.

"솔직히 마인이 일을 할 수 있으리라고 생각하지 못했단다. 다른 사람이 마인을 필요로 하는 일은 없을 줄 알았어. 그래서 마인의 능력이 다른 사람에게 도움이 된다면, 마인이 열심히 할 수 있는 일이라면 난 절대로 반대하지 않아."

엄마의 말에 가슴이 찡하고 조여 왔다. 나를 향한 엄마의 애정을 느끼고 눈 안쪽이 뜨거워졌다.

"그렇구나. 나도 열심히 하면 허락해 줄까?"

옆에서 흘러나온 씁쓸한 목소리에 나는 루츠의 손을 꼭 쥐었다.

"허락받았으면 좋겠다. 그치?"

"응."

"그러려면 우선, 공부야."

내 말에 루츠가 웃으면서 분위기가 확 밝아졌다. 진지한 대화로 어두웠던 공기가 사라지자 앉은 채 숨을 참던 투리가 숨을 내쉬었다. 그리고 바구니 상자를 손에 들고 비녀 부분에 머리 장식을 엮어 갔다. 나는 그 모습을 곁눈으로 보면서 루츠의 석판을 가볍게 손가락 끝으로 톡톡 두드렸다.

"먼저 기본 글자 복습부터야. 전부 기억하고 있는지 확인할 거니까 적어 봐."

"알았어."

루츠에게 과제를 낸 후 나는 메모장에 엄마의 이야기를 적어 가며 책 만들기에 착수했다. 검댕 연필은 문지르면 새까매지지만, 잉크와 달리 돈이 들지 않는 점이 좋았다. 이야기를 이어 적으며 가끔 루츠의 석판으로 시선을 돌렸다. 망설임 없이 술술 글자를 적어 가는 모습이 보였다.

루츠의 공부는 지나칠 정도로 순조로웠다. 공부할 기회가 없었고, 앞으로 벤노의 상점에서 함께 일하게 될 수습생 중에서 자신이 가장 불리한 상황임을 이해한 루츠는 달려들 듯이 지식을 흡수해 갔다. 상인이 되길 허락해 주지 않는 가족들의 껄끄러운 분위기 속에서 최악에는 집을 나올 생각마저 하는 루츠는 더욱 초조해하며 조금이라도 지식을 채워 넣으려고 했다.

"기본 글자는 전부 완벽하게 기억했네. 글씨도 또박또박하고. 대단한데, 루츠?"

"마인이 잘 가르쳐서야."

몇 번이고 선을 그어 연습하지 않는 이상, 예쁜 글씨를 쓰기는 어렵다. 전세의 기억이 있는 나와는 다르다. 그렇게 생각하니 루츠의 노력에는 진심으로 고개가 숙여졌다.

"기본 글자를 쓸 수 있게 됐으니까 이젠 단어를 외우자. 가장 자주 쓰는 주문서 작성법으로 연습하자."

나는 자신의 석판에 목재 주문서를 써 봤다. 종이 제작 때 몇 번이고 썼던지라 술술 쓸 수 있었다. 그리고 그 과정에서 알게 된 벤노의 거래처 공방 이름이나 주인장의 이름도 함께 가르쳤다.

"이게 목재상 이름이야. 여기가 주문하는 사람. 우리 때는 벤노 씨가 구매해서 우리에게 보내줬으니까 벤노 씨 이름이 들어가. 그리고 이게 목재 이름……."

루츠가 나의 석판을 보면서 열심히 자신의 석판에 옮겨 적어 갔다.

"봄이 되어서 종이 제작으로 주문할 때 루츠가 주문서를 쓸 수 있게 연습해 둬."

"뭐!? 내가? 알았어……. 해 볼게."

목표가 생겨서 의욕이 생겼는지 루츠는 진지하게 글자가 틀리지 않았는지 확인하면서 연습하기 시작했다. 그 모습을 잠시 지켜본 후 나는 다시금 메모장을 펼쳐 책 만드는 작업을 시작했다. 엄마의 이야기집을 완성하기까지는 아직 시간이 걸릴 듯하다.

"다음은 계산 연습을 할까?"

이야기 적기를 하나 끝낸 나는 크게 기지개를 켜고 옆에 있는 루츠에게 말을 걸었다. 석판에 몇 번이고 단어를 연습하던 루츠가 고개를 들어 끄덕이고는 석판을 정리하고 계산기를 꺼냈다.

나는 석판에 문제를 써 갔다. 오늘은 3자리 수 더하기와 뺄셈이다. 8문제를 쓴 후 루츠가 계산기를 쓰는 모습을 지켜봤다. 전과 다르게 루츠의 손가락이 망설임 없이 계산기를 튕겨 갔다.

"계산기 쓰는 손이 빨라졌네."

"마인이 시킨 대로 1자리 덧셈을 외웠더니 쓰는 데 상당히 편해졌어."

"응. 외운 나보다 빨라……."

나의 경우, 루츠에게 가르치는 간단한 계산으로는 아무래도 암산으로 금방 답이 나와 버리는 탓에 계산기를 쓰는 손가락 속도가 생각보다 오르지 않았다. 여전히 계산기보다 필산 쪽이 빨랐다.

연습해야 하는 루츠에게 계산기를 빌려줬으니 어쩔 수 없지.

접하는 시간이 짧아 실력이 늘지 않는 것이라고 나 자신에게 변명해 본다. 내 손에 계산기가 있었다면 진지하게 연습했겠냐고 물으면 조금 대답하기 어렵지만.

"덧셈이랑 뺄셈도 괜찮은 것 같네. 자릿수가 커져도 방법은 똑같으니까."

"숫자가 커지면 좀 혼란스러워지긴 해."

루츠가 뺨을 긁적이며 그렇게 말했다. 계산기를 쓴지 한 달 정도이니 성과는 이걸로 충분했다.

"곱하기나 나누기는 나도 방법을 모르니까 어쩔 수 없네."

계산기를 쓰는 방법을 모르니 일단은 곱하기와 나누기의 개념과 구구단을 가르치기로 했다. 구구단을 외우는 방법은 '일 일은 일'이 아니라 '일 일 일, 일 이 이'라는 이 세계의 방식을 적용했다. 다소 말하기는 어려워도 숫자를 나열했을 때 대답이 바로 나와 준다면 문제없었다.

큰 숫자도 읽을 수 있게 되었고, 돈으로 환산하는 방법도 틀리지 않게 되었다. 루츠의 흡수력이라면 신입생 교육 기간은 어떻게든 될 것 같았다.

하지만 나는 어떨까?

루츠가 일을 하는 데에 나는 틀림없이 거치적거리는 존재였다. 체력과 완력이 없는 이상 기본적으로 방해꾼이었다. 상품 개발에는 조금 도움이 되겠지만, 이쪽 상식이 부족한 나에게 사정을 잘 아는 루츠가 없으면 곤란한 상황투성이다.

그러고 보니 벤노 씨도 걱정했었지.

그 몸으로 정말 일할 수 있냐고 질문을 받았던 때를 떠올리며 나는 생각에 잠겼다. 과연 내가 루츠와 상점 사람들에게 방해되지 않게 일을 할 수 있을까.

오토 상담실

다음 날까지도 명안이 떠오르지 않아 고민하면서 바늘을 움직이는 내게 아빠가 말을 걸어 왔다.

"마인, 몸 상태가 좋으면 문에 갈까? 오늘은 눈보라가 멈췄구나."

"응, 갈래!"

나는 고개를 들고 바로 외출 준비를 시작했다. 토트백에 석판과 석필을 넣고 추운 바깥으로 나가기 위해 옷을 몇 장이나 껴입었다.

문에는 오토가 있다. 오토라면 상인의 시점에서, 그리고 가족이 아닌 제삼자의 입장에서 틀림없이 엄격하게 의견을 낼 터였다. 나는 이대로 길베르타 상회의 수습생이 되어도 괜찮을지 오토에게 상담해 보기로 했다.

밖에 나와서 심각하게 쌓인 눈을 보고 아연실색했다. 기본적으로 집에 틀어박혀 있는 겨울 동안 밖으로 나올 일은 거의 없다. 내 키보다 높게 쌓인 눈을 보니 나도 모르게 멍해졌다. 큰길로 나가는 좁은 골목길까지는 제설 작업이 이루어져 사람이 겨우 지나갈 정도로 길이 나 있었지만, 통로 양쪽에 쌓인 눈이 무너져 내릴 것 같아 무서웠다.

"마인, 이리 오렴."

아빠가 무릎을 꿇어 양팔을 벌리자 나는 얌전하게 아빠에게 안겨 목에 매달렸다. 내가 이 눈 속을 걸었다가는 교대 시간 전까지 문에 도착하지 못할 터였다.

아빠에게 안기자 눈보다 위로 내 얼굴이 올라왔다. 차가운 바람이 불면 한 면에 넓게 펼쳐진 새하얀 빛이 바다처럼 출렁이는 듯 보였다.

이 정도로 눈이 쌓였으니 큰길을 오가는 사람이 적겠다고 생각했는데, 예상외로 빠른 걸음으로 걸어 다니는 사람들이 많았다.

"이렇게나 눈이 쌓였는데 밖에 나온 사람이 많네."

"드물게 눈보라가 멈춘 시간대라서 그래. 눈보라가 그치는 날은 의외로 적단다."

그런 대화를 나누는 사이 눈이 조금씩 날리기 시작하자 아빠의 걸음이 점차 빨라졌다.

"내리기 시작했군. 마인, 빨리 가야겠어. 꽉 잡아!"

"흐갸아아! 떨어지겠어!"

꽥꽥 소리지르는 사이 문에 도착했다. 눈을 툭툭 털어낸 후 발 빠르게 숙직실로 향했다.

가볍게 노크하고 문을 열자 난로 앞 책상에 자료를 수북이 쌓은 채 계산하는 오토의 모습이 보였다.

"오토, 기다리고 기다리던 조수를 데리고 왔다. 난로 앞 비워 둬."

"반장님, 고맙습니다! 마인, 기다렸어."

오토는 책상 위의 자료를 샤샤샥 정리하면서 내가 일할 수 있을 만큼 공간을 비워 주었다. 매우 활짝 핀 미소로 환영해 주는 그의 태도로 보아 상당히 일이 밀려 있음이 틀림없었다. 나는 토트백에서 석판과 석필을 꺼내 영차 하고 의자에 올라앉았다.

"자, 마인. 여기 부서 자료가 계산이 맞는지 확인 부탁해."

우선 이 산더미 같은 일을 정리하지 않으면 도저히 상담하기 어려워 보였다. 잔뜩 쌓인 자료를 보며 석필을 들었다. 잠시 묵묵히 계산했다. 오토가 계산기를 튕기는 소리와 내가 석필을 움직이는 소리만 이 울려 퍼졌다.

똑똑하고 노크 소리가 울리고 젊은 병사가 들어왔다.

"실례합니다. 오토 씨께 질문이 있습니다……."

"마인. 질문이래."

계산기와 자료에서 눈을 떼지 않고 오토가 나를 지명했다.

"네? 저요? 잠깐만 기다려 주세요. 이 계산만……."

내가 필산을 끝내고 확인을 끝냈다는 표시를 한 후 고개를 들었다. 젊은 병사는 무시무시한 박력으로 계산기를 움직이는 오토와 나를 번갈아 본 후 가볍게 한숨을 내쉬고 양피지를 꺼냈다.

"뭐죠? 아아, 귀족 소개장이네요. 지금 병사장님 계세요?"

"아뇨, 오늘은 새벽조라서……."

"그럼 부장님 도장을 받은 후에 되도록 빨리 성벽으로 향하도록 준비해 주세요. 이 눈 속에서 긴 여행을 했다면 아무리 온화한 귀족님이라도 신경이 곤두서 있을 가능성이 높으니까 처리는 신속하게 부탁해요. 혹시 기다리게 해야 하면 바로 불을 쬘 수 있게 대기실로 안내해서 따뜻한 차라도 내 드리는 편이 좋을지도 몰라요."

"알겠습니다."

젊은 병사가 경례하고 방을 뛰쳐나갔다. 나도 경례로 답하고 이어서 계산에 착수했다.

"상당히 숙달됐네."

"대처 방법은 똑같으니까요."

계산하는 손을 멈추지 않고 말하는 오토에게 나도 석필을 움직이면서 대답했다. 문의 일은 시청 일과 같았다. 한 번 매뉴얼을 외우면 상당히 예외적인 일이 아닌 한 대응이 가능했다.

오랫동안 계산을 했더니 조금 피곤해졌다. 계산 확인이 끝난 부분을 정리하고 신음하며 크게 기지개를 펴자 오토도 일이 일단락되었는지 자료를 정리하기 시작했다.

"역시 지치네. 조금 쉴까?"

오토가 식당에서 뜨거운 차를 가져와 주었다. 나는 그 차를 조금씩 마시면서 오토에게 일에 대한 고민을 상담하기 시작했다.

"그래서 엄마가 그러는 거예요. 마인을 돌보면서 일을 할 수 있을 정도로 수습생이라는 위치가 쉽지 않다, 마인한테 신경을 빼앗겨서 일도 제대로 못 할 거라고요."

오토는 당연하다는 표정으로 끄덕였다.

"그거야 당연하지. 아직 제 몫도 못하는 수습생이 다른 사람을 돌보면서 일을 하다니 어정쩡해질 뿐이지. 루츠가 진심으로 상인을 목표로 한다면 마인을 돌볼 여유는 없어."

"역시 그렇죠?"

지금은 수습생이 아니니까 상점에 상품을 들고 오기만 할 뿐이었다. 그래서 루츠는 내 몸 상태를 지켜보면서 함께 행동할 수 있었다. 수습생이 되고 일이 시작하면 내 몸 상태를 살필 여유도 없을뿐더러 그런 짐을 짊어지게 할 수도 없었다.

어떡할지 생각하자 오토가 고요한 눈으로 나를 가만히 쳐다보면서 물어 왔다.

"어이, 마인. 넌 진심으로 상인이 될 생각이야?"

"지금은 그럴 예정이에요. 상품이 될 만한 물건이 여러 개 떠오르거든요……."

상업 길드에 소속되어 있지 않으면 매매가 불가능하므로 상업에 관련되어야 하는 점만큼은 결정된 사항이었다.

"상품 매매는 그렇다 치고, 길베르타 상회에 들어가는 건 그만두는 편이 좋아."

"어째서죠?"

일단 나의 수습은 벤노가 결정한 사항이었다. 지금은 일에 대해 불안을 느끼지만, 오토가 벤노의 상점은 그만두라고 말하는 이유가 궁금했다.

"그 상점은 급성장하고 있어. 모두가 혈안이 되어 일하지. 일이 지나치게 고되거든. 마인의 체력으로 할 수 있는 일이 아니야."

가볍게 어깨를 으쓱하며 제시한 이유는 내가 불안하게 느끼고, 얼마 전 벤노에게도 지적받은 점이었다.

"사실 벤노 씨에게도 들었어요. 정말 일을 할 수 있겠냐고."

"계산만 하거나 서류 확인만 하는 일도 있지만, 상인은 납기도 있으니까 언제 쓰러질지 모르는 아이에게는 맡기기 어렵지."

벤노는 내가 가진 정보를 어떻게 상품화하고 이익을 얻을지를 고려한 끝에 나를 다른 상점에 넘기기 싫어했다. 하지만 실제로 상점에서 일해야 하는 점을 고려하면 나의 저질 체력과 완력은 치명적이었다. 매일 출근이 가능할지도 모를 정도로 건강 상태가 불안정한 사원을 누가 고용할까? 내가 경영자라도 그런 사원은 필요가 없었다.

"원래 어린애에게 말하기에는 좀 모진 의견이긴 한데, 솔직하게 듣고 싶니?"

오토가 살짝 고개를 갸웃거리며 내 반응을 가만히 살폈다. 내가 오토에게 상담을 받고 싶었던 이유는 과보호로 대하는 사람에게서 얻을 수 없는 객관적인 의견을 듣고 싶었기 때문이었다. 무슨 말을 들어도 참을 수 있게 책상 아래로 양손을 꽉 쥐고 나는 천천히 고개를 끄덕였다.

"부탁할게요."

"마인이 상점에 들어가지 않는 편이 좋다고 생각하는 가장 큰 이유는 말이지. 바로 인간관계야. 상점 내 인간관계가 엉망진창이 되어 버려. 햇병아리 신입 수습생이 몸이 안 좋다고 계속 쉬거나, 체력적으로 편한 일만 해서는 당연히 다른 사람들에게 불만이 쌓이겠지?"

체력적으로 문제가 있다고는 해도 그런 편의를 눈앞에서 보는 일은 썩 기분이 좋지 않고, 금방은 표면적으로 나타나지 않더라도 분명 문제가 될 소지가 있었다. 루츠의 취직을 결정하려고 필사적이었지만, 정작 스스로가 수습생이 된 후의 일을 자세히 생각해 보지 않았다.

"그리고…… 급료 면에서도 문제가 생기지 않을까?"

"엥? 급료요?"

급료는 지금껏 전혀 생각해 보지 못한 문제였던 터라 이상한 목소리가 튀어나와 버렸다. 의아해하는 내게 오토가 가볍게 한숨을 쉬었다.

"상점에 막대한 이익을 가져다주는 마인과 평범한 수습생을 같은 급료로 채용할 리가 없겠지?"

"급료 자체는 같지만 상품의 이익을 별도로 분배받는다고 생각했는데요."

안정적인 일자리를 위해 종이의 이익은 받지 않겠다고 계약했지만, 그 후에 낼 상품은 제대로 이익을 챙길 계획이었다. 무료로 모든 정보를 넘길 생각은 추호도 없었다.

"별도로 이익을 받는다고 해도 자칫하다가 신입 수습생이 근무 10년 차 베테랑보다 더 높은 급료를 받게 될 수 있지. 솔직히 귀찮은 일이 생길 거다."

"으아아아아."

확실히 돈이 연관되면 인간관계는 뒤틀리기 마련이다. 오토의 지적은 지당했다. 그리고 인간관계가 무너지면 상점 자체가 흔들릴 가능성도 높았다. 결국, 상점을 이루는 건 사람이니까.

"확실히 어느 방향으로 고려해도 제가 상점에 가지 않는 편이 좋네요."

오토의 의견은 하나하나 다 옳은 말이어서 반론의 여지가 없었다. 내가 수습생으로 벤노의 상점에 들어가면 분쟁의 씨앗밖에 되지 않겠다는 생각이 들기 시작했다.

"그리고 나한테 불안이 하나 더 있는데 말이지."

여기까지 이런저런 사정을 듣고 나면 이젠 무슨 말을 더 들어도 똑같다는 느낌이 들어 오토를 재촉했다. 그러자 오토가 살짝 얼굴을 가까이 붙여 낮은 목소리로 입을 열었다.

"결국, 마인의 병은 신식이었지?"

"오토 씨, 알고 있었어요?"

내가 눈을 휘둥그레 뜨자 오토가 가볍게 고개를 저으며 부정했다.

"아니, 난 몰랐는데 벤노가 추측하더라고. 정확히는 코린나가 신식이라는 병을 아느냐고 물었을 때 알았지."

"코린나 씨가요?"

"얼마 전 드물게 벤노가 당황하면서 그런 말을 했다더군. 신식이라는 증상이 나와서 상점에서 쓰러져서 죽을 뻔했다면서? 그 며칠간은 반장님도 이성을 잃어서 심각했어. 코린나의 말과 반장님 태도로 보아 신식으로 쓰러진 사람이 너라고 판단했지."

소문이 예상보다 훨씬 널리 퍼진 모양이다. 벤노의 상점에서 쓰러져 길드장의 저택으로 옮겨졌으니 상당히 눈에 띄었겠지.

"반장님은 다 나았다고 생각하는 모양인데, 벤노 말로는 신식은 못 고치는 병이라던데?"

마법 도구로 신식 열을 줄였지만, 임시방편일 뿐이었다. 프리다한테도 또다시 열이 커져 넘쳐흐르기까지 1년 정도밖에 없다고 들었다. 나는 아무 말 없이 고개를 끄덕였다.

"못 고친다고 반장님께 말했어?"

"아뇨. 아직요. 가족들은 다 나았다고 기뻐하고 있는데 말하기가 좀……."

마술 도구의 가격이나 목숨의 기한 등 말하기 힘든 사실이 너무 많아 사실 신식에 대해서만 나오면 슬며시 화제를 돌리는 상황이었다. 그리고 나 역시 몸속의 이상한 열이 멋대로 늘어나다가 넘쳐나서 죽는다는 정도밖에 몰라서 자세하게 이야기하기 어려운 점도 있었다.

오토가 심각한 표정으로 천천히 고개를 저었다.

"제대로 보고해 둬. 반장님은 다 나았으니까 취직해도 문제없다고 생각할 거야. 현재 상태를 제대로 확인한 후에 일에 대해서 상담하는 편이 좋아. 대충 행동했다가는 여기저기에 폐를 끼치는 결과가 될 거야."

지금까지 생각나는 대로 계획성 없이 행동해서 주위에 폐만 끼쳐왔던 나로서는 오토의 말을 경건하게 받아들일 수밖에 없었다.

"그리고 네가 살기 위해 마술 도구가 필요해서 귀족과 관계를 트고 싶다면 길드장 쪽으로 가는 편이 좋아. 길베르타 상회는 크긴 하지만, 아직 신흥이야. 벤노가 아무리 열심히 해도 오래된 역사와 전통을 그리 간단하게 뒤집지는 못해."

"그건 그렇지만……."

내가 말을 흐리자 오토가 가볍게 눈썹을 올렸다.

"벤노네 상점이 아니면 곤란한 일이라도 있어?"

"딱히 그런 건 아니지만, 내가 좀 꺼려져요. 길드장의 드센 성격이라든지, 상인으로서 장사하는 방법이요."

밀어붙이는 점은 상인으로서 필요한 소질인지도 모르지만, 목숨이 걸린 마술 도구의 가격을 싸게 말해서 속이려 한 행동은 좋게 볼 수가 없었다. 감사하고 있긴 하나 가까이하고 싶지는 않았다.

"그건 벤노도 마찬가지잖아."

"음, 벤노 씨도 억지스러운 부분이 있고, 돈에 극성맞은 데다 금방 사람을 시험하려고 하는데요, 스스로 나쁜 점을 깨닫고 성장하도록 도와주거든요."

"호오."

"윽."

오토가 히쭉히쭉하고 기분 나쁜 미소를 띠자 나는 살짝 숨을 삼켰다. 이 대화도 벤노의 귀에 곧바로 들어가겠지.

"그리고 죽을 때까지 귀족에게 잡혀 살고 싶은지 어떤지 아직 결심이 서지 않았어요."

겨우 가족을 가족으로 인식하고 조금 이쪽 생활에 정들어서 다 함께 생활하고 싶다는 생각이 들기 시작했다. 나를 어떻게 취급할지 모르는 귀족과 계약해서 죽을 때까지 잡혀 살고 싶지는 않았다. 프리다의 말처럼 가족과 살면서 죽을지, 귀족에게 잡혀서라도 살아남을지를 선택해야 한다면 지금 시점에서는 가족을 선택하고 싶은 내가 있었다.

"그럼 우선 마인이 자신의 삶을 결정해야겠네. 귀족과 연결 고리를 원해서 길베르타 상회에 들어오려는 것이 아니라면 더더욱 수습생이 되는 방법 외에 다른 선택지를 생각하는 편이 좋아. 나는 솔직히 말해서 마인이 생각하고 루츠가 만든다면 권리나 이익 계약만 확실히 정해 두면 마인이 수습생이 될 필요는 없다고 생각해."

오토의 말에 나는 크게 끄덕였다. 확실히 함께 행동해서 일하는 것밖에 생각하지 않았지만, 내가 할 수 있는 범위가 생각하는 일뿐이라면 딱히 상점에 들어갈 필요가 없을지도 모른다.

내가 납득하며 조그맣게 고개를 끄덕이자 오토가 지나치게 시원스러워서 오히려 수상쩍어 보이는 미소를 띠었다.

"그럼 집에서 네 몸 상태에 맞춰 편지나 서류 대필 같은 일을 하면서 상품 개발만 하는 건 어때? 상품은 벤노에게 팔고, 몸이 좋을 때 이곳 일을 도와주는 거지. 지금까지의 생활과 변함없는 형태로 일하는 편이 네 몸을 위해서 좋지 않을까?"

오토의 말대로 내 몸을 위해서는 현재 상태를 지속하는 방법이 제일 좋겠지만, 그 수상쩍은 미소에 대체 무슨 의미가 있는지 상당히 신경 쓰였다.

"일단은 가족과 잘 이야기해야겠지. 자, 휴식은 이걸로 끝. 계속해서 해 볼까?"

오토가 컵을 정리하고 나는 석판을 꺼내 필산으로 계산을 확인해 갔다.

'가족과 이야기라……. 수명이 앞으로 1년밖에 없다는 사실을 알면 아빠가 발광할 것 같아서 무서운데.'

"마인, 집에 가자."

"아, 데리러 오셨군. 오늘은 고마웠어. 정말 큰 도움이 되었어. 마인."

교대를 끝낸 아빠가 숙직실에 데리러 왔을 때는 계산을 너무 많이 한 나머지 머리가 빙글빙글 돌았다. 눈을 감아도 숫자가 머릿속에 계속해서 맴돌았다. 하지만 계속 계산기를 쓴 오토는 팔팔해 보였다. 계산만 하는 사무직은 내게 맞지 않을지도 모른다는 생각이 들었다.

"아빠, 이러면 아빠가 춥지 않아?"

돌아가는 길은 살짝 눈보라가 쳤다. 아빠는 나를 안아 올린 상태로 코트를 입고 걸었다. 아빠의 코트에 감싸인 나는 따뜻했지만, 아빠는 코트 틈새가 벌어져서 추워 보였다. 하지만 아빠는 웃으며 고개를 저을 뿐이었다.

"마인이 있으니까 춥지 않아. 오히려 따뜻하단다."

가족을 사랑하고 자식밖에 모르는 아빠에게 신식에 대해 이야기하면 어떤 반응을 보일까. 이 미소가 완전히 얼어붙어 버리겠지. 무서웠지만, 이 이상 피해서 될 화제가 아니었다.

"왜 그러냐? 마인. 표정이 어두운데? 오토가 괴롭히든?"

"아니야, 아빠. 할 말이 있어. 내 병에 대해서."

그 말만으로 아빠의 미소도, 걸음도 얼어붙어 버렸다. 입가를 꾹 다물고 평소에 볼 수 없는 진지한 얼굴로 나를 지그시 들여다보았다.

아빠는 가볍게 눈을 내려깐 후 무언가로부터 도망치듯 빠른 발걸음을 내딛기 시작했다.

"집에 돌아가서 듣자. 엄마와 투리도 함께."

무언가를 예감한 걸까. 마치 절대 놓치지 않겠다는 듯 내 몸을 안아 든 팔에 힘이 들어갔다.

가족회의

"두 사람 다 어서 와."

미소로 문을 열어 주었던 투리가 문을 열어젖힌 채 눈을 깜빡거리며 조금 불안한 듯 미간을 좁혔다.

"아빠, 왜 그래? 표정이 왠지 무서워. 밖이 추웠어? 아니면 마인이 무거웠어?"

"투리, 너무해."

나는 볼을 부풀리며 뽀로통한 표정을 지었다.

"마인은 너무 가벼워. 좀 더 커야지."

아빠가 쓴웃음을 지으며 나를 내린 후 머리를 휙휙 쓰다듬었다. 아빠의 긴박했던 분위기가 살짝 풀리자 투리가 안심한 듯 싱긋 웃었다. 그리고 "미안, 미안." 하고 사과하면서 내 머리에 남은 눈을 탁탁 털어 주었다.

"돌아오는 길에 눈보라가 치기 시작해서 엄청 추웠어."

단번에 분위기를 바꾼 투리에게 마음속으로 손뼉 치며 입술을 쭉 내밀고 바깥 추위를 입에 담자 투리도 나를 따라 하며 입을 삐죽거렸다.

"아빠가 안아 준 데다가 코트 안에까지 들어가 있었으니까 춥지 않았을 텐데? 나는 그렇게 하고 싶어도 못해."

"투리도 되고말고."

투리의 말에 아빠가 투리를 번쩍 안아 올렸다. 나는 문까지는 못

걷지 않을까? 하고 웃어 보인 후 토트백과 코트를 정리하러 침실로 향했다. 그러자 부엌에서 저녁을 준비하는 엄마가 입을 열었다.

"어서 오렴. 먼저 식사부터 할까?"

말을 꺼내기보다 앞서 아빠의 긴박한 분위기와 표정으로 무언가를 알아챈 모양이다. 엄마는 순간 미간을 좁힌 후, 다시 미소를 지으며 식사를 준비하기 시작했다.

"자, 어서들 들어."

엄마의 재촉에 평소보다 훨씬 대화가 적은 저녁 식사를 시작했다. 아직 말을 꺼내지도 않았는데 미간에 주름을 새긴 아빠. 시선을 떨군 엄마. 곤란한 듯 눈치를 보는 투리. 이미 분위기가 무거웠다. 세 사람의 모습을 살피면서 나는 뜨거운 수프를 입으로 옮겼다.

'정말 이야기해도 괜찮을까? 수명이 1년이라고 하면 아빠가 폭주하지 않을까? 어떻게 이야기해야 하지? 마술 도구를 사는 데 든 돈 이야기는 피하고 싶은데…….'

식사가 이어지면서 점점 식사 후 해야 할 이야기에만 신경이 집중되어 심장이 콩닥콩닥하고 소리를 내기 시작했다.

"잘 먹었습니다."

식기를 치운 후 엄마는 진정 효과가 있는 허브차를 달그락거리며 테이블 위에 놓았다.

"무슨 일이 있었는지 말해 줄 수 있지?"

아빠 옆에 앉으며 그렇게 말하는 엄마에게 아빠가 힘없이 고개를 저었다. 옅은 갈색 눈동자가 정확하게 나를 향했다. 평소의 능글맞은 웃음기가 손톱만큼도 보이지 않는 아빠의 무서울 정도로 진지한 눈빛에 나는 꿀꺽, 하고 침을 삼켰다.

"할 말이 있는 건 마인이다."

아빠의 말이 떨어짐과 동시에 가족들의 시선이 나를 향했다. 가족들과 얘기할 뿐인데도 긴장한 나머지 목구멍이 칼칼해져 왔다. 뭐부터 말해야 좋을까. 어떻게 설명해야 이해하기 쉬울까. 이런 생각만이 머릿속을 뱅글뱅글 맴도는데도 가장 중요한 말은 전혀 나오지 않았다. 기분 나쁜 땀이 흘러나왔고 초조할수록 머리가 백지장처럼 하얘졌다.

"어, 그러니까 제 병에 대해서인데요. 그게……."

내가 할 말을 찾으려고 입을 뻐끔뻐끔하자 아빠가 눈을 쓱 하고 가늘게 떴다.

"병이라면 길드장 댁에서 며칠 묵으면서 다 나아서 돌아온 것 아니었어?"

"결론부터 말하자면 못 고쳐."

머릿속이 새하얘진 나는 모든 설명을 통째로 빼먹고 결론만 말해버렸다. 가족들에게는 상당히 커다란 폭탄 같은 발언이었는지 순간 침묵이 이어지더니 가족들 전원이 눈을 크게 뜨고 숨을 삼키는 소리가 크게 울렸다.

그러자 아빠가 의자를 밀어제칠 듯한 기세로 벌떡 일어나 테이블을 쾅 내리쳤다.

"무슨 말이야!? 길드장이 다 나았다고 우리를 속인 거냐!?"

"마인, 완치된 게 아니었어!?"

정면에 앉은 아빠와 옆에 앉은 투리의 기세에 나는 두 사람을 어떻게든 진정시키려고 손을 휘휘 저어 가며 앉혔다.

"잠깐 진정하고 앉아봐. 나도 자세한 건 잘 몰라서 어떻게 설명해야 좋을지 모르니까 생각나는 대로 말하는 거야…….”

이를 가는 소리가 들릴 것만 같이 어금니를 꽉 깨문 아빠가 자리에 털썩 앉았다. 엄마는 억지로 진정하려는 듯 떨리는 손으로 컵을 잡았다. 그리고 한 모금 마시더니 말을 재촉했다.

“알았어. 찬찬히 말해 주렴.”

옆자리에 앉은 투리도 컵을 잡는 모습을 보고 나도 컵을 잡고 한 모금 꿀꺽 마신 후 입을 열었다.

“내 병을 신식이라고 부른대. 엄청 희귀한 병이래.”

“들은 적이 없군.”

아빠는 내 말에 고개를 끄덕였지만, 투리는 컵을 쥔 채 조그맣게 중얼거렸다.

“나 전에 마인한테 들었어. 고치는 데 엄청나게 돈이 든다고.”

이번에는 엄마가 눈을 휘둥그레 뜨고 자리에서 벌떡 일어났다. 얼굴색이 나빴다. 분명 길드장에게 자신들이 돈을 내지 않았다는 사실을 깨달은 것이리라. 되도록 금액에 대해서는 숨길 생각이었는데 피할 수 없는 모양이다.

“엄마, 설명할 테니까 들어 줘.”

엄마는 뭔가 말하고 싶은 듯이 나를 바라보면서 천천히 자리에 앉았다. 나를 향한 모두의 시선을 느끼며 우선 신식에 대한 설명을 시작했다.

“신식이라는 건 몸속에 있는 제멋대로 움직이는 열이 점점 증가해서 내가 굉장히 화를 느끼거나 죽고 싶을 만큼 낙담할 때 멋대로 몸속에서 미친 듯이 날뛰어서 나 자신이 먹혀 가는 병이야.”

“먹혀 가다니…….”

투리가 새파랗게 질려 나를 바라보았다. 손가락이나 머리카락 끝을 보며 정말 먹혀들어간 곳은 없는지 확인했다.

"평소엔 내 의지대로 이 신식 열을 움직일 수 있어. 내 몸속 가운데로 봉쇄하는 느낌을 주면 돼. 그런데 문제는 이 열은 점점 커져."

"커, 커지면 어떻게 되는데?"

투리가 떨리는 손으로 내 손을 꼭 잡았다.

"막을 수 없게 되면 열이 펑 하고 튀어나오면서 몸속에서 넘쳐나게 돼. 넘치기 전에 난 이미 먹혀 버리겠지만……. 이번에도 그렇게 열이 흘러넘쳐서 약해진 탓에 먹혀 버릴 뻔했어. 그때 길드장님이 마법 도구로 내 열을 빨아들여 준 거야. 상당히 많은 열을 흡수했지만, 이 열은 또다시 커질 테니까 완전히 나을 일은 절대 없대."

투리가 신음하며 당장에라도 울음을 터트릴 듯한 글썽이는 눈으로 나를 노려보았다. 노려본다기보다 울음을 필사적으로 참는 얼굴이라는 표현이 맞는 듯하다. 투리를 보니 나도 눈물이 날 것 같아 시선을 피해 다시 한 번 차를 마셨다.

"그리고 이 이상한 열이 나를 조금씩 먹어 가니까 내 몸이 자라지 않는 거라고 프리다가 말했어. 신식을 고치려면 마술 도구가 필요한데 귀족들만 가지고 있어서 엄청 비싼 데다가 귀족 계급과 교류가 있는 길드장 같은 집안이 아니면 손에 넣을 수 없대."

"그럼 역시 길드장 덕분에 마인이 살 수 있었던 셈이지?"

감정을 부딪칠 상대를 잃고 힘이 빠진 듯한 아빠의 쉰 목소리에 나는 조그맣게 끄덕였다.

"응. 길드장이 프리다를 위해서 모은 마술 도구 하나를 양보해 주셨어. 하지만 더 이상은 없으니까 앞으로 어떻게 할지 스스로 정하라고 했어."

"앞으로라니? 고칠 방법이 있다는 거냐!?"

몸을 불쑥 내민 아빠의 눈에 희망의 빛이 보였다. 금방이라도 울 것만 같던 투리의 눈도 반짝거렸다. 가족의 기대에 찬 눈빛을 아플 정도로 느끼며 그저 살 수 있는 선택지를 가족들에게 전했다.

"귀족과 계약해서 죽을 때까지 잡혀 살지, 가족과 생활하면서 이대로 죽을지 둘 중 하나래……."

"죽을 때까지 잡혀 산다니? 무슨 의미야?"

아빠의 표정이 이해하기 어렵다는 듯이 일그러졌다. 내 말의 의미를 이해하지 못했는지 투리가 어안이 벙벙한 얼굴로 고개를 갸웃거렸다. 엄마는 창백한 얼굴로 컵을 쥔 손에 힘을 주었다. 힘을 너무 준 탓에 손가락이 새하얗게 변했다.

"프리다는 귀족과 계약했기 때문에 마술 도구를 양도받아서 건강한 거야. 유복하고 힘 있는 상인 집안이라 조건이 좋은 귀족과 계약했다고 들었어. 하지만 난 귀족과 교류가 없으니까 계약으로 생명을 연장한다 해도 어떤 취급을 받을지 알 수 없대."

"그건 산다고 할 수 없잖냐."

아빠의 힘없는 중얼거림에 나도 깊숙이 고개를 끄덕였다. 우라노로서 인생을 걸어 온 나로서도 귀족의 손아귀에서 자유를 빼앗긴 삶을 받아들일 수가 없었다.

"마인, 돈은 어떻게 했니? 양도받았다는 마술 도구가 공짜는 아니었을 텐데?"

참지 못해 엄마가 입을 열었다. 역시나 그냥 넘어가 주지 않네, 하고 마음속으로 중얼거리며 고개를 끄덕였다.

"내가 냈으니까 괜찮아."

"얼마였니?"

"비쌌지만, 목숨값이라고 생각하면 뭐……."

"그러니까 얼마였는데? 전부 말해 주기로 했잖니. 숨기는 일 없기야!"

내가 말끝을 흐리자 엄마가 눈꼬리를 올리며 버럭 화냈다. 나는 조그맣게 신음하고 살짝 시선을 피한 채 가격을 말했다.

"소금화 2닢과 대은화 8닢."

아빠 연봉의 2년 반 치에 해당하는 금액에 모두가 눈을 부라리며 입을 쩍 벌렸다.

"소금화 2닢과 대은화 8닢이라고!? 그런 큰돈을 어떻게……."

"벤노 씨가 **'간편 한린샴'**의 권리를 사 줬어. 판매와 가격 설정도 전부 벤노 씨가 권리를 갖는 대신 신식을……."

"뭐어어!? 간편 한린샴이 그렇게 비싸!?"

항상 기름을 짜서 만드는 투리가 깜짝 놀라 소리를 질렀다. 숲에서 채집한 수확물을 짜기만 하면 됐기 때문에 힘은 들어도 밑천은 제로였다. 그것을 막대한 돈으로 산다는 감각을 투리에게는 전혀 이해할 수 없는 모양이었다.

"응, 귀족에게 팔면 꽤 벌 수 있대. 벌써 공방이 생겨서……."

내가 투리에게 린샴 공방이 생겼다는 이야기를 시작하자 아빠가 심각한 표정으로 고개를 저으며 나를 노려보았다.

"이미 끝난 이야기는 됐어. 듣고 싶은 건 앞으로의 이야기야. 재발은 확실한 게지?"

"응."

"어느 정도 견딜 수 있지? 네 말투로 보아하니 이미 알고 있겠지? 이야기를 필사적으로 피한 것도 이 질문을 받고 싶지 않아서일 텐데?"

"어떻게 알았어?"

생각지도 못한 아빠의 예리한 질문에 나도 모르게 한숨을 쉬었다. 신식을 고칠 수 없다는 말을 들은 것만으로 의자를 밀어제치고 테이블을 칠 정도로 격분한 아빠에게 남은 기간을 말하기 힘들었다. 하지만 이런 질문을 받아서는 피하기도 그른 듯하다.

"그건 내가 네 아빠라서다. 자, 말을 피하지 마."

옅은 갈색 눈동자가 위압적으로 나를 보았다. 절대로 어물어물 넘어가지 않을 뿐더러 대답할 때까지 놓치지 않겠다는 결의에 찬 눈에 나는 포기하고 입을 열었다.

"거의 1년. 다음 생명이 위험해지기까지 앞으로 1년 정도니까 잘 생각하라고 들었어."

쥐죽은 듯 조용해진 무거운 침묵이 방 안에 가득찼다. 격분하리라 생각했던 아빠가 미간에 깊은 주름을 새기며 고개를 떨궜다. 침묵을 깬 건 투리의 흐느낌이었다.

"흑…… 마인. 죽어? 1년 뒤에? 그런 게 어디 있어!"

울음을 참기를 포기했는지 야단스럽게 엉엉 울기 시작한 투리가 의자에서 뛰어 내려와 나를 세게 껴안았다. 나는 투리의 등에 팔을 둘러 달래기 위해 등을 가볍게 톡톡 두드렸다.

"투리, 진정해. 원래라면 벌써 죽었을지도 몰라. 프리다와 길드장이 마술 도구를 양도해 주어서 1년이나 더 살게 된 거야."

진정시킬 생각에 한 말이 불에 기름을 부은 격이 되었는지 투리가

닭똥 같은 눈물을 뚝뚝 흘리며 고개를 저었다.

"으엥…… 벌써 죽었을 거란 말은 하지 마! 1년밖에 없다니! 그런 거 싫어! 흑흑…… 겨우 조금 건강해졌는데! 같이 숲에 갈 수 있게 되었는데! 마인이 죽는 거 싫어!"

우라노 때에는 갑작스러운 지진으로 죽어 버린 탓에 가족이 우는 모습은 본 적이 없었다. 이런 식으로 그들도 괴로움에 울어 버렸을까. 분명 울었겠지. 그리고 다시 얻은 가족도 울려 버렸다. 다시 태어나도 불효자식인 자신이 한심했다.

"울지 마, 투리. 응? 부탁이야. 마술 도구 없이도 신식 열을 해결할 방법을 찾아볼 테니까."

"못 찾으면 어떻게 돼!? 마인이 죽어 버리잖아!? 그건 싫어!"

꽉 껴안고 울며 매달리는 투리를 보니 가슴이 메었다. 눈 안쪽이 뜨거워지면서 참으려 했던 눈물이 흘러나왔다.

"투리…… 울지 마. 울고 싶은 쪽은 난데……."

"훌쩍…… 미안. 나도 찾을게. 마인의 병을 고칠 방법을 찾을게……. 으앙…… 멈추고 싶어도 계속 눈물이 나와."

나도 눈물을 흘리며 눈물을 멈추려고 애쓰는 투리의 등을 몇 번이고 톡톡 두드리자 아빠가 조용한 목소리로 물어 왔다.

"마인은 어떻게 생각해? 프리다처럼 살 방법도 있는 거지?"

"훌쩍…… 나 귀족에게 어떻게 취급받을지도 모르는 상황에서 가족과 떨어져 살고 싶지 않아. 훌쩍…… 프리다는 성인이 되기 전까지 가족과 살 수 있게 계약한 귀족이 허락해 줬다고 했어. 그럼 계약한 귀족이 허락해 주지 않으면?"

대답은 분명했다.

"바로 끌고 가 버리겠지? 아마 기다려 줄 귀족은 거의 없을 거야."

"그렇겠지……."

대체 신식에 걸린 아이를 귀족이 어떤 식으로 이용할 생각인지 전혀 모르겠지만, 계약 체결을 마친 자에게 말미를 줄 사람은 드물 터였다. 계약 체결과 동시에 끌려간다고 보면 귀족과의 계약을 선택하는 쪽이 가족과 함께할 시간이 적어진다는 말이었다.

"그래서 이대로 가족과 살다가 죽는다면 그걸로 상관없어. 흑…… 난 지금 가족과 떨어지긴 싫다고."

"마인……."

엄마의 눈에도 눈물이 글썽거렸다. 자식들에게 보일 수 없었는지 살짝 고개를 돌려 눈가를 닦았다. 아빠는 감정을 드러내지 않고 가만히 나를 바라보았다.

"아직 1년 남았어. 그러니까 내가 하고 싶은 일을 열심히 하면서 후회하지 않게 살 거야. 나…… 여기에 있어도 돼? 역시 귀족한테 가야 할까?"

"마인은 나랑 같이 있어야 해! 떠나면 싫어!"

투리가 모두의 목소리를 대변했는지 부모는 그 말에 고개를 끄덕일 뿐이었다. 이곳에 있어도 좋다는 허락에 기뻐진 나는 눈물을 닦으며 히죽 웃었다.

"그래서 이제부터가 상담인데……."

"또 있니?"

엄마가 내 쪽을 향해 얼굴을 홱 들며 말했다. 하지만 지금까지는 나의 병 상태를 알렸을 뿐이지 상담이 아니었다. 병의 상태를 확인한 다음에 상담을 들어 주길 원했다.

"내 일에 대한 상담이야."

"상인이 될 거잖느냐."

아빠가 의아해하며 미간을 찌푸렸다. 나는 격분하거나 날뛰지 않고 침착하게 이야기를 들어 주는 아빠에게 안심하며 입을 열었다.

"그럴 생각인데 나도 앞날을 너무 쉽게 생각했다고 할까, 생각을 못 했다고나 할까. 내 체력으로 일하기 힘들잖아. 그럼 상점에 폐가 갈 거라고 오토 씨가 말했어."

"오토 자식이……."

아빠가 짜증과 분노가 섞인 목소리로 중얼거렸다. 솔직하게 객관적인 의견을 말해 준 오토에게 엉뚱하게 화가 날아가서는 곤란했다. 나는 당황하며 오토가 내 준 제안도 덧붙였다.

"그러니까 집에서 편지나 서류 대필 같은 일을 하면서 지금까지처럼 벤노 씨에게 상품을 팔거나 문에서 보조하는 편이 몸에 좋지 않겠냐고 제안해 줬어."

"그렇군. 오토 말대로 마인은 집에 있는 편이 제일이지. 무리하지 않는 편이 좋아."

아빠가 이번엔 훗 하고 입가에 미소를 지으며 약간은 기쁜 듯 말했다. 아빠의 의견에 찬성했는지 내게 매달린 채 흐느끼던 투리도, 엄마도 재차 끄덕였다.

"나 벤노 씨 상점에 들어가겠다고 약속했는데, 취소해도 될까?"

이 마을의 직장에 대해 이렇다 할 지식이 없는 내가 부모에게 묻고 싶었던 질문이 이거였다. 약속을 깨게 되는데 문제가 생기지 않을까?

"아직 정식 수습생도 아니고 일하다가 갑자기 쓰러지면 그쪽도 곤란할 테니 제대로 말하면 괜찮겠지."

"그럴까? 모처럼 얻은 일자리라 아깝긴 해도 몸을 우선으로 할 수 있는 일을 찾아볼게."

재택 근무가 가능한 일자리가 있을지 우선은 벤노에게 상담해 봐도 좋을 듯하다. 자세한 이야기는 봄이 오고 나서다.

"후아아아아아아아암……."

긴 시간을 이야기에 열중한 탓에 대화가 끊긴 순간 내 입에서 커다란 하품이 나왔다. 그것을 본 엄마가 가볍게 손바닥을 쳤다.

"이걸로 이야기가 끝이면 이제 자자. 늦었어."

"응, 안녕히 주무세요."

"우윽…… 흐윽…… 안녕히…… 주무……."

또 훌쩍훌쩍 우는 투리와 침실로 들어가 함께 침대로 들어갔다.

"투리, 울지 마. 웃는 얼굴이 예쁘니까. 내일부터 같이 이것저것 많이 하자."

"응, 응. 마인이랑 많이 놀래. 우린 함께니까."

나는 투리를 달래며 이불 속으로 들어갔다. 그러자 투리가 내 이불 속으로 들어와 어디든 보내지 않겠다는 듯 꼭 안으며 잠들었다. 안심한다면 괜찮겠지 라는 생각에 나도 그대로 눈을 감았다.

좀 더 발광하거나 소란을 피울 줄 알았던 아빠가 예상과 달리 진지하게 몇 마디 정도만 하며 이야기를 들어 주었다. 제대로 대화가 이루어져서 다행이라고 안도의 한숨을 내쉬는 동안 점차 의식이 멀어져 갔다.

투리가 안심할 수 있게 마음대로 하도록 내버려 두고 잤는데 투리에게 목이 졸려 정신을 차렸다. 숨이 막혀 죽을 것 같아 서둘러 투리의 팔을 풀고 그 자리에서 탈출했다.

죽을 뻔했어. 숨을 못 쉬면 신식이 아니라도 죽는다고.

나는 목을 어루만지며 눈을 깜빡였다. 보통 새벽에 눈을 뜨면 깜깜해야 할 침실에 빛줄기가 들어왔다. 아직 졸린 눈을 비벼 봐도 틀림없이 꿈이 아니었다.

반쯤 열린 문으로 아직 가마 불이 꺼지지 않았다는 사실을 깨달았다. 이야기 소리가 들리지 않으니 부모님이 일어난 것도 아닌 모양이다. 어두컴컴한 침대 쪽을 보니 이미 잠든 엄마의 봉긋한 형체가 보였다.

'엄마가 깜빡하고 안 껐나?'

나는 슬쩍 침대에서 내려와 투리를 깨우지 않게 발소리를 죽이며 부엌 쪽으로 다가갔다.

가마의 불밖에 켜지지 않은 침침한 부엌에서 아빠가 홀로 술을 따르고 있었다. 술에 취하면 쾌활해지던 기억 속의 아빠의 모습은 어디에도 없이, 묵묵히 잔을 들이키며 혼자 조용히 울고 있었다.

소리 없는 통곡이 들리는 듯하여 나는 살짝 시선을 돌려 조용히 침대로 돌아갔다.

루츠에게 보고

가족회의가 열린 다음 날, 다들 어딘지 모르게 어색했다. 아빠의 미소가 어쩐지 쓸쓸해 보였고, 엄마가 몇 번이고 나를 껴안기도 하고, 투리가 갑자기 울어 버리곤 했다.

하지만 날이 갈수록 점차 가족회의 이전과 특별히 다를 바 없는 평범한 생활로 돌아갔다.

"내가 할 테니까 마인이 안 해도 돼."

"응? 나도 할래. 해 봐야 할 수 있다고 투리가 말했잖아."

내가 자립할 수 있게 일을 돕기를 권유하던 투리가 이상하게 내 일을 빼앗으려 하면서 더욱 과보호하려 드는 점 이외에는 일상으로 돌아갔음이 틀림없었다.

"우와! 날이 갰어! 오늘은 파루 채집하러 가야지!"

오늘 아침은 투리의 목소리에 잠이 깼다. 아직 어둑어둑한 하늘이지만, 구름이 거의 끼지 않은 날씨라고 했다. 살짝 들어오는 빛을 본 투리가 날씨를 확인하려고 물을 열자 바깥의 찬 공기가 단숨에 들어왔다.

"투리, 추워."

"아, 미안. 미안."

창문을 닫고 투리가 아침 식사에 집중했다. 나도 허둥지둥 분주한 가족들 속에서 아침을 먹었다. 재빨리 식사를 끝낸 아빠와 엄마는 바구니며 장작을 준비 중이었다. 현관에 이것저것 물건들을 늘어놓던 아빠가 빵을 우물우물 씹는 내 쪽으로 몸을 돌렸다.

"마인은 어떡할래? 문에서 기다릴래?"

"음, 나도 파루 채집하러 가 볼까나?"

투리의 말에 따르면 파루라는 나무는 불가사의할 정도로 아름다운 식물인 모양이다. 반짝반짝 빛나며 가지를 빙글빙글 흔드는 모습이 아름답다는 표현이 도무지 이해가 가지 않아 실제로 보고 싶은 마음이 살짝 들었다.

그런 순수한 흥미에서 나온 내 말에 가족들 모두가 눈을 치켜떴다.

"안 돼! 마인은 집을 지키든지, 문에서 조수를 하든지 둘 중 하나다!"

"파루 채집은 힘드니까 마인에게는 어려워. 분명 열이 날 거야."

"맞아! 나무타기도 못하고 눈 속도 못 걸으니까 안 돼."

겨울 숲에 파루를 채집하러 가겠다는 내 의견을 가족들 모두에게 거절당했다. 확실히 눈 속을 거닐며 문까지 갈 수도 없는 내게 눈 쌓인 숲에서 채집하리란 불가능했다.

"알았어. 파루 채집은 낮까지지? 그럼 문에서 도우면서 기다릴게."

토트백을 챙기며 문에 갈 준비를 했다. 아빠가 쉬니까 오토도 쉬지 않을까 했는데 이 시기에 오토는 거의 매일 문에 얼굴을 내미는 모양이었다.

조금 큰 썰매에 파루 채집에 필요한 짐과 나를 태우고 출발했다. 전체 마을 사람들이 파루를 채집하러 간다는 말이 틀리지 않을 정도로 수많은 사람이 썰매를 끌며 남문을 향하고 있었다. 피부를 찌르는 차가운 공기에도 파루 채집을 향한 기대에 부푼 가슴을 안은 사람들의 분위기가 축제처럼 들떠서 나까지 두근거렸다.

"미안하지만, 마인을 부탁해. 낮까지 오토를 보조할 거다."

"넷!"

"다들 열심히 채집하고 와!"

나는 문에서 썰매에서 내리고 숲으로 향하는 가족들을 배웅한 후, 친숙한 문지기 씨에게 인사하면서 숙직실로 향했다.

"오토 씨. 안녕하세요."

"어라? 마인? 반장님 쉬는 날인데?"

의아한 듯 눈을 깜빡이는 오토에게 나는 가볍게 웃으며 고개를 끄덕였다.

"오늘은 날씨가 맑아서 파루 채집하러 갔어요. 문에서 기다리면서 도울게요."

"아아, 그렇구나. 그럼 낮까지 가능하겠네."

이미 사정을 헤아린 오토가 활짝 웃으며 계산을 확인할 자료를 옆에 쌓아 올리기 시작했다. 내가 일할 자리를 비워 주는 오토에게 나는 지난 상담에 대해 감사의 말을 전했다.

"오토 씨. 저번엔 고마웠어요. 가족에게 신식 이야기도 했고 집에서 가능한 일을 찾기로 했어요. 봄이 되면 벤노 씨에게도 상담하려고요……."

"응. 뭐 마인의 몸 상태가 가장 중요하니까. 벤노 쪽에서 상관없다면 이쪽에서 자택 업무를 맡길 수도 있으니까 언제든 말해."

"네! 잘 부탁합니다."

살짝 어두운 기운이 느껴지는 미소가 역시나 신경 쓰였지만, 제대로 감사의 말도 전한 나는 상쾌한 기분으로 계산 작업에 들어갔다.

점심시간이 지났을 무렵에 가족들이 숲에서 돌아와 나는 다시 썰매를 타고 집으로 돌아왔다. 오늘은 세 사람이 채집에 달려들어 파루를 6개나 딸 수 있었다고 했다. 작년과 달리 파루 찌꺼기도 이용 가치가 있다는 사실을 깨달은 엄마가 의욕을 불태운 결과였다.

엄마가 점심을 준비하는 동안 우리는 파루를 짰다. 투리가 장작 중에서 가장 가느다란 나뭇가지에 가마 불을 붙여 파루에 꽂아 넣었다. 그러자 그 부분만 빠직 하고 껍질이 갈라졌다.

“마인, 나온다!”

걸쭉한 하얀 과즙이 흐르지 않게 용기에 받아냈다. 달콤한 냄새에 황홀해 하며 파루즙을 다 받아 내자 투리가 아빠에게 즙을 전부 뽑은 파루를 건넸다.

아빠가 알맹이를 으깨며 기름을 뽑았다. 압착기를 쓸 수 있는 아빠에게 맡기니 순식간에 기름이 뽑혀 나왔다. 파루 찌꺼기는 요리에 쓸 수 있으므로 네 개는 우리 집에 두고 나머지 두 개는 루츠네 집에 가져가 달걀과 교환해 오기로 했다.

점심을 먹은 후 파루 찌꺼기와 함께 새로운 파루 조리법을 가져갔다. 적어도 오븐만 있었다면 그라탕이나 피자를 만들 수 있겠지만, 철판과 냄비밖에 없는 상태에서 만들 수 있는 요리에는 한계가 있었다.

“안녕, 루츠. 달걀이랑 교환해 줘. 그리고 새로운 조리법 필요해?”

“새로운 음식은 기쁜데 손이 부족해서 바로 만들기가 어려워. 들어와서 기다려.”

모처럼 새 조리법을 알려주려고 했는데 형들이 집에 없는 듯했다.

“오빠들은 어디 갔어? 썰매 타러 갔어?”

"형들은 용돈 벌이로 눈 치우러 갔어."

참가한 적이 없는 난 몰랐지만, 중노동인 제설 작업은 아이들에게 좋은 용돈 벌이가 되는 모양이다.

"왜 루츠만 남아 있어?"

"파루를 짜야지. 이대로 두면 녹아 버리잖아."

확실히 파루도 내버려 두면 안 되지만, 용돈 벌이도 안 되는 집안일을 루츠에게 억지로 떠맡기는 행동으로밖에 보이지 않아 조금 복잡한 기분이 들었다. 루츠나 칼라 아줌마도 아무 말 않는데 제삼자인 내가 끼어들 일은 아니지만.

기왕이면 파루 짜기를 돕고 싶었지만, 기본적으로 힘쓰는 일이라 내가 나설 자리가 아니었다. 망치로 탕탕 소리를 내며 으깨는 루츠와 기름을 짜는 칼라를 지켜보는 일이 전부였다.

멍하니 작업을 지켜보던 나는 문뜩 루츠에게 가족회의 결과를 알리지 않았다는 사실을 떠올렸다. 벤노의 상점에 수습생으로 들어가지 않겠다고 결정한 일은 루츠에게 반드시 보고해야 할 사항이었다.

"저기, 루츠. 나 벤노 씨 상점에 들어가는 거 취소하기로 했어."

"뭐!? 갑자기 왜!?"

루츠가 망치를 들어 올린 자세로 눈을 크게 뜨고 나를 바라봤다. 칼라도 가볍게 눈에 힘을 주며 나를 주시했다.

"엄마가 말했잖아. 루츠한테 방해가 될 거라고. 그리고 내 체력으론 아무리 생각해도 일이 힘들어. 오토 씨한테 상담했는데 그 외에도 이것저것 지적받았어."

"이것저것이 뭔데?"

루츠는 다시 망치를 움직이면서 시선으로 대답을 재촉했다.

"신입 수습생이 몸이 안 좋다고 계속 일을 쉬면 같이 일하는 주변 사람들이 어떻게 생각할까?"

"아아."

루츠는 납득한 듯한 소리를 내며 파루를 두들겼다. 칼라는 파루를 꽉 짜면서 눈을 가늘게 떴다.

"자주 쉬면 주변 사람들한테 폐가 가고, 교육 시기에 쉬어 버리면 네가 곤란해지니까?"

"맞아. 게다가 나 아직 상품을 많이 만들어 낼 계획인데 그럼 이익으로 상당한 금액을 받을 거 아냐? 쉬는 날도 많은데 급료까지 높은 수습생이 있으면 상점의 인간관계가 무너질 거래."

"하긴 그러네."

납득한 듯 고개를 끄덕이는 루츠와는 달리 어째선지 칼라가 눈을 동그랗게 떴다.

"어차피 급료는 루츠랑도 관계될 테니까 진지하게 일하면 조금은 달라질 거야. 자세한 내용은 벤노 씨한테도 상담해 보는 편이 좋겠지만."

"그래, 봄이 오면 제대로 상담받자."

급료와 이익을 따로따로 계산해서 몰래 받는 방법도 가능할 것 같았다. 지금도 길드 카드를 맞추기만 하면 돈이 들어오니까.

"수습을 포기하면 마인은 세례식 후에 어쩔 셈이야?"

"난 병 증세가 어떻게 될지 모르니까 집에서 편지나 서류 대필을 하면서 상품 제작을 하거나 문에서 돕거나……. 지금까지와 다르지 않은 생활을 하자고 가족들과 얘기했어."

"그래? 네 몸에는 그 길이 좋을지도 모르겠네."

루츠가 찬성해 주자 나는 안도의 숨을 내쉬었다. 그와 동시에 칼라의 표정이 밝아졌다.

"마인이 가지 않는다면 루츠도 갈 필요 없어진 거지? 이제 장인이 되면 되겠네."

내가 벤노의 상점에 가기를 포기한 일과 루츠가 그만두는 일에 어떤 관계가 있다는 말일까. 의아해하는 나와 달리 루츠는 내심 안심했다는 듯 말하는 칼라의 말에 험악하게 눈썹을 치켜세웠다.

"뭐!? 무슨 말이야, 엄마!?"

"무슨 말이긴?"

무슨 질문인지 모르겠다는 표정을 짓는 칼라에게 루츠가 가볍게 혀를 차며 성을 냈다.

"내가 상인이 되고 싶다고! 마인은 관계없어! 오히려 지금까지 내가 마인을 끌어들인 거야!"

루츠의 말에 칼라가 놀란 얼굴로, 믿을 수 없다는 듯이 루츠를 응시했다.

"뭐라는 거니!? 그럼 아직도 상인이 될 생각이니?"

"당연하지! 사실은 행상인이 되고 싶었지만, 마인이 소개해 준 행상인 출신한테서 시민권 이야기를 듣고 마을 안의 상인이 되기로 한 거야!"

"루츠, 너 지금까지 그런 말 한 적 없잖니!"

"말했어! 내 말을 듣지 않았든지, 기억 못 하는 거겠지!"

정말 서로 이야기가 통하지 않았던 모양이다. 칼라는 마치 처음 듣는 이야기라는 얼굴로 루츠를 보았다. 모자간의 대화에 방해되지 않는 편이 좋을 듯하여 나는 입을 꾹 다물었다.

"네가 행상인이 되고 싶다는 말은 들었지. 하지만 그런 건 어린애들 잠꼬대 같은 소리잖니. 이루어질 리가 없는 꿈같은 이야기는 전혀 현실성이 없지 않니? 설마 네가 정말 진지하게 목표로 할지 생각도 못 했어. 그사이에 제대로 된 현실을 보겠거니 했었다니까?"

칼라가 어찌할 바를 몰라 하며 나와 루츠를 번갈아 보다가 가냘프게 고개를 저었다. 자신의 예상과 다른 진실을 보고 당황한 듯했다.

칼라의 말도 무리는 아니었다. 숲이나 마을에서 가까운 농촌에 가는 일 외에 마을을 벗어난 적조차 거의 없는 마을 주민이다. 행상인 따위 불쑥불쑥 들르는 이방인으로 장래의 목표로 삼을 만한 대상이 아니었다. 빨리 현실을 직시하라는 칼라의 생각은 이곳에서는 일반적인 사고방식이었다.

"난 진심으로 행상인이 되고 싶었어. 이 마을을 나와서 모르는 마을에 가 보고 싶고 이야기로밖에 듣지 못한 물건을 실제로 내 눈으로 보고 싶다고 생각했고, 지금도 마찬가지야."

"루츠, 너…………."

칼라가 의자에 붙인 궁둥이를 떼며 뭔가 말하려고 했다. 표정으로 봐도 비판하려는 듯한 무언가를. 하지만 루츠는 칼라가 입을 떼기보다 빠르게 먼저 말을 뱉었다.

"그런데 행상인이었던 사람에게 들었어. 시민권을 버리는 짓은 바보나 하는 짓이라고. 행상인은 수습생을 두지 않으니 포기하라고."

"그거야 그렇지."

칼라가 안심의 한숨을 살짝 내쉬며 털썩하고 자리에 앉았다.

행상인은 상당히 기피하는 직업인 듯하다. 여기저기 떠도니까 재미있겠다고 천하태평으로 생각했던 나는 여전히 이곳 상식이 전혀 부족한 모양이다.

"행상인 수습생이 되지 않고 나 혼자 처음부터 행상인이 되려고 생각했을 때 마인이 말해 줬어. 행상인이 되지 않아도 마을 상인이 될 수는 있다고. 상인이 되어서 다른 마을에 매입하러 갈 수 있을지도 모른다고. 그건 막연한 미지의 행상인보다 현실적이고 실현 가능한 미래였어."

"뭐, 행상인보다는 그렇지……."

"그래서 난 수습생으로 받아 달라고 상인에게 부탁했어. 마인의 지인의 지인한테. 처음엔 거절당했지만."

"그야 그렇겠지……."

칼라가 피곤한 듯 말하며 어깨를 으쓱했다. 설마 진심으로 아들이 행상인이 될 생각이었다고는 예상치 못했는지 가볍게 충격을 받은 듯했다.

이 마을의 수습 제도로 생각해 보면 루츠가 상인 수습생이 될 확률은 거의 제로였다. 아마 상인이 되고 싶다고 말해도 칼라는 적당히 듣고 넘겼을 터였다. 어쩌면 루츠가 상인 수습생이 될 수 있다고 보고했을 때도 대충 들었는지도 모른다.

"하지만 그 사람이 조건을 달성하면 수습생으로 받아 주겠다고 약속해 줬어. 난 이미 마인과 함께 조건을 달성했고, 수습생 허가도 받았어. 마인이 있든 없든 난 상인이 될 거야. 아니, 될 수 있어."

혼자 자신의 길을 트기 시작한 루츠의 각오를 눈치챘는지 이제야 루츠의 이야기에 귀를 기울인 칼라가 조금은 엄격한 눈으로 루츠를 응시했다.

"루츠. 너 수습 허가를 받았다고 부모의 반대를 물리치고 정말 상인이 될 수 있다고 생각하니?"

"더부살이 수습생이 돼서라도 난 상인이 될 테야. 마인과 함께 열심히 해서 겨우 수습생이 될 수 있는 길이 열렸어. 포기할 생각은 전혀 없어."

"더부살이 수습이라니……."

더부살이 수습생의 생활 환경은 최악이었다. 우선 수습생은 일주일에 반밖에 일할 수 없어서 급료가 낮다. 그리고 어린애가 의지할 가족도 없이 갑자기 혼자 생활하면서 가사 전반을 해야 하니 체력적으로도, 시간적으로도 상당히 고되다. 사는 곳은 건물 제일 위층 다락방이라 여름은 덥고, 겨울은 춥다. 비가 새는 일도 흔하다. 짐이나 물을 옮기는 일도 힘들다. 루츠네 집처럼 다락방 공간에 흔히 닭을 키우기도 해서 고약한 악취가 풍기기도 한다.

가족 대상으로 빌려주는 방과 달리 밥을 지을 공간이 없어 상점 사람에게 부탁해 부엌을 빌리거나 외식이 기본이다. 당연히 그런 생활을 하면 수중에 돈이 남을 리가 없고, 가불을 받아 쓰니 빚만이 쌓여간다. 죽지 않을 정도까지는 상점이 돌봐 주지만, 제구실하게 되기까지는 거의 무보수로 일해야 하는 처지가 더부살이 수습생이었다.

"루츠, 잘 생각해 보렴! 그런 생활을 어떻게 하겠단 말이니!?"

아들에게 그런 지독한 생활을 보내고 싶어 하는 부모가 어디 있으랴. 칼라는 마치 비명에 가까운 소리를 냈다. 하지만 루츠는 가볍게 어깨를 으쓱거릴 뿐이었다.

"할 수 있어. 그러려고 벌써 예전부터 준비해 오고 있으니까."

루츠의 경우 종이 제작으로 봄 동안 돈을 모을 수 있다. 지금까지 창고에 모아 놓은 백피나 흑피를 쓰면 세례식까지는 상당한 금액이 모일 터였다. 상인 수습생이 되기 위한 옷 등 준비물을 갖추어도 계산상 어느 정도 돈이 남았다.

그리고 수습 기간 중 일주일의 반이 휴일이다. 그 휴일을 이용해서 나와 새로운 상품을 개발하면 이익이 손에 들어온다. 그러면 틀림없이 수습생 급료보다 훨씬 많은 이익이 들어올 것이었다. 여유 넘치는 생활은 아니겠지만, 지나치게 빈곤한 생활은 보내지 않겠지. 방을 빌릴 정도의 여유는 없을 테니 어느 정도까지는 끔찍한 주거 생활을 각오해야겠지만.

"준비하고 있다니, 진심이니?"

"진심이야."

잠시 침묵이 흐른 뒤 칼라가 깊은 한숨을 내쉬었다. 루츠의 진심을 알고 포기한 듯, 아직 완전히 포기하지 못한 듯한 복잡한 표정으로 어깨를 축 떨구었다.

"벌이 차이가 큰 상인보다 건실하게 일할 수 있는 장인이 안정적일 텐데."

"아빠가 말하는 대로 장인이 되면 계속 이대로잖아."

불만스럽게 입술을 삐죽인 루츠에게 칼라가 얼굴을 구겼다. 마치 지금 생활에 불만이 있다는 루츠의 말에 칼라의 분위기가 날카로워졌다.

"이대로라니 무슨 의미니?"

"형들 좋다는 데로 끌려다니고 내 몫은 뭐든지 형들 기분에 따라 빼앗기고. 내 수중엔 아무것도 남지 않는다는 말이야."

"그야…… 형들이니까 빼앗기기도 하겠지만, 받기도 하잖니?"

칼라가 곤란한 듯 미간을 좁혔다. 그런 칼라의 주장을 루츠가 일축

했다.

"무슨 말이야? 음식은 빼앗기면 내가 먹을 수도 없고, 받는 거라곤 거의 부서져서 물려받는 물건들뿐이잖아. 그렇다고 가끔 새 물건을 받으면 금방 누군가에게 빼앗기고."

동생이라 뭐든지 물려받아야 하는 건 나도 마찬가지다. 하지만 나는 항상 투리에게 도움을 받는 데 반해 루츠는 남자 형제의 숙명인지 서로 돕기보다 지배받는 입장이었다. 이 차이는 상당히 크다.

"상인을 눈앞에 두고 마인과 함께 열심히 해 보니까 자신의 성과가 내 손에 남는다는 사실을 깨달았어. 난 이대로 방해받지 않고 내 힘을 시험해 보고 싶어. 장인은 손톱만큼도 되고 싶은 생각이 없어."

줄곧 휘둘려 온 루츠는 가족에게 지배받지 않는 환경을 발견해 버리고 말았다. 자신의 꿈을 이룰 수 있는 장소를 확보한 셈이다. 칼라가 고개를 푹 떨구면서 중얼거렸다.

"네가 거기까지 진심일 줄은 몰랐구나. 그저 남에게 휘둘리고 있다고만……."

"그런 식으로 평생 직업을 정하진 않아."

"이 엄마는 그렇게 생각해서 반대했던 거야."

칼라는 깊은 한숨을 내쉬며 시선을 떨구었다. 그리고 잠시 생각하더니 천천히 고개를 들어 어쩔 수 없다는 듯한 웃음을 지었다.

"거기까지 고민하고 집을 나갈 준비까지 할 정도로 진심으로 하고 싶은 일이라면 할 수 있는 데까지 해 보렴. 아빠는 반대하겠지만, 우리 집에서 나만은 네 편이 되어 주마."

"정말!? 고마워, 엄마!"

루츠의 얼굴이 확 밝아졌다. 가족에게 이해받기를 포기했던 루츠는 믿을 수 없다는 듯이 눈을 크게 뜨고 폴짝폴짝 뛰며 기뻐했다. 앞만 보고 달리며 노력한 루츠의 아이다운 모습에 내 얼굴에도 웃음이 피었다. 가족들 중 한 사람이라도 자신의 편이 되어 주는 사람이 있다면 기분이 전혀 다를 터였다.

형들이 돌아오고 나서도 루츠는 흥분해 있었다. 모두와 협력하면서 나의 새로운 요리를 만들어 갔다.

"자샤랑 지크 오빠는 철판을 데워 줘. 루츠는 파루 찌꺼기에 잘게 간 치즈를 듬뿍 넣어 주고. 그리고 랄프는 레이지 잎을 잘게 썰어 줄래?"

작업을 분담해 루츠가 치즈를 잘게 갈아 넣어 둔 볼 안에 파루 기름과 소금을 넣었다. 랄프가 썰어 준 바질과 비슷한 허브를 넣은 후에 잘 섞어서 굽기만 하면 된다.

"철판이 데워졌어."

"그럼 이걸 구워 줘. 파루 케이크처럼."

녹은 치즈가 바삭바삭하게 될 때까지 구워서 먹었다. 보기엔 오코노미야끼 같지만, 잘게 갈은 치즈가 잘 배어서 양식 같은 맛이 났다. 우라노 때 삶고 남은 국수나 스파게티를 작게 잘라서 만들어 먹었던 남은 음식 활용법이다.

"조리도 간단하고 배도 부르네."

"잘게 자른 햄이나 채소를 넣어도 맛있을 거야."

"그렇게 하면 파루 케이크랑 달리 한 끼 식사가 되겠어."

다들 맛있다며 즐겁게 같은 요리를 먹었다. 그러던 중 더 먹으려고 떠 놓았던 루츠의 음식을 랄프가 옆에서 뺏으려고 했다가 칼라에게 꿀밤을 먹었다.

"어딜 다른 사람 음식을 뺏어. 고집쟁이네. 하나 더 구우면 되잖니?"

꿀밤을 먹은 랄프도 루츠도 눈을 동그랗게 떴다. 그 뒤 랄프는 자신이 음식을 굽기 시작했고, 안심한 듯 먹기 시작한 루츠를 보며 칼라가 웃음을 지었다.

루츠의 가정 문제도 엄마라는 강력한 조력자가 생김으로 인해 일단은 진정될 듯하다.

나는 수작업과 루츠의 가정교사, 문에서 조수 역할과 감기에 걸려 앓아눕는 일을 빙글빙글 반복했고, 루츠는 비녀 부분을 우리 집에 가져와서 공부하고 가끔은 길베르타 상회에 완성한 머리 장식을 들고 가는 생활을 반복했다.

그 사이에 점차 눈보라가 약해지면서 방에 틀어박힌 생활을 보낸 겨울이 마지막을 알렸다.

다시 종이 제작을 시작하다

눈이 녹기 시작하면서 맑게 갠 날이 이어졌다. 아직 추운 날씨가 이어졌지만, 길베르타 상회까지라면 괜찮다는 가족의 허락을 받고 루츠와 함께 상점으로 가서 겨울 동안의 수작업 대금을 정산하기로 했다. 모두가 작업한 머리 장식과 돈을 담을 주머니를 가방에 넣고 상점으로 향했다.

큰길의 중앙에는 눈이 없지만, 골목길 구석에 다 녹지 않은 눈사람과 반짝거리며 얼은 눈 뭉치가 길섶 여기저기에 겨울의 잔영으로 남아 있었다.

봄을 맞이한 사람들의 표정은 밝았고, 길을 걷는 사람들의 발걸음도 가벼웠다. 큰길을 오가는 짐마차나 짐수레가 훨씬 많아졌다. 길베르타 상회도 출입하는 상인이 늘었는지 비교적 붐비지 않는 오후에 왔는데도 상당히 분주해 보였다.

나중에 다시 올까 하고 루츠와 이야기하는 사이에 마르크가 우리를 향해 걸어왔다. 안면이 있는 종업원이 우리를 발견하고 알려 준 모양이다.

"안녕하세요. 오랜만이에요, 마르크 씨."

"아아, 루츠와 마인. 해설(解雪)에 축복을. 봄의 여신이 위대한 은총을 내려 주시길."

마르크가 가슴 앞으로 손가락을 가지런히 한 왼쪽 손바닥에 오른손 주먹을 맞붙이며 가볍게 눈을 감았다. 대체 마르크가 뭘 하는지 영문을 몰라 나는 휘둥그레 뜬 눈으로 마르크를 바라보았다.

"네? 뭐라고요?"

"봄을 축복하는 인사입니다만?"

오히려 왜 모르냐고 묻고 싶은 듯한 마르크의 태도에 이 주변에서는 당연하게 주고받는 인사라는 사실을 깨달았다.

"처음 들었어요. 루츠, 알고 있었어?"

"아니, 나도 처음 봤어."

"혹시, 상인 특유의 인사인가요?"

"이곳 저택에서는 계속 주고받는 인사라 깊이 생각한 적이 없습니다만, 직업상 상인들과의 교제가 대부분이니 어쩌면 그럴 수도 있겠군요. 눈이 녹으면 거래도 늘어나니 해설에 축복을. 봄의 여신이 위대한 은총을 내려 주시길, 하고 인사한답니다."

마르크가 우리에게 상인의 인사를 가르쳐 주었다. 봄에 만난 첫날만 나누는 인사인 모양이다. '새해 복 많이 받으세요'와 비슷하겠거니 하고 멋대로 해석했다.

마르크가 했듯이 가슴 앞에 오른쪽 주먹과 왼쪽 손바닥을 맞붙여 연습해 보았다.

"해설에 축복을?"

"그렇습니다."

"봄의 여신이 위대한 은총을 내려 주시길, 맞죠?"

몇 번인가 입속으로 중얼거려 보았지만, 내일이면 까맣게 잊을 자신이 있었다. 이럴 때야말로 메모장이 필요하다. 가방 안에 석판은 들어 있어도 메모장은 없었다.

"주인님은 현재 협상 중입니다만, 두 분은 무슨 용무입니까?"

마르크의 질문에 나는 오늘 해야 할 일을 손가락으로 세었다.

"그러니까 겨울 수작업 정산이요. 그리고 슬슬 종이 제작을 시작하고 싶으니까 세공사에게 큰 초지틀이 완성됐는지 확인해 주세요. 그리고 수습 일로 벤노 씨에게 할 말이 있는데, 협상 중이시죠?"

"알겠습니다. 그럼 수작업 정산부터 하지요. 그동안 협상이 끝날 겁니다."

상점 안 테이블로 안내받았다. 나와 루츠가 나란히 앉고 마르크가 정면에 자리 잡았다.

"수작업 머리 장식은 이게 전부입니다. 확인해 주십시오."

루츠가 익숙하지 않은 정중한 말투로 머리 장식이 든 가방을 내밀었다. 그것을 마르크가 꺼내어 개수를 세었다.

"여기에 24개. 겨울 동안 받은 양을 합치면 186개로 문제없지요?"

"네. 문제없어요."

우리가 합판에 새겨 두었던 개수와 마르크가 말한 개수가 일치하는 걸 확인하고 고개를 끄덕였다. 머리 장식 하나에 중동화 5닢. 그 금액 안에서 나와 루츠가 받기로 한 수수료 중 중동화 1닢은 길드에 맡겼다. 그리고 남은 돈은 나누기 쉽게 따로 챙겨 온 다른 주머니에 넣었다.

루츠는 자신을 빼고 형들이 서로 싸우지 않게 평등하게 만들어서 알기 쉽게 셋이서 대동화 6닢과 중동화 2닢씩 나누면 되었다. 우리 집은 엄마가 83개, 투리가 66개, 내가 37개로 개수가 제각기 달라 조금 귀찮은데 엄마가 소은화 1닢과 대동화 6닢과 중동화 6닢, 투리가 소은화 1닢과 대동화 3닢과 중동화 2닢, 내가 대동화 7닢과 중동화 4닢이다.

"개수가 이만큼 있으면 다음 겨울까지는 팔 수 있겠네요. 머리 장식은 생각보다 판매가 좋습니다. 색깔이 여러 가지라 손님들이 즐거워하며 고르고 있죠."

마르크의 말에 머리 장식을 고르는 부모와 자식을 상상하며 입가에 미소를 지었다.

"그래요? 기쁘네요. 저도 제 세례식에 쓸 머리 장식을 만들었어요."

"어떤 장식입니까?"

"우후후, 당일까지 비밀이에요."

내가 웃자 마르크의 눈썹이 가볍게 올라갔다.

"이런, 그럼 당일을 기대하지요. 그리고 종이 제작을 다시 시작한다고 했지요?"

"네. 루츠가 숲에 가서 강 상태를 보고 와야 하긴 한데 봄이 왔으니 슬슬 만들고 싶어요."

벤노에게 투자받을 수 있는 기간은 초여름에 있을 세례식까지다. 되도록 빨리 시작하고 싶었다.

"알겠습니다. 세공사에게 물어보지요. 주문한 물건은 계약서 크기의 초지틀 2개가 맞습니까?"

"네. 잘 부탁드릴게요."

대략적인 이야기가 끝날 즈음에 협상이 끝났는지 상인 여러 명이 안쪽 방에서 나왔다.

"주인님께 보고하고 오겠습니다. 잠시 기다리십시오."

마르크가 안쪽 방으로 들어갔다가 우리를 들어오게 했다. 봄이 되고 처음 벤노를 보는지라 조금 전 기억한 인사를 바로 써먹으려고 가슴 앞에 오른쪽 주먹과 왼쪽 손바닥을 맞붙였다.

"벤노 씨. 오랜만이에요. 해설에 축복을. 음, 봄의 여신의…… 위대한 은총의? 어라? 뭐였지?"

금방 익힌 인사도 메모장이 없으면 기억하지 못하는 나를 보고 루츠가 어이없다는 듯 내 앞으로 나왔다. 그리고 쓱 가슴 앞에 오른쪽 주먹을 왼쪽 손바닥에 맞붙인다.

"해설에 축복을. 봄의 여신이 위대한 은총을 내려 주시길."

"맞아, 그거였어! 해설에 축복을. 봄의 여신이 위대한 은총을 내려 주시길."

루츠 덕분에 정확히 기억난 나는 다시 인사했다. 벤노가 웃음을 참는 얼굴로 인사를 받아 주었다.

"아아, 해설에 축복을. 봄의 여신이 위대한 은총을 내려 주시길. 그나저나 지지리도 못하는군. 제대로 말할 수 있도록 해."

벤노가 웃으면서 테이블을 탁탁 두드리며 가리켰다. 나와 루츠는 테이블 자리에 앉고 봄의 축복에 대해 이야기했다.

"조금 전에 마르크 씨한테 막 배웠어요. 집에서는 들은 적이 없으니까 처음치고는 잘했다고 해 주세요."

"그래? 그럼 훌륭했어, 루츠. 그래서 수습일로 할 얘기란 건 뭐지?"

벤노에게 칭찬받은 사람은 제대로 인사한 루츠뿐이었다. 나는 부루퉁한 얼굴로 오늘의 본론을 입에 담았다.

"저, 세례식 후에 이곳 수습생이 되기로 한 약속 취소할게요."

"뭐? 자, 잠깐만. 왜 그렇게 되지? 널 칭찬하지 않아서냐? 정확하진 않았지만, 마인도 열심히 했어!"

벤노가 관자놀이를 누르며 비위를 맞추듯이 내 인사를 칭찬했다.

"아니에요! 인사는 관계없는데."

"관계없다면 이유가 뭐지?"

"그게, 저한테 체력이 없잖아요?"

"기가 막힐 정도지."

벤노의 장단이 내 가슴을 푹 찔렀다.

"윽……. 벤노 씨도 제가 일을 할 수 있을지 불안해했잖아요. 수습생이 몸 상태가 안 좋다고 자주 쉬거나, 체력적으로 편한 일을 하거나 하면 상점의 인간관계상 안 좋지 않을까 해서요."

"그것뿐인가? 그 외에도 있지?"

찌릿하고 나를 노려보는 적갈색 눈에 나는 오토가 언급했던 걱정거리를 떠올렸다.

"음, 그리고 상품의 이익을 받으면 근무 십 년 차 베테랑보다 더 많은 돈을 받을 가능성도 있겠죠? 돈이 인간관계를 가장 무너지게 하잖아요."

"그건 누구에게 들었지? 네 생각은 아닐 텐데?"

탐색하듯 눈을 가늘게 뜬 벤노에게 나는 고개를 크게 끄덕였다. 우라노 때부터 좋아하는 독서만 해 왔던 나는 기본적으로 시야가 좁았다. 이번에도 자신의 체력밖에 생각하지 못했는데, 오토에게 지적받고서야 처음으로 인간관계에까지 생각이 미쳤다.

"오토 씨요."

"호오, 그렇군. 오토가……."

분위기가 사나워진 벤노의 모습에 고개를 갸웃거리며 가장 불안했던 점을 말했다.

"그리고 내가 신식이라는 사실, 벤노 씨는 알잖아요. 1년 사이에 어떻게 될지 모르는 사람은 고용하지 않는 편이 좋아요."

내게 투자한 교육비가 쓸모없어질 가능성이 높았다. 더욱이 상인이라면 그런 낭비를 할 리가 없다.

벤노는 미간을 빙글빙글 짓누르며 날카로워진 눈빛으로 나를 바라보았다.

"그래서 우리 상점에 들어오지 않고 어쩔 생각이지?"

"집에서 편지나 서류 대필을 하면서 루츠가 쉬는 날에 신상품 개발을 하고 가끔 문의 일을 도우면서…… 지금까지와 변함없는 생활을 보내려고요. 몸에 부담이 가지 않는 편이 좋다고 가족들과 겨울 동안 이야기했어요."

"알았다. 그럼 수습에서 빼도록 하지."

벤노의 눈과 어깨에서 힘이 빠졌다. 그리고 관자놀이를 누르면서 무언가 고민에 빠지기 시작했다. 나는 중얼중얼 혼잣말하는 벤노에게 말을 걸었다.

"저기, 벤노 씨. 자택 업무로 제가 할 수 있는 일이 있을까요?"

그 순간 벤노의 적갈색 눈이 번쩍 빛났다. 언뜻 보기에는 온화한 표정 속에 매서운 육식 동물의 미소가 입가에 번져 있었다.

"넌 글씨가 예쁘니까 대필 거리가 있으면 맡기도록 하지. 그러니까 가끔은 루츠와 함께 상점에 얼굴을 내비치도록. 알겠나?"

'왠지 육식 동물에게 붙잡힌 기분이 드는데?'

나의 요구가 아무 탈 없이 통과하자 깊은 고민은 이쯤하고 또 다른 질문을 했다.

"저, 그럴 경우 길드 카드는 어떻게 되죠? 루츠를 통해 팔 생각인데 전 벤노 씨의 상점 수습생이 쓰는 카드를 쓰면 안 되지 않나요? 노점용으로 해야 하나요?"

세례식 후에 길베르타 상회로 수습생 등록을 할 예정이었지만, 수습생이 아니게 되면 나의 길드 카드는 어떻게 될까. 세례식 후니까 임시 등록도 불가능했다. 하지만 소속된 상점은 없고 등록하지 않으면 거래도 할 수 없었다.

"얼마나 상품을 만들 생각인지 모르겠지만, 지금 사용하는 창고를 마인 공방으로 해서 공방장 카드를 만들면 되지 않을까? 우리와 전속 계약을 맺으면 지금과 변함없이 거래할 수 있지."

"공방장!? 멋지네요. 지금까지와 변함없다면 그렇게 부탁해요."

내가 손뼉을 치며 기뻐하자 벤노도 기쁜 듯 웃으며 고개를 재차 끄덕였다.

"그리고 마르크 씨에게도 말했는데, 강 상태를 보고 종이 제작에 들어갈게요. 세례식까지는 둘이서 만들겠지만, 그 후에는 루츠도 수습을 시작할 테고 저는 수습생 자체를 포기했으니 벤노 씨가 고른 공방에 종이 제작을 전부 맡기고 싶어요. 괜찮나요?"

"전부 맡기다니? 만들 상대를 결정할 권리는 마인에게 있잖나. 그래도 괜찮나?"

계약 마술은 나와 루츠가 벤노의 상점에서 안심하고 안정적으로 일할 수 있으려고 맺은 것이었다. 새로운 사업이므로 이익을 취하는 벤노 입장에는 만드는 상대나 공방이 중요할지도 모르지만, 나한테는 급료도, 추가로 받을 이익도 없으니 종이가 대량으로 유통되어 주기만 하면 솔직히 누가 만들든 상관없었다.

"어차피 전 공방에 대해서 전혀 모르고, 종이를 만들고 싶어 하는

지인도 없어요. 다만 나무껍질을 강물에 씻는 과정이 있으니까 강 근처 공방이 좋을지도 모르죠."

"강 근처라……. 어렵군. 너희는 어떻게 했지?"

벤노의 말에 루츠가 가볍게 어깨를 들썩였다.

"도구를 메고 숲에 가서 강가에서 작업했는데 매일 작업하려면 도구를 옮기는 일이 좀 힘들지 않을까…… 라고 생각합니다."

"대량으로 생산하려면 도구도 커지니까 옮기긴 힘들어요. 하지만 그 방면은 벤노 씨나 공방 분들이 생각할 일이니까."

"그렇군……."

내 말에 납득한 벤노에게 공방 선택이나 도구 설치를 전부 맡기기로 했다.

"공방 선택과 설비 설치, 재료 매입처를 결정하는 일은 세례식 전까지 끝내 주세요. 제조법은 세례식이 가까워지면 루츠가 알려드릴 거예요."

"내가!?"

루츠가 눈을 커다랗게 뜨고 입을 뻐끔거렸다. 나는 싱긋 웃으면서 끄덕였다.

"내가 할 수 없는 과정도 있잖아. 루츠가 시범을 보이는 편이 제일이야. 앞으로 봄 동안에 여러 번 만들다 보면 억지로라도 기억할 테고, 불안하면 같이 가 줄 테니까 걱정하지 마."

"정말 통째로 떠맡길 생각이군."

벤노가 재미있다는 듯이 웃자 나는 살짝 시선을 피했다. 내가 생각해도 너무 통째로 맡기는 것 같다. 하지만 배분도 어느 정도 개선했고, 종이의 대량 생산도 목표가 잡힌 이상 다음 과정으로 넘어가고 싶었다. 종이 제작에만 몰두해서는 언제까지고 책을 만들 수 없었다. 봄 동안에 내가 쓸 종이를 만들면 인쇄에도 도전해 보고 싶었다.

시간이 제한된 자신의 야망을 가슴에 안고 나는 벤노의 상점에서 나왔다.

일 처리가 빠른 마르크가 다음 날 새로운 초지틀을 창고에 옮겼다고 했다. 그 말을 들은 루츠는 눈이 녹아 질퍽거리는 숲에 채집하러 가는 김에 강의 상태를 보고 와 주기로 했다.

"루츠, 어땠어? 종이 만들 수 있겠어?"

"녹은 눈 때문에 수량이 늘긴 했지만, 큰비가 내리지 않는 이상 껍질이 흘러가진 않을 거야."

루츠의 판단으로 종이 제작을 다시 시작하기로 했다.

다음 날 아침 일찍 루츠에게 열쇠를 받으러 보낸 후 곧장 창고를 향해 걸었다. 코트를 걸치지 않으면 아직 쌀쌀한 골목길을 걸으며 오늘 해야 할 작업을 생각했다.

우선 창고에 가서 가을 막바지에 껍질을 벗겨 흑피 상태로 내버려 두었던 토론베가 괜찮은지 확인한다. 괜찮아 보이면 이것을 백피로 만드는 작업을 시작한다. 동시에 보존해 둔 포린 백피를 써서 종이 제작에 착수하자.

"몸 상태를 고려하면 좀 더 물이 따뜻해지고 나서 만드는 편이 좋긴 한데."

"아~ 뭐 그렇지. 하지만 돈을 모으려면 빨리 해 둬야지."

종이 제작의 원조를 받을 수 있는 기간은 세례식까지. 그때까지 될 수 있는 한 종이를 많이 만들어서 돈을 벌어 두고 싶었다.

"토론베 흑피, 괜찮을까?"

"가을부터 계속 말려 뒀으니까 딱딱하게 말라 있겠지."

"햇볕에 말리지 않아서 곰팡이가 피어 있지 않을까 걱정됐어!"

"토론베에 곰팡이가 필 일은 거의 없을걸?"

루츠는 가볍게 어깨를 들썩였지만, 햇볕에 말리는 과정을 완전히 뺀 점이 신경이 쓰여 안절부절못했다. 겨울 동안 내버려 뒀으니 확실히 마르긴 했겠지만, 내가 원했던 건조 상태일지 어떨지가 문제였다.

창고에 도착해서 자물쇠를 열었다. 끼익 소리를 내며 창고 문이 열렸다. 어둑어둑한 창고 안 선반에 시커먼 미역이나 다시마처럼 생긴 물체가 잔뜩 늘어진 모습은 먼지투성이 창고 배경과 어울려 굉장히 섬뜩했다.

"정말 괜찮을까?"

"사실 조금 걱정되기 시작했어."

손가락 끝으로 콕콕 찔러 본 흑피는 완전히 말라서 딱딱해져 있었다. 검은색 껍질이라 곰팡이가 슬었는지 어떤지 색만으로 판별하기 어려웠다.

"일단 숲에 가져가서 헹궈 볼까?"

"오늘은 뭐 가져가면 돼?"

루츠가 창고에 내버려 둔 지게에 쌓인 먼지를 털면서 물었다.

"음, 루츠는 냄비랑 재겠지? 그리고 대야보다 크지 않은 통을 하나 가져가면 돼. 숲에서 땔감을 못 줍게 되면 곤란하니까 땔감도 조금 가져가고. 난 이 흑피랑 보존해둔 포린 백피랑 **'나무젓가락'**을 가져갈게."

"통이 어디에 필요한지 모르겠지만, 마인이 가져가라 하면 가져가야지."

나는 창고에 줄곧 말려 둔 토론베 흑피와 포린 백피를 준비하고, 루츠가 만들어 준 냄비 젓는 나무젓가락과 걸레 몇 장을 바구니에 넣었다.

둘이서 짐을 지고 숲에 가는 아이들의 집합 장소로 서둘렀다.

모두와 함께 숲으로 가 채집하러 뿔뿔이 흩어지자 우리는 강가로 향했다. 강 바로 옆에서 루츠가 냄비를 준비하기 시작했다. 돌을 쌓은 아궁이에 냄비를 올리고, 통에 물을 퍼왔다.

"이거라면 확실히 강에 들어가지 않아도 물을 뜰 수 있구나. 역시 마인이야."

직접 냄비에 물을 담으려면 강물에 발을 담가야 하는데 루츠는 거기까지 생각하지 못했던 모양이다. 냄비에 물을 넣고 가져온 땔감에 불을 지폈다. 물이 끓기 전까지 흑피를 강물에 헹궈 두고 싶었다.

"엄청 차가워 보이네."

녹은 눈으로 불어난 강을 노려보면서 루츠가 중얼거렸다. 강 속에 돌을 동그랗게 쌓아서 흑피가 떠내려가지 않도록 해야 하는데 가을에 둥글게 쌓아 두었던 돌은 반 정도밖에 남아 있지 않았다. 떠내려가지 않게 하려면 돌을 쌓는 작업부터 시작해야 했다.

"으엑! 차가워!"

"힘내, 루츠!"

루츠가 얼음물 같은 강물에 꺅꺅 소리를 지르며 들어갔다. 내가 들어갔다가는 분명 열이 날 테고 그러면 당분간 가족들이 집에서 내보내 주지 않을 게 뻔했다. 내가 할 수 있는 일은 기본적으로 응원이 전부였다.

강에서 고군분투하는 루츠를 위해 강가에 떨어진 땔감을 주우며 돌아다니자 강에서 루츠가 부르는 소리가 울렸다.

"마인, 흑피 집어 줘!"

"알았어!"

흑피를 강물에 넣은 루츠가 강에서 뛰쳐나와 아궁이 앞에서 몸을 녹였다. 그리고 새빨개진 손발을 불에 쬐며 싹싹 비볐다. 나는 통으로 냄비 안의 따뜻한 물을 퍼 올려 루츠 앞에 놓았다.

"여기에 손발을 담가 둬. 잘 문지르지 않으면 동상 걸려."

"따뜻~하다. 이거 기분 좋은데?"

손발을 데운 물에 담근 루츠가 입김을 내뱉었다. 데운 물은 금방 식어 버렸지만, 족욕을 한 덕분에 조금씩 몸도 따뜻해진 모양이다.

보글보글 끓기 시작한 물에 재와 백피를 넣고 삶았다. 그리고 삶은 백피를 강물에 헹궈 재를 씻어 내렸다.

차가운 강에서 눈물 나게 고군분투한 루츠 덕분에 오늘 작업이 종료되었다.

기득권자

다음 날은 강물에서 껍질을 거둬 흑피를 벗겨서 백피로 만들어야 해서 합판과 냄비와 통을 가져갔다. 불을 쬐면서, 그리고 종종 데운 물에 손을 넣어 녹여 가면서 칼로 껍질을 벗겨갔다.

"솔직히 말해서 여름 외에는 하고 싶지 않은 작업이야. 손가락 끝이 욱신거려."

"나도 그래. 강에 들어가기도 싫어."

투덜거리면서도 손가락은 척척 움직이며 토론베를 백피로 만들어갔다. 백피가 되어도 특별히 곰팡이가 슨 반점이 보이지 않자 나는 안도의 한숨을 내쉬었다.

"딱히 곰팡이도 슬지 않은 것 같네. 다행이야."

"포린은 그렇다 쳐도 토론베는 괜찮다고 내가 말했잖아."

"그렇지? 위험 식물이니까."

껍질 벗기기를 끝내면 숲에서 채집이다. 이 시기가 아니면 채집할 수 없는 약초도 있다고 해서 루츠의 가르침을 받으며 함께 주우러 다녔다. 그 도중에 루츠가 풀에 떨어진 어른 엄지손가락 한 마디 정도 크기의 빨간 열매를 피하면서 걷는다는 사실을 알아챘다. 어쩌면 위험한 독열매인지도 몰랐다. 나는 건드리지 않도록 손가락으로 가리키며 루츠에게 물어보았다.

"저기, 루츠. 이 빨간 열매는 안 주워? 독이야?"

"아아, 타우 열매는 만지지 않는 편이 좋아. 이건 속이 대부분 물이야. 먹지도 못하고 가져가도 물이 없어져서 바싹 마르기만 하니까 지금은 쓸 데가 없어."

지금은, 이라는 말이 귀에 걸려 올려다보자 루츠가 설명해 주었다.

"여름이 되면 주먹 정도 크기로 자라거든. 타우는 뭔가에 부딪히면 물이 터지는데 이걸로 던지기 놀이를 해."

열매로 가능한 물풍선 놀이 같은 것이겠거니 하고 어림짐작했다. 집에 가져가도 빠짝 말라 버리니 이대로 흙 위에 내버려 두지 않으면 자라지 않는다고 한다. 이상한 열매다.

"마을에서 어른이고 아이 할 것 없이 전부 뒤섞여서 타우를 던지는 거야. 그 왜, 별 축제 때 굉장했잖아."

벌써 1년 이상이나 이곳에 있었는데도 그런 축제는 전혀 기억에 없었다.

"저기, 루츠. 별 축제라니 들어 본 적이 없는데 여름에 축제가 있었어?"

"저번 별 축제 때는 네가 사경을 헤맸었잖아. 권유하러 갔더니 에파 아줌마가 네가 열이 내리지 않는다고 해서 난 축제가 끝나고 대나무를 자르러 숲에 갔었지."

루츠의 말에 내가 언제 사경을 헤맸는지 알아챘다. 목간이 타 버리는 바람에 신식에게 먹혀 버릴 뻔한 감각을 처음으로 똑똑히 자각했던 때다. 며칠이나 의식이 돌아오지 않아서 그 후에도 한동안 드러누웠던 탓에 축제를 신경 쓸 겨를이 없었다.

"투리도 놀고 싶었을 텐데 나 때문에 못 갔지?"

어쩌면 내가 투리의 즐거운 어린 시절 추억을 빼앗았는지도 모른다. 그런 생각에 고개를 푹 떨구자 루츠가 어깨를 들썩이며 고개를 저었다.

"아니, 마인은 에파 아줌마가 돌봐서 투리는 별 축제에 참여했어. 랄프랑 먼저랄 것도 없이 숲에서 타우를 주웠고."

"아, 그랬구나. 다행이야."

"올해는 마인도 같이 참여했으면 좋겠다."

올해는 되도록 몸 상태에 주의해서 별 축제에 참여하겠다고 약속하고 채집을 마쳤다. 약속은 했다만, 타우를 던지는 축제에 가는 걸 부모님이 허락해 줄지는 미지수다.

그다음 날부터는 창고 앞에서 작업이 이루어졌다. 물이 차가워서 데운 물에 몇 번이고 손을 담그면서 작업해야 했지만, 계약서 크기 초지틀로 포린 종이를 떠 갔다.

며칠에 걸쳐 말리는 동안 토론베 백피를 쓴 종이도 만들었다.

"오늘은 맑아서 그런지 포린지가 벌써 말랐네."

"토론베는 내일 하루 종일 자연 건조지?"

작업 과정을 서로 확인하면서 완성한 포린지 26장을 루츠와 반반씩 나누었다. 건네받은 13장을 손에 든 루츠가 곤란한 듯 미간을 찌푸렸다.

"그런데 왜 여기서 나눠? 나리한테 준 다음에 돈을 반씩 나누면 되잖아?"

"나한텐 종이가 필요하거든. 벤노 씨가 원료를 구매했다면 내 몫으로 챙길 수 없지만, 우리가 준비한 원료라면 내가 가져도 괜찮잖아?"

벤노에게 종이를 판 후, 그 돈으로 다시 종이를 사려면 수수료로 30%를 내야 한다. 그러니 처음부터 팔지 않으면 된다.

"넌 안 팔겠다는 말이야?"

"반만 팔려고. 모은 종이로 책을 만들 거거든."

종이 제작 비율도 제대로 맞춰진 데다 조금씩 익숙해져서 실패하는 종이도 점점 양이 줄었다. 이래서는 실패한 종이로 책을 만들려던 내가 곤란해졌다. 솔직히 돈보다 종이를 원했다. 최근에는 엄마가 들려주는 여러 이야기를 적어 두기도 힘든데, 종이마저 없는 셈이다.

작업이 끝나서 창고 열쇠를 돌려주는 김에 완성한 종이를 벤노에게 가져갔다.

"오, 완성했나?"

벤노는 나와 루츠에게 각각 포린지를 받고 장수를 세었다. 루츠가 13장에 내가 6장. 분명하게 다른 장수에 벤노가 미간을 찌푸렸다.

"왜 마인 쪽이 적지?"

"종이가 필요해서 챙겼어요. 벤노 씨가 구매한 원료라면 몰라도 지금은 원료도 저희가 채집하니까 괜찮잖아요?"

"그렇긴 하지. 너희가 구한 원료라면 상관없다만, 대체 어디에 쓸 생각이지?"

조금 경계하는 표정으로 벤노가 물었다.

"책을 만들 거예요. 그래서 종이가 필요해요."

"책? 그런 걸 만들어서 어쩔 거지? 안 팔릴 텐데?"

"네? 안 팔고 제가 읽을 건데요?"

벤노와 둘이서 얼굴을 마주 보며 서로 고개를 갸웃거렸다. 상품이 되지 않는 물건을 위해 비싼 종이를 왜 쓰는지 이해되지 않는 벤노와 이익은 관심 없고 그저 책이 갖고 싶은 내가 서로를 이해할 수 있을

리가 없었다.

"뭘 생각하는지 잘 모르겠지만, 생각할수록 쓸데없는 짓이군. 정산하지. 이 크기는 종이 한 장당 대은화 1닢이 매입 가격이다. 수수료는 30%. 너희 몫은 얼마지?"

루츠는 아직 비율 계산을 할 줄 몰랐다. 당황한 루츠 옆에서 내가 즉각 대답했다.

"소은화 7닢이요."

"뭐!? 소은화 7닢이라고!? 잠깐, 너……!? 너무 많이 받는 거 아냐?"

루츠가 전혀 예상하지 못했는지 금액을 듣고 입을 뻐끔거렸다.

"루츠……. 진정해. 지금은 매우 큰 액수처럼 느껴지겠지만, 우리가 이익을 받을 수 있는 기간은 세례식까지뿐이야. 벤노 씨가 앞으로 종이를 팔아서 손에 넣을 이익에 비하면 새 발의 피 정도니까 신경 안 써도 돼."

"신경 안 써도 되다니, 너……."

루츠를 진정시킬 생각에 한 말이었는데 오히려 루츠의 시선은 믿을 수 없다는 듯 하염없이 방황하기 시작했다.

"오늘은 루츠가 13장을 팔았으니까 대은화 9닢과 소은화 1닢. 난 6장을 팔았으니까 대은화 4닢과 소은화 2닢이야."

"잠깐만, 대은화 9닢이라니, 어떻게 들어도 새 발의 피 정도 금액이 아니지 않냐?"

"뭐? 그럼 판매 가격을 내리자고?"

움츠러든 루츠를 보고 내가 살짝 고개를 갸웃거리며 제안하자 정면에서 벤노가 언짢은 표정으로 고개를 저으며 반대했다.

"기득권자와 쓸데없는 마찰이 생기니까 판매 가격은 내릴 수 없어. 지금은 이 금액으로 가지. 어느 정도 유통되면 내가 판매 가격을 생각하겠다. 정 큰돈이 불안하면 내 수수료를 올릴까?"

마지막 대사는 벤노가 루츠를 향해 싱긋 웃으며 말했다.

"가격 변경에는 저희에게 결정권이 없으니까 벤노 씨에게 맡길게요. 하지만 수수료 변경은 인정 못 해요. 루츠. 돈이 필요 없다면 내가 받을까?"

"주긴 누굴 줘! 큰돈이라 좀 기가 죽었을 뿐이야!"

자신의 길드 카드를 껴안으며 루츠가 소리쳤다. 피로 본인 인증을 하는 길드 카드는 본인 이외에 쓸 수 없어 상당히 안전하게 돈을 맡길 수 있는 곳인데 말이다.

"괜찮아. 길드에 맡겨 두면 현금을 보지 않아도 되니까 안 무서울 거야."

"젠장, 이상한 데서 대담한 네가 부럽네."

우라노 때 저금을 했었고, 이 세계에서 이미 소금화를 받기도 했고, 또 그 가격에 상응하는 마술 도구값을 내 본 적도 있어서 큰 금액이 오가는 일에 익숙했을 뿐이다.

나는 뾰로통한 채 배꼽을 잡으며 웃는 벤노와 카드를 맞춰 정산했다. 대동화 5닢은 가족에게 주기로 하고 현금으로 받았다. 루츠도 마찬가지로 가족에게 줄 돈과 저금할 돈을 나눠서 정산을 마쳤다.

그로부터 며칠 후, 창고 열쇠를 빌리러 간 루츠가 편지와 커다란 보따리를 가지고 돌아왔다. 정확히는 편지가 아니라 합판 초대장이다. 그리고 보따리 속에는 머리부터 넣어 입는 판초에 모자 달린 겉옷이 들어 있었다.

다른 색상 판초를 든 루츠가 "이건 뭐야?" 하고 고개를 갸웃거렸다. 나는 초대장을 훑어보았다. 만날 장소와 그 이유가 간결하게 조항별로 쓰여 있었다.

"제복을 사러 가야 하니까 네 점 종에 중앙광장에서 만나고 싶대."

"뭣이? 제복?"

"우리가 만든 종이에 불만을 제기하는 사람들이 있대. 대처 방법을 이야기하고 싶은데 우리 존재를 상대가 눈치채지 못하게 처신하고 싶은가 봐. 상점에서 우리 옷차림으로는 눈에 띄니까 이걸 입고 오래."

"뭐? 뭐야, 그게!? 무슨 위험한 일이라도 생겼나?"

둘이서 머리부터 입는 판초처럼 생긴 옷을 입어 보았다. 굉장히 포근한 데다 옷이 거의 감춰졌다. 우선은 누더기를 감추면 되는 모양이다. 모자를 뒤집어쓰면 머리와 얼굴도 거의 감춰져서 나갈 때는 모자를 덮어쓰기로 했다. 내 비녀는 매우 눈에 띈다고 하니까.

"위험할지 어떨지는 아직 모르겠지만, 마르크 씨를 만나니까 그 김에 토론베지도 팔 수 있게 빨리 만들어 둘까? 아, 하지만 눈치채지 못하게 하고 싶다니까 종이를 들고 다니지 않는 편이 좋으려나? 어느 쪽일까?"

그렇게 말하며 토론베지의 완성도를 체크하는 내게 루츠가 버럭 화를 냈다.

"마인, 왜 그렇게 천하태평이야!?"

"응? 그렇지만 새로운 사업을 시작하면 기득권자와 생길 마찰은 예상 범위 안이었는걸? 생각보다 반응이 빨랐지만……."

"기득권자? 기득권자가 뭔데?"

루츠가 이해하기 어렵다는 얼굴이 되어 익숙지 않은 단어를 혀 위에서 반복했다.

"이미 이익을 얻을 권리를 가진 단체를 말해. 벤노 씨가 말했지? 가격을 내리면 기득권자와 부딪친다고. 이번에는 아마 양피지를 만드는 사람들일 거야."

"양피지를 만드는 사람들이 왜? 나무로 종이를 만드는 우리랑은 관계없잖아?"

제작 방법을 기준으로 생각하면 전혀 관계가 없어 보일지 모르나 용도나 고객층이 완전히 겹친다. 지금까지 자신들의 이익을 위협하는 존재가 전혀 없었던 상대는 낯선 종이의 존재에 혼란 상태에 빠졌지 않을까?

"지금까지는 자기들만 종이를 만들었으니까 아무리 비싸도 사람들이 계약서를 쓸 때 양피지를 사야 했겠지? 그런데 다른 종이가 나타나면 자기들 손님을 뺏기는 셈이잖아?"

"뭐, 그렇긴 하겠네."

루츠가 납득했다는 듯이 끄덕였다. 용도가 똑같은 물품이 나오면 당연히 그쪽으로 눈을 돌리는 손님이 생길 것이 확실했다.

"그럼 지금까지보다 매출이 떨어지겠지? 그게 싫은 거야. 그리고 많이 팔릴수록 물건의 가격은 내려가게 되어 있어."

"허, 그래?"

나는 석판에 도표를 하나 그렸다. X축과 Y축이라 적은 직선 두 개와 곡선 두 개로 나타낸 간결한 수요와 공급선을 그어 관련성을 설명했다.

"이건 **'수요'**와 **'공급'**의 관계를 나타낸 그림이야. 이쪽이 **'수요 곡**

선'이고 이쪽이 **'공급 곡선'**이지. **'수요'**는 어떤 상품을 갖고 싶은 사람이고 **'공급'**은 어떤 상품이라고 보도록 해."

"응."

"갖고 싶은 사람이 많은데 파는 상품이 적은 경우는 상품 가격이 올라가."

"물건이 적으면 뭐든 비싸지긴 하지."

두 개의 곡선 앞머리를 가리키며 말하자 루츠가 이해를 보였다. 나는 끄덕이고 곡선에 따라 손가락을 움직여갔다.

"그래서 파는 상품이 많아지면 갖고 싶은 사람들이 사서 손에 넣게 되고 그러면 갖고 싶어 하는 사람 수가 줄겠지? 그러면 가격이 내려가."

설명하면서 두 개의 곡선이 교차하는 지점까지 손가락을 미끄러지듯 움직였다.

"갖고 싶은 사람보다 상품이 많아지면 이번엔 아무리 상품이 많아도 안 팔리겠지? 그럼 가격이 점점 내려가지 않겠어?"

조금씩 손가락을 움직여가자 수요곡선과 공급곡선의 상하 관계가 완전히 역전했다.

"알겠어? 우리가 종이를 만들면 만들수록 이런 식으로 종이 가격은 내려갈 거야. 양피지를 만드는 사람은 양피지 가격을 내리기도 싫고, 지금까지의 이익은 확실히 확보해 두고 싶으니까 새로운 종이를 만드는 사람에게 불만을 터트리러 오는 거지."

"그거 난처한 상황 아냐?"

루츠가 불안해하자 나는 웃으며 고개를 저었다.

"벤노 씨가 우리를 숨기려는 건 그 사람들 상대를 벤노 씨에게 맡기면 된다는 뜻이야. 루츠는 걱정하지 않아도 괜찮아. 자세한 이야기는 들어 봐야 알겠지만."

초대장에 지정된 시간까지 토론베지를 24장 완성했지만, 기득권자들이 어떻게 나올지 보기 위해서라도 창고에 놔두기로 했다.

"일단 루츠도 모자를 써서 머리색이랑 얼굴이 안 보이도록 해."

벤노가 경계한다는 뜻은 위험한 일에 휘말릴 가능성이 제로는 아니라는 말이었다.

조금 긴장하면서 중앙광장에서 기다리니 네 점 종이 울린 후 마르크가 나타났다.

"기다리셨습니다. 약속대로 수습에 필요한 옷을 사러 갑시다."

"네, 잘 부탁드릴게요."

수습생이 아닌 나는 제복이 필요 없지만, 벤노의 상점에 출입하려면 눈에 띄지 않는 옷을 사는 편이 좋을지도 모른다. 이것이 낭비일지 어떨지 고민하면서 걷는데 내 몸 상태가 좋지 않다고 착각한 마르크가 나를 번쩍 들어 올렸다.

"마르크 씨. 저 제 발로 걸을 수 있는데요!?"

"왠지 신음하고 있기에 제가 불안해졌을 뿐입니다. 제 안심을 위해서 이렇게 하게 해주십시오."

"잠깐 생각에 잠겼을 뿐이에요. 건강상 아무 문제 없다니까요!"

"이대로 마음껏 생각에 잠기시지요."

미소를 띤 채 걸음 속도를 조금 올리며 말하는 마르크는 내 의견을 들을 생각이 전혀 없어 보였다.

"루츠~!"

"그게 더 빠르니까 그대로 있어."

루츠에게 요청한 도움도 거절당해 나는 저항하기를 포기했다.

으, 딱 사면초가로구나!

세 사람이 양복점에 들어가자 점주가 상냥하게 맞아 주었다. 점원도 손님도 품위가 넘치고 번듯한 옷차림이었다. 나와 루츠만 왔다면 문전에서 쫓겨났을 법한 곳이다.

"어머, 마르크 씨. 어서 오세요. 그쪽은 수습생인가요?"

"네, 그렇습니다. 길베르타 상회의 수습생 제복을 두 사람분 부탁합니다."

항상 이곳에서 제복을 주문하는지 마르크의 간결한 주문에 점주가 미소를 지으며 끄덕였다.

"네? 두 사람 분이라니, 저도요?"

루츠는 그렇다 치고 나는 수습생이 될 예정이 없다. 하지만 마르크는 싱긋 웃음을 지은 채 끄덕였다.

"그 차림으로 출입하면 아무래도 눈에 띕니다. 죄송하지만, 마인에게도 제복을 만들어 드리죠. 앞으로도 관계자로서 상점에 드나들 테니 한 벌쯤 가지고 있으면 편할 겁니다."

정식 수습생은 아니지만, 길베르타 상회를 후원자로 두는 마인 공방에서 새로운 상품을 개발하거나 이익 정산이나 자택 업무로 지금까지와 크게 변함없이 벤노에게 상담하러 갈 일이 생길 터였다. 그럴 때 루츠는 깨끗한 수습생 제복이고, 나는 누더기인 것도 슬플 것 같았다. 지금은 낼 수 있는 돈이 있으니 제복을 만들어 두는 편이 좋을지도 모른다.

나보다 먼저 양복점 안쪽으로 끌려들어간 루츠는 다른 사람의 손에 옷이 벗겨져 속옷 차림으로 치수를 재기 시작했다. 나도 다른 방으로 끌려가 옷을 벗게 되었다. 여기저기 치수를 재는 일만으로 상당히 피곤했다.

"선금은 소은화 1닢이 되겠습니다."

수습생이 입는 제복을 머리부터 발끝, 신발까지 주문하고 길드 카드로 선금인 소은화 1닢을 냈다. 벤노가 말한 대로 최종적으로 쓰이는 가격은 대략 소은화 10닢. 그 정도 금액으로 길베르타 상회의 수습생 제복을 갖출 수 있다고 했다. 싼지 비싼지조차 지금의 나로선 알 수 없었다.

제복 주문을 끝낸 후, 마르크가 우리를 벤노에게로 데리고 갔다. 벤노는 아주 조금 언짢은 얼굴로 종이를 노려보고 있다가 우리를 보자 표정을 누그러뜨렸다.

"오, 왔구나. 갑자기 미안하군. 귀찮은 일이 생겨서 지나친 대응일지도 모르나 경계하는 중이다. 너희도 되도록 경계만은 풀지 말도록. 이권이 얽히면 무슨 짓을 할지 모르는 녀석은 어디든 있어."

벤노 입장에서도 과잉 경계인 듯하나, 이권이 관계되는 만큼 방심하지 말라고 했다. 그리고 우리는 세례 전 아이라서 수습생 제복을 입고 있으면 상점 안을 서성거려도 찍힐 리는 없다고 덧붙였다.

"합판에 적힌 기득권자란 역시 양피지에 관계되는 사람들인가요?"

"그래. 양피지 협회에서 상업 길드로 불만을 제기한 모양이다."

"상업 길드에?"

양피지 협회와 상업 길드가 어떤 관련성이 있는지 잘 몰라 고개를 갸웃거렸다. 그러자 벤노가 기득권자의 보호, 새로운 사업과의 마찰 해소, 중개 역할도 상업 길드의 일이라고 설명해 주었다.

"어제저녁에 양피지 협회에 가입도 않고, 돈도 내지도 않으면서 종이를 만드는 녀석이 있다며 상업 길드로 불만이 접수됐다고 한다. 멋대로 장사하려는 무법자를 단속하라는 요청이 들어왔다고 말이야."

"하아, 그래서요?"

벤노가 얌전히 당하고만 있을 사람이 아니었다. 분명 적당한 해답을 찾아 두었을 터였다. 내가 큰 걱정 없이 이야기를 재촉하자 벤노가 승리의 기쁨에 찬 육식 동물처럼 입가를 끌어올렸다.

"제대로 반론해 뒀지. 이건 동물 가죽으로 만든 종이가 아니라 양피지 협회와는 일절 관계가 없으니까 꺼지라고."

너무나도 호전적인 벤노의 태도에 핏기가 싹 가셨다. 해답을 찾기는커녕 기득권자에게 정면으로 싸움을 걸다니. 상황이 안 좋아지면 다 벤노 때문이다.

"네? 아니, 방법을 찾지는 않았고요?"

"바보냐. 처음부터 숙이고 들어가면 우릴 우습게 볼 텐데. 실제로 우리가 저쪽 제작법을 훔친 것도 아닐뿐더러 기술료를 낼 이유도 없어. 동물 가죽으로 만든 종이와 식물로 만든 종이가 똑같을 수가 없고, 더욱이 상하 관계가 있을 턱이 없지. 녀석들은 그냥 종이에 관한 모든 권리를 독점해서 가능하면 우리의 이익도 삼키고 싶은 것뿐이다."

이곳에서는 이곳의, 벤노에게는 벤노의 방식이 있으니 불만을 말해도 소용없겠지만, 좀 더 원만하게는 갈 수 없는 걸까?

"음, 양피지는 동물 가죽이 원료니까 갑자기 증산하기는 어렵지 않을까요? 상업 길드가 중개를 서 주면 '정식 계약서 종이는 양피지에 한한다'라고 정해서 지금까지의 판로와 이익을 어느 정도 확보하게 해 주면 어떨까요?"

"여전히 물러."

벤노가 흥 하고 콧방귀를 뀌었다. 판로와 이익을 확보해 주고 양피지가 정식 종이라고 인정해 주면 얌전해지지 않을까 했는데 잘못된 생각인 걸까?

"쓸데없는 논쟁은 싫어요. 게다가 전 가능하면 종이 유통량이 늘어나서 이곳저곳에서 종이를 쓸 수 있게 되었으면 좋겠어요. 계약서가 아니라 책이나 메모장, 그림 연습장, 종이접기 같은…… 아이라도 쉽게 쓸 수 있는 물건으로 만들고 싶다고요."

"그건 예상 이상으로 원대한 꿈이군."

벤노가 어이없다는 듯이 눈을 크게 뜨며 중얼거렸다.

"네? 원대한가요? 대량 생산을 하게 되면 실현할 수 있어요. 그러니까 과감하게 포린지를 양피지보다 싼 가격으로 설정해서, 계약서 외의 용도로 쓰면 좋지 않을까 해요. 예를 들면 저 보고서. 종이로 만들면 옮기기도 쉽고, 보존도 쉬워요. 합판보다 글씨도 잘 써지고……."

"과연. 종이에 따라 용도를 나눈다라……. 일단 제안해 보지."

벤노는 이번에는 무르다는 대답 없이 눈을 가늘게 뜨며 무언가를 꾸미는 듯했다. 무언가가 벤노의 마음속 심금과 머릿속의 이익 계산을 울렸나 보다.

"종이로 용도를 나눈다면 토론베지는 고급지에 해당하겠네요. 양피지보다 품질이 좋잖아요?"

"그렇지. 토론베지는 양피지보다 훨씬 가격을 높일 생각이다."

"네? 훨씬?"

벤노의 말을 듣고 놀란 내가 눈을 휘둥그레 떴다. 벤노는 반대로 나와 루츠를 번갈아 바라보았다.

"너희들…… 혹시 눈치채지 못했냐?"

"네? 뭘, 말이죠?"

"루츠, 토론베의 특징은?"

갑자기 질문을 받은 루츠가 깜짝 놀라 몸을 움찔거리더니 토론베의 특징을 늘어놓기 시작했다.

"네? 그러니까, 엄청난 기세로 성장하는 나무이고 불에 잘 타지 않는다."

"아, 혹시…… 토론베로 만든 종이는 불에 잘 타지 않나요?"

그러고 보니 아빠도 토론베로 만든 가구는 불에 잘 타지 않아 화재가 나도 타지 않고 남는 경우가 있다고 했었다. 어리고 부드러운 나무는 가구로 쓸 수 없다고 했지만, 종이로는 쓸 수 있다.

"그래. 일반 종이와 비교해서 압도적으로 불에 타지 않지. 전혀 타지 않는 건 아니나 국가 기밀이나 국가 안보의 공적 문서를 쓰기에 적합한 종이다. 그러니 고급품이 당연하지."

그건 확실히 특수한 종이이니 고급품에 해당함이 당연했다. 우라노 때를 떠올려도 모든 종이가 똑같은 가격은 아니었다. 손이 많이 간 종이이거나, 희소하거나, 특수하면 한 장에 놀랄 정도로 비싼 종이도 있었다.

"알겠어요. 그래서 토론베지는 얼마예요?"

"계약서 사이즈로 대은화 5닢으로 정했다."

"우와……."

"불에 잘 타지 않는 데다 좀처럼 만들 수 없는 희소가치가 있는 종이라면 이 정도가 당연하지."

너무나도 센 가격 설정에 나는 두통마저 일었고, 루츠는 목소리도 나오지 않을 정도로 놀랐지만, 벤노는 당연하다는 얼굴로 말을 뱉었다. 어느 정도 재고를 확보할 때까지는 시장에 내놓지 않겠다고 했다.

"그리고 양피지 협회와 합의가 끝날 때까지 당분간은 상점에 오지 마. 너희를 숨기려는 데는 다 이유가 있어. 종이 제작법이 누설돼서 이상하게 유통되면 자칫 죽는 사람이 생길 수도 있으니까."

"네? 죽는 사람이요?"

뜬금없이 뒤숭숭한 이야기로 바뀌어 눈을 깜빡이자 벤노는 내가 까맣게 잊고 있던 계약 마술에 대한 화제를 꺼냈다.

"계약 마술에서 종이를 만드는 상대는 마인이 정하고, 루츠를 통해 팔게 되어 있지. 계약의 존재를 모르는 녀석이 멋대로 만들어 멋대로 판다면 무슨 일이 일어날지 몰라."

"네!? 계약 마술이 그렇게 위험한 물건이었어요!? 아무것도 모르는 사람도 해당하냐고요!"

상상도 못 한 사태에 머리를 쥐어짰다. 우리가 일자리 안정을 바라고 맺은 계약 마술이 설마 이렇게 위험한 방향으로 작용할 줄이야.

"귀족을 상대로 권리를 보장받는 계약이다. 계약을 모르는 녀석이라도 위반한 시점에서 뭔가 벌을 받게 되지. 그러니까 루츠나 마인의 존재는 숨기고 상업 길드에 우리 상점이 제작하고 판매한다는 계약 마술을 체결했다는 식으로 선언해 두고, 양피지 협회를 견제할 생각이다."

계약 마술은 어쩌면 일자리 안정이 아니라 우리를 위험에 빠뜨리는 존재일지도 모른다. 식물 종이를 만드는 상대를 결정하는 권리를 가진 나도, 판매할 권리를 가진 루츠도 사실은 상당히 위험한 입장에 처한 게 아닐까.

"권리를 가진 사람이 너희들이라는 사실은 숨겼으면 해. 창고 열쇠는 맡아 둘 테니 당분간은 상점에 출입하지 마라. 합의되면 오토를 통해 연락하지."

믿음직스러운 벤노의 말에 나와 루츠는 두말없이 고개를 끄덕였다.

내가 안정을 바란 계약 마술 때문에 희생자가 생기지 않기를 빌었다.

기득권자와 만난 결과

계약 마술이 가진 위험성은 내겐 공포였다. 루츠와 나는 일자리 안정을 원했을 뿐, 누군가에게 위해를 가할 생각은 전혀 없었다. 바들바들, 오들오들 떨면서 루츠와 함께 집으로 돌아갔다. 마치 납이라도 삼킨 것처럼 위 주위가 무겁고 꾸륵꾸륵 소리가 났다.

"그렇게 걱정하지 않아도 괜찮다니깐. 나리가 어떻게든 해 주겠지."

루츠의 위로에 고개를 끄덕이면서 돌아갔지만, 모르는 사람이 갑자기 죽거나 어떠한 벌을 받지 않을까 하는 생각만으로도 너무 불안해서 견딜 수 없었다. 위가 콕콕 쑤셨다. 아무것도 모르는 사람이 휘말리게 되는 일이 무서웠다.

사실은 집안에 틀어박혀 있고 싶었다. 하지만 가만히 뒀다간 이상한 생각을 할 것 같다며 루츠가 나를 거의 억지로 끌고 밖으로 나왔다. 종이를 만들거나 숲에 가거나 하면서 벤노 씨의 연락을 기다릴 수밖에 없는 상황에 초조했다.

하지만 며칠이 지나고 숲에 가는 길에 문을 지나도 오토한테서 아무런 말을 듣지 못했다. 원인 모를 죽음을 맞은 사람의 이야기도 듣지 못했다. 내 주위는 지나치리만큼 평소와 똑같았다.

더 며칠이 지나고 공포보다 벤노에 대한 불신감이 심해지기 시작했다. 정말 사람이 죽는 일이 생기긴 하는 걸까. 벤노가 과장스럽게 한 말이 아닐까. 그런 식으로 생각하면서 벤노의 말과 그의 표정이나 태도를 떠올려 보기도 했다.

"잘 생각해 보면 이상하지 않아?"

"뭐가?"

초지틀을 기울이며 포린지를 만들던 루츠가 내 말에 인상을 찌푸렸다. 나는 뜬 종이를 지상에 겹친 후 루츠를 돌아보았다.

"계약 마술을 모르는 사람에게도 효과가 있다는 말 말이야."

"왜? 마술이니까 이상할 거 없잖아?"

루츠가 가벼운 어조로 말하면서 다 뜬 종이를 겹치러 오자 이번엔 내가 종이를 뜨기 시작했다. 종잇물을 건지고 흔들면서 입술을 삐죽거렸다.

"마술이니까 이상하지 않다는 부분이 나한테는 이상해. 대체로 기본적인 기술이나 흔한 상품에 계약 마술이 걸려 있으면 어디서든 피해가 나올 거 아냐? 먼 마을에서 계약 마술이 사용되어도 이쪽은 전혀 모를 테고 말이지……."

나는 종이를 뜨면서 고민했다. 계약 마술이 특허권처럼 시스템화되어 있다면 특허청처럼 관리하는 곳이 있을 터였다. 이 상품에는 이러한 계약 마술이 걸려 있다는 정보를 모두에게 알리지 않으면 너무나도 위험하니까.

"우리가 모를 뿐이지 계약 마술에도 범위나 조건이 있을 거야. 게다가 그런 위험한 마술이라면 더욱 철저하게 단속할 것 같지 않아?"

"빙빙 돌려 말하는 것 같은데 결국, 마인은 뭐가 불안한데?"

루츠의 말에 나도 모르게 종이를 뜨던 손이 멈췄다. 루츠가 옆에서 내 손에 든 초지틀을 들고 이어서 뜨기 시작했다.

"넌 네 기분을 속이고 싶을 때 말이 빨라져. 속여 봤자 난 잘 모르니까 하고 싶은 말 전부 뱉어내."

루츠가 홱 고개를 들고 재촉했다.

"계약 마술을 모르는 사람이 위험에 휘말리는 게 무서워. 벤노 씨의 농담이나 거짓말이었으면 좋겠어. 지금은 아무도 안 위험하지? 우리를 겁주려는 것뿐이지……? 그렇게 생각하고 싶어."

"나리의 농담이면 좋겠지만, 대체 뭐 때문에? 나리가 우리를 속여서 대체 무슨 득이 있다고?"

"윽……. 지, 지금까지 우릴 엄청 속여 왔잖아. 벤노 씨가 이번에도 진실을 감추고 둘러대면서 우리를 시험하고 있는 게 아닐까 하는 기분이 들어."

우리를 멀리 떼어놓고 뭔가를 꾸미는 건…… 이라고 말하려는데 등 뒤에서 익숙한 목소리가 들렸다.

"어라? 벤노가 의외로 마인한테 신용이 없나 보네?"

창고 안에는 아무도 없다고 생각했는데 등 뒤에서 소리가 들려오자 나와 루츠가 깜짝 놀라 홱 뒤돌아보았다. 한쪽 눈썹을 가볍게 올려 장난스러운 표정을 지은 오토가 제복 차림으로 가볍게 손을 흔들었다.

"오토 씨!? 어째서 여기에 있는 거죠!?"

"당연히 벤노의 전언을 가져 왔지."

확실히 벤노한테 오토를 통해 연락하겠다고 들었지만, 문을 통과했을 때에 살짝 연락을 주겠거니 했다. 이런 식으로 창고에 찾아올 줄은 생각도 못 했다.

"겨우 끝났대."

그렇게 간단한 전언으로는 아무것도 알 수가 없었다. 정보가 적어서 위가 쓰셨던 나는 정보를 알아내려고 오토에게 달려들었다.

"뭐가 끝났는데요!? 어떻게 끝났는데요!?"

"그것참 여러 가지로 힘들었던 모양이야."

"어떤 여러 가지가 있었는데요!?"

오토는 가볍게 어깨를 들썩일 뿐, 대답다운 대답을 들려주지 않았다. 정말 모르는지, 아니면 알면서 모르는 척하는지 분간이 안 갔다.

"벤노가 설명 안 해 주든?"

"거의 못 들었어요. 계약 마술 내용을 모르는 사람이 멋대로 종이를 만들어 팔면 큰일이 일어난다. 제작법을 숨기기 위해서라도 양피지 협회와 합의가 끝날 때까지 상점에 나오지 말라는 것밖에요."

내가 벤노에게 들은 내용을 설명하자 오토는 가볍게 턱을 어루만졌다.

"흠, 일단 최소한의 필요한 이야기는 들었네?"

"계약 마술 때문에 모르는 누군가가 피해를 보진 않았나요? 전 그게 제일 걱정돼서……."

"그렇게 되지 않으려고 제작법을 숨긴 거잖아? 피해는 전혀 없어. 그 이상은 벤노에게 직접 듣는 편이 좋겠네. 작업이 일단락되면 같이 갈래?"

"네!"

피해자는 없었다는 말에 가슴의 답답함이 쑥 내려갔다. 단숨에 몸이 가벼워진 기분이 든 나는 열심히 종이를 뜨기 시작했다.

"이걸로 종이가 만들어져? 이건 뭐야?"

"비밀이에요."

"어째 끈적끈적한데 뭐가 들었지?"

"비밀이에요."

흥미진진하게 종이뜨기를 보고서 이것저것 질문해 오는 오토에게 일절 대답하지 않고 작업을 이었다.

“나와 마인 사이인데, 가르쳐 줘도 되지 않아?”

“술술 얘기했다가 벤노 씨에게 혼나요. 그렇지, 루츠?”

내가 루츠에게 떠보자 루츠는 어깨를 들썩이며 씩 웃었다.

“마인은 항상 생각이 없다고 혼나니까 입을 꼭 닫고 있는 편이 좋아.”

“하하하……. 생각 없이 말하는구나? 벤노가 핏대를 세우며 화내는 모습이 눈에 훤하네.”

“핏대를 세운다기보다 기가 막히다는 표정이 많긴 해요.”

도구 정리를 끝낸 후 셋이서 벤노의 상점으로 향했다. 골목길을 벗어나 거리에 나오기도 전에 오토가 관자놀이를 누르며 나를 내려다보았다.

“저기, 마인. 항상 이런 속도로 걷니?”

“그런데요……?”

“대단하네, 루츠. 좀 존경스러운데? 난 못 견디겠어. 그런 고로 조금 실례.”

“꺅!”

견딜 수 없다고 말한 오토가 나를 휙 안아 들고 그대로 성큼성큼 걸었다. 그러고 보니 최근에는 벤노에게도, 마르크에게도 안겨 가기 일쑤였다. 아무래도 어른에게 내 스피드는 안고 가지 않으면 안 될 정도로 느린 모양이다.

벤노의 상점에 도착하자 마르크가 맞이해 주었다.

“마인, 루츠. 안녕하세요. 그리고 이번에 큰 신세를 졌습니다, 오토 님.”

“가끔은 괜찮아. 재밌기도 하고. 벤노 안에 있어?”

오토는 머리를 숙이는 마르크에게 가볍게 답하고 척척 안으로 들어갔다. 한 손에 나를 안아 든 채 다른 한 손으로 안쪽 방문을 열었다.

“벤노, 물의 여신 도착이요.”

의미 불명의 말을 하면서 오토가 방에 들어간 순간 살기를 품은 실로 박력 있는 벤노의 눈빛이 날아들었다. 오토에게 안긴 탓에 불똥이 튄 내 쪽이 움찔했다.

“닥쳐, 오토. 코린나와 이혼하고 싶나?”

코린나에게 아빠 대신인 벤노에게는 둘을 이혼시킬 수 있는 권한이 있는 듯하다. 오토는 벤노에게 사위나 마찬가지이니 벤노가 집안의 가장인 셈이었다. 벤노의 눈빛과 낮은 목소리에 상당히 진심이라고 느낀 사람이 나뿐만은 아니었던 모양이다. 코린나를 중심으로 세상이 도는 오토는 당황하며 변명하기 시작했다.

“으악! 거짓말이야! 그냥 농담이잖아!”

“웃을 수 없는 농담은 농담이 아니다.”

벤노가 장난인지 진심인지 판단하기 어려운 얼굴로 오토의 머리를 죄기 시작했다. 나는 오토에게서 떨어질까 무서우니 그만해 줬으면 했다.

“벤노 씨. 어쩐지 기분이 안 좋아 보이네요.”

“이 녀석 때문이다.”

벤노가 오토를 노려봤지만, 오토는 개의치 않으며 나를 살짝 바닥에 내려 주었다.

"벤노. 너 의외로 신용이 없더라고. 마인이 툴툴거렸다니까? 또 벤노가 진실을 감추고 둘러대면서 자기들을 시험하려 한다고."

벤노가 왜 화를 내는지 알 것 같았다. 분명 쓸데없는 말을 한 거다. 틀림없이 상대가 화낼 걸 알면서도 하는 말이다.

"오토 씨는 쓸데없는 말 좀 하지 마요!"

오토의 말을 듣고 벤노가 감정이 상했을까 싶어 나는 살짝 벤노의 상태를 살폈다. 하지만 벤노는 전혀 그런 기색 없이 나를 보며 피곤한 듯 한숨을 내쉬었다.

"하아……. 마인은 감이 좋나? 의심이 많나? 아니면 성격이 나쁜가? 모처럼 내가 특별히 귀찮은 일에서 벗어나게 해 줬으면 얌전하게 있으면 좋을 것을……."

"그래도 다른 사람 말을 그대로 믿지 않는 점도 상인한테는 중요하니까 언행의 이면을 읽으려 한 건 정답이지?"

오토가 싱긋 웃으며 엄지손가락을 척 내밀었다.

"뭐, 됐어. 질문에 대답해 주지. 앉아."

평소대로 테이블에 앉자 나는 제일 먼저 신경 쓰였던 점을 벤노에게 물었다.

"계약 마술은 정말 관계없는 사람도 연루되나요?"

"내용에 따라서 연루되기도 하지. 이번에는 그럴 가능성도 있었다. 그렇게 설명했을 텐데?"

확실히 그렇게 말했었다. 설명은 들었지만, 이해하지 못했다.

"하지만 기본적인 기술이라든지 흔한 상품에 계약 마술이 걸려 있으면 피해가 속출하지 않나요? 다른 마을에서 계약 마술을 써도 이쪽은 전혀 모르니까……. 뭔가 효력을 발휘하는 조건이라든지, 범위가 있을 것 아녜요? 또 계약 마술을 관리하는 곳이 있다든지……."

내가 생각한 점을 나열하자 벤노가 가볍게 눈을 크게 뜬 후 고개를 끄덕였다.

"아아, 계약 마술의 효과는 기본적으로 계약을 체결한 마을에서만 일어난다. 마을 안에서 일어난 소규모 마술이 마을 외벽에 쳐진 마술 결계를 빠져나갈 일은 없어."

"마술 결계!? 뭐죠, 그건!?"

처음 듣는 판타지스러운 설정에 가슴이 뛰어 무심코 몸을 내밀며 질문하자 벤노가 매섭게 노려보았다.

"마을의 기초이긴 하나 지금은 아무렴 어때. 이번 일에 관한 질문과 설명은 이걸로 끝내도 되겠나?"

"아뇨, 안 돼요! 계약 마술이 정말 모르는 사람에게도 영향을 끼친다면 엄청 위험한 존재잖아요. 그런 걸 쉽게 쓸 수 있다니 이상하지 않나요?"

그러자 벤노가 불쾌한 듯 한쪽 눈썹만 치켜세우며 나를 노려보았다.

"계약 마술은 쉽게 쓸 수 있는 게 아니다. 계약에 필요한 마술 도구는 인정받은 상인에게만 부여될 뿐만 아니라 눈알이 튀어나올 정도로 비싸. 게다가 너도 생각했듯이 계약자 이외에도 영향을 끼치는 계약 마술은 반드시 영주님에게 보고해야 하지. 보고 없이 피해가 나오면 벌을 받는 쪽은 우리다."

"네? 그럼……."

'보고를 까먹고 있다가 피해가 나올 것 같으니까 허둥대는 건가?' 하고 생각한 순간 벤노에게 꿀밤을 맞아 버렸다.

"아야!"

"착각하지 마. 영주님한테는 예전에 보고가 끝났다."

생각을 들켜 버렸다. 내가 이마를 누르며 신음하자 벤노가 콧방귀를 뀌며 의기양양하게 입가를 올렸다.

"영주님에게 보고했을 때 새로운 상품에 관한 계약 마술로 상업 길드에도 보고와 등록을 해 두라는 지시가 있었다."

"그렇단 말은…… 상업 길드에도 보고한 거죠?"

"물론이다. 계약 마술의 보고와 등록. 그리고 신규 협회 설립도 허가받았지."

신규 협회 설립이 뭔가요? 뭘 할 생각인가요? 혹시 엄청 쓸데없는 일을 꾸미는 건 아니죠?

너무나도 예상 밖의 말에 나는 가볍게 눈을 뜨고 고개를 갸웃거렸다. 그러자 그런 나를 보고 벤노가 열 받을 정도로 의기양양한 얼굴로 자랑스럽게 말했다.

"식물지는 어마어마하게 큰 사업이 될 법한 상품이지 않나? 그래서 양피지 협회처럼 식물지 협회를 세워 다른 마을에도 사업을 넓힐 계획이다."

"처음 듣는 데요."

얼굴 근육을 실룩이는 내게 벤노가 당연한 듯이 끄덕였다.

"지금 처음 말하는 거니까 당연하지."

"자, 잠깐만요. 그거 기득권자에게 정면으로 싸움을 거는 행동 아니에요? 그랬다가는 원만하게 합의로 끝날 리가 없다고요!"

어째서 그렇게까지 강경하게 나올 수 있는지 이해하기 힘들었다. 벤노의 방식에는 사전 교섭이나 양보나 해답을 찾으려는 모습은 어디에도 없지 않은가.

"원만하게 끝나지 못했던 건 나 때문이 아니야. 그 망할 영감탱이 때문이다."

"책임 전가하시는 거예요?"

내가 벤노를 쏘아보자 옆에 앉아 있던 오토가 배를 잡고 웃기 시작했다. 어디에 웃음 포인트가 있었는지 몰라 벤노와 둘이서 슬쩍 보고 그대로 놔뒀다.

"책임 전가가 아니야. 등록하러 상업 길드에 갔지만, 계약 마술을 맺은 시점에는 물건이 없으니 등록이 불가능하다는 말을 들었다. 그래서 시제품이 완성됐을 때 다시 등록하러 갔지."

"하아."

"하지만 내가 새로운 협회를 세우는 점이 맘에 들지 않은 길드장이 이러쿵저러쿵 이유를 붙이며 신청의 최종적인 처리를 계절을 넘기고도 끝내지 않았던 모양이다."

그러고 보니 우리가 임시 등록을 할 때도 길드장이 말참견을 했었다. 머리 장식을 거래하고 싶어 어쩔 수 없이 허락해 줬지만, 상당히 떨떠름한 표정이었던 기억이 있다.

"임시 등록 때도 그랬는데 길드장이 사적인 이유로 등록을 질질 끌거나 기각해도 되나요?"

"당연히 그럴싸한 이유를 갖다 붙이지. 임시 등록 때는 내 혈연이 아니라는 이유였고, 이번에는 이미 양피지가 있으니 식물지 협회를 새로이 세울 필요가 없다는 게 이유다."

진심으로 싫은 기색을 보이는 벤노의 표정으로 두 사람이 마주했을 때의 분위기가 뇌리를 스쳤다. 처음부터 끝까지 서로 시비를 걸며 험악한 분위기를 풍기지 않았을까?

"왠지 두 사람의 대화가 상상이 되네요."

"가을에 신청했으니까 설마 지금까지 등록되지 않았을 거라는 생각도 못 하고 종이를 팔았다. 확실히 나도 주의가 부족했지만, 이게 책임 전가라고 말할 수 있나?"

노려보는 벤노의 눈빛에 나는 당황하며 고개를 저였다.

"음, 상업 길드의 직무 태만이네요."

"그래. 그래서 등록되지 않은 종이를 팔았다고 양피지 협회가 불만을 터트린 거다. 망할 영감도 자기가 한 소행은 제쳐 두고 처음부터 저쪽 편을 들기나 하고……."

아무래도 벤노의 적은 기득권자인 양피지 협회가 아니라 길드장이었던 모양이다.

"상업 길드에 등록하라는 영주님의 지시에도 불구하고 계약 마술 등록이 끝나지 않은 상태에서 제삼자에게 피해가 갔을 경우 어떻게 된다고 생각하나?"

들은 바를 실행하지 않으면 좋지 않은 인상을 줄 테고 중죄에 해당하지 않을까?

"영주님한테 엄청 혼날 것 같은데요."

"아아, 계약 마술에 필요한 마술 도구를 빼앗기고, 이후에 귀족과의 계약을 제한받겠지. 그리고 영주님으로부터 계약자에 대한 벌을 받을 거다. 그러면 망할 영감에게 최고의 소재를 쥐어 주는 꼴이 되지. 그래서 등록이 끝날 때까지 제작법을 알릴 수 없었던 거다."

길드장에 대한 경계였다고 치면 그 신중함에도 납득이 갔다.

"하지만 성가신 어른들의 상술에 너희들을 휘말리게 할 순 없었지.

무엇보다 마인은 주위에 끼칠 영향을 깊이 생각도 않고 목숨을 구해준 은인이라며 경계도 없이 중요한 정보를 재잘재잘 떠벌릴 것 같았거든."

"네에!? 저 그렇게 신용이 없나요!?"

"지금까지 네가 벌인 짓을 떠올려 봐라."

"으으……."

길드장 저택에서 이래저래 저지른 일들을 떠올리자 말문이 닫혔다. 확실히 벤노 입장에서 보면 무슨 짓을 저지를지 모르는 나는 격리해 두는 편이 제일이다.

"대체적인 배경은 알겠어요. 그래서 양피지 협회와 합의는 힘들었나요?"

"그쪽은 둘러말해 두기만 하면 별 볼 일 없어. 귀찮은 건 그 망할 영감뿐이다."

길드장이 최종 보스였군. 설마 벤노 씨에게 기득권자가 송사리였을 줄이야.

위통을 느끼며 종이를 뜰 땐 생각도 못 한 전개였다. 그러자 지금껏 얌전히 이야기를 듣던 오토가 히죽 웃으며 입을 열었다.

"나도 같이 그 자리에 갔는데 양피지 협회는 타협안에 최종적으로 합의했어."

"타협안?"

"종이의 용도를 나눈다는 제안 말이다."

벤노의 말에 내가 한 제안이라는 사실을 떠올리고 가슴을 쓸어내렸다.

이렇게 타협해 주었다는 말은 일단 양피지의 판매 영역을 지키면서 종이를 광범위하게 보급할 수 있게 되었다는 뜻이었다. 이건 책 만들기에도 한 발짝 나아갔다는 소리가 아닐까? 유통되는 종이가 늘어나서 가격이 내려가면 그만큼 책을 만들기 쉬워진다. 벤노가 공방을 지어 대량 생산을 시작하면 드디어 종이 걱정 없이 책을 만들 수 있게 되는 것이다.

다음은 잉크와 인쇄를 고민해야겠다고 생각이 훌쩍 건너뛴 내 앞에서 오토도 어째선지 즐거운 미소를 지었다.

"그런데 사전에 양보라고는 없는 벤노를 대체 누가 바꿨어!? 드디어 벤노에게도 물의 여신이 나타났다고 소문이 파다하다고."

합의라는 까다로운 대화에서 샛길로 빠져 분위기가 부드럽게 바뀌자 루츠가 입을 열었다.

"물의 여신이 뭐야…… 아니, 뭔가요?"

"눈을 녹이는 봄의 전령. 긴 겨울의 끝을 가져오는 여신이야."

나는 오토의 말에 번뜩 정신을 차렸다. 그러고 보니 이곳 신화에 대해 아는 게 전혀 없었다. 새해 인사에 신이 나올 정도이니 생활 속에 스며들어 있을지도 몰랐다.

"그 물의 여신은 새해 인사에 나오는 봄의 여신과는 다른 신인가요?"

"다르다고 할까…… 눈을 녹이는 물의 여신이나 새싹의 여신이나 봄에 관련된 여신을 전부 통틀어 봄의 여신이라고 해."

"헤에."

다신교라는 말에 조금 적응할 수 있을 것 같은 기분이 드는 사람은 나뿐일까. 적어도 낯선 한 신만을 강요하는 세계는 아닌 듯했다. 세례식에 대한 긴장이 조금 풀어졌다.

"헤에 라니…… 그것뿐이야?"

멍한 얼굴로 오토가 물었다. 확실히 모처럼 이것저것 설명해 줬는데 '헤에'라는 한 마디로는 실례였을지도 몰랐다.

"어…… 여신님에 대해 알게 돼서 기뻐요. 다음에 꼭 다른 신을 알려주세요."

"그런 의미가 아니라 벤노의……."

"오토, 쫓겨나고 싶나?"

답답해하는 오토에게 벤노의 낮은 목소리가 날아들었다.

아무래도 나의 부족한 이해 능력이 원인인 듯하지만, 벤노의 화난 얼굴을 보니 몰라도 괜찮은 듯한 느낌이 강하게 들었다.

"그러고 보니 왜 오토 씨가 합의에 참가한 거죠?"

코린나와 이혼시키겠다는 벤노를 저지하려고 나는 오토에게 도움의 손길을 뻗었다. 벤노의 의식이 나를 향하게 하는 데에는 성공한 모양이다. 오토에게서 손을 떼고 나를 향한 벤노 옆에 오토가 눈으로 고맙다는 신호를 보냈다.

"식물지 협회가 움직이기 시작하면 도움을 받을 생각이기 때문이다."

"네? 그건 오토 씨가 상인이 된다는 말인가요?"

코린나와의 결혼을 위해 상인의 길을 포기한 오토가 다시 상인이 되는 날이 찾아왔다는 뜻일까? 나는 경사스러운 일이라고 생각했지만, 벤노는 가볍게 고개를 저였다.

"아니, 오토는 어디까지나 병사다. 그 이외의 용무로 부려 먹으려는 것뿐이야."

"네에에에!? 너무 심하지 않나요?"

병사 업무가 끝나면 상인으로 부려 먹다니 아무리 생각해도 불쌍했다. 목소리를 높인 내 옆에서 루츠도 고개를 끄덕이고 있었다. 하지만 벤노는 콧방귀를 뀌며 오토를 보고 씩 웃었다.

"코린나를 위해 당연히 집세값은 해야지. 안 그래, 오토?"

"이미 집세 치 이상 부려 먹고 있잖아."

시커먼 미소로 서로 노려보는 두 사람 눈에 나와 루츠는 안중에 없었다. 언제까지 노려볼지 몰라 지겨워진 나는 책상을 통통 두드렸다.

"벤노 씨. 다음 얘기를 듣고 싶어요. 길드장과는 결국 어떻게 됐어요?"

벤노가 오토에게서 시선을 떼고 나에게로 방향을 바꾸었다. 그리고 가볍게 어깨를 들썩인 후 승리의 미소를 지었다.

"양피지 협회가 타협점을 받아들이고 식물지 협회 설립에 합의했으니 불만을 말할 수야 없지."

"'억지로 합의하게 했다'를 잘못 말한 거지?"

오토가 말참견을 했지만, 아마 오토의 말이 맞는 말일 테다. 이해하고 고개를 끄덕이는 나와 루츠를 보고 벤노가 혀를 찼다.

"빈틈없이 갖춘 수많은 서류, 양피지 협회와 화해, 피해자도 나오지 않고 해결됐는데 이대로 등록을 질질 끄는 건 상업 길드의 직무 태만이다."

"뭐 그건 그렇지. 그런데 노망이 들어서 서류를 못 읽겠으면 이제 슬슬 은퇴를 생각할 때라든지, 뭣하면 내가 대신 길드장 직책을 맡겠다는 말은 전혀 필요 없는 말이었다고 생각하는데?"

오토의 폭로에 헉 하고 숨을 들이쉬었다.

"그런 말을 하니까! 버릇없다고 찍혀서 귀찮은 일에 휘말리는 거예요! 길드장 화내지 않던가요?”

“새빨개져서 노발대발했지. 사람 얼굴이 그렇게까지 빨개지다니, 처음 알았어.”

오토가 느긋한 목소리로 덧붙였지만, 전혀 기쁘지 않은 정보였다. 벤노도 오토의 말에 수긍했다.

“그건 볼만했지. 그런 영감탱이는 얼마든지 화나게 해도 돼. 이번 일은 그 녀석 짓으로 안 해도 될 고생을 했으니까 말이야.”

이번 일로 길드장과 벤노 사이의 골은 더욱 깊어지고 커진 모양이다.

“어쨌든 이번에야말로 등록 완료를 확인했다. 앞으로는 종이를 마음껏 제작해서 마음껏 팔자고. 우선 이 마을에서 공방을 정해야겠군.”

까다로운 문제를 해결했으니 종이를 대량 생산할 공방을 정하고 싶다고 벤노가 말을 꺼냈다.

“공방 대량 생산은 여름 세례식에 맞춰서 시작하자.”

“왜?”

오토가 의아하다는 듯이 고개를 갸웃거렸다.

“세밀하게 이익을 계산해 보니까 세례식이 끝나고 루츠가 수습생이 된 후가 좋다고 판단했어. 두 사람에게 돈을 지급하지 않아도 되니까. 게다가 어차피 공방을 정해서 도구를 만들게 하고 원료를 확보한 후 제작법을 가르치는 준비까지 하면 세례식쯤 되겠지.”

우리도 도구를 확보하기가 힘들었다. 대량 생산을 위해 커다란 도구를 몇 개나 준비하는 일은 벤노가 말한 대로 시간이 걸릴 터였다.

“그런 고로 공방을 정할 때 참고해야 하니 종이 제작법을 깡그리

털어 보실까?"

아무래도 벤노가 말하고 싶은 본론은 여기부터인 듯하다.

나는 루츠와 얼굴을 마주 보고 피곤한 한숨을 쉬었다.

공방 선택과 도구

벤노가 잘난 듯이 '공방 장소나 규모를 정해야 하니 종이 제작에 대해 뱉어'라고 말했지만, 이건 린샴 때처럼 정보료를 받아도 좋은 안건이라 생각되었다.

나는 벤노의 표정을 살피면서 입을 열었다.

"식물지 협회의 이익이 우리에게 올 일은 없으니까 종이 제작법에 관해서는 정보료를 받겠어요."

"어쩔 수 없지. 얼마면 되지?"

벤노가 실쭉 웃으며 테이블을 톡톡 두드렸다. 나는 종이 정보료를 얼마에 받을지, 대체 얼마 정도가 적정 가격인지 솔직히 모르겠다.

"음, 벤노 씨는 얼마 낼 수 있어요?"

"네가 원하는 만큼 주지. 얼마지?"

벤노는 그런 내 심경을 알아챘는지 히죽거리며 그렇게 답했다.

내게 정보료 기준은 린샴으로 받은 소금화 3닢이다. 종이는 새로운 협회까지 세울 정도니까 상당히 잔뜩 벌 수 있으리라고 벤노 자신은 생각하고 있음이 틀림없었다.

"윽…… 린샴의 배는 받겠어요."

"알았다. 이리로 와."

벤노가 길드 카드를 손에 들고 흔들어 보였다. 히죽이는 웃음을 유지한 채 태연하게 내 제안을 받아들였다. 몇 배는 더 부를걸. 역시 시세를 모르겠다. 석연치 않은 마음으로 길드 카드를 꺼내 벤노의 카드와 찰싹 맞추었다.

혼자 신음하며 고민에 빠지자 오토가 팔짱을 낀 채 벤노를 보았다.

"그런데 마인 이야기를 듣고 도구의 양이나 크기, 규모, 입지를 고려해서 공방을 정한다고 해도 말이야. 초기에는 창고에 있는 도구를 돌려쓰면 되지 않아?"

오토의 말에 나는 정색하며 숨을 삼켰다.

"그건 마인 공방의 비품이에요! 빼앗으면 우리가 종이를 못 만들잖아요! 안 돼요!"

"창고 자체는 나리 건데……."

루츠의 날카로운 지적에 입술을 삐죽이며 벤노에게 시선을 돌렸다. 돌려쓰겠다고 도구를 가져가 버리면 상당히 곤란했다. 그뿐 아니라 그 도구는 대량 생산에 맞지 않았다.

"하지만 정말 안 돼요. 마인 공방의 비품은 대량 생산에 맞지 않는다니까요?"

의미를 모르겠다는 듯이 한쪽 눈썹을 올린 벤노에게 설명하기 시작했다.

"창고 도구는 첫 번째 목표가 시제품 완성이라 우리가 쓰기 쉽도록 가볍게, 작게, 간결하게 만들어서 대량 생산에는 맞지 않아요. 벤노 씨한테 선행 투자로 지나치게 돈을 쓰게 하기도 미안해서 대용품으로 쓰는 물건도 여럿 있고요."

"뭐? 남이 모처럼 돈을 내주겠다는데 어째서 사양 같은 걸 하지? 최고 설비를 갖추고 만들면 되잖아?"

오토는 내가 바보 같다는 듯이 놀랐지만, 남의 돈으로 최고 설비를 갖추겠다는 생각은 해보지도 않았다. 그때 못 하나 손에 넣기 힘들었던 나는 얼마나 싸게 처리할 수 있을지만 고민했다.

"거기까지 뻔뻔스러워질 수 없었어요. 지금이라면 좀 배짱 좋게 할 수 있겠지만요."

"넌 이 이상 나한테 뻔뻔스러워지지 않아도 돼. 그래서 마인 공방의 도구가 대량 생산에 맞지 않는다는 말이 무슨 뜻이지?"

벤노의 말에 나는 벤노가 가장 이해하기 쉬운 예를 생각했다.

"체격이 달라서 효율이 낮아져요. 예를 들어 우리가 쓰는 초지틀은 계약서 크기인데, 어른 남성이라면 이보다 더 큰 초지틀로 종이를 뜰 수 있죠. 한 번에 4장 정도 만들 수 있는 큰 초지틀을 쓸 수 있는데 작은 크기로 깨작깨작 만드는 건 시간이 아깝잖아요."

"확실히 너희와 똑같은 도구를 쓸 필요는 없지."

"그리고 우리는 다루기가 힘들어서 큰 대야를 쓰고 있는데요. 초지틀 크기에 맞춰 종잇물에 쓸 통도 커야겠죠? 써레도 루츠가 만들어 준 나무젓가락을 묶어서 쓰고 있지만, 본격적으로 하려면 제대로 준비하는 편이 좋아요."

"들어 본 적 없는 도구들뿐이군."

주문하지 않은 도구도 있으니 당연했다. 벤노는 관자놀이를 톡톡 두드리면서 나를 매섭게 쳐다보았다. 하지만 노려봐도 지금의 도구는 넘겨줄 수 없다.

"음, 어떤 도구가 필요하고 지금은 어떤 식으로 대용하는지는 마인 공장에서 제작법을 보여드리면서 설명하지 않으면 이해하시기 어려울 거예요."

"그럼 내일 시찰하자. 너희 작업장을 본 적이 없으니 때마침 잘 됐군."

벤노가 슬쩍 예정을 정해 버리자 당황한 나는 종이 제작 일정을 머릿속에 떠올렸다.

"시찰한다고 해도 오늘 종이뜨기가 막 끝났어요. 그러니까 내일은 건조하는 일 외에 특별히 작업이 없으니까 원료를 찾으러 가려고 했는데요."

내 말을 듣고 벤노가 재차 고개를 끄덕였다.

"호오, 그건 처음부터 작업한다는 말인가? 좋아, 마르크를 보내지."

벤노의 말에 우리와 함께 숲에 가는 마르크를 떠올려 보았다.

'숲에서 나무를 자르고 강가에서 같이 흑피를 벗기는 마르크 씨라니. 안 어울려. 난 반대야.'

"마르크 씨는 깔끔한 옷이 어울리는 신사분이니까 안 돼요. 나무를 자르고 껍질을 벗기는 일에 안 어울리니까요. 벤노 씨가 작업복을 입고 온다면 허락할게요."

"이 녀석, 무슨 의미냐!"

"작업 내용을 파악해 두고 싶은 사람은 벤노 씨니까 벤노 씨가 오는 편이 좋다는 말이죠."

"조금 전 말은 그 말이 아니었는데?"

불쾌한 얼굴을 하면서도 작업 내용을 대략 알아 두고 싶기는 하다며 자신이 우리와 함께 행동하기로 정한 모양이다. 어느샌가 내일 숲에서 벤노와 함께 작업하게 되었다.

다음 날 루츠가 창고 열쇠를 받으러 가니 이미 벤노가 작업복을 입고 있었다고 했다. 마중 나온 마르크가 곤란한 얼굴로 벤노가 폭주하진 않을지 매우 걱정했다고 루츠가 내게 귀띔해 주었다.

"잘도 이런 좁은 공간에서 작업이 가능하군."

마인 공방에 들어온 벤노가 창고 안을 돌아보며 말했다. 넓고 큰 상점에서 일하는 벤노가 보면 어린이 둘이 서성거릴 수 있을 만큼의 창고는 좁긴 할 터였다.

"우리끼리라면 충분한데 벤노 씨가 들어오니 엄청 좁아지네요. 뭐 대부분 작업은 밖에서 하니 안에서 할 일은 거의 없어요."

원료를 채집할 때 쓰는 도구를 평소대로 준비해서 숲으로 향했다. 냄비와 찜기, 통, 약간의 땔감. 오늘 내 바구니 안에는 나무젓가락과 접시 대용으로 쓸 합판과 카르페와 버터밖에 들어있지 않았다.

벤노가 루츠에게 짐의 반은 들어 주겠다고 말했지만, 루츠는 가볍게 고개를 저었다.

"익숙하니까 괜찮, 습니다. 내 짐보다 마인을 업어 주면 고마, 맙, 겠습니다."

"이걸 항상 루츠가 전부 옮기는 건가? 상당히 힘들 텐데?"

벤노가 콧방귀를 뀌며 바구니를 멘 나를 어깨에 올려 목말을 태웠다.

"꺅!?"

"똑바로 잡아. 루츠는 그 커다란 나무틀이라도 넘겨. 찌그러질까 봐 도저히 못 보겠군."

벤노가 찜기를 한 손에 들고 걷기 시작했다. 보폭이 큰 벤노의 어깨 위는 요리조리 심하게 흔들렸다. 나는 움찔거리며 벤노의 머리에 매달렸다.

"음, 우리는 냄비 크기를 루츠가 옮길 수 있는 크기로 정했는데요,

냄비가 작으면 한 번에 만들 수 있는 양이 적어져요. 냄비를 크게 할 건지, 작은 냄비를 여러 개 설치할 건지 생각해 봐야겠죠? 그리고 강 근처에 공방이 있으면 냄비가 아니라 재료만 옮겨도 되니까 상당히 편해지겠죠."

"흠……."

오늘은 어른인 벤노가 함께이므로 세례 전 아이들과 함께 행동할 필요가 없었다. 집합 장소가 아닌 창고에서 직접 남문으로 향했다.

문을 지날 때 아빠와 오토가 무언가 대화를 나누고 있는 모습이 보였다.

"아빠, 오토 씨. 다녀올게요."

내가 벤노의 어깨 위에서 두 사람을 향해 크게 손을 흔들자 두 사람이 눈을 크게 뜨고 이쪽으로 달려왔다. 아빠가 눈을 가늘게 뜨고 벤노를 보았다.

"마인, 누구냐?"

"항상 신세 지고 있는 벤노 씨야. 벤노 씨, 아빠예요."

아빠와 벤노가 인사를 나누는 옆에서 오토가 파들거리며 어깨를 떨었다.

"오토 씨, 왜 그래요?"

"아니, 너희랑 같이 있으니 벤노가 아빠로 보여서……."

"닥쳐, 오토. 난 독신이다."

벤노가 오토의 머리에 분노를 담은 주먹을 콩 하고 박고는 조금 큰 보폭으로 걷기 시작했다.

'헤에, 벤노 씨 독신이었구나. 나이도 꽤 먹었는데.'

이곳은 결혼 연령이 낮은지 아빠도 이제 겨우 32살이다. 아빠와 비슷한 연령대로 보이는 벤노가 결혼하지 않은 사실이 이상했다.

"벤노 씨는 결혼 안 해요?"

"아아……. 아마 안 할 거다."

"이유를 물으면 화낼 건가요? 단순한 흥미니까 말하기 싫으면 무시해도 괜찮아요."

내 물음에 벤노가 쓴웃음을 지으며 말했다.

"딱히 비밀은 아니야. 내가 결혼을 생각했을 때는 가족을 지키는 데만으로 벅찼지. 어머니가 돌아가시고 코린나가 결혼해서 지켜야 할 가족이 없었을 때는 아내로 맞이하고 싶었던 여성이 죽어서 곁에 없었지. 그 녀석만한 여자가 없으니 결혼은 안 해. 그뿐이다."

'그 이유만으로도 상당히 무거운 이야기인데요.'

나는 천천히 숨을 내쉬었다. 벤노에게 소중했던 사람이 죽어 버렸다는 이야기를 듣고 이 이상 질문하거나 농담할 수가 없었다.

내가 아무 말 없이 벤노의 머리를 쓰다듬자 벤노가 쓴웃음을 지었다.

"갑자기 왜 그러지?"

"아뇨, 그냥. 벤노 씨는 큰 상점의 주인이니까 결혼이니 후계자니 주위가 시끄럽겠구나 싶어서요."

"그렇긴 하지. 허나 최근에는 조용해졌어. 후계자는 코린나의 자식을 키울 테니 문제없다. 이게 두 사람의 결혼을 허락한 조건이니까."

'으아, 오토 씨. 힘내세요.'

마음속으로 응원하는 사이에 터널 같은 어두운 문을 빠져나왔다. 그와 동시에 돌로 포장한 길에서 흙투성이 길로 바뀌었다. 맑아진 공기와 시야가 확 트이자 해방감에 휩싸였다.

"아아, 숲도 오랜만에 가는군."

"그러고 보니 파루를 따러 간 적이 있다고 했었죠? 상인 출신의 아이는 숲 같은 곳에 가지 않는 줄 알았어요. 프리다도 소풍으로 간 적밖에 없다고 했고……."

매일이 소풍 같겠다고 했을 때 받은 충격을 잊을 수 없었다. 벤노는 킥킥 웃은 뒤 그립다는 듯이 눈을 가늘게 떴다.

"수습 시기에 일을 쉬는 날 집을 빠져나왔었지. 몰래."

"몰래라니……."

"수습생으로 우리 상점에 온 또래 아이들이 모두 채집을 간 적이 있다니까 당연히 흥미가 생겼지. 지금도 그런 아이들 있지 않나?"

"아아……. 그러고 보니 수습생들이랑 함께 숲에 갈 때 가끔 처음 보는 얼굴이 있었어."

세례식이 끝난 수습생들도 일이 쉴 때는 숲에서 채집이나 사냥을 한다. 세례 전 아이들과 달리 자유롭게 숲과 마을을 오갈 수 있어서 자기 마음대로 숲에 가는 아이도 많았다. 가끔 집합 장소에 직장에서 사귄 친구를 데려오는 아이도 있었다. 그런 아이들처럼 벤노도 숲에 따라간 모양이다.

"상인 출신의 아이는 어릴 때 어떻게 지내요?"

"우리 집은 기본적으로 공부였지. 고객이 오면 접대 공부. 시장에 가면 가격을 보고 계산하거나, 타지 사람을 구별하는 방법을 배우거나, 상품의 질을 판단하거나……."

하나하나의 모든 행동이 장사와 연결되는 생활은 말로만 들어서는 금방 이해할 수 없었다. 그저 우리와는 전혀 다른 생활이 있다는 사실만 알 뿐이다.

"확실히 우리 생활과 전혀 다르네요."

"상점의 규모가 작은 집 아이는 또 다른 생활을 보내겠지."

강가에 짐을 옮기자 루츠가 아궁이를 확인하고 냄비를 올렸다. 강에서 물을 퍼서 냄비에 넣고 그 위에 찜기를 준비했다. 그리고 오늘도 카르페를 넣어 보았다.

"난 나무를 잘라 올 테니까, 나리는……."

"루츠 넌 상점에 들어올 테니 주인님이라고 부르도록 해. 그리고 린샴을 써도 되니까 몸가짐을 단정히 하도록. 지저분한 차림으로 상점에 출입하지 마."

"알았어. 주인님은 어떻게 할래? 마인이랑 기다릴래, 아니면 같이 나무를 자르러 갈……."

"어떤 나무를 채집하는지 흥미가 있으니 같이 가자."

루츠와 벤노가 나무를 채집하러 갔고 나는 냄비 주변에서 땔감을 주우며 기다렸다.

나무를 자른 루츠와 벤노가 상당한 양의 나뭇가지를 안고 돌아왔다. 냄비 옆에서 쭈그리고 앉은 나를 보고 벤노가 가볍게 눈썹을 치켜세웠다.

"마인은 아무 일도 안 하나?"

"제가 뭘 할 수 있겠어요? 제 일은 여기에서 얌전히 있는 거예요. 쓰러지면 데리고 내려가 줄 수 있는 사람도 없으니까."

루츠가 옆에 없을 때는 되도록 움직이지 않아야 했다. 내가 제멋대로 돌아다니면 폐를 끼치는 경우가 압도적으로 많으니까.

"루츠는 정말 놀랄 만큼 인내심이 강하군."

"맞아요. 루츠는 정말 대단해요."

"마인, 그만해. 난 좀 더 땔감을 찾으러 갈게."

부끄러운 듯 루츠가 나를 노려본 후 그 자리에서 도망쳐 버렸다. 그의 등을 벤노와 둘이서 웃으며 배웅한 뒤 나는 칼을 꺼냈다. 루츠가 가져온 포린과 땔감을 선별하고 포린을 찜기에 들어갈 만큼의 크기로 자르면서 벤노에게 루츠에 대해 이야기했다.

"루츠는 정말 대단한 애예요. 루츠가 없었다면 전 못 살았을 걸요? 처음 신식에 먹힐 뻔했을 때 절 살려 줬어요. 그리고 이런 식으로 작업이 돈이 되기 전부터 챙겨 주고 함께 이것저것 만들어 줬어요."

"아아……. 들은 적 있어. 그래서 넌 루츠를 도와주려는 건가?"

겨울 수작업이든 종이 제작이든 나 혼자 이익을 독점할 수도 있는데도 불구하고 루츠를 끌어들여 권리와 이익을 나누는 행동이 상인인 벤노 입장에서는 이상한 모양이다.

"맞아요. 루츠 덕분에 살았으니 온 힘을 다해 루츠를 돕고 싶어요. 새로운 상품을 고안하는 정도밖에 할 수 없었는데 루츠 덕분에 벤노 씨가 팔게 되고 이익을 얻게 된 거죠."

"그렇군. 그럼 무슨 일이 있어도 루츠를 우리 상점에서 확보해 둬야겠구나."

"잘 부탁드릴게요."

내 머리 위에 벤노가 손을 올렸다. 마치 내게 맡겨라 라는 말이 들린 듯하여 안심했다.

포린을 비슷한 길이로 자르는 작업을 끝냈을 즈음에 루츠가 돌아왔다. 냄비에 물을 넣고 찜기에 포린을 넣는 대신 미리 넣어 두었던 카르페를 나무젓가락으로 꺼냈다.

"루츠, 바로 버터 끼워 줘!"

"알고 있어!"

버터를 끼워 버터 감자로 만들었다. 접시 대신 합판 위에 늘어놓은 버터 감자를 보더니 벤노가 초기의 루츠처럼 지긋지긋하다는 표정으로 감자를 내려다보았다.

"주인님, 마인이 만든 음식은 엄청 맛있어. 단순한 카르페인데도 말이야."

헤헤헤 웃으면서 루츠가 카르페를 베어먹는 모습을 보고 벤노도 마지못해 입안에 넣었다.

"맛있군……."

"우후훗, 찌면 단맛이 농축되거든요. 추운 날 밖에서 먹는 따끈따끈한 감자는 특별하죠."

버터 감자를 먹은 후 벤노에게 냄비를 지켜보게 하고 나와 루츠는 채집을 시작했다. 약간의 약초와 산나물을 땄다. 최근에는 독이 든 재료에 걸리는 확률이 낮아졌다. 꽤 순조롭다.

껍질을 쪄서 물에 헹군 뒤 곧바로 껍질을 벗기기 시작했다. 벤노도 껍질 벗기기를 도왔지만, 수작업에 익숙하지 않은 탓인지 의외로 서툴러 껍질이 너덜너덜해졌다. 벤노가 도왔다가는 흑피가 엄청 줄어들 것만 같았다.

"벤노 씨. 껍질 벗기기는 이만하면 됐어요. 루츠랑 같이 정리해 주세요."

흑피 벗기기를 끝내고 공방에 돌아와 껍질을 말렸다. 선반에 박은 못에 껍질을 거는 모습을 벤노가 코에 주름을 새기며 도와주었다. 우리와 달리 키가 커서 받침대를 쓰지 않아도 되는 점이 부럽다.

"이 흑피도 양이 많아지면 이렇게 널 수가 없어요. 사실은 이런 식으로 나무를 대서 말리면 돼요."

나는 석판에 그림을 그려 이곳에는 없는 도구를 설명해 갔다. 벤노는 고개를 끄덕이거나 질문하면서 도구를 만졌다.

"이 흑피를 햇볕에 쬐어서 바짝 말려요. 제대로 말려 두지 않으면 곰팡이가 생기거든요. 말린 껍질은 물에 넣고 하루 이상 강 속에 내버려 두면 돼요."

"누가 훔쳐 갈 것 같군."

"맞아요. 그게 가장 걱정되는 부분이긴 해요. 제작법만 알면 이걸로 돈을 벌 수 있으니까요. 그러니까 강 근처에 공방이 있으면 좋다고 한 거예요."

내가 그렇게 말하며 창고 구석에 있는 재가 든 봉투를 탁탁 두드렸다.

"강에 헹군 검은 껍질 부분을 칼로 벗겨내고 재와 같이 삶아서 또 강에 하루 이상 헹궈요. 이렇게 재와 삶으면 섬유가 부드러워지죠."

"호오."

"그다음에 껍질 섬유에 붙은 딱지나 불순물을 떼어 내고 이 각목으로 섬유가 될 때까지 있는 힘껏 두드려요. 이 각목도 루츠한테 맞춘 거라 어른 남성이라면 더 크고 무거운 각목이 효율적이겠죠."

두드리는 각목과 받침대를 가리키자 벤노가 각목을 들고 휘두르며 중얼거리기 시작했다.

"확실히 뭔가를 으깨려면 좀 더 무거워야겠군."

"그리고 부드러워진 조직과 점액과 물을 넣어서 종잇물을 만들어요. 우리는 이 초지틀이랑 대야를 쓰는데, 어른이라면 초지틀도 크게 만들고 통도 초지틀에 맞추는 편이 뜰 수 있는 종이가 많아지거든요?

종잇물을 섞을 때 쓰는 써레도 루츠가 만들어 준 나무젓가락을 묶어서 쓰는데 통이 커지면 전체적으로 섞기 힘들어지니까 커다란 빗 같은 도구를 써서 섞어야 할 거예요."

설명하면서 내가 석판에 그림을 그리자 벤노가 관심 있게 보면서 턱을 어루만졌다.

"그리고 초지틀을 이렇게 흔들고 기울이면서 균등한 두께로 종이를 뜨고 지상에 겹쳐 올려요. 그걸 자연 건조시킨 종이가 바로 이거죠. 내일은 이 위에 점액이 빠지게 추를 올려서 또 말릴 거예요. 그다음에 이 판에 한 장씩 붙여서 햇볕에 말리고 벗기면 완성이에요."

대략적인 전체 과정 설명을 끝낸 나에게 벤노가 흥미롭다는 듯이 한숨을 내쉬었다.

"예상보다 훨씬 시간과 손이 많이 가는군."

"건조시키면서 다른 작업을 하니까 그다지 시간이 많이 든다는 느낌은 없었어요. 많은 양을 만들려면 생각보다 바쁠 거예요. 그리고 이 시기에는 강에 들어가기 힘들어요."

"겨울에는 문을 닫는 공방이어야겠군."

오늘 강에서 물을 퍼는 작업을 도와준 벤노가 깊이 끄덕이며 중얼거렸다. 겨울은 강이 얼어서 들어갈 수 없고 나무가 단단해 종이 제작에 맞지 않았다.

"강이 없으면 만들 수 없으니까 공방 장소는 잘 생각해 주세요."

"아아, 그러지. 꽤 바빠지겠군."

"힘내세요~."

바빠지겠다는 말에 비해 즐거워 보이는 벤노에게 나는 가볍게 응원했다.

이때만 해도 남의 일이라고 생각했다. 하지만 실제로 종이 제작을 조금 체험한 벤노가 의욕을 불태우며 공방을 선별하기 시작하면서 바빠진 쪽은 우리였다. 마르크가 종이 제작 중 틈틈이 나와 루츠를 도구를 제작하는 장인에게 의뢰하며 끌고 다닌 탓이었다. 이 과정도 정보료에 포함된다고 하니 하는 수 없었다.

도구를 만들고 사람을 모아서 제작법을 가르치고 공방이 어느 정도 형태를 갖추었을 때는 어느새 계절이 여름으로 바뀌어 있었다.

루츠의 수습 준비

"마인, 오늘은 날씨가 안 좋은데 어떡할까?"

창문으로 보이는 어두침침한 흐린 날씨는 종이 제작에 적합하지 않았다. 숲에 채집하러 가도 됐지만, 도중에 비가 내리면 다른 사람에게 짐이 되는 나는 집에 얌전히 있는 편이 좋았다.

이 봄은 날씨가 좋은 날엔 종이 제작에 몰두해 돈을 벌었고, 날씨가 좋지 않은 날엔 마르크와 함께 마을을 돌아다니며 공방 설비를 도왔다.

하지만 지금은 공방도 거의 완성했고, 제작법도 전수했다. 얼마 전에 완성한 시제품을 확인했을 때 우리가 할 일은 끝났다고 볼 수 있었다.

"우리 세례식이 다음 불의 날이라고 벤노 씨가 그랬으니까 마지막으로 종이를 만들고 싶었는데 날씨가 이러니 어쩔 수가 없네."

"마지막 종이를 완성하지 않아도 지금의 난 내가 생각해도 놀랄 정도로 부자야."

현금으로 받는 소은화 1닢은 종이를 팔 때마다 가족에게 줬다. 아주 조금 식생활이 개선되었을 뿐 생활에 큰 변화는 없지만, 길드에 맡긴 금액은 이미 어마어마했다. 날씨가 좋아서 종이 제작이 비교적 수월했기도 하고 토론베지의 가격이 비싼 덕분이었다.

요전번 판매로 나의 저금 금액이 대금화 2닢을 넘었다. 루츠도 이제 곧 대금화 2닢이다. 아무리 생각해도 세례 전 아이가 가질 금액은 아니었다.

'어차피 세례식이 끝나면 당분간은 못 벌겠지만.'

세례식까지 해 둬야 할 일 중에 잊어먹은 일은 없는지 고민하다가 문뜩 생각이 났다.

"루츠, 오늘은 벤노 씨한테 가자. 깜빡했네."

"뭐? 주인님이랑은 아무 약속도 안 했는데?"

"세례식이 다음 불의 날이잖아? 수습생으로서 준비할 물건은 없는지 확인해 두는 편이 좋아. 루츠네 부모님은 상인이 아니니까, 작업 도구를 준비해 주시지 않을 거 아냐?"

"아!"

세례식 후에는 수습이 시작되므로 작업복과 작업 도구를 세례 선물로 받는다. 앞으로 분발하라는 의미를 담아 자신과 같은 길을 걸어갈 자식들에게 직장 선배인 부모가 도구를 골라 선물하는 것이다. 재봉사 수습생인 투리도 세례식 날 부모님한테 작업용 옷과 재봉 도구 세트를 선물 받았다.

하지만 루츠네 부모님은 준비해 주실 수 없었다. 아직 아버지가 반대하기 때문이었다. 그리고 장인이 아닌 부모는 어떤 도구를 준비해야 할지 모른다. 게다가 상인 수습생 준비물에 비용이 얼마나 들지 모르기도 했다. 벤노의 제복이 필요하다는 말에 주문하긴 했지만, 그걸로 충분할 것 같지 않았다. 상인에게도 옷 이외의 도구가 필요할 가능성이 높았다. 다행히 자금을 모아 둔 덕분에 필요한 물건은 스스로 사면 된다. 벤노나 마르크에게 물으면 알려 줄 터였다.

"제복 이외에 어떤 도구가 필요한지 잘 모르겠어. 신입생 교육을 받으니까 석판이나 계산기는 필요할 텐데, 그 외에 뭐가 있어야 할까?"

"지금이면 거의 살 수 있어. 마인 말대로 돈을 모아 두길 잘했지."

칼라가 루츠의 조력자가 되어 주긴 했지만, 상인이 되려는 루츠에게 어떠한 도움을 줄 수 있는 상황은 아니었다. 상인과 연줄이 있지도 않았고, 루츠네 아저씨의 반대는 여전했다. 하지만 칼라가 형들을 꾸짖어 주니 그만큼 조금은 편해졌다고 루츠가 말했다.

"루츠가 수습생이 되면 후견인은 벤노 씨니까 벤노 씨에게 물으러 가자."

나는 토트백을 들고 루츠와 함께 흐린 날씨 속에서 벤노의 상점으로 향했다.

"어이쿠, 종이 완성은 며칠 뒤가 아니었습니까?

우리의 일정을 거의 파악하고 있는 마르크가 우리를 발견하자 눈을 크게 떴다.

"벤노 씨한테 상담이 있어서 왔어요. 먼저 마르크 씨에게 묻는 편이 좋으려나?"

분명 마르크가 이곳에서 수습생 교육의 책임자일 터였다.

"수습에 필요한 도구를 알려 주세요. 루츠의 부모님은 상인이 아니라서 세례식 때 선물할 작업 도구를 모르시거든요. 그래서 필요한 물건은 스스로 준비해야 해요."

"아아, 그렇습니까. 거기까지 생각이 미치지 못했습니다."

마르크가 놀라더니 관자놀이에 손을 대며 눈을 지그시 떴다.

"이제 곧 세례식인데 제때 맞출 수 있을까요? 벤노 씨가 후견인이면 벤노 씨에게 상담을 받는 편이 좋을까요?"

“그렇군요. 주인님께 상담하고 행동하는 편이 좋을 겁니다.”

평소대로 안쪽 방으로 안내받자 합판과 종이가 쌓인 책상에서 벤노가 바쁜 듯 무언가를 열심히 쓰고 있었다.

“주인님, 루츠와 마인이 상담이 있다고 찾아왔습니다.”

“무슨 일이지?”

합판에 글을 써 내려가는 손을 멈추지 않은 채 벤노가 물었다. 나는 살짝 루츠의 등을 밀어 스스로 말하도록 재촉했다.

“주인님, 수습생이 준비해야 할 도구를 상담하고 싶어서 왔습니다.”

어느 정도 작업을 일단락한 벤노가 펜을 놓고 고개를 들었다. 무슨 말인지 모르겠다는 듯 의아한 얼굴을 하는 벤노에게 내가 설명을 덧붙였다.

“보통은 부모가 준비하겠지만, 루츠의 부모님은 상인이 아니라 필요한 물건이 뭔지 몰라요. 수습생이 될 때 뭐가 필요한가요? 제복만 필요하진 않잖아요?”

“아아, 그렇군. 마르크와 사러 갔다 와. 전에 주문한 수습 제복을 완성했다는 보고도 받았으니까 찾으러 가는 김에 갈아입을 제복도 몇 벌 더 주문해 둬.”

“알겠습니다.”

고개를 끄덕이는 내 옆에서 루츠가 살짝 고개를 갸웃거렸다.

“갈아입을 제복? 몇 벌?”

“당연하지. 며칠이나 같은 옷을 입고 일할 수 없잖아? 구겨지고 냄새나면 고객 불만이 들어온다고.”

귀족도 상대하는 상점이라 옷차림이 상당히 중요했다. 구겨지고 지저분한 옷으로 손님 앞에 나설 수 있을 리가 없었다. 실제로 이곳에서 일하는 종업원은 다들 옷차림이 말끔했다.

"매일 갈아입나요? 정말요?"

투리도 그렇지만, 아마 루츠네 집도 작업복을 일주일에 한 번 세탁한다. 그것도 엄마가 쉬는 날에 하는 일이었다. 작업복을 매일 갈아입는다는 개념이 없었다. 일상복도 몇 벌 없어서 빨래한 옷이 마르기 전까지 같은 옷을 매일 입었다. 빨래하면 조금씩 옷감이 상했다. 그래서 속옷 이외에는 어지간히 참기 힘들어지기 전까지 되도록 빨래하지 않는 집도 많았다.

가정부가 있는 벤노와 달리 집안 계급에서 제일 아래에 속하는 루츠가 매일 갈아입을 옷을 빨아 달라고 엄마에게 부탁하기는 어려울 터였다. 하지만 수습생이 된 이상 필요한 사항이다.

"칼라 아줌마한테 부탁하기 어려우니까 루츠가 빨면 되잖아? 수습 동안에는 쉬는 날도 있으니까."

"으으……."

"어차피 더부살이 수습생이면 자기가 해야 하는 일이야."

지금까지 자신의 상식과 달라 놀랐겠지만, 앞으로 속할 사회의 상식으로 받아들여야 했다.

"다른 상식이 부딪쳐서 놀란 건 이해하는데, 익숙해져야지. 손님이 불결해 하지 않으려면 필요한 사항이야. 장인과 상인은 다르니까."

"그렇구나."

루츠가 수긍하자 벤노도 문화 충격을 받은 듯한 표정을 지었다.

"정말 생활이 기본적인 부분부터 다르군."

"그러니까 조금이라도 이상하다 싶으면 지적해 주세요. 정말 모르니까요."

"아아, 주의하지. 마르크, 둘을 부탁해."

"네. 주인님."

마르크의 일이 일단락되기를 기다렸다가 셋이서 완성한 제복을 찾으러 갔다. 마르크에게 안겨 가는 건 공방을 준비하는 동안에 생긴 이동 수단이었던지라 포기하고 있었다.

"어서 오십시오."

맞이한 점원이 마르크와 우리를 보고 금방 용건을 알아챈 모양이다. 나와 루츠를 재촉하며 안쪽 방으로 끌고 갔다.

"자, 입어 보세요."

점원이 내민 옷은 단순한 블라우스와 치마, 그리고 마르크와 똑같은 베스트였다. 정확히 재서 만들어서인지 당연히 내 몸에 꼭 맞았다. 누더기가 아닌 새 옷이란 점만으로 기분이 좋아졌다. 팔을 올렸다 내렸다, 앉았다 일어섰다 하며 착용감을 확인했다. 하지만 헐렁하거나 꽉 죄는 부분 없이 굉장히 움직이기 편했다.

"대단해. 착용감이 너무 좋아요."

"다행이네. 오늘은 이 옷을 입고 가겠다고 마르크 씨가 말했으니까 이쪽 옷을 싸 줄게."

내가 입어 보는 동안 루츠는 똑같은 사이즈의 똑같은 디자인으로 두 벌 더 주문한 모양이다. 점원과 대화하던 마르크와 루츠가 나를 눈치채고 이쪽을 돌아보았다.

"정말 귀엽네요. 옷을 바꿨을 뿐인데 양갓집 규수로 보이는군요."

"응. 부잣집 아가씨로 보여."

두 사람의 칭찬을 듣자 기분이 덩실거렸다. 나는 치마 끝을 잡아

보았다.

“정말!? 귀여워!? 규수 같아? 옷만 그렇게 보이는 게 아니고?”

“말만 안 하고 얌전하게 있으면.”

“윽……. 그런데 루츠도 최근에 자세가 좋아져서 꼭 도련님으로 보여.”

벤노에게 몸가짐에 대해 한 소리 들은 루츠는 되도록 때를 벗기고 가끔 린샴으로 머리를 씻게 되어 루츠의 금발에 윤기가 흐르며 반짝였다. 마르크의 곧은 자세에 감탄한 내가 그를 본받으라고 지적했을 때부터 자세나 움직임에 신경을 쓰게 되어서 옷을 바꾸니 도련님으로 보였다. 옷과 따로 논다는 느낌이 없었다.

“이걸로 다른 상점에도 물건을 사러 갈 수 있겠군요.”

복장 때문에 문전박대를 당하기도 한 우리였다. 길드 카드를 맞춰 돈을 낸 후 마르크는 복장을 갖춘 우리를 데리고 다른 상점으로 향했다.

도착한 곳은 문방구점이었다. 펜 마크가 붙은 목제 문을 열자 거의 정면에 자리한 계산대에 온화한 주인 할아버지가 무언가를 닦는 모습이 보였다.

벽면 선반에 상품이 진열되어 있었지만, 가게 앞쪽에 놓인 선반에 견본 하나씩만 놓여 있을 뿐이었다. 이 마을에서는 평범한 구조였다. 좁은 접객 공간 외에는 대부분이 창고로 쓰이는 곳이었다. 도난을 방지하기 위해서는 어쩔 수 없지만, 상품을 비교할 수 없어 안타까웠다.

“마르크 씨, 뭐가 필요하나요?”

“그렇군요. 잉크, 펜, 고용 계약을 맺을 양피지겠군요. 석판, 석필, 계산기는 가지고 있지요? 또 목패가 여러 개 있으면 됩니다.”

마르크의 말을 듣고 가볍게 한숨을 쉬었다. 루츠의 부모님이 감당할 수 있는 물건 가격이 아니었다. 잉크도, 양피지도, 우리의 생활권에서는 그리 간단하게 살 수 있는 물건이 아니니까.

"나도! 나도 잉크랑 펜이 갖고 싶어요!"

루츠를 따라 나도 잉크와 펜을 사기로 했다. 어마어마한 가격에 손이 닿지 않던 잉크를 스스로 살 수 있게 됐다는 사실에 감동했다.

주인 할아버지가 내가 살 잉크와 펜을 계산대에 내려놓았다. 길드카드를 맞춰 정산한 후 잉크와 펜을 손에 들었다.

"신난다! 내 잉크랑 펜이다!"

구입한 잉크와 목제 펜을 들고 활짝 웃은 채 빙빙 돌며 기뻐하는 나와 달리 루츠는 일그러진 미소를 지었다.

"저금한 돈이 점점 줄어 가네. 상인이 이렇게나 돈이 드는 직업이라니."

작은 상점이라면 그에 맞는 도구로 준비를 할 터였다. 고용 계약에 양피지 따위를 살 필요도 없이 목패로 해결하겠지.

"벤노 씨네 상점이 크니까 돈이 드는 거야. 그래도 아직 여유 있잖아."

"하지만 오늘 하루 만에 엄청 써 버려서 조금 불안해졌어. 부모님께 부탁할 수도 없으니까 세례식까지는 되도록 종이를 많이 만들고 싶어."

"이제 시간이 얼마 없으니까 날씨가 맑으면 좋겠네."

상점으로 돌아와서 구매가 끝났다고 보고했다. 벤노는 다음부터 상점에 올 때는 그 제복을 입고 오라고 말했다. 제대로 수습생답게 보인다는 확인도 받았다.

"저기, 루츠. 이 짐 어디에 둘까? 공방?"

"거기가 제일 안전하겠네……."

조금 귀찮지만, 창고 열쇠를 빌려 구입한 물품을 놓고 갈까 어쩔까 하고 루츠와 이야기하는데 벤노가 가볍게 어깨를 들썩였다.

"딱히 창고가 아니라 자기 집에 두면 되지 않나?"

"집에 제 방이 없거든요. 제 물건을 넣을 나무 상자가 다예요."

생활 수준의 차이를 지적하자 벤노가 눈을 동그랗게 떴다. 코린나의 집을 봐도 방이 여러 개였다. 아무래도 규모가 큰 상점의 후계자로 자란 벤노의 주위에는 자기 방이 없는 지인이 없는 모양이다.

"우리는 마인 집보다 좀 더 심합니다. 나무 상자에 넣어 둬도 멋대로 찾아내서 뺏어 갑니다."

"뭐라고? 무슨 말이지?"

벤노의 눈이 놀라움으로 물들어 갔다. 이해하기 어렵다는 듯이 눈을 깜빡이는 벤노에게 내가 루츠의 생활 환경을 설명했다.

"루츠는 네 형제 중에 막내예요. 그래서 위의 형들한테 치이는 일이 많아서 큰일이죠."

"그래도 그렇지 형제 물건을 훔치나?"

"동생이니까 아무렇지 않은 거죠. 동생 물건은 형들 거. 형들 물건은 형들 것이라고 생각하는 거죠."

루츠의 가정 환경을 들은 벤노가 관자놀이를 꾹 눌렀다. 아마도 생활 수준 차이가 달라도 너무 달라 상상이 안 가나 보다. 아버지가 타계하신 뒤 가족을 지켜 오며 고생한 사람이라고는 하나, 가족들에게 물건을 뺏기거나 어디에 보관할지 장소에 곤란했던 적도 없었을 그가 아연실색한 표정을 짓고 있다.

"그럼 짐은 위층에 놓아 두면 어떠냐? 방 하나를 싼값에 빌려주지. 모처럼 갖춘 물건이 세례식 전에 없어지거나 작업에 필요한 물건을 도둑맞으면 앞으로 일에 지장이 올 테고, 가지러 가기에 창고는 너무 멀어."

"감사합니다."

벤노의 조치에 루츠가 최상층의 수습생 방 하나를 싼값에 창고 대신으로 쓸 수 있게 되었다. 이곳에 구매한 물건을 두고 열쇠를 잠가 두면 도둑맞을 걱정은 없었다.

"앞으로 상점에 갈 때는 여기에서 갈아입고 갈래?"

"그럴래."

처음으로 혼자만의 공간이 생긴 루츠가 활짝 웃었다. 나도 집으로 돌아가기 전까지는 구매한 짐을 거기에 놔두기로 했다. "시간이 있으면 상업 길드에 가자."는 벤노의 말에 금방은 집으로 돌아갈 수 없게 됐으니까.

"상업 길드는 먼저 가르쳐 두지 않으면 심부름도 못 해."

상인 집안 아이들은 부모의 심부름으로 여러 차례 상업 길드에 출입해서 일상적으로 서류를 제출하러 가는 모양이었다. 상점에 들어온 수습생이 처음부터 할 수 있는 일이 상업 길드로 가는 심부름이다. 하지만 루츠는 프리다의 머리 장식을 납품했을 때 이후로 상업 길드에 가지 않아 그런 심부름도 당연히 할 줄 몰랐다. 아니, 한 적이 없었다.

"그 외에 뭔가 있나?"

상인의 아이가 당연히 할 수 있는 일을 떠올리면서 벤노가 몇 장의 신청 서류를 루츠에게 들게 하고 상업 길드로 향했다. 나도 서가에 진열된 목패를 읽을 생각으로 함께 가기로 했다.

"우와아……."

"이건 심하네."

중앙광장에 접하는 상업 길드 앞에는 줄지어 순서를 기다리는 짐마차 여러 대와 동승자에게 짐마차를 맡기고 길드로 향하는 행상인의 모습 등 엄청난 혼잡이 예상되는 상황이었다.

"2층은 사람이 많겠네요."

"세례식이 가까워서 장이 서는 날도 얼마 안 남았거든."

밖에 줄지은 짐마차로 예측했듯이 2층은 사람들로 북적댔다. 루츠는 사람들에게 치이면서 안쪽 계단까지 벤노의 뒤를 따라 걸었다. 나는 평소대로 벤노에게 안겨 치이지 않아도 되었다.

계단 앞에서 경비원에게 길드 카드를 제시하고 계단을 오르는 순간 소음이 갑자기 사라져 들리지 않았다. 이 울타리에는 소리가 통과하지 못하는 마술도 걸려 있는 것이 분명했다.

"심부름도 꽤 힘든 일이네."

심부름하려면 앞장서는 벤노 없이 혼자 이 인파를 뚫어야 한다. 인파를 밀어 헤치며 걸어온 루츠가 크나큰 한숨을 내쉬었다.

"서류를 도둑맞거나 사람에게 치여서 잃어버리는 경우도 있으니 주의해. 그럼 우선 이 서류 말인데……."

벤노는 루츠에게 설명하면서 나를 내리고 카운터로 향했다. 나는 벤노에게 등을 돌려 서가로 가려고 했지만, 머리에 꿀밤을 먹고 목덜미를 잡혀 버렸다.

"어이, 어디 가려고?"

"서가가 저를 부르고 있다고요."

"착각이다. 안 불러. 공방장이 되려면 너도 제대로 들어 둬."

벤노에게 길드를 활용하는 법을 배웠다. 접수 방법, 서류를 내는 장소 등을 세세히 배웠다.

"여기에서 신청하면 등록된 계약 마술을 열람할 수 있다. 특히 마인은 새로운 상품을 개발할 테니 등록된 계약 마술을 모르면 난처한 일이 생길 거다."

"어머, 마인."

카운터 안쪽에서 연한 분홍색 양 갈래머리가 달려왔다. 잘못 볼 리가 없다. 길드장의 손녀, 프리다다. 그녀는 작업 중인 수습생 차림이었다. 이런 곳에서 만날 줄 몰랐던 내가 깜짝 놀라자 프리다가 허리에 손을 얹고 불만스럽게 입술을 내밀었다.

"봄이 끝나 가는데 전혀 놀러 와 주지 않네."

"아, 미안. 너무 바빠서……."

'사실 종이 제작과 공방 준비로 바쁘긴 했지만, 과자 만들기 약속도 지켰고 이제 갈 필요가 없다고 생각했어. 미안. 가 봤자 권유도 끈질기고, 어떤 대화에 덫이 놓여 있을지 모르니 불안하기만 한걸.'

내가 사과하자 프리다가 괜찮다고 머리를 저으며 활짝 웃었다.

"나 내일은 쉬는 날이니까 우리 집에 놀러 와."

"응? 하지만 내일 날씨가 좋으면……."

순간 내 어깨에 올려진 벤노의 손끝에 힘이 들어갔다. '남은 종이를 마저 만들려고 한다'고 말하려다가 우리가 종이를 만들고 있다는 사실은 숨겨 두자고 했던 말을 떠올라 허둥지둥 말을 얼버무렸다.

프리다는 벤노의 손에 시선을 향한 후, 싱긋 웃었다.

"내일은 비가 오니까 사람을 보낼게. 날씨가 좋으면 바쁘겠지만, 비가 오면 나랑 놀아 줄 수 있지? 봄이 되면 놀아 준다고 약속했는데 슬슬 봄이 끝나 가잖아."

"윽……."

그런 말을 들으면 거절하기 어려웠다. 확실히 날씨가 안 좋으면 종이 제작은 할 수 없으니 여유가 있었다. 고민하는 나를 프리다가 거침없이 몰아붙였다.

"신식에 대해 할 얘기가 있어."

"아, 나도 질문이 있었어."

주위에서 가장 신식에 환한 사람은 프리다다. 묻고 싶은 점이 있었기에 대화할 기회가 생기다니 다행이었다. 내 말에 프리다의 표정이 활짝 피면서 손뼉을 쳤다.

"비가 오면 오도록 해. 카트르 카르를 만들어 놓고 기다릴게."

"그래. 비가 오면……."

카트르 카르에 끌려 승낙한 순간 어깨에 힘이 가해졌다. 벤노가 관자놀이에 핏줄을 세우며 웃고 있었다.

"마인."

"내일 비가 오면, 이라는 전제가 붙은 약속이랍니다. 벤노 씨."

"맞아. 내일 비가 오면, 이에요."

활짝 웃으며 도움을 손길을 뻗어 준 프리다의 말에 곧바로 올라탔다. 내 어깨를 파고들려는 손가락을 찰싹찰싹 때리며 벤노를 올려다보자 벤노가 낮은 목소리로 "이 바보 녀석." 하고 중얼거렸다.

"내일은 비다."

"네?"

프리다는 깊은 미소를 지었고 루츠는 한숨을 내쉬었다. 아무래도 일기예보 없이도 다들 내일 날씨를 아는 모양이다.

그날 저녁부터 내리기 시작한 비는 다음 날이 되어도 멈추지 않았다.

프리다와의 약속

안 돼에에, 비입니다. 제 눈이 잘못된 게 아니라 확실히 비예요.

창문에 똑똑 떨어지는 빗방울 소리에 어깨를 떨구며 아침을 먹었다. 프리다가 활짝 웃으며 말했던 대로, 벤노가 목소리를 깔고 신음했던 대로, 루츠가 한숨을 내쉬던 대로, 비가 오고 말았다.

어쩔 수 없다. 프리다네 집에 가기로 확정된 이상 조금이라도 유익한 정보를 손에 넣을 수 있도록 힘낼 수밖에.

'루츠도 함께니까 괜찮겠지.'

씹기 힘든 딱딱한 잡곡 빵을 저녁에 먹다 남은 수프에 불려 우적우적 씹었다. 빵으로 수프 접시를 닦듯이 깨끗하게 아침을 끝낸 나는 집 안을 돌아보고 한숨을 내쉬었다.

"간단한 선물을 들고 가고 싶은데, 그 집에 가져갈 만한 물건이 없단 말이지……."

귀족의 저택에 있는 물건들을 갖춰서 없는 게 없는 프리다네 집에 선물로 들고 갈 만한 물건이 우리 집에는 없었다. 투리가 물을 한 모금 마신 뒤 고개를 갸웃거렸다.

"간편 한린샴은? 전에 가져갔을 때 기뻐해 줬잖아."

"음~ 린샴은 판매되기 시작할 테니까 내가 쓸 만큼 만드는 정도는 괜찮지만, 안이하게 나눠주지 말라고 벤노 씨한테 한 소리 들었어."

"그렇구나. 비도 오니까 꽃을 꺾어 갈 수도 없고 곤란하네."

투리는 물동이 물을 조금 써서 접시를 씻으며 말했다. 접시를 씻은 후에는 출근 준비로 바쁘게 움직였다. 엄마는 벌써 출근해 버렸고, 야근이었던 아빠는 자고 있다. 나도 큰 소리가 안 나게 물동이 물로 접시를 씻었다.

"며칠 전에 약속이 정해져서. 맑은 날이 있었으면 과일 정도는 딸 수 있었을 텐데……."

루츠에게 방을 빌려주고 내게도 신상품을 고안할 수 있는 마인 공방 설립을 제안해 주는 등 편의를 봐주는 벤노를 화나게 하는 일은 되도록 피하고 싶었다. 말을 가리지 못하고, 내 욕구에 져서 사고를 치기도 하지만, 고의가 아니었다. 혼나고 싶어서 하는 일도 아니었다.

다만, 벤노의 분노를 회피하려면 린샴도, 종이에 관련된 물건도 안 된다. 새로운 과자 조리법이라도 알려주면 프리다와 일제도 기뻐해 줄 테고 나도 맛있는 과자를 먹을 수 있겠지만, 벤노에게 혼날 게 분명했다.

'수습생도 포기했으니 과자 조리법을 어디에 흘리든 내 자유겠지만, 일이 귀찮아지기는 하겠지?'

심각하게 선물을 고민하고 있자 똑똑 하고 누군가가 문을 두드리는 소리가 들렸다. 기름과 밀랍을 골고루 발라 방수 가공한 두꺼운 천 같은 망토를 걸치고 출근하려던 투리가 고개를 들어 문 쪽으로 향했다.

"네~ 누구세요?"

조금 빠르지만, 루츠가 와 주었나 하며 씻은 접시를 정리하는데 투리의 깜짝 놀란 목소리가 집안에 퍼졌다.

"프리다!? 무슨 일이야!?"

생각지도 못한 이름에 놀라 돌아보니 문 저편에 프리다가 종자를 데리고 서 있었다. 비 오는 날씨임에도 나들이옷으로 치장한 프리다와 깔끔한 제복을 입은 종자는 가난한 우리 집 배경과 너무나도 어울리지 않았다. 솔직히 우리 집의 가난함이 더 도드라져 보였다.

"나 일어날 때부터 기대되어서 못 기다리고 마인을 데리러 왔어."

싱긋 웃으며 말하는 말이 마치 '못 도망쳐'라고 들려 오싹했다. 뒤돌아가고 싶었지만, 투리를 두고 도망갈 수도 없었다.

"이렇게 비 오는 날씨에 일부러 데리러 와 줄 정도로 기대하다니."

투리는 기쁜 듯이 웃으며 나를 돌아보았다.

'투리, 진짜 천사야. 그 순수함을 잃지 말아 줘.'

"몸이 약한 마인이 비 내리는 밖을 걸어가게 할 순 없지. 큰길에 마차를 세워 뒀어."

빗속을 걸으면 열이 나니 못 간다는 거절 방법을 원천 봉쇄하려는 생각이다. 프리다의 철저한 준비성에 혀를 둘렀다.

"우와, 마차라고!? 마인은 좋겠다."

출근할 짐을 들고 순진하게 부러워하는 투리를 보고 프리다가 고개를 갸웃거렸다.

"어머. 마인의 언니는 출근이야?"

"응. 슬슬 가야 해."

투리가 안타깝다고 하자 프리다는 뭔가를 생각하듯이 아주 잠깐 시선을 위로 향하더니 손뼉을 치며 의미심장한 웃음을 지었다.

"그럼 도중까지 데려다줄게."

"뭐!? 나도 마차 타도 돼!?"

투리의 표정이 확 밝아졌다. 마차는 우리 같은 빈민이 평생 타지 못할 이동 수단이었다. 투리의 기분이 좋아진 점도 이해가 되었다. 서둘러 외출 준비를 할 수밖에 없었다.

"투리, 루츠를 불러와야 해."

"아, 그렇지. 내가 갔다 올게."

"저기, 하지만 루츠 씨가 오면 언니가 앉을 자리가……."

투리가 짐을 두고 나가려고 하자 미안하다는 듯이 프리다가 막았다. 내가 외출할 때는 루츠의 감시가 필요한데 루츠가 오면 앉을 자리가 없어지니 투리가 양보할 수밖에 없었다.

"뭐? 뭐? 그럼…… 난 못 타?"

기대했던 만큼 실망도 큰 법이다. 당장에라도 울 것 같은 얼굴로 투리가 고개를 푹 숙였다. 무슨 말로 위로해야 좋을지 당황하는 내 앞에 프리다의 손이 들어왔다. 그대로 투리의 손을 잡고 정말, 상냥한 미소를 지었다.

"마인의 언니, 오늘은 내가 책임을 지고 루츠 대신 마인을 데려다 줄게. 마인이 쓰러지지 않게 주의하겠다고 약속해. 그러니까 마차로 함께 가지 않을래?"

"마차로 이동하면 마인이 피곤할 일도 없고 비에 맞지도 않겠지? 루츠가 없어도 괜찮아?"

'안 괜찮아!'

그렇게 말하고 싶었지만, 투리의 매달리는 듯한 시선에 지고 말았다. 마차에 탄다고 신난 투리의 얼굴만 봐도 딱 잘라 말하기 어려웠다. 혼자 프리다의 집에 가기 싫었지만, 거절할 수가 없었다.

"투리, 괜찮아……. 같이 가자."

"고마워, 마인. 내가 루츠한테 전해 둘 테니까 마인은 준비해."

투리가 신난 가벼운 발걸음으로 루츠네 집으로 갔다. 투리의 발소리가 작아지자 빗소리만이 들려왔다.

잘도 투리를 이용해서 루츠를 배제하다니. 프리다를 가만히 노려보았다.

"프리다……."

"언니가 많이 기쁜가 보네."

"그러네. 하아……. 어쩔 수 없지. 선택은 내가 했으니까."

투리를 떼어내지 못한 내 잘못이다. 이 이상 프리다를 나무라더라도 소용없었다. 또다시 루츠와 벤노에게 생각 없는 녀석이라고 혼나겠다는 생각을 하면서 토트백을 준비했다.

"사실은 선물을 준비 못 했어."

"오늘 하루 마인의 시간을 받았는걸. 나와 얘기해 주는 것만으로 충분해."

기쁜 듯 생긋 웃는 얼굴은 친구가 놀러 와서 너무나도 기뻐하는 소녀의 얼굴이었지만, 프리다가 순진하기만 한 소녀가 아니라는 점은 아주 잘 알고 있었다.

"마인, 칼라 아줌마한테 전하고 왔어. 자, 가자. 늦겠어."

가벼운 발걸음으로 뛰어들어온 투리의 얼굴로 상대방의 태도를 살피는 무거운 분위기가 단숨에 사라졌다.

"자, 갑시다."

문을 닫고 밖으로 나왔다. 이곳 우비는 두꺼운 망토와 창이 큰 모자였다. 물론 완전히 비를 막아주지는 못해 호우나 긴 시간 비를 맞으면 물기가 스며든다. 지금처럼 좁은 골목길을 나와 큰길에 세워둔 마차에 타기까지면 비에 젖을 걱정은 없지만.

"자, 빨리 타."

큰길에 대기한 마차에 서둘러 타고 망토와 모자를 벗어 구석에 놓았다. 종자는 마부 옆에 타서 마차 안에는 우리뿐이었다.

"우와, 마차 안이 이렇게 되어 있구나."

"출발할 테니 앉아. 중앙광장 근처면 돼?"

"응, 장인 거리 안에서도 가장 중앙광장에 가까워."

마차 안을 둘러보며 신이 난 투리에게 프리다가 앉도록 재촉했고, 나는 그 둘 가운데에 앉았다. 어른 두 사람이 앉을 수 있도록 만든 마차였지만, 아이라면 세 사람이 앉아도 조금 여유가 있었다.

마차가 움직이면서 역시나 꽤 흔들렸지만, 길드장과 벤노와 앉았을 때와 달리 제대로 된 자리에 앉으니 튕겨 나갈 만큼은 아니었다.

"이제 곧 세례식이지? 마인은 어떤 옷일까?"

"내 예복을 수선해서 입는데, 고친 옷으로 안 보일 정도로 화려해."

프리다의 말에 투리가 마치 자기 일처럼 자신 있게 대답했다. 투리와 엄마가 겨울에 수선한 후에도 가끔 손을 보는지 조금씩 장식이 늘었다.

"화려하다니……?"

"그냥 수선이 아니라 엄마가 열심히 해서 완전한 다른 디자인처럼 귀여워졌어."

가난한 우리 집 상황을 본 후라서 화려한 의상을 떠올리기 힘들었는지 프리다가 의아하다는 얼굴을 했지만, 거짓말은 아니다. 이곳에서의 수선과 내가 제안한 수선이 다르니까 설명이 어렵지만.

"프리다가 입었던 옷도 엄청 하늘하늘해서 멋있었어. 나도 그런 옷 입어 봤으면."

"어머, 고마워. 그럼 머리 장식도 새로 만들었니?"

투리의 말에 기쁘게 웃던 프리다가 머리 장식으로 화제를 돌렸다.

프리다에게 만들어 주었던 머리 장식 이외에는 전부 색상만 다른 똑같은 디자인이다. 하지만 자기가 쓸 머리 장식을 똑같은 디자인으로 만들 리가 없으니 신경이 쓰였나 보다.

"마인 축하 선물이니까. 프리다에게 만든 장식처럼 커다란 꽃 세 개는 내가 열심히 만들었어."

"그럼 마인이 쓸 머리 장식이 나와 세트라는 말이니?"

프리다가 조금 의심스러운 눈초리로 나를 보며 고개를 갸웃거렸다. 투리는 뭐라 설명해야 좋을지 몰라 곤란한 듯 내 소매를 잡았다.

"커다란 꽃은 똑같아도 흰색이고 하늘거리는 장식도 있으니까 세트랑은 좀 다르지? 마인."

"명주실이니까 크림색에 가깝지만, 멀리서 보면 흰색이지. 작은 꽃을 달았는데 프리다 머리 장식이랑은 또 다른 느낌이야. 어떤 장식일지는 세례식 날 기대해. 그렇지, 투리?"

"전부 말해 버리면 기대할 게 없어지니까."

투리가 입가를 가리고 비밀이라며 장난스럽게 웃었다. 그러자 프리다도 웃음을 흘렸다.

"정말 기대되는걸? 밖으로 보러 나갈게."

세례식 이야기를 하는 동안 공방이 이어진 거리 모퉁이에 있는 투리의 직장이 보이기 시작했다. 마차를 세우게 한 투리는 망토를 걸치고 모자를 썼다. 그리고 도구가 든 가방을 들고 걱정스럽게 힐끗 나를 돌아보았다.

"걱정하지 마. 마인은 내가 책임지고 맡을게."

"투리, 일 열심히 해."

"프리다, 마차에 태워 줘서 고마워. 마인은 폐 안 끼치도록 해."

크게 손을 저으며 공방으로 달려가는 투리를 배웅하고 마차는 다시 덜거덕거리며 움직이기 시작했다.

"어서 와, 마인. 카트르 카르를 구워 놓고 기다리고 있었단다. 꼭 감상을 들려 주렴."

프리다의 집에 도착하자 일제가 기다리고 있었다. 응접실로 안내받자 금방 차와 카트르 카르가 테이블에 준비되었다. 한 입 먹으니 얼굴이 사르르 녹았다. 촉촉한 반죽에 적당히 구워진 노릇노릇함, 오븐 맛이 스며들어 전보다 훨씬 맛있어졌다.

"맛있어~ 전보다 훨씬 맛있어요. 절묘하게 구워졌네요."

"그렇게 말해주니 다행이구나. 뭔가 개선할 점은 없는지 신경이 쓰였거든."

"개선점? 음……. 충분히 맛있는데요?"

나는 입에 덥석 넣고 달콤한 맛을 느끼며 고민했다.

접시 위에 데코레이션을 화려하게 한다든지, 말린 과일을 넣거나 감귤류 껍질을 잘게 갈아 넣어 다른 맛을 즐기는 등 아이디어는 있지만, 벤노에게 혼날 만한 정보 제공일지 어떨지 몰랐다.

음, 뭘 해도 벤노 씨에게 혼날 것 같고, 그냥 먹어도 맛있으니까 아무 말 안 해도 문제는 없겠지만, 의욕적인 요리사를 응원해 주고 싶긴 한데.

"개선점까지는 아니지만…… 설탕 한 봉지를 주면 알려줄게요."

전에 주방에서 본 1kg 정도 담긴 설탕 봉지를 떠올리며 그렇게 협상하자 일제가 결정권을 가진 프리다에게 시선을 향했다.

"설탕 한 봉지……. 마인에게 줘도 괜찮을까요, 아가씨?"

"그럼요. 좋아요."

"아가씨한테 허락을 받았으니 어서 말하렴! 어서!"

달려들 듯한 일제의 박력에 숨을 삼키며 입을 열었다.

"페리지네 껍질을 잘게 갈아서 반죽에 넣으면 향과 맛이 변해서 맛있어져요. 그 외에도 다른 걸 넣어도 맛이 바뀌죠. 일제 씨가 무엇을 어떤 비율로 넣으면 맛있어지는지 연구해 보세요. 이건 덤인데요, 혹시 귀족을 상대로 낼 일이 있으면 잘 저어 거품을 낸 생크림이나 장식으로 자른 과일을 곁들이면 정말 화려해진답니다."

"알았어. 해 보자꾸나."

일제는 숨을 들이마신 뒤 즉각 자리에서 일어나 방에서 나갔다. 남아 버린 나와 프리다는 재차 눈을 깜빡이고 쓴웃음을 지었다.

"마인, 미안해. 손님에게 저런 모습을 보여서. 일제도 평소엔 침착한데 새로운 조리법에는 정신을 못 차려서……."

"연구를 열심히 하면 좋은 일이지. 일제 씨가 열심히 연구해 주면 맛있는 음식도 많아지잖아?"

공부를 향한 열정에 감탄했다. 이 세계에 맛있는 음식이 퍼지면 나로서도 기쁜 일이었다. 꼭 여러 가지로 연구해서 새로운 과자를 만들어 주길 바랐다.

"그러고 보니 왜 프리다는 상업 길드에서 수습생으로 일하는 거야? 언젠가 귀족 마을에서 상점을 운영할 텐데? 직원이 될 수 없는데 수습생은 될 수 있어?"

성인이 되면 귀족 마을에 가기로 결정된 프리다가 상업 길드에서 수습생으로 일하리라고는 생각하지 못했다. 카트르 카르를 야금 입에 넣으며 묻자 프리다는 차를 홀짝 마시면서 대답해 주었다.

"내가 할아버님께 부탁했어. 귀족 마을에서 상점을 운영하기 위한 공부와 인맥 만들기의 일환이야. 앞으로 전부 혼자서 할 수 있도록 해야 하니까 되도록 인맥을 넓혀 둬야 해."

"전부 혼자서? 누군가, 그 유테 씨 같은 시중드는 분은 없어?"

"나 이외에는 귀족 마을에서 살도록 허락받지 못했어. 저쪽에 가면 상대방이 준비해 준 하녀는 있으니까 생활상 혼자가 된 건 아니지만."

그렇다 해도 귀족이 붙여 주는 하녀가 경제나 경영에 밝기를 기대하기는 어려웠다. 막 성인이 된 소녀에게 갑자기 아군도 없는 곳에서 혼자 상점을 운영하라니 너무나도 가혹하지 않은가. 상담 상대 한 사람 정도는 붙여도 되는 건 아닌가?

"상점에서도 완전히 혼자는 아니야. 가족은 상품의 납품 등으로 귀족 마을에 드나들 수 있게 허락받았거든. 계속 함께할 수는 없지만, 그래도 마음은 든든하잖아?"

"그러네……."

사실은 정말 든든하다고 생각되지 않았지만, 똑바로 앞을 보며 자신의 운명과 싸우는 프리다에게 긍정적인 말 외에는 건넬 수 있는 말이 없었다. 프리다의 몸에 밴 어른스러운 말투와 사고방식은 그녀의 무기이자 방패였다. 오로지 낯선 세계에서 살아남기 위해 익혀 왔을 터였다.

"내가 귀족 마을에서 상점을 연 뒤에 무슨 일이 일어나도 대략의 대처가 가능하도록 지금은 길드 수습과 우리 상점을 교대로 돕고 있어."

"정말 훌륭해. 앞날 일까지 심각하게 고민하는구나."

내 말에 프리다의 표정이 갑자기 심각해졌다. 진지한 눈빛으로 가만히 나를 응시하며 입을 열었다.

"나도 마인에게 묻고 싶은데 괜찮니?"

"그래."

아아, 본론이 들어왔다. 그럴 줄 알았다. 프리다의 질문은 뻔했다. 나는 싱긋 웃으며 프리다를 재촉했다.

"대체 무슨 생각이니? 본래라면 벤노 씨의 상점을 빨리 포기하고 우리에게 붙어야 하지 않아? 나 지금까지 계속 기다렸어. 네가 연줄을 원하면서 내게 오기를……."

살기 위해 귀족과의 연줄을 원한다면 벤노보다도 길드장과 프리다를 의지하는 편이 나았다. 그것은 오토에게도 지적받은 점이었다. 누구든 그렇게 생각하겠지. 귀족과 오래도록 관계가 깊은 상점 쪽이 조금이라도 유리한 협상을 이끌어 내리라는걸.

"벌써 여름이 다가오는데 아무런 행동도 취하지 않잖아. 정말 앞날을 고민하기는 하니? 되도록 빨리 귀족과 관계를 트지 않으면 이대로는……."

역사와 권력으로 자신감을 보이며 권유하는 프리다의 어조가 조금씩 강렬해지고 눈에는 형용할 수 없는 초조함이 보였다. 신식인 나를 걱정하는 호소였다. 귀족과 관계를 텄다고 금방 계약할 수 있는 건 아니었다. 프리다의 억지스러웠던 모습들이 나를 걱정해서 서두르게 하려 했다고 생각하면 조금 부끄러웠다.

나도 웃으며 프리다를 정면으로 응시했다.

"있잖아, 프리다. 내 나름대로 생각했는데 가족과 함께 살다가 죽기로 했어."

휘둥그레지며 입을 가볍게 벌린 채 프리다가 굳었다. 살짝 떨리는 입술에서 '말도 안 돼' 하고 희미한 중얼거림이 흘러나왔다.

"이미 반은 포기했어. 투리가 우니까 살 방법을 찾겠다고 했지만, 신식 환자가 살려면 귀족과 계약하는 방법 외에 없지?"

길드장은 권력, 돈, 연줄 등 쓸 수 있는 수단은 모든 사용해서 필사적으로 프리다를 구할 방법을 찾았다. 마술 도구를 몇 개나 끌어모아 시간을 벌면서 계약 이외에 조금이라도 유효한 수단은 없을지 알아봤을 터였다. 그런 길드장이 모른다면, 어떤 수단도 없다고 포기할 수밖에 없다면, 더욱 좋은 조건을 가진 귀족을 선별하여 계약하는 방법밖에 선택의 여지가 없었다면 답은 하나였다.

"난 몰라……."

"사실은 어딘가에서 마술 도구 하나 정도는 구할 수 있지 않을까 생각도 들어. 하지만 귀족과 계약하고 싶지는 않아. 마술 도구 이외에 신식을 막을 수 있는 대용품은 없는 거지?"

"그걸 알았다면 내가 벌써 썼겠지."

짜증스럽게 노려보는 프리다의 눈빛에 나는 가볍게 어깨를 들썩였다.

"난 오늘 프리다에게 귀족이 아닌 사람한테서 마술 도구를 살 수 있을지 물어보고 싶었어. 아니면 마술 도구를 스스로 만들 수 있을지…… 불가능하겠지?"

없다면 만들면 되겠지만, 안타깝게도 우라노 시절에 읽은 책 중에 마술 도구를 만드는 법은 없었다. 판타지 소설이나 게임 속에서 그런 단어가 나오긴 했지만, 실제로 참고가 될 리가 없었다. 그리고 마술 도구를 만드는 공방은 이 마을에 없었다.

"마술 도구를 만들려면 마력이 필요해서 마력을 가진 귀족 외에는 만들지 못한대. 그러니까 성벽 바깥에는 마술 도구를 만드는 방법을 아는 사람이 없어."

"그래? 만드는 방법을 알면 내가 만들려고 했는데, 역시 어렵구나."

마력을 가진 귀족만이 만들 수 있다면 마술 도구 공방은 높은 성벽 너머에 있을 터였다. 자금은 풍족하니까 만드는 방법만 알면 어떻게든 방도가 있으리라 기대했는데 역시 너무 쉽게 생각한 모양이다.

"스스로 만든다는 생각은 못 해 봤어……."

"프리다는 부잣집 딸이니까. 난 필요한 물건은 스스로 만들지 않으면 가질 수 없는 환경에서 살아왔어. 그래서 그 방법이 제일 먼저 생각난 거야."

서로 쿡쿡거리며 웃었다. 린샴, 머리 장식, 종이, 검댕 연필, 나무 젓가락. 전부 필요성에 끌려 만든 물건들뿐이다.

"마인은 그렇게 가족이 소중해? 이대로 열에 먹혀 죽어도 무섭지 않아?"

프리다가 불쑥 질문했다.

"음. 뭐랄까. 죽고 싶지는 않지만, 그렇게 무섭지는 않아."

마인으로서의 인생은 한 번 죽은 기억을 가진 내게 신이 내려 주신 덤 같은 삶이었다. 겨우 삶이 즐거워지기 시작했지만, 근본적인 부분은 거의 바뀌지 않았다.

"지금은 주변에 책이 없으니까 가족 외에는 소중한 존재가 없어. 죽음을 선택한 것이 아니라 가족과 함께하는 쪽을 선택했을 뿐이야."

"책?"

"응. 돈도 꽤 모았는데 한 권 정도는 살 수 없으려나?"

내가 장난스럽게 웃으면서 말하자 프리다가 곤란한 듯한 웃음을 지었다.

"책을 갖고 싶다면 귀족 마을로 가면 되지. 저쪽에는 있을 텐데?"

"아~ 마음껏 책을 읽어도 된다는 계약 조항이 있다면 두말없이 따라갔겠지만, 아무 도움도 안 되는 가난한 신식 환자를 길러 주는 귀족이 과연 그런 귀중한 책을 읽게 해 줄까?"

"마인의 생활 환경으로 따지면 어렵겠지?"

귀족 입장에서 보면 난 문맹률이 높은 이 마을의 빈민 아이다. 아무리 내가 글을 안다 해도 보통 자신이 가진 귀중한 고가의 책을 만지게 하고 싶지 않겠지. 멋대로 읽으면 죽임을 당해도 할 말이 없다.

그리고 나는 나 자신을 잘 안다. 책을 앞에 두고 이성을 지킬 내가 아니다. 지금까지 주위에 없던 책을 발견한 순간 달려들었다가 죽임을 당할 모습이 쉽게 상상이 되었다.

"그래서 죽기 전까지 어떻게든 책을 대량 생산할 수 있는 체제를 만들려는데 아마 어려울 거야. 신식이 내 수명이라고 생각하고 절반은 포기했어. 가족들에게 폐만 엄청 끼쳤으니까 지금 넉넉하게 벌어서 조금이라도 돈을 남겨 주고 싶어."

내가 농담으로 하는 말인 양 키득 웃자 프리다가 갈색 눈을 반짝였다.

"그럼 내가 카트르 카르 조리법을 살까?"

완전히 상인의 눈으로 바뀐 프리다를 보고 나는 고민에 빠졌다. 카트르 카르는 기본적인 과자라 기간 한정으로 판매를 독점하는 정도라면 상관없지만, 벤노의 린샴처럼 모든 권리의 독점권을 팔면 과자의 발전을 저해할 수 있어 곤란했다.

“소금화 5닢에 프리다가 독점으로 1년간 판매할 권리를 팔겠다면 어떡할래?”

“당연히 사야지.”

망설임 따위 일절 없는 속답이었다.

“당연하다고? 혹시 엄청 싼 금액이야?”

“그렇지. 카트르 카르나 식물지처럼 전례가 없는 물건의 독점 판매권은 대금화를 넘어도 이상하지 않아. 그만큼의 이익이 간단하게 들어오니까.”

“대금화……?”

난 아무래도 벤노 씨에게 엄청 싼 가격에 지식과 정보를 뿌린 모양이다.

“어떡할래? 가격을 올릴래?”

“아니, 괜찮아. 어차피 1년간이니까. 소금화 5닢에 독점 판매권을 팔게.”

한번 꺼낸 가격을 올릴 생각이 없었던 나는 고개를 저었다.

“그럼 계약서를 작성하자.”

“뭐? 혹시 계약 마술이야!?”

또 피를 보거나 모르는 사람의 안부를 걱정하는 무서운 전개가 될까 나도 모르게 몸을 떨자 프리다가 어처구니가 없다는 듯이 한숨을 쉬었다.

“마인……, 계약 마술은 그리 간단하게 쓸 수 없어. 마력이나 권력을 가진 상대에게 자신이 압도적으로 불리한 상황에 부닥쳤을 경우에 비싼 마술 도구를 써서라도 이익을 확보하려는 계약이야. 우리 사이에서는 정식 계약서인 양피지로 평범하게 계약하면 그걸로 충분해.”

"그렇구나."

첫 계약이 계약 마술이었던 탓에 감각이 조금 이상해졌나 보다.

하지만 프리다의 말이 옳다면 어째서 벤노는 마력이나 권력을 가진 상대도 아닌 우리를 상대로 계약 마술을 썼을까?

"그나저나 잘 쓰이지 않는 계약 마술을 언제 어디에서 알았어?"

"벤노 씨한테 혼나니까 비밀이야."

"어머, 조금은 학습했구나. 후후"

프리다가 웃으며 선반 위에 놓인 벨에 손을 뻗었다. 딸랑 하고 벨이 울리자 유테가 거의 소리도 없이 들어왔다.

"계약서 준비를 부탁해."

유테가 준비해 준 양피지에 프리다가 깃털 펜으로 계약서 내용을 써 내려갔다. 내가 산 목제 펜보다 화려하고 멋있었지만, 쓰기 불편해 보이는 건 내 착각일까. 상업 길드에서 수습으로 일하는 프리다에겐 계약서 작성은 일상적인 작업이었고, 나 역시 요즘 들어 익숙해졌다.

내용에 문제가 없는지 확인한 후 프리다와 길드 카드를 맞춰 정산했다.

"그런데 어째서 1년이니?"

"1년이면 카트르 카르의 원조가 프리다네 상점이라고 다들 인식할 거야. 그리고 그동안에 설탕이 보급되었을지도 모르니까 신규 참여가 가능할 여지를 남겨두고 싶어."

"신규 참여?"

"조리법을 공표하면 여기저기 도전하는 사람도 늘어서 점점 새로운 과자가 나오잖아? 맛있는 과자면 행복해지니까 많은 사람이 만들어서 넓게 퍼졌으면 좋겠거든."

"하아……. 마인은 자신의 이익을 도외시하니까 상인에 어울리지 않아."

나와 프리다는 공식 계약서가 될 양피지에 사인했다. 이로써 프리다에게 카트르 카르의 1년간 독점 판매를 허락하는 계약이 성립되었다.

"그래도 조리법 공표는 1년 뒤에 내가 살아 있을 때의 얘기야. 내가 없을 땐 프리다에게 맡길게."

"난 내 이익이 최우선이니까 1년 후 마인이 꼭 공표해 줘."

고개를 홱 돌린 프리다의 얼굴이 울먹이는 것처럼 보였다.

세례식 행렬

세례식 아침은 바쁘다. 특히 엄마가.

아침을 먹고 정리하고, 가장 좋은 옷으로 입어야 하는 엄마는 늦잠 자고 아침을 깨작깨작 먹는 우리를 혼내면서 재촉했다. 나는 목이 막힐 뻔하며 식사를 끝내고, 엄마가 정리하는 동안 투리와 침실에서 옷을 갈아입었다.

엄마와 투리가 조금씩 손을 본 의상은 남은 천을 집어서 하늘하늘하게만 만든 디자인이 아니었다. 겨울 수작업으로 만든 작은 꽃을 군데군데 붙여서 과할 만큼 장식이 많았다. 벤노가 겨울 수작업에 남은 실을 넘겨주지 않았다면 이만큼 여유롭게 쓰지 못했을 거다.

나는 하늘하늘한 원피스를 티셔츠 입듯이 뒤집어 입은 뒤 파란 끈을 허리에 감아 리본으로 단단히 묶었다. 그러자 축 처진 허리끈 끝이 정강이 부근에서 살랑거렸다.

"마인, 허리끈은 두 번 감기로 했잖아."

투리가 입술을 삐죽였다. 나는 다시 허리끈을 풀어 배에 두 번 감았다. 하지만 겨울에 아무 탈 없이 묶였던 끈이 지금은 길이가 짧아 예쁘게 묶이지 않았다.

"어라? 너무 많이 먹어서 배가 나왔나?"

"아니야. 마인이 큰 거야. 기장도 무릎 아래로 맞췄었는데, 지금은 무릎 중간 정도까지 오는걸?"

아무래도 겨울에서 여름 동안 성장했나 보다. 보통 아이라면 당연한 일이지만, 신식이라 성장이 굉장히 굼뜬 나는 성장을 실감하는 일이 적었다. 감동에 몸을 떠는 나와 달리 현실적인 투리는 파란 허리끈 끄트머리를 가만히 보면서 어떻게 묶을지 고민했다.

"길이가 어중간하네. 좀 난잡해 보이는데. 차라리 자를까?"

"안 돼. 아깝잖아. 오늘 세례식 동안만 그런대로 보이면 되니까 허리끈을 자를 필요 없이 두 번 감아 묶으면 돼."

"그렇게 안 묶이잖아."

"배에 두 번 감는 게 아니라 리본을 이중으로 묶는 거야."

파란 허리끈을 허리 부근에서 단단히 묶어 이중 나비 매듭으로 묶었다. 기모노의 오비처럼 배 앞에서 형태를 잡아 묶은 다음, 리본 부분을 살짝 등 뒤로 돌리면 완성이다.

"어때? 길이는 괜찮아?"

"엄청 귀엽다! 어떻게 했어!?"

투리에게 이중 나비 매듭을 설명하려 하자 엄마가 침실로 들어왔다.

"다 갈아입었으면 마인은 빨리 머리 빗어야지. 엄마도 갈아입어야 해."

"네~ 투리, 나중에 가르쳐 줄게."

나와 투리는 재빨리 부엌으로 이동했다. 어젯밤에 린샴으로 머리를 감아 가족들 머리에서 윤기가 흘렀다. 어제는 드물게 아빠도 우리 사이에 끼어들고 싶어 하는 눈치라 씻겨 줬다.

왜 갑자기 그럴 기분이 들었는가 물어보니 코린나와 서로 씻겨 줬다며 아빠에게 자랑한 오토 때문이었다. 여전히 쓸데없는 곳에서 경쟁한다니까.

“마인, 머리 장식으로 빙글빙글 말지는 못해도 내가 빗질 정도는 해도 될까?”

빗으로 머리를 빗고 있는 내게 투리가 눈을 반짝이며 다가왔다. 투리의 세례식 때 내가 머리를 묶어 주었던 보답으로 이번엔 자신이 묶어 주고 싶은 모양이다.

“그럼, 부탁해.”

빗을 넘기자 투리가 콧노래를 부르며 내 머리를 빗겨 주었다. 상당히 기분이 좋아 보인다.

“마인 머리는 직모라서 정말 예뻐. 그리고 냄새가 좋아.”

“투리랑 같은 냄새인데?”

빗겨 주는 투리에게 고맙다고 하고 나는 살랑살랑 흔들리는 머리 장식이 뭉개지지 않게 조심스레 잡아서 평소처럼 반올림 머리를 했다. 세밀하게 땋은 머리를 하려고 해도 금방 머리가 풀려 끈으로 깨끗하게 정리할 수가 없었다.

“읏차.”

장식을 꽂아도 평소 머리 모양이라 금방 끝났다.

평소보다 비녀가 무거웠다. 머리를 살짝 흔들면 비녀에 이어진 작은 꽃이 흔들렸다. 조금 재밌어져서 머리를 흔들자 투리가 손바닥을 치며 기뻐했다.

“와, 귀엽다! 마인 머리색이랑 굉장히 잘 어울려! 움직일 때마다 하늘하늘 흔들리다니 멋지다.”

“너무 잘 어울리는구나, 마인.”

“정말 어디 부잣집 따님이신가? 오늘 세례식은 마인이 제일 예쁠 거다.”

치장이 끝난 엄마도 침실에서 나와 예복을 입은 나를 극찬했다. 이런 식으로 노골적으로 칭찬받으니 기쁘긴 한데 조금 부끄러웠다.

"아빠, 그거 투리 때도 한 말이야."

"당연하지. 우리 집 딸이 제일 예쁘니까."

그렇게 말하며 나와 투리를 한쪽 팔씩 껴안았다. 꺅꺅 소리 지르며 아빠의 팔에서 벗어나려는 나와 투리를 아빠는 호탕하게 웃으며 도망치지 못하게 다시 고쳐 안았다.

"꺅! 머리 망가져!"

"정말이지! 장난은 그쯤 하고 밖으로 나가야지."

엄마의 말에 아빠가 손을 뗐지만, 이미 늦었던 모양이다. 조금 숨이 가빠진 나를 보고 엄마가 한숨을 쉬었다.

"마인, 머리를 다시 매만져야겠구나."

어깨를 움츠리며 "미안"하고 사과하는 아빠의 모습에 웃으면서 나는 다시 비녀를 빼고 고쳐 꽂았다. 땋기 힘든 머리지만, 자국이 생기지 않아 조금 흐트러져도 손으로 빗으면 금방 원래대로 돌아왔다.

"벌써 밑에 모인 모양이야."

현관문으로 뛰어간 투리가 문을 활짝 열어젖히고 손짓했다. 계단을 내려 우물이 있는 광장으로 나가자 이미 이웃 사람들이 북적이는 모습이 눈에 들어왔다.

"저기에 랄프 가족들이 있어. 역시 루츠도 랄프한테 물려받은 옷이네."

투리가 가리키는 방향을 보니 루츠가 랄프에게 물려받은 예복을 입고 많은 사람에게 둘러싸여 있는 모습이 보였다. 나는 랄프의 세례식을 보지 않아 물려받은 옷인지 어떤지 몰랐지만, 루츠의 예복은 흰색 셔츠에 흰색 바지, 그리고 하늘색 허리끈이었다. 아마 가장 큰형인 자샤의 세례식부터 쓴 옷인지 허리끈과 자수도 자샤에게 맞춘 색이었다.

"루츠."

"어머, 마인!? 그 옷은 어떻게 된 거니? 마치 부잣집 아가씨 같네!"

루츠에게 가기 전에 칼라에게 붙잡혔다. 칼라의 쩌렁쩌렁한 목소리에 주위의 주목이 집중되면서 이웃 사람들이 다가왔다. 설명하기 전에는 루츠에게 못 갈 듯하다.

"투리한테 물려받은 예복이에요."

"이게 물려받은 옷이라고!?"

"네. 줄줄 흘러내리는 어깨 부분은 여기에 모아서 어깨끈을 달고 겨드랑이 남은 부분은 옷감을 모아 꿰매고, 밑단은 적당한 길이로 걷어 올리고 집기만 해서 간단하게 수선했어요."

수선 방법을 간단하게 설명하는 동안 엄마들이 하나둘씩 모여들었다. 또래 아이들의 평균보다 훨씬 작은 나를 어른 여러 명이 둘러싸고 위에서 허리를 구부려 내려다보니 좀 무서웠다. 나도 모르게 등 뒤에 있던 엄마의 치마를 꼭 잡았다.

"어머, 수선한 옷처럼 안 보이게 정말 화려하네."

"어디 어디? 투리랑 마인은 체격이 전혀 다르니까 가능하지. 우리 집은 무리야."

"아하하하, 허리끈이 상당히 화려하다고 봤다니 길어서 이중으로 묶었구나."

제각기 하고 싶은 말을 던지는 대화 틈틈이 들리는 '축하해'라는 축복의 말이 어쩐지 입발림 소리로 들렸다.

“꽤 공들인 머리 장식이네? 이거, 비싸지?”

머리 장식과 그 가격에 이목이 쏠리자 엄마가 웃으며 고개를 저었다.

“우리가 만든 거라 돈은 들지 않았어. 예복을 수선한 거라 이 아이의 예복에 쓰려던 실이 남았거든.”

“우리 딸도 세례식 때 사 달라고 조르더라니까. 만들 수 있으면 방법 좀 알려줄래?”

“실을 뜨는 가느다란 코바늘이 필요해. 그것만 있으면 방법은 간단해.”

아무도 내가 지시해서 만들었다고 생각하지 않는지 질문의 화살이 전부 엄마에게 향했다. 엄마에게 질문이 쇄도하기 시작하자 나는 살짝 아줌마들 무리에서 벗어났다.

‘좋아, 탈출 성공.’

안도의 한숨을 내쉰 순간, 이번엔 옷과 머리 장식에 흥미진진한 여자아이들에게 둘러싸여 버렸다. 내가 숲에 가게 되기 전에 세례식을 마친 언니들인데, 투리는 그렇다 쳐도 나와는 그다지 접점이 없는 연상의 소녀들이었다.

“꺄, 정말 귀엽다!”

“보여 줘, 보여 줘! 이거 투리가 만든 거지? 예쁘다!”

투리와 교류가 있는 듯한 언니 하나가 제멋대로 비녀를 잡은 순간, 비녀가 스륵 뽑히며 머리가 흐트러졌다.

“아, 미, 미안. 어떡해…….”

예쁘게 정리한 머리를 망가지게 한 언니가 비녀를 잡은 채 새파래졌다.

"금방 고칠 수 있으니까 괜찮아."

나는 손을 내밀며 싱긋 웃었다. 비녀를 건네받고 헝클어진 머리를 다듬었다. 머리카락을 잡고 비녀에 빙글빙글 돌려 꼬아서 꽂기만 하면 됐다.

"어? 어? 지금 어떻게 한 거야!? 이거 그냥 장식이 아니었어?"

"우후후, 장식인데 묶을 수 있어. 우리 마인, 대단하지?"

어째서인지 투리가 자신만만하게 대답했다. 그 후에 언니들은 이중나비 매듭에 흥미를 느끼다가 옷 여기저기를 잡으며 관찰했고, 투리가 득의양양하게 해설하기 시작했다. 즐겁게 꺅꺅거리지만, 하는 말이나 행동이 아줌마들과 다르지 않았다.

나는 그 무리도 빠져나와 한숨을 쉬었다. 평소 이만큼 모르는 얼굴들에 둘러싸인 적이 없어서 피곤함이 쏟아졌다. 쉴 수 있는 곳을 찾으며 루츠에게로 향했다.

"루츠~"

"오, 마인. 겨우 엄마한테 도망쳐……."

이쪽을 돌아본 루츠가 갑자기 숨을 삼키며 굳었다.

"응? 왜 그래?"

"아니, 아무것도 아니야. 그……."

입을 다문 루츠를 밀치며 랄프가 튀어나왔다.

"마인, 그 옷은 어떻게 된 거야? 투리 때랑 굉장히 다르잖아?"

"이건 투리의 예복을 수선한…… 꺅! 자샤 오빠, 내려 줘!"

랄프에게 설명하기도 전에 자샤가 내 양쪽 겨드랑이에 손을 넣어 쑥하고 높이 안아 올렸다.

"마인, 축하해. 넌 쪼그마해서 귀엽네. 이제 루츠는 건방져서 귀엽지 않은데 말이야."

"축하해, 마인. 그 예복 엄청 잘 어울린다! 그런데 넌 정말 쪼그맣구나. 세례식에 참여할 나이로는 안 보이는데?"

"지크 오빠는 잘 모르겠지만, 이래 봬도 조금은 컸다고!"

마음의 안정을 위해 루츠에게 갔는데 루츠의 형들에게 이리저리 휘둘렸다. 울컥해서 화를 내려는데 루츠가 안색이 바뀌며 형들을 제지했다.

"형, 큰일이야! 마인 얼굴색이!"

"어이, 마인. 정신 차려. 세례식은 지금부터야!?"

나는 자샤에게 안긴 채 힘이 쭉 빠졌다. 내년에는 성인이 되는 자샤의 몸은 거의 어른이나 마찬가지라 안정감이 있었다.

"루츠, 나 집에 돌아가고 싶어."

"아직 출발도 안 했어."

댕댕댕…… 하고 신전에서 세 점 종이 울렸다. 종소리가 겹치듯 메아리치며 마을 안에 퍼져 갔다. 세례식 출발을 알리는 신호였다. 같은 우물을 쓰는 이웃 사람들 속에서 이번 세례식에 나가는 사람은 나와 루츠뿐이었다. 우리는 함성을 지르는 사람들에게 둘러싸였다.

"마인, 출발이다! 큰길로 가자!"

아빠가 자샤의 팔에서 나를 쑥 들어 올려 안고 선두에 서서 큰길로 향하기 시작했다. 루츠도 그 뒤를 허둥지둥 쫓아왔고 가족이나 어른들이 그 뒤를 이어서 따라오는 모습이 아빠의 어깨너머로 보였다. 반대편 큰길 쪽으로 얼굴을 돌리자 투리의 세례식 때와 마찬가지로 골목 여기저기에서 세례식에 나가는 아이들과 그 가족, 그리고 구경꾼

들이 차례로 나와 큰길가를 메우는 장면이 눈에 들어왔다.

"마인, 괜찮니? 이대로 안고 갈 테니까 신전에 도착할 때까지 쉬렴."

"그럴게. 고마워, 아빠."

나는 신전까지 아빠에게 안겨 가기로 했다. 지금의 나로서는 행렬과 같은 속도로 걸을 수 없었고, 행렬 중에 쓰러지면 세례식이 엉망이 되어 버리기 때문이었다.

먼 곳에서 와 하는 함성이 조금씩 가깝게 들리기 시작했다. 아무래도 행렬이 가까워지는 모양이다.

하얀 의상을 입은 아이들이 나란히 선 행렬 뒤를 가족들이 뒤따라가는 형태라 아빠는 아이들 행렬에서는 끝머리, 가족들 쪽에서는 가장 앞자리를 노리려 했다. 다만 그 위치에 루츠가 함께 서면 사람들에게 파묻혀 사람 이외엔 보이지 않을 가능성이 컸다.

"루츠는 앞에 가도 괜찮은데?"

"아니, 떨어지면 신전에서 찾아야 하니까 같이 있을게."

"그럼 적어도 루츠는 옆에서 걸을래? 벤노 씨 상점 주변이 잘 보이게."

"그러네……. 알겠어."

행렬이 눈앞을 지나갔다. 나는 아빠에게 안긴 채 루츠와 행렬에 끼어들었다. 행렬에 파묻혔던 투리의 세례식 때와 달리 이번에는 시점이 높아 주위가 훤히 잘 보였다.

큰길 가장자리에서 사람들이 크게 손을 흔들고, '휘익' 하고 높게 울리는 휘파람을 불며 축복해 주었다. 큰길가에 자리 잡은 건물의 크게 열어젖힌 창문 사이로 사람들이 몰려들어 축복의 말을 건넸다. 행렬 속 아이들은 자랑스러워 터질 듯한 미소로 길가의 사람들이나 창문으로 내려다보는 사람들에게 손을 흔들어 주었다.

"마인도 손을 흔들어 인사해 줘. '고마워' 라는 대답이니까."

아빠의 지적에 어깨를 잡고 매달렸던 한쪽 손을 풀어 미소 지으며 손을 흔들었다. 머릿속으로는 온화한 미소로 환성에 응하는 왕족들을 떠올리며.

'그래, 이런 느낌이야! 고상하게!'

결심했다고 갑자기 그런 미소와 손짓이 완벽하진 않겠지만, 본보기가 정해졌으니 최선을 다해 흉내를 내 보는 편이 좋다. 어차피 이 마을에서 왕족 흉내라고 비웃음을 당할 일은 없을 테니까. 되도록 온화한 미소를 만들어 어디까지나 고상하고 우아하게 천천히 손을 흔들어 보았다.

'우와…… 손가락질하는데, 날 주목하나!?'

아빠에게 안겨 가는 탓에 눈에 띄는지 쓸데없이 주목받는 느낌이 들었다. 모두가 행렬을 보고 있으니 주목받는 사람이 나 혼자는 아니겠지만.

"마인, 팔이 뻐근하니까 반대편으로 안으마."

중앙 광장에서 다른 거리에서 오는 행렬을 기다리는 동안 아빠가 자세를 바꾸었다.

여기에서 행렬이 합쳐지는 장면까지는 투리의 세례식 때에도 봤었다. 중앙 광장에서 모인 후 성벽 앞에 있는 신전 문을 향해 걸어가는 것이다.

중앙 광장에서 보이는 신전은 하얀 석조 건물로 외벽보다 높은 성벽과 비슷한 높이의 건물이다. 거대하고 훌륭한 건물이지만, 높은 위치에 이어진 좁고 긴 창문이나, 성벽에서 솟아오른 듯 세워진 위치로 보아 어쩌면 원래 요새나 성벽 일부로 쓰였던 곳이 아닐까라고 추측했다.

'음, 그런데 병사가 쓰던 건물을 종교 시설로 쓰나? 전쟁 구호자 중에 종교 관계자도 나오긴 하지만, 일상적인 종교 시설이라면 시주라든지 기부처럼 신자에게 받은 돈으로 세웠을 텐데…….'

아무래도 내 생각 기준이 일본 지식에만 한정되다 보니 아무리 고민해도 정답이라고만은 할 수 없었다. 다만 지금까지 주목하지 않았던 신전이라는 시설의 건축 양식이나 모양이 비슷한 건물이 없었는지 머리를 굴리는 일이 즐거울 뿐이다.

다른 거리에서 온 아이들과 합류해 신전을 향해 걷기 시작했다. 이 주변에서부터는 거리로 나온 사람이나 행렬에 참여하는 아이들의 의상이 눈에 띄게 차이가 나기 시작했다. 확연하게 돈이 들어 보이는 옷감, 기본은 흰색이나 밑단에 자수가 넉넉히 들어간 의상들이었다.

조금 걸으니 길베르타 상회가 보이기 시작했다. 벤노, 마르크, 오토, 코린나와 네 사람을 둘러싼 낯익은 얼굴들이 상점 앞에 나란히 서 있었다. 싱긋 웃는 오토가 왼팔은 코린나의 어깨를 안은 채 오른손을 흔들었고 코린나도 온화한 미소로 손을 흔들어 주었다.

"루츠, 벤노 씨랑 마르크 씨가 보여. 오토 씨랑 코린나 씨, 상점 사람들까지 우리를 축하하러 나와 주었어!"

"정말이야?"

아빠와 같은 시선이라 주위가 트인 나와 달리 루츠는 행렬 속에 묻혀 아직 벤노의 상점이 보이지 않는 모양이다. 재차 폴짝폴짝 뛰는 모습이 귀엽다.

루츠가 겨우 벤노의 상점을 발견하고 웃으며 손을 흔들기 시작했을 때 슥 하고 손을 든 마르크의 동작에 맞춰 종업원들이 외쳤다.

"루츠, 마인, 축하해!"

너무나 큰 소리에 깜짝 놀랐지만, 우리를 축하해 주는 모두의 마음이 고마워진 나와 루츠는 크게 손을 흔들었다. 기분이 지나치게 고양되어 왕족 흉내 따위는 까맣게 잊었다.

"신전에서 돌아가는 길에 들러서 인사하도록 하자."

나와 마찬가지로 기뻐하는 아빠가 옆에서 걷는 루츠의 머리를 쓰다듬으며 말했다.

"저기, 마인. 주인님 표정이 어이없어하지 않았어?"

"역시 루츠도 그렇게 보였어?"

환한 미소로 손을 흔들어 주는 종업원들 속에서 단 한 사람, 벤노만이 우리를 보면서 관자놀이를 누르며 얼굴을 구겼다. 내가 뭔가 일을 저질러서 고민하는 표정이다.

'음, 벤노 씨는 왜 내가 쓸데없는 일을 저질렀을 때 같은 표정을 지었을까? 오늘은 아무 짓도 안 했는데?'

슬슬 신전이 가까워졌다. 멀리서는 거대한 흰색 건물로 보이던 신전이 점점 명확하게 그 세부를 드러냈다. 벽에는 부조가 쭉 나열해 있었고, 양 입구에는 석상이 네 개씩 세워져 있었다. 이곳 신전의 조각상인지, 단순한 장식인지 판단이 서지 않았다.

행렬이 신전으로 들어가는 모습을 시야 끝으로 보면서 프리다의 집 앞을 지나가는데 모두가 나와 큰길을 차지한 길드장과 그의 가족들이 보였다. 일제와 유테의 모습까지 있었다.

길드장이 아빠에게 대항하듯 프리다를 안아 올렸다. 놀란 얼굴을 하던 프리다가 웃으면서 손을 흔들고 "마인, 멋있어!" 하고 외치는 소리가 주위에 울리는 환호성 속에서 내 귀에 닿았다.

"축하해, 마인!"

지인들이 이렇게 축하해 주자 기쁜 나머지 손을 흔들며 커다란 목소리로 소리 질렀다.

"프리다! 다들, 고마워!"

신전에 들어가는 계단 앞에 문지기처럼 우뚝 선 사람이 보였다. 그 사람은 파랑색을 강조한 옷에 간략화한 갑옷을 착용하고 있었다. 잘 닦여 번쩍이는 장식이나 광택이 나는 예쁜 파란 의상이 세세히 보이자 그들 또한 의식용 차림임을 깨달았다.

어른의 두 배 이상 큰 두꺼운 목제 문에도 세세한 조각과 문양이 새겨져 있었다. 활짝 열린 문을 지나면 하얀 돌바닥이 가로로 길쭉하게 펼쳐진 광장이 나왔다.

눈앞에 5층 건물 정도의 커다란 건물이 있고, 양쪽에 그보다 조금 낮은 3층 건물이 있는데 전부 복도로 이어져 있었다. 어느 건물도 성벽과 똑같은 하얀 돌로 지어진 데 반해 가운데 건물만이 조각과 부조로 장식되어 있었다.

"자, 부모들은 여기까지야. 루츠, 미안하지만 마인을 부탁해."

"아, 맡겨 주세요."

아빠에게 내린 나는 루츠와 손을 잡고 행렬 끝을 걸으며 활짝 열린 문으로 향했다. 흥분하며 시끄럽게 떠들던 아이들도 신전에 들어가는 과정에서는 한 번 입을 다물게 되는지 주위의 소음이 점차 가라앉았다. 그래서 그런지 루츠의 목소리가 생각보다 잘 들렸다.

"저기, 마인."

"응?"

내가 루츠를 보고 목소리를 낮춰 대답하자 루츠가 비밀 얘기라도 하듯 귓가에 얼굴을 가져왔다. 앞을 보며 귀를 기울이자 루츠가 목소리를 낮춰 속삭였다.

"그 옷이랑 머리 장식이랑 정말 잘 어울려. 너무 귀여워서 깜짝 놀랐어."

모두가 입에 침이 마르도록 칭찬할 때 들었다면 평소대로 웃으며 "고마워." 라고 대답했을 텐데. 이렇게 신전에 들어가기 직전에 소곤거리며 말하니 어떤 반응을 해야 할지 곤란했다.

"뭐? 응? 갑자기 왜……."

무심코 루츠를 올려다보자 루츠가 마치 한을 푼 사람처럼 실로 후련한 미소를 짓고 있었다.

"형들한테 밀리는 바람에 말을 못해서 형들이 없을 때 말하려고 했어."

"아, 그, 그랬나? 응, 고마워."

펄떡펄떡 뛰는 가슴을 한 손으로 누르며 루츠와 손을 잡은 채 계단을 올라갔다.

마지막 줄이라 목소리는 들리지 않아도 우리의 행동이 광장에서는 전부 보였던 모양이다. 광장에 있던 어른들이 손을 잡은 채 신전에 들어가는 우리를 보고 "어머, 귀여워. 작은 결혼식 같네." 하고 떠들었고, 아빠가 이를 갈며 배웅했다는 사실을 세례식이 끝난 후에야 알게 되었다.

조용한 소동

"우와! 굉장하다!"

밖에서는 그다지 들리지 않았는데 신전 안은 먼저 들어온 흥분한 아이들의 새된 목소리가 웅웅거리며 울려 머리가 지끈거렸다. 무심코 걸음을 멈추자 루츠가 내 손을 가볍게 끌었다.

"층이 있으니까 발밑 조심해."

내가 발밑을 조심하면서 몇 걸음 걷자 끼익 하고 둔탁한 소리를 내며 등 뒤의 문이 닫혀 갔다. 갑자기 발밑이 어두워지자 놀라며 뒤돌아보니 회색 의상을 입은 신관이 문을 닫고 있었다.

"아, 우리가 마지막이었지……."

꽉 닫힌 문 앞에 느긋한 걸음으로 파란 의상의 신관이 걸어왔다. 신관이 이상한 색 돌이 달린 풍경처럼 생긴 종을 딸랑딸랑하고 흔들었다.

그 순간 아이들의 소리가 서로 맞부딪치며 울리던 신전 안이 메아리치는 종소리만을 남긴 채 고요해졌다.

"뭐야, 이거?"

루츠의 목소리가 나오지 않았다. 정확히는 작은 소리밖에 나오지 않았다. 표정이나 몸짓으로 보아 평소라면 더 큰 목소리가 나와야 했다. 루츠는 목소리가 나오지 않는 자신에게 놀란 듯 목에 손을 갖다 대었다.

"마술 도구가 아닐까? 청색 신관이 종을 울린 순간부터 이러니까."

나 역시 소리를 내려 했지만, 조그마한 목소리밖에 나오지 않았다. 하지만 신관이 종을 흔든 순간을 봤던 터라 이유를 깨달은 만큼 침착할 수 있었다. 내 말에 루츠도 몸에서 힘이 빠졌다. 자기만 그러는 게 아니라는 이유를 알고 안심한 모양이다.

줄지은 행렬의 끝에서 나는 감탄의 한숨을 내쉬며 시선을 올렸다. 신전 안은 뻥 뚫린 것처럼 천장이 높았고, 깊이가 있었으며, 벽면에는 좌우로 복잡한 조각이 새겨진 굵은 원기둥들이 정연하게 늘어서 있었다. 4층 정도 높이에 균일한 간격으로 나열된 창문으로 빛이 들어왔다. 벽과 기둥 곳곳에 금으로 장식된 부분 외에는 전부 흰색이라 약간의 빛으로도 밝아 보였다. 정면만이 색채가 화려했다.

사진집이나 미술관에서 본 기독교 교회와 달리 벽화나 스테인드글라스는 없었다. 애초에 새하얀 석조 구조라 일본 신사나 절과도, 동남아시아의 극채색 종교 건물과도 달랐다.

가장 안쪽 벽은 천장에서 바닥까지 형형색색의 모자이크로 복잡한 문양이 그려져 있었다. 옆에서 들어오는 빛으로 성스럽게 빛나는 부분만이 약간 이슬람 성원과 비슷한 느낌이 들었지만, 가장 아래부터 창문 높이 정도까지 약 40여 개로 이어진 계단 중간마다 석상이 세워져 있어 역시나 구조가 달랐다.

'혹시 저 계단은 하늘이나 신에게 다가가는 계단을 반영한 걸까? 왠지 계단 위에 세워진 석상이 오히나사마[1]처럼 보이기는 하는데.

가장 높은 계단에는 남녀 한 쌍의 석상이 세워져 있었다. 세워진 분위기로 봐서 부부 신인 듯, 가장 높은 위치에 있으니 아마 최고신이

---

1 여자아이의 무병장수를 기원하는 일본의 전통 축제에서 진열하는 작은 인형

아닐까 생각되었다. 새하얀 석상인데도 남자 신은 반짝이며 빛을 반사하는 금을 별처럼 잔뜩 박아 넣은 검은 망토를 어깨에 걸치고 있었고, 여자 신은 빛을 표현한 듯 끝이 뾰족하고 가는 긴 봉이 방사형으로 펼쳐진 금색 왕관을 머리에 쓰고 있었다.

'빛의 여신과 어둠의 신일까? 아니면 태양의 여신과 밤의 신인가? 어찌 됐든 왕관이랑 망토가 너무 튀는데.'

그곳에서 몇 계단 아래에는 약간 푸근하고 온화한 인상의 여자가 보석이 박힌 황금으로 빛나는 술잔을 팔로 감싸 안은 석상이 있었다. 그리고 그 아래에는 지팡이를 든 여자, 창을 든 남자, 방패를 든 여자, 검을 든 남자 순으로 석상이 세워져 있었다. 어느 석상도 새하얀데 각각 색이 칠해진 물건 한가지씩만 든 모습이 어딘지 이상했다. 일부러 들게 한 것이니 무언가 의미가 있겠지.

'성배나 성검 같은 걸까?'

그보다 아랫단에는 꽃이나 과일, 천 등 공물 같은 물건들이 진열되어 있었다. 보면 볼수록 오히나사마 같았다.

"마인, 멍하니 있지 말고 앞을 보고 걸어."

"응? 아, 미안, 미안."

루츠의 손에 끌려 나는 조금 걸음을 재촉하며 행렬의 뒤를 따라 걸었다.

행렬이 걸을 수 있도록 비워 둔 중앙의 양옆에는 두께가 있는 빨간 카펫이 1m 정도 간격을 띄우고 깔려 있다. 정면에 설치된 책상에서 파란 옷을 입은 신관 몇 명이 뭔가 절차를 밟는 듯했다. 절차를 마친 아이들은 회색 신관에게 이끌려 좌우로 나뉘더니 신발을 벗고 카펫에 앉았다.

행렬은 조금씩 짧아지면서 뭘 하는지 루츠의 눈에 들어온 모양이다. 앞쪽을 주시하던 루츠가 조그맣게 '헉' 하고 소리를 냈다.

"루츠, 왜 그래? 앞에 뭐 하는지 보여?"

"아~……."

루츠가 뭔가 말할 듯 말 듯 시선을 방황하더니 한숨을 내쉬며 나를 보았다.

"마인이 싫어하는 피도장이야. 마술 도구인가? 다들 피로 도장을 찍고 있어."

못 들은 척하고 뒤돌아 도망치고 싶었지만, 루츠가 꽉 잡은 손을 놓아 주지 않았다.

"포기해. 뭔가 등록하나 봐. 이게 시민권과 관련 있지 않을까?"

"윽……. 그렇겠지? 하긴 나도 그렇게 생각해."

세례식을 마치면 마을 주민으로서 인정받아 시민권을 획득할 수 있다고 오토와 벤노가 말했었다. 즉, 아무리 싫어도 이 의식을 끝내지 않으면 시민권을 얻을 수 없다는 말이다.

"왜 마술 도구는 피를 좋아할까?"

"글쎄."

마술 도구와 관계될 때는 항상 자신의 손가락을 베어 피를 내야 했다. 몇 번이나 경험했지만, 아픈 건 정말이지 익숙해질 수 있는 일이 아니었다.

나는 움찔거리며 앞에 선 아이의 상태를 살폈다. 무뚝뚝한 태도의 청색 신관이 바늘 같은 물건으로 손가락 끝을 콕 찔러, 그 손가락을 하얗고 평평한 돌, 혹은 메달처럼 생긴 물건 위에 힘주어 꾹 누르는 장면이 보였다. 그 아이는 비명을 지르는지 입을 쩍 벌렸지만, 비명이 새어 나오는 일은 없었다. 그리고 아픈 손가락 끝을 누르며 자리로 안내받는 모습을 보자 내 몸이 떨렸다.

"자, 다음 이쪽으로."

인원수가 점점 줄어들자 빈 책상 쪽에서 소리가 들렸다. 나는 루츠에게 떠밀려 부르는 곳으로 향했다.

청색 신관이 살짝 눈을 가늘게 뜨며 나를 위에서 아래까지 슬쩍 쳐다보더니 손을 내밀었다.

"손바닥을 위로 해서 내밀도록. 콕 찌를 텐데 그렇게 아프진 않을 거다."

아프지 않다고 해 놓고는 정말 아프지 않았던 적이 없었다. 바늘에 찔린 순간 뜨거운 불덩이에 지지는 듯한 아픔이 느껴지며 새빨간 피가 몽글하게 부풀어 올랐다. 아픔과 빨간 피를 보자 자신의 핏기가 가시는 듯했다.

"여기에 피를 찍도록."

조금 전 봤던 사람처럼 손가락을 온 힘으로 찍어 누르는 난폭한 신관은 아니었는지 조그마한 메달처럼 생긴 물건을 건네주었다. 살짝 피를 묻히기만 하면 되는지 예상했던 만큼 아프지 않아 안심했다.

'난폭한 사람이 아니라 다행이긴 한데, 아직 손가락이 콕콕 쑤시네.'

어쩌면 목소리를 내지 못하게 하는 마술 도구는 단순히 시끄러운 수다 소리를 방지하는 역할뿐만이 아니라 비명이 나오지 못하게 하기 위함일지도 모른다.

"당신들이 마지막입니다. 이쪽으로 오세요."

막 성인이 된 듯 아직 어린 티를 벗지 못한 회색 신관의 말에 나와 루츠는 카펫으로 향했다. 신발을 벗고 올라가라는 설명을 듣고 신발을 벗은 뒤 카펫 위에 앉았다.

책상다리하거나 다리를 쭉 뻗고 앉는 아이들이 사이에서 나 혼자 무릎을 세워 팔로 감싸 안은 자세로 앉았다. 체육관 같은 넓은 장소에 또래 아이들이 모이니 왠지 모르게 이런 자세로 앉아 있어야 할 것 같았다.

"마인, 왜 쪼그리고 앉아 있어?"

"쪼그린 자세가 아니라 삼각이야. 삼각 앉기라고 해."

"뭐? 삼각? 어디가?"

"여기."

내 무릎을 가리키며 그런 대화를 나누는 동안 등록을 전부 끝낸 청색 신관들이 줄줄이 책상 앞에서 물러났다. 청색 신관이 조금 전 등록한 메달 같은 물건을 넣은 상자를 들고 퇴실하자 다음은 회색 신관들이 우르르 움직이며 다음 준비를 시작했다. 책상을 치우고 그 대신 더욱 화려한 제단을 계단 앞에 설치했다.

한번 퇴실했던 청색 신관들이 다시 제단 양쪽으로 늘어섰고, 준비를 끝낸 회색 신관들은 우리가 앉은 벽면 주변에 거의 같은 간격으로 섰다. 마치 전체조회에서 학생들이 못 떠들게 감시하는 선생님들 같은 배치였다. 나는 앉은 허리를 좀 더 꼿꼿이 폈다.

"신전장, 입실."

청색 신관이 그렇게 말하며 손에 든 봉을 흔들었다. 그러자 수많은 종이 울리는 듯한 소리가 퍼지며 옆문이 열렸다. 그 문에서 옷자락이 질질 끌릴 것 같은 흰색 의상에 비스듬히 금색 어깨띠를 두르고 같은 색 허리띠에 파란 소품을 단 신전장 할아버지가 손에 무언가를 들고 들어왔다.

느긋한 발걸음으로 제단에 도착한 신전장은 들고 있던 물건을 제단에 조심스레 올려놓았다.

'저거 혹시 책!?'

눈을 몇 번이나 비비고 몇 번이고 눈을 집중하며 다시 보았다. 신전장이 천천히 책장을 넘기는 모습을 보고 확신했다. 저것은 책이 틀림없었다. 성서나 성경 같은 책이다.

"루츠, 책! 책이 있어!"

바닥에 앉는 자세가 익숙지 않아 꼼지락거리며 몸을 가만히 두지 않는 루츠의 어깨를 찰싹찰싹 치고 흥분하며 제단을 가리키자 루츠도 몸을 살짝 내밀고 앞을 보았다.

"어디? 뭐가 책이란 거야?"

"저기, 지금 신전장이 넘기고 있잖아. 저거!"

가죽을 덧씌운 표지에 상하기 쉬운 책 모퉁이 부분을 금세공으로 보강하여 장식되어 있었다. 조그마한 보석도 박혀 있는 것 같았다.

"저게 책이라고!? 엄청 비싸 보이는데. 마인이 만드는 책이랑 전혀 다르잖아."

"저런 예술적 가치까지 있는 책과 실용성을 중시하는 내 책을 비교하지 말아 줘. 저기 석상이 든 검이랑 루츠의 칼을 비교하는 거나 마찬가지니까."

"아아, 그렇구나. 그나저나 이런 곳에 있다니 놀랍네?"

"놀랍다가 아니야. 잘 생각해 보면 당연한 거였어."

과거에 종교에 크게 흥미가 없는 전형적인 일본인이었던 탓에 굳이 신전에 가까이하려 하지 않았지만, 대체로 종교 시설에는 성경이나 경전처럼 각각 가르침을 정리한 자료가 있다. 즉, 책이 있다. 내 뜻대로 안 되는 몸을 움직여 돈도 없는 환경에서 필사적으로 만들지 않아도 책은 분명히 존재했다.

상업 길드가 정보의 최첨단이라면 신전은 신학, 수학, 음악, 예술 등, 신에게 다가가기 위한 학문과 예술의 최첨단이었다.

"으아아아아악, 좀 더 빨리 신전에 왔으면 좋았을 걸 왜 생각을 못 했지? 난 정말 바보야! 그럼 고생 안 해도 책을 읽을 수 있었는데!"

아무리 소리쳐도 목소리가 나오지 않도록 마술이 걸려 있어서 다행인지도 몰랐다. 속마음을 드러내며 소리치자 옆에서 루츠가 어이없다는 듯이 어깨를 들썩였다.

"저기, 까맣게 잊은 것 같은데 세례식 전까지 어린애는 신전에 못 들어와. 일찍 깨닫고 신전까지 와도 어차피 문지기한테 막혔을 걸?"

그러고 보니 그랬다. 이곳에서는 신전에 들어갈 수 있는 사람은 세례식을 마친 아이들뿐이었다.

"하지만 처음 신전에 온 세례식에서 우연히 책을 만나다니 운명적이야."

"일곱 살이 되면 모두 신전에 오니까 운명은 아니지 않냐?"

"정말이지, 루츠. 하나하나 기운 떨어지는 말 하지 마."

"책 때문에 흥분한 건 알겠으니까 진정해. 여기서 쓰러지면 곤란하다고."

루츠는 흥분한 나를 진정시키려고 했지만, 진정할쏘냐.

"뭐? 이렇게 가까이에 책이 있는데 어떻게 흥분을 안 해? 말도 안 되잖아."

"말이 안 돼도 진정해. 어차피 마인이 읽을 수 있는 책이 아니니까.”

“아…… 그러네.”

책이 있어도 내가 읽을 수 있는 책이 아니었다. 가죽 표지에 보석까지 박힌 책을 읽게 허락할 리가 없었다. 상황을 이해하자 흥분이 가라앉고 풀이 죽어 다시 무릎을 끌어안았다.

“자네들은 오늘로 일곱 살이 되어 정식으로 마을 주민으로 인정받았다. 축하한다.”

신전장의 목소리는 할아버지임에도 불구하고 힘이 있었고, 신전 안에 잘 울렸다. 축하의 말부터 시작하여 성경으로 보이는 책을 또랑또랑하게 읽었다.

책에 모든 정신을 빼앗긴 나는 앞으로 튀어나갈 듯한 자세로 귀를 기울였다. 이야기는 전에 벤노가 말한 적 있는 창세 신화와 계절 변화에 관한 내용이었다. 신전장은 아이들이 알기 쉽도록 간단한 단어로 설명해 주었다.

“어둠의 신은 아득한 시간을 홀로 고독하게 보내고 있었다.”

그런 시작으로 태양의 여신과 만나 여차저차하여 결혼하고 아이를 잉태하여 물의 여신과 불의 신과 바람의 신과 땅의 여신이 태어나 우리가 사는 이 세계를 만들어 냈다는 이야기였다. 여차저차했다는 부분은 아이들 대상으로 완곡하게 에둘러 말했지만, 아침 드라마에나 나올 법한 내용이다.

‘뭐 신화란 게 다 그렇지, 뭐.’

내가 아는 한 신화는 뭐든지 카오스(혼돈)에서부터 시작된다. 이것저것 깊이 파고들면 끝이 없다.

새로운 이야기를 듣는 것만으로 충분히 즐거운데 나는 내가 아는 신화와 비교하면서 들어서인지 더욱 재미있었다. 그다지 흥미도 없어 재미를 느끼지 못한 루츠는 따분한 듯 몸을 흔들면서 나를 부럽게 바라보았다.

"마인은 재밌나 봐? 어디가 그렇게 재밌어?"

"처음부터 끝까지 전부 다."

내가 얼굴 가득히 미소를 지으며 대답하자 루츠가 어이없다는 듯 한숨을 내쉬며 고개를 저었다.

"그래……. 좋겠네."

"응! 새로운 이야기를 들어서 좋아."

창세기의 이야기 다음에는 계절 변화에 관한 신화였다.

벤노가 '봄은 눈이 녹는 물의 계절로 싹이 튼다. 여름은 태양이 가장 가까운 불의 계절로 잎이 돋아난다. 가을은 살랑하게 부는 바람의 계절로 열매가 나고 겨울은 생명이 잠드는 흙의 계절이다'라고 했지만, 실제로 들은 신화는 상당히 다른 이야기였다.

"흙의 여신은 태양의 여신과 어둠의 신 사이에 태어난 막내딸이었다. 어느 날 생명의 신이 흙의 여신에게 한눈에 반해 버렸고, 그녀의 아버지인 어둠의 신에게 결혼 허락을 부탁했다. 수많은 자식이 태어나리라는 생각에 생명의 신의 구혼을 기뻐한 어둠의 신은 두 사람의 결혼을 인정하였다."

그렇게 시작한 계절 신화였지만, 루츠에게는 따분해서 하품 나는 이야기이니 내 해석으로 요약해서 설명하겠다.

간단하게 정리하면 너무나도 독점욕이 강한 생명의 신이 흙의 여신을 얼음과 눈 속에 가두어 임신을 시켰고, 아직 태어나지도 않은 자식들한테까지 질투했다. 그리하여 흙의 여신의 힘을 빼앗아 아무것도 태어나지 못하게 하여 겨울이 생겼다.

결혼하고 한 번도 모습을 보이지 않는 흙의 여신을 걱정한 태양의 여신이 얼음을 녹였고, 물의 여신이 얼음과 눈을 흘려보내며 제멋대로 날뛰어 힘이 약해진 생명의 신도 함께 흘려보내 버렸다. 그리고 여신의 친구들과 함께 자식들이라는 이름의 씨앗에 힘을 넣어 싹이 트게 하여 봄이 찾아왔다.

불의 신이 싹이 튼 생명에 자신의 친구들과 함께 힘을 불어넣어 금세 성장하게 하여 여름이 생겼다. 그리고 금방 결실의 계절이 찾아왔는데, 그 무렵에는 생명의 신이 힘을 되찾아 흙의 여신을 찾으러 오고 있었다. 바람의 여신이 생명의 신이 여동생에게 다가가지 못하도록 노력하는 동안 힘을 합쳐 수확을 끝내는 가을이 찾아왔다.

그러나 형제신의 힘이 약해졌을 때 생명의 신이 나타나 또다시 흙의 여신을 눈과 얼음에 가두었다. 차라리 생명의 신을 죽여 버리고 싶었지만, 앞으로 생명이 태어나지 않을 것을 걱정하여 그러지도 못한다. 초조함과 딜레마에 빠진 형제신이 힘이 차길 가만히 기다리며 겨울이 다시 한 번 찾아온다.

그런 일들이 영원히 돌고 돌아 계절이 변한다고 했다. 참고로 여름에 태어난 우리들의 수호신인 불의 신은 열혈과 정열의 신이다. 그리고 인도와 성장에 관한 가호가 있다고 했다.

신전장이 이야기를 마무리 지으며 책을 덮었다.

“그럼 예배 방법을 알려주겠다. 신들에게 기도와 감사를 드리면 더욱 큰 가호를 받을 수 있을 것이다.”

진지한 얼굴로 말하며 느긋한 동작으로 제단 앞으로 나왔다. 그러자 회색 신관이 둘둘 말린 카펫을 청색 신관 앞에 펼쳤다.

신전장이 십여 명 정도 늘어선 청색 신관들의 중앙에 섰다.

"그럼 보여주겠으니 잘 보도록. 신에게 기도를!"

그러자 신전장이 양손을 넓게 펼쳐 올리고 왼쪽 무릎을 올려 하늘을 우러러보았다.

"픕!"

나는 입을 가려 뿜어져 나오는 웃음을 필사적으로 참았다. 이런 신성한 의식에 웃음이 터져서는 안 되는 건 알고 있다. 하지만 참을수록 큰 소리로 웃고 싶은 충동이 치밀어 올라 배 근육이 움찔움찔하고 떨렸다.

'아니, 구리코[2]! 진지한 얼굴로 구리코 포즈라니!? 왜 구리코야!? 발을 들 필요 있어? 할아버지가 한 발로 서면 위험할 텐데.'

약간의 흔들림도 없이 완벽한 밸런스를 유지하는 모습이 더 웃겼다. 웃음보가 터진 모양이다. 이젠 신전장이 뭘 해도 웃을 자신이 있었다.

태극권 같이 느릿하게 손발을 내리는 동작만으로 웃음을 참느라 배가 아팠다. 신전장은 내 배 근육에 원한이라도 있는 걸까.

"신에게 감사를!"

물 흐르는 듯한 부드러운 동작으로 구리코 포즈에서 넙죽 절하는 자세로 바꾼 신전장을 보고 이번엔 다 틀어막지 못한 입 사이로 웃음이 삐져나왔다.

"푸풋!"

---

2 오사카의 명물 간판으로 결승선을 골인한 캐릭터의 포즈로 유명

"마인, 왜 그래? 속 안 좋아?"

"괘, 괜찮아. 아직…… 괜찮아. 참을 수 있어. 이건 신이 내게 내린 시련이니까."

입을 틀어막고 무릎 사이로 얼굴을 파묻으며 나는 걱정하는 루츠에게 대답했다. 예배 포즈가 너무 웃겨서 웃음보가 터져 버렸다고 설명해도 루츠가 이해할 리가 없었다. 구리코를 아는 자만이 이 웃음의 포인트를 아니까.

'이건 종교다. 이건 종교. 진지한 예배니까 웃으면 실례야.'

교실 문을 열자 알라에게 기도하던 같은 반 친구를 떠올리며 떨리는 뱃가죽을 어떻게든 달랬다. 원래 기도란 다른 사람에게는 이상한 의식이다. 그게 우연히 구리코 같은 포즈였을 뿐이다. 웃으면 안 된다. 후, 후 하고 거친 호흡을 가다듬으며 평소의 표정으로 바꾸어 얼굴을 들자 그와 동시에 신관장이 기립을 재촉했다.

"자, 일어서서 모두 따라서 하자."

'모두 따라 하라니요. 제발 참아 주세요!'

주변 아이들을 따라 일어나긴 했지만, 입가는 실룩거렸고 배는 움찔거려서 큰 웃음이 터지기 일보 직전이었다. '웃으면 안 된다. 웃으면 안 된다' 하고 자신을 타이를수록 오히려 웃음이 치밀어 올랐다.

"신에게 기도를!"

신전장이 구리코 포즈를 취했다.

괜찮아. 두 번째니까 충격은 적다. 웃음을 겨우 참고 뱃가죽의 승리를 확신했다. 다음 순간 청색 신관들이 통일된 움직임으로 손발을 들어 올렸다.

"신에게 기도를!"

앞에 열 명 정도 죽 늘어선 신관들의 진지하면서도 화려한 구리코 포즈에 내 뱃가죽은 허망하게 패배하고 말았다. 팔의 각도, 다리 높이, 무표정까지 완벽하게 맞춘 포즈에 참았던 뱃가죽이 무너지며 서 있지 못해 나는 그 자리에 주저앉아 버렸다.

"크!…… 풋…… 후흡……."

'배 아파! 누가 살려줘!'

입가를 막으며 필사적으로 견뎌도 눈에는 눈물이 맺혔고, 웃음을 참은 숨소리가 새어 나왔다. 차라리 이대로 이리저리 뒹굴며 바닥을 치고 큰소리로 웃으면 시원할 텐데 그럴 수 없는 답답함이 더욱 웃음을 키웠다.

"마인, 역시 몸이 안 좋았네!"

필사적으로 참는 내 모습을 걱정한 루츠가 구리코 포즈를 취한 채 한발로 콩콩 뛰면서 다가왔다. 루츠의 행동이 결정타가 된 나는 바둥거리며 바닥을 마구 내리쳤다.

"미안…… 흡…… 숨이 안 쉬어져……."

"마인! 왜 이렇게 될 때까지 참은 건데!"

"아, 아니…… 괘, 괜찮……."

웅크린 채 손을 휘휘 저으며 루츠에게 말하는데 이상함을 느낀 회색 신관이 다가왔다.

"거기, 무슨 일 있습니까?"

"저기, 마인이 상태가 안 좋은지 갑자기 쓰러졌어요. 원래 체질적으로 허약한데, 세례식으로 흥분해서……."

확실히 흥분은 했지만, 딱히 몸 상태가 나쁜 것이 아니라 그저 너무 웃겨서다. 신관을 부를 만한 일도 아니었다.

"괘, 괜찮아요. 금방 나아요! 보세요!"

허둥지둥 일어나려고 했지만, 갑자기 움직인 탓에 몸이 따라오지 못했는지 아니면 너무 웃어서 산소 결핍 상태였는지 팔에 힘이 빠져 루츠와 신관의 눈앞에서 풀썩 주저앉아 버렸다.

"뭐가 '보세요'야! 대체 어디가 괜찮다는 말이야!"

"으으, 좀 실패했을 뿐이야…… 정말 괜찮다니깐?"

자리에서 쓰러진 사람의 입에서 나온 '괜찮다'라는 말만큼 신용 없는 말도 없다. 나 자신도 그렇게 생각하는데 객관적으로 보면 당연히 루츠의 말에 신용이 갈 터였다.

"응급실로 옮기겠습니다. 세례식이 끝날 때까지 조금 쉬는 편이 좋겠군요."

회색 신관도 내 말을 믿지 않는 눈치인지 주저앉은 채 몸에 힘을 가누지 못하는 나를 안아 올렸다.

'웃어서 뱃가죽이 터지는 바람에 세례식을 기권하다니. 아무에게도 말 못 할 씁쓸한 기억으로 남겠네.'

들어갈 수 없는 낙원

회색 신관이 나를 데려간 곳은 빈민도 이용할 수 있는 응급실이 아니었다. 제대로 된 내부 장식에 깨끗한 방이었다. 남문의 대기실 시설을 비교해 보면 귀족에게 소개받은 부자나 상인이 쓰는 방 같았다.

'이 옷이 원인이겠지?'

의상에 천을 얼마나 사용했는지, 자수에 색과 실을 맞췄는가로 그 가정의 수입을 대략 파악할 수 있었다. 평상복이면 몰라도 오늘 나는 흔히 볼 수 없는 하늘하늘하고 풍성하고 자수는 밑단밖에 없지만, 실로 뜬 작은 꽃들이 달린 옷을 입어서 화려했다. 머리 장식도 특별한 모양이어서 얼핏 보기에 프리다 레벨의 부자라고 판단했을 것이었다.

'그래도…… 일부러 "저 가난한 사람입니다." 하고 정정할 필요는 없잖아? 멋대로 판단한 쪽은 신관이고 만약 돌변하면 어떤 취급을 당할지 상상도 못 하겠는걸. 바보처럼 솔직하게 전부 떠들 필요는 없겠지?'

"실례하겠습니다."

미간을 찌푸리며 고민하는데 회색 신관이 나를 긴 의자에 조심스레 앉혔다.

내가 휘청하고 비틀거리는 몸을 팔걸이로 바로 잡자 거의 동시에 신관이 머리 장식을 벗기고 정중한 동작으로 신발을 벗겼다.

'엥!?'

지나치게 자연스럽고 예사로운 대응에 흠칫했다. 마치 프리다의 집에서 이래저래 시중드는 유테 같았다. 이 회색 신관은 시중을 드는 일이 익숙한 게 분명했다.

사양하는 것도 잊고 멀뚱거리는 동안 신관은 일어나 침대를 정리하고 나를 공주님 안듯이 안아 올려 침대에 옮겨 주었다.

"으앗, 저기, 정말로 괜찮아요."

"신 앞에서 거짓말은 좋지 않습니다. 이곳은 신전입니다."

'거짓말 아닌데…….'

신관은 나를 침대에 눕혀 정성스레 이불을 덮어 주었다. 그다음 침대 옆에 머리 장식을 놓고 침대 앞에는 구두를 놓았다. 신관이라기보다 마치 숙련된 시종 같아 보여 위화감이 컸다.

"쉬고 있으십시오. 나중에 상태를 보러 오겠습니다."

문이 탁 닫히며 신관이 퇴실했다. 사실 아직 몸에 힘이 없긴 해서 드러누운 채 회복되길 기다렸다. 그동안 가족들에게 할 변명거리를 생각해 놓자. 분명 왜 쓰러졌는지 반드시 물을 텐데 너무 웃어서 쓰러졌다고는 말할 수 없었다. 걱정해 준 루츠도 분명 화내겠지. 그렇게 생각한 순간 구리코 포즈로 다가온 루츠의 모습이 떠올라 웃음이 새어 나왔다.

조금 뒹구는 동안 몸에 힘이 돌기 시작했다. 손을 쥐었다 펴면서 압력을 확인해 보았다. 그러자 곤란하게도 화장실에 가고 싶어졌다.

침대 바로 옆에 요강이 있었지만, 수도 시설이 어디 있는지 모르는 상태로 해 버렸다간 뒤처리가 곤란했다. 아마 이곳에 묵는 사람은 시종을 데리고 다녀서 혼자 뒤처리를 하지 않아도 되는 사람이겠지만, 나에게는 시종이 없다. 덧붙이자면 처음 만난 신관에게 뒤처리를 부탁하기도 싫었다. 적어도 누군가에게 수도 시설을 물어 스스로 뒤처리가 가능한 상태가 된 후에 조용히 처리하고 싶었다.

꼼지락거리며 일어나 손발을 가볍게 털었다. 갑자기 쓰러질 정도는 아닌 듯하다. 침대 옆에 놓인 비녀로 머리를 다듬었다. 프리다의 집에는 침대 옆에 시종을 부르는 종이 놓여 있었는데 여기에는 없었다.

긴급 사태이니 사람을 찾으러 가자. 사람을 찾는데 얼마나 시간이 걸릴지 모르니 급해지기 전에 행동으로 옮기고 싶었다. 나는 침대에서 내려와 신발을 신고 방을 빠져나갔다.

기둥이나 벽에 조각과 부조가 새겨져 있어도 기본적으로 전체가 새하얀 석조 복도가 이어졌다. 뚜벅뚜벅 발소리가 벽을 타고 크게 울렸다. 나 이외의 발소리도 들리지 않았고 인기척도 전혀 없었다. 일단 세례식을 치른 장소로 돌아가려고 걷기 시작했다.

'어라? 잘못 돌아왔나?'

새하얗던 신전 내부에 드문드문 색깔이 보이기 시작했다. 조각이나 석상이 점차 세련되고 화려해지자 그저 착각이 아니라는 생각이 들었다. 귀족이 출입하는 장소에 들어와 버린 듯했다.

핏기가 삭 가셨다. 귀족에게 발견되면 상당히 귀찮아질 터였다.

'큰일이다. 빨리 돌아가야 해!'

발길을 돌려 오돌오돌 떨면서 빠른 발걸음으로 왔던 길을 되돌아가기 시작했다. 되도록 빨리 귀족 구역에서 벗어나고 싶었다. 잘못된 길로 돌아가지 않도록 특징적인 표시를 손가락질로 확인하면서 걸었다.

'이 조각은 봤었지? 저 천도 본 것 같고…….'

숙박실로 돌아가는 모퉁이를 찾는데 갑자기 또각또각 하고 규칙적으로 다가오는 발소리가 들려왔다. 귀족 구역에서 빠져나간 뒤였으면 두 손 들어 환영했겠지만, 지금은 피하고 싶었다. 신관이라면 괜찮으나 귀족이면 큰일이다.

당황해하면서 주위를 둘러봤지만, 복도에는 마땅히 숨을 만한 곳이 없었다. 나는 단박에 발견되어 잡혀 버리고 말았다.

"누굽니까!? 여기서 뭘 하는 거죠!?"

삼엄한 목소리의 주인은 머리를 깔끔하게 묶은 여성 신관이었다. 일처리가 빠릿빠릿할 것 같은 용모에 어딘지 색기 넘치는 비서 같은 분위기를 가진 여성이었다.

그녀도 나를 옮겨 준 사람과 똑같이 회색이지만, 디자인이 다른 신관 차림이었다. 남녀 디자인이 다른 건지 의식용과 평상시 의상이 다른 건지는 모르겠다. 그러고 보니 세례식에 여성 신관은 없었다고 멍하니 생각했다.

귀족이 아닌 사실에 안도의 한숨을 내쉬고 즉시 귀족 구역에 들어온 일을 사과했다.

"죄송합니다. 세례식에서 쓰러져서 방을 빌린 마인이라고 합니다. 시종도 없고 사람을 부를 종도 없어서 사람을 찾으러 나왔어요. 길을 잃어서 정신을 차리니까 이곳에……."

가만히 나를 위에서 아래까지 훑어본 그녀는 어쩔 수 없다는 듯이 한숨을 내쉬었다. 한 손으로 턱을 받치고 귀찮은 듯 숨을 내쉬는 모습이 묘하게 눈에서 떨어지지 않았다.

"이쪽 용건이 끝나면 세례식을 하던 예배실로 안내하겠습니다. 잠시 기다리겠습니까?"

"네. 부탁할게요."

살짝 눈을 가늘게 뜬 신관이 또각또각 구두 소리를 울리며 걸었다.

나는 종종걸음으로 뒤따라갔지만, 장거리로 이동했다가는 쓰러질 것 같았다. 다행히 그녀가 방 한 칸 정도의 거리를 이동한 덕분에 쓰러지지 않을 수 있었다.

"여기서 조금 기다려 주세요. 용건을 끝내고 오겠습니다."

"헥, 네……."

내가 헉헉하고 거친 숨을 내쉬며 끄덕이자 여성 신관은 조금 걱정스럽게 미간을 찌푸리며 나를 힐끗 쳐다본 후 문을 열고 안으로 들어갔다.

벽에 손을 대고 숨을 가다듬으며 열린 문틈으로 그녀가 들어간 방 안을 보았다. 그 순간 나는 크게 숨을 들이쉬며 굳어져 버렸다.

"혹시…… 도서실이야?"

그리 넓지 않은 방 벽면에 책장이 죽 세워져 있었다. 언뜻 보기에 책이나 목패가 가득 찬 선반이 대부분이지만, 귀중한 책이 숨겨져 있을 것 같은 내부가 보이지 않는 열쇠 달린 선반도 있다.

방 중앙에는 책을 읽기 쉽도록 책상 윗면이 기울어진 관람용의 긴 책상 두 개가 서로 마주 보듯 설치되어 있다. 대학 강의실에 있을 법하게 책상과 의자가 다섯 명 정도가 앉을 수 있을 만큼 길게 연결되어 있다. 그리고 책상 윗부분에서는 거의 균일한 간격으로 늘어진 튼튼하고 무거워 보이는 쇠사슬이 두꺼운 책 대여섯 권과 연결되어 있다.

"'체인드 라이브러리'다."

외국의 역사 깊은 도서관에 가는 일이 우라노 때의 꿈이었다. 이곳은 외국이 아닌 별세계의 신전 도서실이지만, 이것도 꿈이 이루어졌다고 볼 수 있을까? 외국 도서실, 열쇠 달린 책장, 체인드 라이브러리. 전부 책에서 읽고 도서관 역사를 접한 우라노가 실제로 너무나도 보고 싶어 했던 것들이었다.

가슴을 누른 손가락 끝이 떨렸다. 심장이 방망이질하며 온몸에 굉장한 기세로 피가 도는 게 느껴졌다. 줄곧 바랐던 풍경이 눈앞에 존재하는 기적을 직접 목격하자 계속해서 뜨거운 눈물이 흘러넘쳤다.

"처, 처음 봤어……."

체인드 라이브러리도 처음이지만, 도서실을 만들 정도로 많은 책도 마인이 된 이래 처음 보았다. 그렇게 큰 방은 아니지만, 책을 단 한 권도 발견하지 못하는 생활을 보낸 나에게는 행복한 보물 창고였다.

'이 도서관이야말로 신이 창조하여 내려 주신 낙원. 나의 신은 이곳에 있어!'

"신에게 기도를! 신에게 감사를!"

로마에 가면 로마법에 따르라. 도서실, 그것도 체인드 라이브러리를 발견한 나는 감동에 젖은 채 구리코 포즈를 취하고 절을 하여 신께 감사를 드렸다. 조금 휘청거리긴 해도 나의 감격과 감사는 전달되었으리라 믿고 싶다.

옷으로 얼굴과 손을 쓱쓱 닦고 더럽진 않은지 몇 번이고 확인했다. 깨끗해진 손을 확인하고 먼저 들어간 여성을 따라 낙원에 들어가려고 자신 있게 발을 내딛었다.

"실례하겠…… 으갹!?"

열리지 않은 자동문에 충돌한 것처럼 안면을 강타했다. 엄청난 기세로 부딪친 탓에 눈앞이 반짝였다.

"아파……."

그 자리에 주저앉아 한 손으로 얼굴을 누르고 다른 한 손으로 입구 주변을 더듬었다. 어느 일정 부근 이상은 안쪽으로 손이 들어가지 않았다. 역시 눈에 보이지 않는 벽이 있었다. 손바닥으로 탁탁 두드려 봤지만, 투명한 벽으로 막혀 있어 안에 들어갈 수 없었다.

"왜? 어, 어째서?"

조금 전의 여신관은 평범하게 들어갔다. 어째서 나만 거부당했지? 갑자기 눈앞이 어두워지는 느낌에 있는 힘껏 투명한 벽을 두드렸다. 하지만 보이지 않는 벽은 꿈적도 안 했다. 낙원이 눈앞에 있는데 들어갈 수 없다니. 책들이 이만큼이나 보이는데 읽을 수도, 만질 수도 없다니. 어찌 이런 잔혹한 고문이 있을 수 있는가.

'여기까지 와서 막다니 너무하잖아, 신님은 바보야! 감사하다고 한 말 돌려줘!'

"싫어, 나도 들여보내 달라고오!"

책은 귀족만 가질 수 있을 만큼 비싸고 희소한 물건이다. 심지어 세례식에서 어린애에게 침묵시키려고 마술 도구를 쓸 정도다. 귀중한 책을 지키기 위해 어떠한 장치가 되어 있다 해도 이상하지 않았다. 알고는 있지만, 잔혹했다. 책이 눈앞에 있는데도 들어갈 수 없는 실망감에 뚝뚝 떨어지는 눈물을 닦을 수도 없었다.

"읽고 싶다고요……."

용건을 끝냈는지 조금 전의 여성이 자료 같은 종이뭉치를 안고 방을 나왔다. 바닥에 쭈그리고 앉아 투명한 벽에 달라붙은 자세로 흐느끼는 나를 내려다보더니 슬그머니 뒷걸음질 쳤다.

"뭘…… 하는 겁니까?"

"우에에에에에에엥…… 어째서 전 못 들어가나요?"

투명한 벽을 두드리면서 질문하자 그녀가 도서실을 돌아보고 조그맣게 중얼거렸다.

"아아. 귀중한 책이 있으니 안에 들어갈 수 있는 사람은 허가를 받은 신전 관계자뿐입니다."

그녀의 말에 희망의 빛이 뇌리에 꽂혔다. 신전 관계자만 이용할 수 있다면 신전 관계자가 되면 된다. 신은 아직 나를 버리지 않았다. 목숨이 다하기까지 남은 반년 동안 이곳 책을 전부 섭렵하고 싶었다. 눈물 콧물을 힘차게 닦고 손을 번쩍 들었다.

"질문 있습니다. 어떻게 하면 신전 관계자가 될 수 있나요?"

"가장 간단한 방법은 신전의 무녀 수습생이 되는 거겠지요"

아무래도 여성의 경우는 신관이 아니라 무녀라고 부르는 모양이다. 그럼 눈앞의 여성은 성인이니 여성 신관이 아니라 무녀다.

"그럼, 저 신전의 무녀 수습생이 되겠어요! 어떻게 하면 될 수 있나요?"

"신관장님이나 신전장님의 허가가 필요합니다. 자, 예배실로 가지요."

얘기를 끊으려는 무녀에게 나는 고개를 절레절레 저었다.

"신전장님은 어디에 계시나요?"

"세례식이 끝났으니 지금은 방에 계시는데, 지금 갈 생각입니까?"

여성이 질려 하는 눈치였지만, 귀중한 정보 제공자를 놓칠 리가 없었다.

"네! 이대로는 못 돌아가요!"

"일단…… 신전장님께 안내하죠."

내 불굴의 의지를 헤아렸는지 아니면 의상에서 판단하여 대응했는지 모르겠으나 포기한 듯 한숨을 내쉬고 나를 신전장의 방으로 데려가 주었다.

아무래도 상당히 안쪽까지 들어와 헤매었는지 가까운 곳에 신전장의 방이 있었다. 나는 허락을 받기 전까지 화려한 문 앞에서 기다려야 했다.

주위를 돌아보고 비싸 보이는 장식품이나 그림이 걸려 있는 점으로 보아 종교의 높으신 분은 역시 돈이 많다고 실감했다.

"신전장님, 무녀 수습생 희망자가 있습니다만……."

"희망자?"

살짝 열린 문틈으로 신전장과 여성 신관의 대화가 들렸다. 취직 면접을 받는 듯한 긴장감에 사로잡혀 문 뒤에서 자세를 고치고 재빨리 옷매무새를 확인했다. 옷 한 부분이 눈물과 콧물로 조금 말라 있었다.

"네, 오늘 세례식에 왔던 아이인 듯합니다."

"흠, 한 번 만나 볼까."

"들어오시죠."

멋있게 입실하고 싶었는데 예상 이상으로 문이 무거워서 움직이지 않았다. 어쩔 수 없이 모든 체중을 실어 육중한 문을 열면서 그 틈새에 비집고 들어가듯 입실했다.

"실례합니다."

신전장의 방은 프리다의 방과 비슷한 구조였다. 문에서 비교적 가까운 곳 가운데에 테이블과 의자가 놓여 응접 공간이 되어 있었다. 문에서 가장 먼 구석에는 무게감 있는 캐노피 침대가 있었고, 반대편 구석은 작업 공간이었다.

작업 공간에는 중후한 책상과 서재 두 개. 그리고 장식 선반에 30cm 정도의 신을 본뜬 조각상과 조금 전 세례식에서 본 성경이 있고 성경을 중심으로 양초가 대칭으로 배치되어 있었다.

작업 공간에 있는 신전장과 무녀를 향해 나는 되도록 바른 자세로 걸어갔다. 신전장의 시선이 따가울 정도로 내게 꽂혔다. 나는 천천히 심호흡하면서 기합을 넣었다. 이건 취직 면접이다. 저 도서실에 들어갈지 어떨지는 이 면접으로 결정된다.

"이름은?"

"마인입니다. 신전장님, 부탁이에요. 무녀 수습생이 되고 싶습니다. 제발 허락해 주세요."

가슴 앞에서 깍지를 끼고 부탁하자 신전장은 조금 재미있다는 웃음을 보이며 펜을 놓았다.

"그럼, 마인. 왜 무녀 수습생이 되고 싶은지 말해 주겠나?"

"이곳에 도서실이 있기 때문입니다."

예상치도 못한 대답이었는지 신전장의 눈이 휘둥그레졌다.

"도서실……? 글을 읽을 수 있나?"

"네. 모르는 단어가 많지만요. 책을 읽으면 아는 단어가 늘 거예요. 그러니 제 목숨이 이어지는 한 이곳에 있는 책을 섭렵하고 싶어요."

신전장은 관자놀이를 누르며 한숨을 쉬었다. 부자연스러워 보일 정도로 어깨를 떨구며 고개를 저었다.

"자네가 뭔가 착각한 모양이군. 신전은 신에게 기도를 드리는 곳이다. 신관도 무녀도 신을 섬기는 존재다."

"맞습니다. 알고 있어요. 신전장님이 오늘 세례식에서 읽어 주신 저 두꺼운 성경은 신들을 기록한 책이죠? 저에게 성경은 신, 그 자체입니다. 죽기 전까지 신에 대한 모든 기록을 읽고 싶어요. 신을 모조리 알고 싶다고요."

"혹시 자네는 성서 원리주의자인가?"

신전장의 눈이 강렬하게 빛났다. 나는 긍정해야 좋을지 부정해야 좋을지 몰랐다.

조금 고민했지만, 함께 세례식을 받은 아이들이 그런 단어를 알 리가 없었다. 잘 모를 땐 쓸데없는 말은 삼가고 흘러 넘기는 편이 제일이다.

"처음 듣는 말이라 의미를 잘 모르겠어요. 하지만 성서를 읽고 싶고, 신을 알고 싶다는 마음에는 한 치의 거짓도 없습니다. 불의 신의 가호를 받은 제 정열을 믿어 주세요. 무녀 수습생이 되어 목숨이 다하는 날까지 이곳에 있는 책을 전부 섭렵하여 신을 알고 싶은 저의 기도와 부탁이 신전장님에게는 통하지 않나요?"

내가 다그치듯 호소하자 아주 살짝 꺼리는 듯한 신전장이 나를 위에서 아래로 훑어보고 재차 고개를 끄덕였다.

"자네의 정열은 잘 알겠다. 확실히 희망한다면 신전의 무녀 수습생이 될 수도 있지. 헌데 자네 같은 가정의 자녀가 신전에 들어오고 싶다고 부탁하려면 그 정열에 응당한 기부가 필요하다. 자네는 얼마만큼의 기부가 필요한지 아는가?"

돈이 있어 보이는 옷이니 바가지나 씌워 보자, 신전에 들어오고 싶다면 그에 걸맞은 돈을 내라는 말이었다. 모든 종교가 깨끗하지만은 않다는 것쯤은 알고 있었다. 돈을 내고 들어갈 수만 있다면 자유롭게 낼 수 있는 범위 내에 돈을 내기만 하면 된다.

그러고 보니 책 한 권에 소금화를 몇 닢이나 내야 한다는 말을 들은 적이 있었다. 체인드 라이브러리를 이용할 수만 있다면 저 두꺼운 책을 확실히 열 권은 읽을 수 있을 터였다.

일본의 책 대여점 시세를 고려하면 책 한 권 치 금액으로 도서실 책들을 읽을 수 있는 셈이다. 그리고 서재에 가득 진열된 자료도 죽기 전까지 약 반 년 간 마음껏 읽을 수 있다고 보면 가족에게 남길 금액을 빼더라도 대금화 1닢까지는 거리낌 없이 낼 수 있었다.

"기부 시세는 잘 모르겠지만…… 제가 낼 수 있는 범위 내에서 대금화 1닢까지는 가능해요."

"대, 대금화!?"

신전장이 침을 튀기며 얼빠진 소리를 질렀다. 무녀도 입을 막으며 눈을 동그랗게 떴다. 두 사람의 반응에 아무래도 지나치게 큰 금액을 제시했음을 깨달았다.

"어라? 너무 많았나요? 하지만 최고 금액이라 더 이상은 못 내요."

신전장은 무녀와 얼굴을 마주 본 후, 얼버무리듯 콜록콜록 헛기침하더니 진지한 눈빛으로 나를 응시했다.

"아~, 자네 같은 정열의 소유자가 무녀 수습생이 되고 싶다고 부탁하다니 신전 입장으로선 실로 훌륭하고 경사스러운 일이 아닐 수 없네만, 오늘이 세례식이었으니 이미 직장이 정해지지 않았나? 어딘가에 소속된 것은 아닌가?"

하긴 직장이 정해졌다면 갑자기 무녀 수습생이 될 수는 없겠지. 하지만 재택 근무 예정자인 나에게는 직장이 따로 없었다.

"일단 상업 길드에 등록되어 있지만, 직장은 정하지 않았어요. 몸이 약해서 집에서 일할 예정이었어요."

"집에서? 상인 출신의 딸이? 무녀 수습생이 되려면 다른 곳에 소속되어 있어서는 안 된다. 상업 길드를 탈퇴하고 무녀 수습생이 되면 괜찮으나. 부모는 뭐라고 하나?"

"오늘 처음 도서실을 발견한 거라 부모님한테는 지금부터 상담할 건데요…….”

일단 거기에서 말을 끊었다. 상업 길드에 관해서는 바로 답할 수 없었다. 물건을 거래하려면 상업 길드 가입은 필수였다.

“탈퇴가 가능하려나? 지금까지 모은 돈이나 앞으로 만드는 상품은 어떻게 되지?”

생각을 정리하려는 혼잣말을 듣고 신전장이 눈을 크게 떴다.

“지금까지 모은 돈? 상품? 부모를 돕는 일이 아니고?”

“아니에요.”

신전에 들어가기 위해 나를 어필할 찬스가 왔다. 나는 면접 시 주의 사항을 떠올리며 지금까지 자신이 노력해 온 일과 거기서 얻은 점들을 말했다. 약 1분 안에.

“흠……. 집안일로 임시 등록을 한 것이 아니라면 탈퇴보다 그 상태 그대로 수습생이 되도록 길드장과 협상해 보는 편이 좋을지도 모르겠군.”

제대로 먹혔는지 신전장이 감탄스러운 웃음을 지었다. 윗사람끼리 이야기를 매듭지어 준다면 나로서는 오히려 고마웠다. 나는 잘 부탁한다며 감사의 인사를 전하고 길드장과의 협상을 신전장에게 맡기기로 했다.

“일단 저는 무녀 수습생이 되겠다는 뜻을 부모님과 상의해 보겠습니다.”

“아아, 부모가 반대하거나 고민이 있으면 바로 상담하러 오도록 하라. 책이 읽고 싶어지면 이 방에 와도 좋다. 도서실에는 출입할 수 없으나 이곳에 있는 성경을 읽게 해 줄 순 있지.”

“정말이에요!? 신난다! 신에게 기도를!”

불쑥 구리코 포즈를 취한 순간, 몸이 휘청거리며 기울어졌다. 핏기가 싹 가셨다. 나도 모르게 허용치를 넘어 버린 몸에서 단숨에 힘이 빠졌다. 대신 체내에서 열이 제멋대로 날뛰기 시작했다.

'안 돼. 너무 흥분했어.'

루츠가 없어서 나의 흥분과 폭주를 막아 줄 사람이 없었다.

"일 저질렀네……."

털썩! 하고 쓰러지자 움직일 수 없었다. 다행히 몸은 움직일 수 없어도 의식은 있었다. 나는 쓰러진 자세로 아직 많지 않은 신식 열을 모아 가두는 쪽으로 의식을 집중했다.

"뭔가!? 왜 그러나!?"

눈앞에서 쓰러져 움직이지 않는 나를 본 신전장이 경악하는 표정으로 눈을 부릅뜨고 의자를 차는 기세로 일어섰다. 무녀는 멍한 표정으로 쓰러지는 나를 바라보고 조그마한 목소리로 중얼거렸다.

"그러고 보니…… 세례식에서 쓰러졌다고 들은 것 같아요."

"뭐라고?"

고개를 갸웃거리며 말하는 무녀에게 신전장이 눈을 치켜세웠다. 쓰러진 자세로 나는 두 사람에게 사과했다.

"죄송해요, 너무 흥분했나 봐요. 움직일 수가 없으니 조금만 기다려 주세요."

반대와 설득

신전장의 눈앞에서 쓰러진 나는 신전장이 호출한 회색 신관에게 안겨 숙박실로 옮겨졌고 멋대로 돌아다니지 못하게 무녀에게 감시당하는 상황에 놓였다.

결과적으로 혼자 살짝 볼일도 보지 못해 무녀의 손을 빌려야 했다. 감시당하면서 볼일을 봐야 하는 상황에 눈물을 닦았다. 뒤처리를 부탁한 미안함과 부끄러움에 무녀의 얼굴을 쳐다볼 수가 없었다. 머리까지 이불을 뒤집어쓰고 몸부림치고 싶어도 몸에 힘이 빠진 상황에서는 그조차 어려웠다.

침대 위에 축 늘어진 채 구제 불능인 나 자신에게 실망하는 사이 세례식을 마친 루츠가 상태를 보러 와 주었다. 깨끗한 방에 감시가 붙은 삼엄한 분위기에 깜짝 놀란 루츠가 침대 곁으로 달려왔다.

"무슨 짓을 저지른 거야, 마인!?"

"음, 수도 시설을 찾다가 길을 잃어서…… 쓰러졌어."

침대에서 천천히 머리를 들며 대강 대답하자 의심스러운 눈초리로 나를 보던 루츠가 팔짱을 끼고 고개를 저었다.

"그게 다는 아니겠지? 전부 불어."

"윽……. 그러니까, 도서실을 발견해서 흥분했어……."

"도서실이 뭐야?"

"신이 창조하여 내려 주신 이 세계의 낙원. 즉, 책이 어마어마한 방."

"아아……. 그만 됐어. 다 듣지 않아도 대략 알 것 같아."

루츠가 한 손으로 이마를 누르고, 다른 한 손으로 손을 휘휘 저었다. 이야기가 중단되자 나는 돌아갈 채비를 하려고 침대 옆에 놓인 머리 장식을 집었다.

"중요한 말을 안 했네요. 이 아가씨, 신전장님께 직접 호소하다가 쓰러졌어요."

머리카락을 빙빙 돌려 정리하는데 우리 대화를 듣고 있던 감시역 무녀가 어이없다는 표정으로 어깨를 들썩였다. 루츠가 성난 기색으로 내 볼을 잡아 쭉 늘였다.

"뭐하는 짓이야, 바보야!"

"미안. 나도 너무 흥분했다고는 느꼈는데."

조금 침착하고 이성적으로 행동했으면 좋았으련만, 어쨌든 무녀라는 목표가 정해졌고 신전장의 방에서 성경을 읽을 수 있게 되었다. 반성은 하지만 후회는 안 한다.

"이 이상 쓸데없는 짓을 벌이기 전에 돌아가자."

루츠에게 업혀 무녀의 안내를 받으며 신전을 나오자 신전 앞 광장에서 초조하게 우리가 나오길 기다리는 아빠가 있었다.

"마중 나오신 분이 계시군요. 그럼 전 이만."

"고마웠습니다."

나는 그대로 아빠의 등에 업혀 집에 돌아가게 되었다. 도중에 루츠가 아빠에게 오늘 있었던 일을 간단하게 보고하는 소리를 들으면서 흔들림에 몸을 맡기니 졸음이 왔다.

"난 상점에서 계약을 끝내고 돌아갈게."

루츠의 목소리에 정신을 차리자 길베르타 상회 앞이었다. 아무래도 이 상태로는 상점에 들르기는 힘들었다. 오늘의 보고와 수습생 계약을 맺어야 하는 루츠와 상점 앞에서 헤어졌다.

우리를 본 마르크가 마중을 나와 주었다. 나는 아빠의 등에서 가볍게 손을 흔들었다.

"오늘 고마웠어요, 마르크 씨. 상점에 들르기는 힘드니까 또 올게요."

"몸조심하십시오."

"루츠, 계약 똑바로 해."

"응. 푹 쉬어."

배웅해 주는 루츠와 마르크에게 손을 흔들며 나는 아빠와 함께 집으로 돌아왔다.

축하의 의미로 조금 호사스러운 저녁을 마치고 가족들과 차를 마시면서 나는 아빠를 보았다. 무녀 수습생이 되고 싶다는 이야기를 해야 했다.

"저기, 아빠."

"왜?"

기분 좋아 보이는 아빠가 컵에 입을 대고 한 모금 마셨다.

"나, 신전의 무녀 수습생이 되고 싶은데."

그 순간 아빠의 얼굴에서 웃음이 사라졌다.

다음 순간 쾅! 하고 커다란 소리를 내며 컵을 테이블 위에 내리쳤다. 깜짝 놀라 움츠러든 나와 마찬가지로 컵 안에서 튀어나온 차가 테이블 위에 뚝뚝 떨어졌다.

"뭐라고? 다시 한 번 말해 봐."

아빠의 위협적인 저음에 놀라 눈을 깜빡였다. 등줄기가 오싹해질 정도로 분노와 혐오감을 드러내는 아빠를 보자 심장이 이상하리만치 소리를 내며 뛰었다.

"신전의…… 무녀 수습생."

"바보 같은 소릴! 난 내 딸을 신전에 못 넣는다!"

"아, 아빠. 왜 그렇게 화를 내?"

갑자기 돌변한 이유를 몰라 그저 얼떨떨했다. 반대하겠다고는 생각했지만, 아빠가 이렇게까지 혐오감을 드러내며 화낼 줄은 몰랐다.

"신관이나 무녀 수습생은 고아가 하는 일이다! 부모가 없어 보호해 줄 사람이 없는 고아가 살기 위해 어쩔 수 없이 선택하는 직업이다. 마인이 할 일이 아니야!"

"고아가 하는 직업, 이야?"

"아아, 그래. 부모가 멀쩡히 살아 있는 마인이 직업으로 삼을 일이 아니다. 두 번 다시 그런 말 꺼내지 마!"

말을 붙일 틈도 주지 않는 아빠의 태도에 그저 얼이 빠졌다. 하지만 한편으로는 아빠의 말도 이해가 갔다. 나도 사실 몇 가지 걸리는 점이 있었다. 마치 무녀 수습생의 희망자가 존재하리라 생각도 못 한 듯한 신전장의 반응이나, '자네 같은 가정의 자녀'라는 말에.

"귄터. 마인은 몰랐으니까 그렇게 엄하게 말하지 마."

"아아……. 알았어."

짜증스런 감정을 토해내듯 천천히 호흡한 아빠는 내 머리를 마구 쓰다듬었다. 엄마는 테이블 위에 군데군데 튄 차를 가볍게 닦으며 살짝 고개를 갸웃거렸다.

"그나저나 왜 갑자기 그런 무녀 수습생이 되고 싶다고 한 거니?"

엄마의 말 마디마디마다 신관이나 무녀에 대한 차별 의식이 훤하게 드러났다. 신관이나 무녀는 존경받는 직업이라고 생각했는데 놀라웠다.

"나 세례식에서 쓰러진 후에 수도 시설을 찾다가 길을 잃었어."

"넌 숙박실에 있었잖아? 대체로 방을 나가면 수도 시설이 있지 않나?"

루츠에게 간단하게 사정을 들은 아빠가 고개를 갸웃했다. 확실히 평민이 이용하는 큰 방은 바로 근처에 수도 시설이 있는 경우가 많았다. 나는 가볍게 고개를 저었다.

"예복이 화려해서 진짜 부잣집 딸인 줄 알았나 봐. 귀족의 초대장을 가져오는 상인이 묵을 것 같은 방에 안내받았거든. 그래서 그 근처에 없었어……."

"아아. 그 옷이면 그렇겠네."

아빠가 고개를 재차 끄덕였다. 엄마와 투리도 납득한 표정이다.

"헤매는 동안 귀족들이 사용하는 구역에 들어가 버렸거든."

엄마가 새파래졌다. 이곳은 신분제 사회인 만큼 각각의 영역이 철저하게 나누어져 있다. 어슬렁어슬렁 길을 헤매다 귀족에게 트집이 잡히면 거기서 인생이 끝날 가능성이 높았다.

"무녀가 발견해줘서 귀족과 만나진 않았는데, 도서실이 있었어. 책이 엄청나게 많았어. 너무 읽고 싶어서 견딜 수 없었는데 들어갈 수가 없어서……."

"책, 이라고?"

아빠의 눈썹이 움찔거렸다.

"어떻게 해야 들어가는지 물었더니 무녀 수습생이 되면 된다고 했어…….”

“그래서 아무 생각 없이 무녀 수습생이 되겠다고 한 건가. 하아……. 책은 포기해. 지금까지처럼 네가 만들면 돼.”

내가 인생을 건 책을 포기하라는 말을 들었다는 사실을 금방은 믿기 힘들어서 아빠를 바라보았다. 아빠는 웃음기 하나 없는 진지한 표정으로 나를 응시했다.

“마인은 책을 읽으려고 가족과 연을 끊고 고아원으로 무녀 수습생으로서 살아가는 것과 가족과 함께 지금까지처럼 지내는 것 중 어느 쪽을 선택할래?”

가족과 책 둘 중에 선택하라는 말에 머리가 새하얘졌다. 신식으로 죽기 직전까지 가족과 살고 싶었다. 그 시간 안에서 몇 권이라도 책을 만들어 읽으며 만족하고 싶었다.

오늘 도서실을 발견하고 책을 읽을 수 있다는 기대에 들떠 흥분했다. 무녀가 되어 도서실에서 책을 읽고 싶을 뿐인데 어째서 가족과 떨어져야 한다는 걸까.

“가족과…… 연을 끊다니? 왜?”

입술이 떨려 목소리가 이상했다. 쉰 목소리로 묻자 아빠가 엄숙하게 고개를 끄덕였다.

“무녀 수습생은 신전에서 살게 돼. 일은 혹독하고 고아들과 함께 일해야 하지. 신식인 네가 할 수 있는 직업이 아니야. 몸 관리조차 스스로 못해서 세례식에서 쓰러지는데 대체 무슨 일을 하겠다는 거냐. 게다가 책은 비싸. 낯선 사람이 들어가지 못하도록 마술 도군지 뭔지로 지킬 정도로 희소성 있는 물건이지 않으냐? 수습생이 되었다고 금방 만질 수 있는 물건이냐?”

아빠의 말은 하나같이 맞는 말이라 반론의 여지가 없었다. 무녀 수습생은 될 수 없겠다고 내 머릿속에서 금방 답이 나왔다. 하지만 그만큼의 책을 발견했는데 포기하고 싶지 않았다.

울고 싶은 마음에 입술을 꽉 깨물자 투리가 내 손을 잡았다. 눈에 눈물을 글썽이며 내 손을 놓지 않겠다는 듯이 꼭 잡았다.

"그렇게 무녀가 되고 싶어? 함께 있자고 약속했으면서, 약속을 깰 정도로 무녀가 되고 싶냐고."

투리의 말이 가슴을 푹 찔렀다. 몸에서 빠져나가는 힘을 느끼며 고개를 좌우로 저었다.

"아니……. 난 눈앞의 책을 어떻게든 읽고 싶었을 뿐이야. 도서실에 들어가고 싶었을 뿐이야. 사실 딱히 무녀가 되고 싶지는 않아."

무녀 수습생은 그저 수단일 뿐 목적이 아니었다. 가족을 울리고 떨어지면서까지 되고 싶지는 않았다. 내 대답에 투리가 눈을 빛내며 일말의 불안을 슬쩍 비추었다.

"다행이다. 함께 있어 줄 거지? 약속했지?"

"응. 몸이 좋아지면 신전장님한테 거절하러 갈게."

내가 내린 결정을 듣고 아빠는 답답한 가슴을 쓸어내리는 안도의 한숨을 내쉬고 나를 꼭 껴안았다.

"이해해 줘서 고맙구나. 넌 내 소중한 딸이다. 신전 따위에 보내지 않아."

가족을 아프게 하지 않아 다행이라고 생각했지만, 스스로 도서실로 이어진 길을 닫아 버린 순간 신식 열이 체내에서 퍼져 나가기 시작했다.

"마인, 열이 오르는데?"

"오늘만 몇 번이나 쓰러졌다며? 이야기가 끝나니까 긴장이 풀린 거야. 인제 그만 자렴."

침대에 눕힌 나는 천천히 퍼져 가는 신식 열을 느끼며 가볍게 눈을 감았다.

책을 선택하지 못하게 되리라고는 생각지도 못했다.

지금까지 내 안에서 책을 선택하지 않는다는 선택지는 존재하지 않았다. 우라노 때였다면 망설임 없이 책을 선택하고 가족과 헤어졌겠지. 무엇보다도 책이 우선이었다. 그런데 지금은 바로 책을 선택할 수가 없었다. 주변에 책이 없으니 가족이 가장 소중했지만, 어느새 가족이 책과 비슷할 정도로 소중해진 듯하다.

그러나 모처럼 발견한 책을 읽고 싶었다.

가족과 책 중 어느 쪽을 선택하기 힘들었어도 책을 포기한 건 아니었다. 이런 상태로 열을 밀어 넣으려 해도 평소만큼 잘 안 되었다. 도서실에 미련이 남은 불안정한 정신 상태를 조소하듯 신식 열은 기세 좋게 커졌다. 생각대로 열이 움직이지 않아 짜증을 느끼며 나는 가족과 책이 양립할 수 있는 내 나름의 타협점을 찾았다.

'무녀 수습생이 되지 않고 책을 읽는 방법이 없을까? 기부금 얘기로 태도가 싹 바뀌었고 좀 더 벌어서 기부 금액을 올리고 도서실 입실 허락을 받아 볼까? 돈으로 사람을 끌어들이는 짓은 썩 마음이 내키지 않지만, 구더기 무서워서 장 못 담글까 봐? 지금은 신전장의 방에 가서 성경이라도 읽을 수 있게 되면 조금은 만족하지 않을까?'

결국, 신식 열을 막는 데 이틀이 걸렸다. 겨우 열이 내려 일어날 수 있게 되었지만, 아직 몸이 나른했다. 열은 내렸으니 오늘 하루 푹 자면 회복할 터였다.

상태를 보러 온 루츠가 내 얼굴을 보고 곤란한 얼굴을 했다.

"아직 얼굴색이 안 좋아. 주인님이 마인이랑 얘기하고 싶다고 했는데 오늘은 안 되겠네."

"루츠, 내일은 예정 있어? 신전에 갔다가 벤노 씨 상점에 가고 싶은데 같이 가 줄래?"

내 질문에 루츠가 살짝 고개를 갸웃거렸다.

"신전? 상관은 없는데 뭐하러 가?"

"성경을 읽으러. 가는 김에 무녀 수습생을 거절하려고."

"하아? 무녀 수습생? 그건 또 어디서 나온 말이야?"

그러고 보니 무녀가 신전장에게 호소하고 쓰러졌다고는 했지만, 어떤 호소였는지는 루츠에게 말하지 않았다.

"세례식에서 도서실을 발견했다고 했잖아. 신전 관계자만 들어갈 수 있다고 해서 신전 관계자가 되려고 했어. 무녀 수습생이 가장 간단하다고 하니까 덤벼들었지."

"내가 행상인이 되겠다는 말보다 무모한데? 조금은 현실을 봐. 급하게 부딪치지 말고 돌아가더라도 실현 가능한 길을 찾으라고 네가 나한테 가르쳐 줬잖아."

상상만 하며 꿈꾸던 소년에서 안정적으로 꿈을 좇는 소년으로 바뀐 루츠의 말이 아플 정도로 가슴을 찔렀다.

"최단 거리로 책을 읽는 방법만 생각했어."

"책만 보면 주위가 안 보이니까 그렇지. 이제 신전에 안 가는 편이 좋지 않아? 기대와 실망이 이어지면 몸에 안 좋을 것 같아. 신식 열이 폭주하는 거 아냐?"

"성경이라도 읽겠다는 의지로 신식 열을 억눌렀어."

루츠는 형용하기 힘든 얼굴로 나를 내려다보고 쓴웃음을 짓더니 내 머리를 툭툭 두드렸다.

"스스로 타협을 지었구나. 책에 관련해서 마인이 한 발 양보하다니. 노력했네. 뭐, 신전에 출입하기만 해서 만족하면 좋겠지만. 아무리 생각해도 마인이 신전에서 생활하기엔 무리야."

"응. 알고 있어."

다음 날, 나는 루츠와 함께 신전에 갔다. 벤노의 상점에도 가야 해서 새 수습생 제복을 입었다. 신전장의 방 주변은 화려하여 평상복보다 수습생 제복이 좋겠다고 생각했다.

문지기에게 이름을 알리고 신전장을 만나고 싶다고 전했다. 이미 이야기가 전해졌는지 회색 신관이 나타나 신전 안을 안내받게 되었다.

"루츠는 어떻게 할래? 같이 와도 할 일이 없지? 벤노 씨 상점에서 공부할래? 용건이 끝나면 상점으로 갈게."

"다섯 점 종이 울리면 데리러 올 테니까 기다려. 멋대로 돌아다니지 말고."

"알았어."

회색 신관을 따라가 신전장의 방에 갔지만, 신전장은 자리에 없었다. 대신 파란 옷을 입은 신관장이 맞아 주었다.

벤노와 같은 세대 정도로 보이는 조각 같은 반듯한 얼굴에 감정이 전혀 느껴지지 않는 사람이었다. 옅은 금색 눈동자에 옅은 물빛 머리카락은 어깨까지 왔다. 풍채가 좋은 신전장에 비해 신관장은 상당히 키가 컸고 마른 몸이었다. 실무적으로 사람을 모으는 헌신적인 수완가로 보였다.

"그대가 마인인가. 신전장님께 얘기는 들었다. 자, 들어오도록."

"감사합니다."

"신전장님이 돌아오실 때까지 성경을 읽어주라는 말씀이 있었다."

'신관장이 내게 직접 성경을 읽어 주는 대접을 받다니, 내가 뭔 일을 저질렀길래? 아, 기부금.'

고액의 기부금을 내는 상대라 정중하게 대접해 주는 모양이다. 아무래도 제시한 기부 금액의 영향이 상당히 컸나 보다. 앞으로의 협상에 따라서 도서실을 드나들 방법을 찾을 수 있을지도 모르겠다.

"그럼 거기서 듣도록."

방 중앙에 놓인 테이블에서 신관장이 성경을 읽기 시작했지만, 정면에 앉은 내게는 책 표지만 보였다. 아무래도 책을 만지게 허락하지는 않을 모양이다. 나의 행동 여부를 경계하는 대접이었다.

"저, 신관장님. 이야기가 듣고 싶은 게 아니라 책을 보고 싶어요."

"어째서인가? 그대는 신의 이야기를 알고 싶었던 것 아니었나?"

"이야기도 알고 싶은데요, 모르는 단어를 외우고 싶어요."

내 말에 신관장이 허를 찔린 듯한 표정을 지었다. 그리고 조금 고민한 뒤 고개를 크게 끄덕였다.

"그렇군……. 다만 이것은 귀중한 성전이다. 절대 만지지 않겠다고 약속하겠나?"

"할게요. 절대 만지지 않을 테니까 보여주세요."

신관장은 성경을 볼 수 있도록 나를 자신의 무릎에 앉혔고 만지려 하면 바로 제지할 수 있는 자세로 읽어 주었다. 책 가장자리와 책장을

넘길 때 만지는 부분이 노래진 양피지에는 물 흐르듯이 아름다운 글씨가 적혀 있었다. 오래된 종이 냄새를 가슴 한가득 들이마시고 감탄의 한숨을 내쉬었다.

역시 세례식에서 한 이야기는 상당히 간단하게 무난하고 알기 쉽게 설명해 줬던 모양이다. 상당히 분위기가 다르게 들렸다. 신관장이 읽어 주는 성경을 들으며 새로운 단어를 외워 갔다. 줄곧 알고 싶었던 일반 명사와 동사가 속속 나타나 재미있었다.

내가 성경을 건드리지 않도록 주의하면서 기억나는 단어를 가리키며 따라 읽으면 신관장이 흥미를 보이며 단어를 알려주었다.

"그대는 상당히 기억력이 좋군. 이 정도로 흡수력이 좋으면 가르치는 보람이 있어. 혹 그대는 귀족이 아닌가? 어느 쪽 부모가 귀족의 피를 이어받았을 가능성은?"

"전혀 없어요."

"그런가. 안타깝군."

왜 신관장이 안타까워하는지 몰랐다. 단지 이 신관장이 마르크처럼 신관이나 무녀 교육의 담당자일까 생각했다. 선생님 같다고나 할까, 가르치는 일이 익숙한 분위기가 마르크와 닮았다.

"아아, 왔구먼. 기다렸나?"

신전장이 돌아오자 신관장이 나를 의자에 돌아가도록 하고는 보석이 박힌 가죽 끈으로 성경을 묶어 선반 위에 되돌려놓았다.

"신관장님이 성경을 읽어 주셔서 굉장히 즐겁게 보냈어요. 호의에 감사드립니다."

신전장이 느긋한 동작으로 신관장이 앉았던 의자에 앉고, 신관장이 그 옆에 섰다.

"그래서 부모는 뭐라 하나?"

"무녀는 고아가 하는 일이라 안 된다면서 혼났어요."

기대에 눈을 반짝이며 몸을 내민 신전장에게 나는 어깨를 떨구며 말했다. 신전장은 깊은 한숨을 내쉬고 머리를 저었다. 그러자 신관장이 입을 열었다.

"딱히 고아가 해야 한다고 정해지지 않았다. 귀족 출신 자제도 있지. 네 말대로 신관이나 무녀는 고아가 많긴 하나 그것은 다른 곳에 취직하지 않아서 그렇다. 아무래도 고아는 일자리가 한정적이다 보니 신관이나 무녀 수습생이 되는 길밖에 없어서다."

신관장의 말에 나는 눈을 깜빡였다.

"어째서 다른 직업을 가지지 못하나요?"

"소개해 주거나 보살펴 줄 사람이 없기 때문이다."

깊이 납득했다. 친척이나 가족들 소개로 일자리가 결정되는 이 마을의 취직 제도는 확실히 고아에게는 불친절한 제도였다. 부모가 소개하는 일자리 외에 다른 직업을 선택하는 것도 고생인데, 연줄을 찾기마저 불가능한 고아의 고생은 상상도 할 수 없는 일이었다.

"고아가 아니라도 무녀는 될 수 있다. 그 점은 이해했으면 한다."

"하지만 수습생은 신전에서 살아야 하잖아요. 몸이 약해서 수습일도 제대로 못 하는 저에게는 무리예요."

"상태가 안 좋았던 게 아니라 평소에도 허약한 체질인가?"

신전장이 미간을 찌푸리며 하얀 턱수염을 쓰다듬었다. 머릿속 한구석에는 겨울이 오면 산타 복장을 입혀 보고 싶다는 생각을 하면서 나는 크게 끄덕이며 긍정했다.

"네. 신식이라는 병을 가졌어요."

편안하게 움직이던 신전장이 갑자기 눈을 희번덕거리며 벌떡 일어났다. 서 있던 신관장은 쾅하고 테이블을 손바닥으로 내리치며 나를 향해 몸을 내밀었다.

"신식이라고!?"

"아, 네. 그게 왜요?"

표정이 변한 두 사람이 다가오자 반사적으로 몸을 젖혔다. 뭔가 큰일 날 소리를 해버린 걸까. 뒷걸음치는 내 앞에서 신전장이 살짝 떨리는 손으로 문 쪽을 가리켰다.

"신관장, 그것을 가져와 주게."

"알겠습니다."

가볍게 끄덕인 신관장은 긴 다리로 성큼성큼 걸어갔다. 언뜻 보기에 우아해 보이는 그는 굉장히 빨랐다. 상당히 당황했는지 신관장이 나간 문은 열린 채였다.

멍하니 바라보는 나의 시선 끝에 신전장이 성경을 진열한 선반으로 몸을 돌리는 모습이 들어왔다.

"신에게 기도를!"

갑자기 구리코 기도를 시작한 신전장에게 낚여 나도 함께 손만 번쩍 들고 말았다.

"신에게 감사를!"

물 흐르는 듯한 동작으로 절하는 신전장의 등을 멍하니 바라보면서 대체 무슨 상황인지 전전긍긍했다. 분명 뭔가 일이 안 좋게 흘러 버린 듯하다. 당장 도망치고 싶었지만, 조금 전의 기세를 보면 그리 간단하게 도망치기 어려워 보였다.

나는 의자에 앉아 굳은 채 계속해서 기도를 올리는 신전장에게서 천천히 시선을 돌렸다.

문 저편에서 발걸음 소리가 굉장히 빠른 속도로 다가오더니 신관장이 천으로 둘러싼 무언가를 가지고 나타났다.

테이블 위에서 천을 벗겨 정중하게 올려 둔 것은 예배실에서 석상이 들고 있던 술잔이었다.

"이 술잔을 만지거라."

"네? 이걸 제가 만져도 되나요?"

"아아. 어서."

테이블 위에 놓인 술잔으로 쭈뼛거리며 손을 뻗었다. 이글거리는 눈빛으로 지긋이 쳐다보는 두 사람의 시선이 무서웠다. 나는 살짝 손을 뻗어 손가락이 닿았다. 그 순간, 술잔이 눈부신 빛을 뿜어냈다.

"와앗!? 이게 뭐야!?"

당황하여 손을 빼자 술잔에서 빛이 슥 사라졌다. 자신의 손가락과 술잔을 번갈아 보는 내 앞에서 신전장과 신관장이 얼굴을 마주 보고는 고개를 끄덕였다.

"마인, 자네의 부모와 이야기를 하고 싶네."

'아빠, 엄마. 미안해요. 왠지 일이 커졌나 봐요.'

벤노의 설교

신전장과 신관장의 번뜩거리는 눈빛에 불안해졌다. 무심코 굳어진 내 표정을 눈치챈 신관장이 마중 올 때까지 읽어주겠다며 성경을 들고 왔다.

조금 전처럼 무릎 위에서 이것저것 가르쳐 주는 마음은 기쁘나 묘한 압박감이 느껴진다고나 할까, 놓치지 않겠다는 분위기가 물씬 풍겼다. 진심으로 도망치고 싶었다.

"마인을 데리러 왔다는 루츠라는 소년이 와 있습니다."

회색 신관이 방으로 들어온 건 다섯 점 종이 울리고 얼마 지나지 않아서였다. 애타게 기다리던 루츠가 오자 안도감에 가슴을 쓸어내렸다.

"루츠가 왔으니 돌아가야겠어요. 신전장님, 신관장님. 오늘은 오랜 시간 신세 많이 졌습니다."

"그럼 마인. 이것을 자네 부모에게 건네주게."

그것은 초대장이었다. 신전장의 초대장은 거절할 수 없는 소환장이다. 날짜는 내일모레 세 점 종이라고 쓰여 있었다. 나는 침을 꿀꺽 삼키고 그 목패를 건네받았다.

"루츠~ 데리러 와 줘서 고마워!"

신전을 나와 기다리는 루츠를 본 순간 형용할 수 없는 안도감이 퍼져갔다. 감정에 몸을 맡긴 채 꼭 껴안아 감사와 감격을 표현했다. 나의 무게에 루츠가 살짝 비틀거리긴 했지만, 힘껏 버텨주었다.

루츠의 어깨에 머리를 묻고 도리도리 고개를 흔들자 루츠가 한숨을 쉬었다.

“혹시 또 무슨 일 저질렀어?”

“내가 뭘 저질렀는지 모르겠는데, 어마어마하게 자폭했나 봐.”

내 머리를 가볍게 톡톡 두드리던 루츠가 활짝 웃었다.

“주인님도 혈관을 세우고 웃으면서 기다리고 있어.”

“뭐? 인제 그만 집에 가도 될까? 오늘 피곤해서.”

“목덜미를 잡고 끌어서라도 데리고 오라고 했어. 그리고 지금 얼굴색이면 괜찮겠는데?”

“아아아아아아아…………….”

이미 신전에서 신경을 소모했는데 벤노의 설교를 들어야 한다니. 내 편이라 믿었던 루츠에게 배신당한 기분이었다. 나는 마치 팔려 가는 송아지처럼 길베르타 상회에 끌려갔다. 그러자 도착하자마자 기다렸다는 듯이 곧장 안쪽 방으로 안내받았다.

평소대로 앉으라는 말에 자리에 앉자 정면에는 벤노, 그 뒤에 마르크가 섰고 루츠는 내 옆이 아니라 벤노 옆에 자리했다.

“오랜만이군, 마인.”

“네, 넷.”

“자, 하고 싶은 말은 산더미 같다만…….”

이야기가 상당히 길어질 것 같아 나는 긴장시켰다. 벤노는 천천히 숨을 내쉬고 입을 열었다.

“내 말 이전에 코린나로부터 전언이다. 세례식에서 입은 예복과 머리 장식을 보고 싶다더군. 상당히 독특한 의상이었지. 눈에 띄더구나.

무슨 생각으로 그런 의상을 입었지?"

"투리한테 물려받은 옷을 수선했을 뿐이에요. 다른 의미는 전혀 없어요. 그리고 보여드리는 건 상관없지만, 옷을 가지고 나갈 수 있을지는 만든 엄마에게 물어보지 않으면 몰라요."

"그렇군. 그럼 물어봐 줘."

벤노는 가볍게 대답한 뒤, 테이블 위에 깍지를 끼고 살짝 몸을 앞으로 내밀며 무섭게 나를 응시했다.

"자, 전부 뱉어내 보실까. 신전에서 무슨 일이 있었는지에 따라 앞으로 너를 어떻게 다룰지 생각해야겠거든."

"네? 루츠한테 못 들으셨나요?"

세례식 날부터 며칠이나 지났다. 벌써 루츠에게 들었을 줄 알았는데 벤노는 그렇지 못한 모양이다.

"남의 입으로 전해 듣는 말은 아무래도 왜곡되기 마련이지. 당사자가 있는데 일부러 루츠에게 들을 필요는 없지 않나? 게다가 일부러 숨긴 정보가 있을지도 모르니까 말이지."

먹잇감을 발견한 맹수 같은 눈빛에 작게 숨을 들이마셨다. 엄격하게 추궁받을 것 같은 느낌이 든다.

"어디서부터 얘기하면 되나요……?"

"세례식에서 쓰러진 뒤다. 루츠와 따로 행동하게 되고부터의 일을 숨김 없이 뱉어."

나는 쓰러져서 수도 시설을 찾다가 길을 잃고, 귀족 공간에 들어가 버렸다가 무녀의 도움으로 도서실을 발견했다고 말하자 벤노가 놀란 듯 가볍게 눈을 떴다.

"도서실? 그런 게 신전에 있었군……."

"벤노 씨도 몰랐나요?"

"보통 귀족이 쓰는 장소에 어슬렁거리며 헤매는 위험한 짓을 하는 놈은 없지. 네가 얼마나 멍청한 짓을 저질렀는지 자각해. 너 스스로 위험 속에 발을 들어놓아서 어쩔 셈이지?"

"으윽……."

확실히 평범한 사람이 드나드는 장소가 아니었으니 완전히 바른 말이었다. 헤맨 덕분에 도서실을 발견한 나로서는 럭키였지만.

"그 무녀가 신전 관계자 이외에는 도서실에 들어갈 수 없다고 해서 잽싸게 무녀 수습생이 되려고 신전장에게 허가를 내 달라고 빌었어요."

"조금은 머리를 써! 이 생각 없는 녀석아!"

"아바요, 아브아!"

몸을 쑥 내민 벤노가 내 양 볼을 쭉 꼬집었다. 마르크와 루츠는 당해도 싸다는 얼굴로 도와주지 않았다. 얼얼한 볼을 누르는 나에게 벤노가 불쾌한 얼굴로 재촉했다.

"그래서? 허가는 받았나?"

"부모님 허락이랑 기부가 있으면 수습생으로 받아 주겠다고 했어요."

"기부? 했어?"

벤노가 미간을 찌푸리며 엄한 표정을 지었다. 내가 아무 생각 없이 기부하고 허가를 받지 않았을까 걱정하는 얼굴이었다.

벤노를 안심시키기 위해 나는 당당하게 대답했다.

"아뇨, 아직요. 대강 책 가격과 제가 가진 저금 금액을 고려한 결과, 도서실 이용료로 대금화 1닢까지면 낼 수 있다는 말만 하고 아직 기부는 안 했어요. 아무리 그래도 들어간다고 정해지지도 않았는데 돈을 낼 정도로 바보는 아니라고요."

안심시키려는 말이었는데 벤노부터 시작해 마르크와 루츠도 머리가 지끈거린다는 듯이 머리를 감싸고 어깨를 떨궜다.

"너무나도 어이없는 금액이라 말이 안 나오는군."

"덕분에 좋은 대접 받았는데요……."

"당연하지!"

고액의 기부이겠거니 예상은 했지만, 아무래도 거상이 머리를 싸쥘 정도로 내가 제시한 기부 금액이 어마어마했던 모양이다.

"그래서 집에 얘기했더니 무녀는 고아가 하는 일이라며 안 된다고 엄청 혼났어요."

"그야 그렇지."

"신관장은 귀족 출신의 자제도 있다고 했는데요."

아빠가 화내는 이유를 몰라 고개를 갸웃거리자 벤노가 머리를 긁적이며 신관에 관해 설명해 주었다.

"신관이나 무녀 중에 파란 의상과 회색 의상이 있었지? 파란 옷을 입은 자가 귀족이고 회색 옷을 입은 자가 고아다. 청색 신관과 무녀의 시종이나 허드레꾼으로 일하며 신전에서 급료도 없이 노예처럼 혹사당하는 이가 회색 신관과 회색 무녀란 말이다."

생각지도 못한 말에 침을 삼켰다. 의상의 색상은 수습생과 정식 신관의 차이라고 생각했는데 설마 그런 차이라고는 상상도 못 했다.

"귀족이 아닌 네가 신전에 들어가면 회색 무녀 수습생이 된다. 그걸 부모가 허락할 리가 없지."

나는 고개를 끄덕였다. 아빠가 왜 격분했는지 알았다. 그것은 틀림없이 내가 할 수 있는 일이 아니었으며 딸 바보인 아빠가 신전 수습을 혐오하는 이유였다.

"그래서 오늘은 거절하러 간다고 루츠한테 들었는데 정말 거절했나?"

"음…… 신식 얘기를 했더니 그들이 예배당 석상이 안고 있던 금술잔 같은 물건을 들고 오더라고요. 제가 만졌더니 빛이 났고 부모님 앞으로 초대장을 받았어요."

벤노는 관자놀이를 주무르듯 손가락 끝으로 빙글빙글 자극하면서 큰 한숨을 내쉬었다.

"이거야 완전히 독 안에 든 쥐로군. 목숨을 연명하게 된 사실을 기뻐할 수밖에. 넌 운이 좋아."

신전에 잡히게 됐는데 운이 좋다는 말에 고개를 갸웃거렸다. 벤노는 이해 못 하는 나를 방치하고 뭔가 고민에 빠졌다. 그러다 고개를 번쩍 들고 진지한 눈으로 나를 응시했다.

"마인, 계약 마술을 맺을 생각 없나? 네가 만든 물건은 우리 상점이 취급한다는 내용으로."

"왜요……?"

뜬금없이 튀어나온 계약 마술이라는 단어에 나도 모르게 경계해 버렸다. 벤노는 턱을 쓰다듬으며 나를 보았다.

"지금 당장은 아니더라도 넌 반드시 귀족에게 잡힐 거다. 귀족을 견제하려면 계약 마술이 필수야."

"혹시 처음 계약 마술을 맺을 때부터 제가 귀족에게 잡힐 거라고 예상했었나요?"

"아니, 그때는 그저 보험이었지. 네가 어떤 아이인지 몰랐으니 정확히 선을 긋고 싶었던 마음이 제일 컸다. 다만 신식일 가능성도 있었지. 네가 살기 위해서는 귀족과 계약을 해야 한다. 계약한 귀족을 꼼짝 못 하게 하려면 계약 마술이 효과적이라고 생각했지."

자신과 전혀 대등하지 않은 우리와 계약 마술을 맺은 건 귀족이 나타날 가능성을 예상해서였던 모양이다.

"귀족과 계약할 생각 없는데요."

"지금까지는 귀족과 접점이 없었으니 네 의지만으로 그렇게 되었겠지만, 신전에 들어가면 무리다. 잡힐 거란 전제로 행동해. 이만큼 상품을 만들어 내는 신식을 그냥 둘 귀족은 없을 테니까. 지금은 특히. 알겠나?"

"'지금은'이라니, 무슨 말인가요?"

벤노는 최근에 겨우 이쪽에 들어온 정보라는 서론을 말하며 목소리를 살짝 낮추었다.

"이곳 영주는 중립이랄까, 지켜보는 태도로 일관해서 여파가 적었던 모양이지만, 더 큰 영지는 중앙 정권의 분쟁에 상당히 휘말렸다더군. 나라의 여기저기서 대규모 숙청이 벌어져 귀족의 수가 격감했다고 들었다."

갑자기 뒤숭숭한 이야기로 바뀌었다. 머릿속에서 역사 지식을 끄집어내 봤지만, 애초에 지금이 어느 시대인지, 앞으로 어떤 전개가 기다리는지, 금방 헤아릴 수가 없었다. 정보도 없고 먼 미래를 예감할 수도 없는 와중에 서 있는 나로서는 전혀 알 수 없는 상황이었다.

"당연히 심각하게 줄어든 귀족의 구멍을 채우려고 방계를 찾고 양자를 들이거나 결혼을 늘리는 등 새로운 연결과 이권을 구하며 사람도, 돈도, 물건도 움직이기 시작했다. 사람이 없어서 지금까지 애물단지처럼 신전에 집어넣은 청색 신관이나 무녀가 대거 귀족 사회로 돌아가게 되었다. 그러면 신전이 어떻게 될지 알겠나?"

벤노가 매섭게 쏘아보자 나는 고개를 갸웃거렸다. 마르크나 루츠에게 도움을 구하는 시선을 보내 봤지만, 마르크는 맑은 미소를, 루츠는 나와 마찬가지로 잘 모르겠다는 반응밖에 돌아오지 않았다.

"음, 귀족이 없어져서 곤란한 일이 뭐가 있나요? 신전의 구조나 무슨 일을 하는지조차 모르니 딱히 떠오르는 게 없는데요. 회색 신관들을 혹사하는 놈들이 줄면 그것도 나름 괜찮지 않나요?"

"우선 기부가 준다. 그리고 고아들을 쓸 놈들이 줄어드니 신전에 고아가 넘쳐난다. 고아들이 살기조차 어려워진다는 말이다."

"그거 큰일이잖아요!"

무심코 소리치자 벤노가 한숨을 내쉬며 고개를 저었다.

"더 큰 일은 네가 만졌다는 술잔. 신전 녀석들은 그것을 '신구(神具)'라고 부르는데 실제로는 마술 도구다. 청색 신관이나 무녀가 술잔에 마력을 담아 봄의 기원식에 사용하는데 그 힘을 담을 수 없게 되지. 그렇게 되면 농작물의 수확이 줄어."

"뭐라고요!?"

그런 중대한 일에 그 술잔이 직결되어 있을 줄이야. 빛나는 사실에 놀랐지만, 신의 위엄을 과시하려고 돈을 쏟아부은 장식 정도라고만 생각했다. 농작물의 수확은 인간의 삶에서 필수다. 수확량이 줄면 가장 곤란한 사람은 마을에 사는 우리 같은 빈민이었다.

"정변 전에는 귀족의 자식이 넘쳐나는 상태였지. 마력을 독점하고 싶은 귀족에겐 신식은 걸리적거리는 존재일 뿐이었어. 하지만 귀족이 줄고 마술 도구를 쓰기 어려워진 지금 신전에서 상당히 중요한 존재가 된 거다."

"저기, 신식이랑 마력이랑 무슨 관계가 있나요?"

나의 질문에 벤노는 턱이 빠질 만큼 입을 쩍 벌리고 믿을 수 없다며 머리를 싸맸다.

"너 설마 몰랐나? 신식은 체내에 마력이 날뛰는 상태라는 걸."

"네에!?"

"마술 도구에 마력을 옮겨 자신의 힘으로 제어할 수 있는 상태로 조절하는 거다."

"처음 들어요."

'나 마녀였나 봐. 넘쳐나는 마력으로 적을 쓰러뜨리거나 화려한 마법을 쓰는 거. 응……? 그런데 적은 누구지?'

처음 듣는 정보에 마음이 저 멀리 가 있는데 벤노가 "제대로 들어." 하고 가볍게 내 머리를 쳤다.

"귀족 중에서도 상급 귀족 쪽이 마력이 강하고 하급 귀족은 약한 경향이 있다. 그리고 돈이 없는 가난한 귀족은 태어난 모든 아이에게 필요한 마술 도구를 준비해주지 못하지. 그래서 흔히 마력이 큰 후계자만 남기고 나머지는 신전에 맡긴다더군."

즉, 지금 신전에 있는 청색 신관은 부모가 더는 키우지 못해 쫓겨난 귀족들이라는 말이었다. 없으면 곤란하지만, 불쌍한 존재였다.

"지금까지 그리 강하지 않은 마력을 가진 귀족을 인해전술로 모아 의식을 지내 왔는데 사람 수가 격감하면 개개인의 부담이 커져. 어쩌면 이미 부족한 상황일지도 모른다. 세례식에서 청색 신관은 몇 명 정도 있었지?"

"열 명 정도요."

화려하게 맞춘 구리코로 뱃가죽이 찢어질 뻔한 기억이 아직 생생했다.

"항상 스무 명 이상인데 열 명이라. 그것도 마력이 강한 놈들부터 집에 불려갔을 테니 남은 놈들의 마력은 뻔히 알 만하군. 강한 마력을 가진 신식을 잡고 싶은 마음이 굴뚝같은 거다. 다만 그것도 지금뿐이야. 귀족 수가 격감하여 앞으로 태어날 귀족이 성장하기까지의 극히 짧은 기간뿐이라고 생각하도록."

"하아."

짧은 기간 동안이라면 신전에서 마력을 제공하면서 일해도 괜찮을지도 모른다. 마력 제공과 도서 관람을 교환 조건으로 내면 받아들여 줄까? 내가 고민에 빠지자 어느새 내 뒤로 돌아온 벤노가 주먹으로 내 정수리를 찍고 빙글빙글 돌리기 시작했다.

"내 말을 듣고 있는 건가?"

"아파요! 아파요!"

"넌 마력과 돈이 들어오게 하는 상품도 가졌다. 이젠 자각해! 귀족에게 네가 얼마나 맛있는 먹잇감인지."

진지한 목소리에 나도 모르게 등이 펴졌다. 벤노는 한숨을 내쉬고 주먹을 머리에서 떨어뜨리며 가볍게 손을 저었다.

"그러니까 귀족에게 잡히기 전에 계약을 맺어 두는 편이 너를 위해 좋을 거다."

"무슨 계약을요?"

"네가 만든 상품을 루츠가 판다는 계약이다."

"네? 뭐 때문에요?"

상품이 대체 신식과 신전에 무슨 관계가 있다는 말인지 전혀 모르겠다. 혼란한 틈을 타 이익을 얻으려는 속셈일까? 고개를 갸웃거리는 내게 벤노는 다시 의자에 앉아 성의껏 설명하기 시작했다.

"지금 단계에서는 그저 보험이다. 경솔하고 충동적이고 생각 없는 네가 귀족의 꾀에 넘어가 성벽 너머로 끌려갔을 때 연락이 닿도록 하기 위함이다. 가뜩이나 귀족과 억지로 계약했을 경우를 생각해 봐라. 성벽 너머로 가려면 허가가 필요해. 그건 알지?"

문에서 보조하는 나는 성벽을 넘으려면 허가가 필요하다는 점은 알고 있었다. 내가 끄덕이자 벤노는 조금 씁쓸한 표정을 지었다.

"길드장의 손녀는 성벽을 넘어가도 가족과 만날 수 있다. 그 집안은 귀족에게 인정받은 상인이니까. 그런데 너희 가족은 어떻지?"

나는 침묵으로 대답할 수밖에 없었다. 가족과 만날 수 없는 것이 싫어 귀족과의 계약을 선택하지 않았다. 만날 수 있을 턱이 없다.

"너의 가족이 성벽을 넘을 수 있을 거라곤 생각하기 힘들어. 그렇다면 적어도 귀족에게 방해받지 않는 계약 마술로 신전이나 귀족에게 잡히기 전에 루츠와 연결 고리를 만들어 두지 않겠나? 그러면 그 계약을 구실로 난 루츠를 성벽 안으로 데리고 갈 수가 있어."

깜짝 놀라 벤노를 보았다. 그리고 루츠를 보았다. 두 사람은 눈이 마주치자 살짝 고개를 끄덕였다.

"루츠가 중간 역할을 하면 편지든, 전언이든 연락을 취할 수 있지. 너도 가족들 상황을 알 수 있고. 무엇보다 루츠를 통해 상황을 파악할 수 있다면 너를 걱정하는 가족들이 조금은 안심할 거다. 그렇게 해서 나와 계약해 두고 싶다면 난 상관없다만."

"벤노 씨로는 가족들 상황을 알 수가 없잖아요."

귀족에게 잡히는 상상은 하고 싶지 않지만, 그럴 경우를 대비해 루츠와 만날 수 있는 상황을 만들어 두는 건 나로서는 나쁘지 않은 제안이었다. 가족과 만나는 것만으로도 든든하다고 프리다도 말했다. 하지만 이 일에 루츠를 휘말리게 해도 괜찮을까?

"루츠는 어떻게 생각해?"

"귀족 마을에 가 보고 싶기도 하고, 연락 담당 정도는 괜찮아. 오히려 마인을 혼자 두는 일이 걱정이지. 무슨 짓을 할지 생각만 해도 머리가 아파."

루츠 본인은 이미 계약할 마음인 듯했지만, 귀족을 견제하기 위한 계약이다. 계약 상대인 루츠에게 안길 부담을 고려해서도 쉽게 동의할 수 없었다.

"계약을 맺는 일이 그렇게 편한 입장은 아니잖아. 루츠가 위험한 일을 당하거나, 불쾌한 경험을 하게 될지도 몰라. 게다가 그런 계약이면 벤노 씨가 얻을 이익이 적지 않나요? 루츠를 다른 곳에 빼앗기면 그걸로 끝이잖아요."

내가 입술을 내밀자 벤노는 어이없다는 듯이 한숨을 내쉬고 가볍게 고개를 저었다.

"남 걱정을 할 정도로 느긋한 상황이 아니다. 루츠한테도 얻는 이익이 있으니까 그걸로 돼."

"루츠에게 무슨 이익이 있다는 말이죠?"

"네가 알 필요는 없어. 넌 네 이익만 생각해. 솔직히 이미 초대장을 받았으니 먼저 손을 쓸 시간은 거의 없어."

정보가 넘치고 주변 상황을 파악하는 벤노가 당사자인 나보다 초조해 보였다. 벤노는 내가 신전에 잡히기 전에 해 두어야 할 일을 말하기 시작했다.

"우선 정식으로 마인 공방을 세워서 공방장으로서 길드에 등록하고 상품 판로를 확보해 둬. 돈에 따라 대우가 바뀌니 신전이 돈을 손에 넣을 수 있는 환경을 만들어서 협상하도록. 저쪽도 돈이 필요할 테니 협상에 따라 어떻게든 될 거다."

확실히 큰돈은 힘이 됐다. 고액의 기부를 제시하기만 했는데 대응이 친절해졌으니 나를 지키려면 돈이 있는 편이 좋았다. 그리고 상품을 만들어도 신전에 전부 빼앗겨서는 내 수중에 이익이 남지 않을 터였다. 신뢰할 수 있는 판로는 필수다. 조금씩 속이거나 시험하기는 해도 지금 내가 가장 신뢰할 수 있는 상대는 벤노였다.

내가 고개를 끄덕이자 벤노도 따라 끄덕였다.

"귀족에게 평민 하나 정도는 큰 가치도 없다고 생각하고 주의해. 생각나는 대로 살 길, 도망칠 길을 준비해둬. 보험이 될 만한 건 몇 개든 준비해서 너 자신을 지켜."

아무렇지 않게 무릎 위에 올려서 성경을 읽어 주고 정성스럽게 대응해 준 그들은 왠지 모르게 좋은 사람일 것 같지만, 보험이나 도망칠 길을 준비해 둬서 손해는 없었다. 유비무환인 셈이다. 이곳 상식이나 지식이 지나치게 부족해서 무엇을 어떻게 준비해야 좋을지 몰라 답답하지만.

벤노는 나를 가만히 바라본 채 말을 이었다.

"지금도 신전에는 귀족이 열 명은 있지? 착취만 당하지 말고 그 안에서 이용해 먹을 상대를 찾아. 귀족에게 좋을 대로 잡혀 지내는 상황보다 조금은 선택지가 넓어질 거다. 잘 보고 골라. 그리고 머리를 써. 멍청하게 휩쓸리지 마. 살기 위해 몸부림치라고."

"왜 벤노 씨가 그렇게까지……."

벤노가 말해 준 대책이나 주의 사항은 상당한 정보를 끌어모아 심각하게 고민하지 않으면 나올 수 있는 생각이 아니었다. 이 상점의 수습생도 아닌 나를 위해 그렇게까지 수고하는 이유가 뭘까.

"네가 살아야 새 상품이 나오니까. 우리와 연결이 되면 이쪽 이익도 되지. 넌 이렇게 정보를 손에 넣을 수도 있으니 너에게도 이익이 되잖아? 얌전히 받아들여."

발끈하며 미간을 찌푸린 벤노의 뒤에서 마르크가 훗 하고 부드러운 미소를 지었다.

"주인님은 걱정하는 겁니다. 항상 위태위태하고 예상 밖의 일을 저지르는 마인을 보고 있자니 심장에 안 좋기 때문입니다."

"마르크, 조용히 해."

벤노가 돌아보며 말했지만, 마르크는 옅은 웃음을 지은 채 말을 이었다.

"수습생으로 들어오는 아이들은 생가에서 기본적인 교육을 받아온 아이들이라 지금껏 주인님 주변에는 이렇게까지 신경 써야 하는 존재는 없었습니다. 자식처럼, 까지는 아니지만, 조카 같은 생각에 걱정하시는 겁니다. 물론 이 마르크도."

"고맙습니다. 마르크 씨."

감격하여 인사하자 벤노가 불평하듯 "마르크냐?" 하고 뱉었다. 나와 마르크는 얼굴을 마주 보며 웃음을 터트렸다.

"물론 벤노 씨한테도 감사하고 있어요. 계약 마술과 길드의 공방 등록 잘 부탁할게요."

계약 마술과 공방 등록

"준비됐습니다, 주인님."

마르크는 테이블 위에 계약 마술 때 본 적 있는 계약 용지와 특수 잉크가 들어간 이상한 디자인의 잉크병을 늘어놓았다.

벤노가 펜에 잉크를 찍고 계약 내용을 술술 적었다. 검은색 잉크가 아니라 파란색 잉크인 점도 내 기억대로였다. 나는 계약서에 쓰이는 글자를 가만히 바라보았다.

《마인 공방에서 만들어지는 물건을 파는 권리는 루츠가 가진다.

대리인을 두는 경우, 마인과 루츠와 벤노의 승낙을 얻은 후, 상업 길드에 보고해야 한다.》

"이 문장은 뭐죠?"

내가 계약서를 가리키자 벤노가 가볍게 눈썹을 올렸다.

"보험이다. 아이들끼리 한 계약은 폭력이나 유괴 같은 짓으로 협박해서 파기하려는 녀석도 나타나니까. 조금이라도 부정을 막으려면 나와 길드를 넣어 둬. 이러한 계약을 할 때는 되도록 네 편이 될 것 같은 제삼자를 끌어넣어 두는 편이 좋아. 기억해 두도록."

"감사합니다……."

벤노가 이런 귀찮은 계약 마술을 제안할 뿐만 아니라 아군이 되어 스스로 곤란해질 일을 자처하리라고는 생각도 못 했다. 나는 마르크가 내민 펜을 건네받고 서명을 했다. 다음은 루츠가, 마지막에 벤노가 이름을 적고 피도장을 찍었다.

"루츠, 부탁해."

눈을 꼭 감고 손을 내밀자 루츠가 칼로 가볍게 손가락을 그어 주었다. 맺혀 올라오는 새빨간 피를 자신의 서명 위에 꾹 눌렀다.

파란 잉크가 피를 흡수한 순간 그때처럼 검은색으로 바뀌었다. 그리고 모든 서명을 끝낸 뒤 잉크 부분이 빛을 내면서 타들어 가듯이 구멍을 넓혀 가며 계약 용지 자체가 사라져 갔다. 잿더미마저 빛에 녹듯 반짝거리며 사라져 가는 장면을 보면서 벤노가 천천히 숨을 내쉬었다.

"이걸로 일단은 마인이 귀족 마을에 잡혀 들어가도 상품을 파는 데 필요하다는 대의명분으로 루츠도 마인과 만날 수 있게 되었다. 어쨌든 이런 일이 생기지 않도록 넌 자신을 지키는 법을 배워."

"노력할게요."

나는 힘 있게 주먹을 쥐어 보였으나 벤노도, 루츠도, 마르크도 굉장히 불안한 얼굴로 고개를 저었다.

"단, 마인이 만들어내는 상품의 가치를 알아보는 자에게만 이 방법이 통하겠지."

"네?"

"너의 마력만 필요한 상대라면 상품 매매 따위 알 바 아니라며 주장할 거다. 뭐, 다행히도 이 마을 귀족 중 내버려 둬도 큰돈이 들어오는 기회를 무시할 만큼 유복한 귀족은 거의 없지. 그리고 전에도 말했지만, 이 계약 마술이 효과를 보이는 건 이 마을뿐이다. 주의해 둬."

그 뒤 평범한 양피지로 같은 내용의 계약을 맺었다. 상업 길드에 보고하기 위함과 귀족을 상대로 크게 견제할 수 없지만, 무슨 일이 생겼을 때 이미 계약했다는 사실을 보이기 위함이라고 했다.

"오늘 내로 절차를 밟아 두자. 이대로 상업 길드에 가지. 마인 공방을 정식으로 등록하고 마인을 공방장으로 해 두면 상품 매매는 문제없다. 그리고 신전 이외에도 선택지와 돈을 벌 방법은 얼마든지 있다는 사실을 보이면 조금은 강하게 협상에 임할 수 있겠지."

돌아가는 길에 상업 길드가 있으니 들러서 절차를 마쳐 두면 일단은 안심된다.

빨리빨리 움직이라며 재촉하는 벤노에게 떠밀려 루츠가 옷을 갈아입으려고 창고로 쓰는 위층으로 뛰어 올라가는 모습을 배웅한 후, 나는 벤노를 올려다보며 질문했다.

"어떻게 하면 신전을 상대로 유리하게 협상을 끌어낼 수 있나요?"

"우선은 자신에게 최선의 결과를 떠올려. 그러려면 상대방에게 어떤 양보를 끌어내야 할지, 이쪽에서 낼 수 있는 건 무엇인지, 상대가 무엇을 원하는지 가려내야지."

벤노의 말을 들으며 나는 내가 원하는 것을 떠올려 보았다. 원하는 것은 도서실 입실과 관람 허가다. 그러려면 노동이 필수인 회색 무녀 수습생이 아닌 자격으로 신전에 들어가고 싶었다. 내가 낼 수 있는 것은 마력과 돈. 벤노의 정보가 사실이라면 상대방도 마력과 돈이 필요할 것이다.

'어떻게든 협상할 수 있겠는데?'

"그러고 보니 신전에 들어가려면 원칙적으로 다른 길드 소속이면 안 된다고 신전장이 그랬어요. 길드장과 협상해 주겠다고 했는데 공방장으로 등록할 수 있을까요?"

"어이, 마인. 네 일을 남에게 통째로 맡기지 마. 반드시 그 사이에서 자신의 이익을 확보해. 무슨 말도 안 되는 조건을 걸지 모르잖나."

"그러네요. 솔직히 술잔이 마술 도구라서 수명을 연장하리라고는 생각도 못 했던지라 일단 책 읽는 일 말고는 남은 반년, 될 대로 되라는 식이었어요. 자포자기 심정이었던 사실은 인정할게요. 어떻게든 수명을 늘릴 수 있게 되었고, 도서실도 발견해서 제 의욕은 점점 불타오르고 있으니 열심히 할게요."

"그 의욕이 헛되지 않도록 머리를 써."

"잘 처리할게요."

루츠가 계단을 뛰어 내려왔다. 상당히 서둘렀는지 헉헉댔다. 내가 저기까지 뛰어오르고 내려왔다면 틀림없이 쓰러졌겠다며 7층 높이를 올려다보며 감탄했다.

"자, 가자."

벤노가 자연스럽게 내 겨드랑이에 손을 쓱 넣어 나를 안아 올렸다. 오토에게 성인 남성이 참을 수 없는 걸음 속도라는 말을 들었기 때문에 최근에는 얌전하게 몸을 맡겼다. 반항하면 피곤하기만 하고 쓸데없는 체력 소모라는 생각에 포기했다.

"신전에 들어갈 자가 다른 길드에 소속되어서는 안 된다면 신전에서 상업 길드와 거래할 수 있는 사람이 마인 뿐이라는 말이군. 이미 등록했다는 고집이 통하지 않으면 돈을 살짝 뿌려서라도 공방 활동을 인정받아."

상업 길드로 향하는 도중에 벤노는 약간의 시간도 아까운 듯 계속해서 대응책이나 협상 방법을 말했다. 전부 적어 두고 싶지만, 그럴 수 없는 게 아쉬웠다. 가만히 벤노를 보면서 조금이라도 많은 정보를 얻으려고 귀와 뇌를 총동원했다.

"조금 전에도 말했듯이 청색 신관이 줄고 고아들은 일이 없어져서 기부가 줄었을 가능성이 있다. 고아들에게 새로운 길을 열어 주고 싶다든지, 직업을 주고 싶다든지, 생활 환경을 갖추도록 돕고 싶다든지, 뭐 그런 적당히 포장한 말을 실컷 늘어놓고 공방의 권리를 인정받도록 해. 무엇을 하든 간에 돈이 필요하다는 사실 정도는 신전 측도 알고 있을 거다."

"네."

"그 김에 당사자들에게도 일을 주겠다든지, 너는 몸 관리를 해 줄 녀석이 없으면 행동할 수 없다든지 진실 하나를 열이든 스물이든 부풀려서 노동력도 확보해 둬. 이제 루츠는 상점 수습생이니 일주일에 반은 못 쓸 테니까."

하나하나 구체적이고 알기 쉬운 대책에 재차 고개를 끄덕이며 머릿속을 정리해 나갔다. 적당히 포장한 말을 늘어놓고 공방의 권리를 차지한 후, 허약 체질인 점을 부풀려 노동력을 확보한다. 확실히 공방이 있어도 나 혼자서는 운영할 수 없었다.

"고아들이라도 성실하게 일한다면 다른 공방에서도 받아들이는 곳이 나올지도 모르지. 판매하는 신상품을 고아들이 만들었다는 사실이 알려지면 주위의 시선도 조금은 바뀔지도 모르고. 그건 너의 노력 여하에 달렸다."

"알겠어요. 열심히 해 볼게요."

나뿐만이 아니라 고아들까지 생각해 주는 벤노에게 감동하자 벤노가 한숨을 쉬며 고개를 저었다.

"하아……. 놀아나는 데도 정도가 있지. 뭐든지 떠맡을 생각 마라. 우선순위는 미리 정해 둬."

"네? 무슨 의미예요?"

갑자기 확 바뀐 말에 내가 눈만 껌뻑이자 벤노가 곤란한 듯 미간을 찌푸렸다. 아무래도 뭔가 나를 시험한 모양이다.

"신전 안에서 네 입지를 굳히기 전까지는 고아들보다 너 자신을 최우선으로 해. 오히려 고아들을 네 편으로 끌어들여 이용할 생각을 하라고. 이런 말은 하고 싶지 않지만, 고아들보다 네게 무슨 일이 생기지 않을까 걱정하며 힘들어할 사람들이 훨씬 많으니까."

"알겠어요……."

내가 수긍했을 땐 상업 길드에 도착해 있었다. 루츠가 열어 준 문을 지나면서 벤노가 살짝 불쾌한 표정을 지었다.

"새로운 상품을 만들거나, 곤란한 일이 생기거나, 뭔가 필요한 물건이 있으면 상담하러 와. 물론 그에 상응하는 돈은 받겠지만, 되도록 편의를 봐주도록 하지."

"감사합니다. 고마워요, 벤노 씨."

해 질 녘이 가까워져서 사람이 적은 2층을 빠르게 지나 3층 카운터로 향했다. 임시 길드 카드를 반납하고 세례식 전부터 벤노가 준비해 둔 서류를 제출하여 정식으로 등록했다. 서류에는 거래처로 길베르타 상회를, 협상 역으로 루츠를 지명한다는 글도 똑바로 쓰여 있었다.

"어머, 마인. 와 있었구나."

길드장실에 있었는지 옅은 분홍색 양 갈래머리를 흔들며 계단을 내려온 프리다가 대기 공간의 서재를 뒤지는 나를 발견하고 달려왔다.

"세례식이 끝나면 등록하러 오겠다 싶었는데 깜깜무소식이기에 혹시나 세례식에서 쓰러진 줄 알고 걱정했어."

"후훗, 점쟁이네. 정말 쓰러졌다가 겨우 회복했어."

프리다의 예상대로 들어맞자 재미있어서 조그맣게 웃음을 터트리자 프리다가 지도를 펼쳐 보는 루츠를 가볍게 노려보았다.

"루츠가 붙어 있었는데도 쓰러지다니."

"이번엔 루츠는 전혀 잘못 없어. 오히려 내가 나빴거든."

구리코로 뱃가죽이 찢어질 만큼 웃다가 도서실을 발견해서 흥분한 원인으로 쓰러졌으니 전면적으로 내가 나빴다. 엎드려 사과할 만큼 걱정 끼친 점을 사과해야 할 정도다.

"어이, 마인. 너 부르는데?"

프리다와 이야기하는 동안 새로운 길드 카드가 완성된 모양이다. 프리다는 다시 일하러 카운터 안쪽으로 들어갔고, 나는 설명을 받으러 카운터로 향했다.

새 카드에는 예전 기록을 남겼지만, 피도장이 필요하다는 말에 '힉' 하고 숨을 들이마셨다.

"마인, 포기해."

건네받은 바늘로 손가락을 찔러 맺혀 올라오는 피를 누르자 카드에 빛이 나며 등록이 완료되었다. 등록은 간단하지만, 아프다. 등록료로 소은화 5닢을 낸 후, 임시 등록과 공방장 카드의 차이에 대한 설명을 듣는데 이 사실을 듣고 온 프리다가 내 손끝을 유심히 살폈다.

"어머, 마인 공방이라니? 길베르타 상회에서 상인 수습생이 된다고 하지 않았니?"

"체력적으로 일이 불가능해서 포기했어."

"그럼 마인 공방이 만든 물건을 오트마르 상회에서도 도매하면 되겠네?"

즉시 눈을 번뜩이며 상인의 얼굴이 된 프리다를 보고 나는 조금 시선을 피했다.

"아~, 미안. 마인 공방에서 만든 물건은 루츠가 벤노 씨 상점에 팔기로 되어 있어."

"또 루츠니……?"

프리다가 불만스럽게 입술을 삐죽였지만, 이미 정해진 사실이라 어쩔 수 없었다. 프리다에게는 카트르 카르의 독점 판매권을 팔았으니 이 일은 포기했으면 했다.

"프리다한테는 카트르 카르를 양보했잖아. 어때? 팔릴 것 같아?"

"물론. 일제가 열심히 맛을 연구하고 있어. 팔기 전에 마인의 의견을 듣고 싶대. 꼭 맛보러 와 줘. 내일 어때?"

먹고 싶다. 피곤할 때 먹는 달콤한 음식은 최고지. 하지만 신전과 협상이 끝날 때까지는 과자를 맛보러 갈 여유가 없었다.

"초대는 고맙지만, 내일모레까지는 예정이 꽉 찼어."

"그럼 그 다음 날은 어떨까? 괜찮으면 투리도 데려와. 언니가 있으면 루츠는 안 와도 되잖니?"

투리의 존재로 루츠를 견제하자 루츠는 당장에라도 달려들 것 같은 얼굴로 프리다를 노려보았다. 그러고 보니 얼마 전에 투리를 마차에 태운다고 루츠를 놓고 간 적이 있었다.

"프리다, 그렇게 짓궂게 굴지 마. 다 같이 먹으면 맛있어. 일제 씨가 맛 연구를 한다면 몇 개나 만들었을 거잖아."

"그건 그렇지만……."

불만 가득한 프리다에게 나는 상품의 시식이라는 점을 강조하며 프리다의 감정적인 사고를 상인의 사고로 바꿀 방법을 고민했다.

"상품 완성도와 매상을 예측하려면 되도록 많은 사람에게 먹여 보고 의견을 듣는 편이 좋아. 아이와 어른은 입맛도 다르고 남녀끼리도 다르니까.”

“많은 사람? 어떻게 먹여야 하는데? 다과회를 연다 해도 많은 사람을 초대하기는 어려워.”

프리다의 눈이 상인의 것으로 바뀌었다. 다만 루츠의 참가 여부에서 많은 사람을 초대하는 다과회로 사고가 바뀌어 버린 듯하다. 루츠의 참가를 승낙받을 수 있도록 어떻게든 언질을 주려고 거듭 말했다.

“딱히 다과회가 아니라도 괜찮지 않아? 한입 크기로 잘라서 여러 맛이 나는 카트르 카르를 준비해서 어느 쪽이 가장 맛있는지, 왜 맛있다고 느꼈는지 물어보는 시식회를 열면 루츠도…….”

“그 계획 받아들이겠어!”

내 마지막 말이 끝나기도 전에 프리다가 주먹으로 손바닥을 치며 눈을 반짝였다. 완전히 흥분해서 들뜬 표정이다. 굉장히 즐거우면서 행복한 표정에 이쪽은 더는 시야에 들어오지 않는 듯 보였다.

“시식회 일정이 정해지면 알릴게. 물론 언니도 루츠도. 아아, 바빠지겠어. 그럼 마인, 루츠. 안녕히.”

떠오른 생각을 당장 실현하고 싶은지 프리다가 발길을 돌려 계단을 뛰어 올라갔다. 아마 길드장에게 상담하러 간 듯하다. 무엇을 떠올렸고, 어떻게 폭주할지는 모르나 프리다가 기분 좋게 루츠를 초대해 줄 마음이 생겼으니 다행스러운 결과였다. 신전과 협상이 끝나 다양한 과자 맛을 즐길 수 있었으면 좋겠다고 흐뭇하게 프리다의 뒷모습을 바라보는데 루츠가 가볍게 한숨을 쉬었다.

“그렇지? 프리다랑 마인이랑 닮았지?”

루츠의 말에 나는 슬쩍 시선을 피했고, 벤노가 큭큭 웃으며 끄덕였다.

무사히 등록 절차를 마치고 상업 길드를 나오자 여름의 긴 낮볕도 지려고 하는 시간이었다. 상업 길드에 들어갈 때는 활기차던 중앙 광장도 오가는 사람이 드문드문했다.

길쭉한 그림자를 보면서 걷는데 루츠와 잡은 손에 살짝 힘이 들어간 느낌이 들었다.

“왜 그래?”

발걸음을 멈추고 루츠를 올려다보자 루츠는 화내는 듯한, 울음을 터트릴 것 같은 복잡한 표정으로 얼굴을 구기며 나를 내려다보았다. 툭 흘러나온 루츠의 말이 그림자에 떨어졌다.

“마인은 정말 신전에 들어갈 거야?”

“응. 아마도. 벤노 씨의 말이 전부 사실이라면 신전 쪽이 나를 놓아주지 않겠지. 벤노 씨가 그렇게 예측했잖아?”

그러자 루츠가 입술을 한번 꾹 다문 후, 불안스럽게 나를 바라보았다.

“협상할 수 있겠어?”

떨어지는 석양에 짙어진 그림자 때문인지 더욱 불안하게, 울먹이는 것처럼 보였다. 잡은 손에 조금씩 힘이 실렸다. 루츠의 불안을 조금이라도 덜어 주고 싶어서 나는 활짝 웃어 보였다.

“귀족과 협상한 적이 없으니까 어떻게 될지 모르겠어. 하지만 술잔이 정말 마술 도구이고, 신식을 억누를 수 있다면 신전에 가는 편이 좋고, 책을 읽기 위해 도서실에 들어가고 싶어. 하지만 아무리 생각해도 회색 무녀는 될 수 없으니까 협상에 달렸지. 조금이라도 노력해서 내 환경을 좋게 만들어 볼게.”

"응……. 힘내."

아주 잠깐 괴로운 듯 얼굴을 찌푸리던 루츠가 시선을 떨구고 걷기 시작했다.

우리는 잠시 침묵한 채 걸었다. 짐마차가 지나가는 소리를 신경 쓰는 척하며 루츠의 얼굴을 올려다보니 뭔가 하고 싶은 말을 억지로 참고 있는 표정을 짓고 있었다. 말없이 발걸음을 옮기는 동안 점점 신경이 쓰여 왔다.

"저기, 루츠. 하고 싶은 말이 있으면 말해 봐. 들을게."

걸음을 멈춘 루츠는 말하고 싶은 듯 입을 열다 닫고, 조금 고민한 후 시선을 휙 돌렸다.

"꼴사나우니까 말하고 싶지 않아."

아무리 신경 쓰여도 멋있어 보이고 싶은 남자의 마음을 존중해 주는 편이 좋을 것 같았다. 나는 "그래." 하고 끄덕이고 다시 걸었다.

또다시 침묵이 이어졌다. 마찬가지로 서둘러 집으로 돌아가는 사람들의 발소리가 돌바닥을 울렸고, 저녁의 소음이 창문 여기저기서 들려오는데 우리 주위만이 정적과 무거운 공기가 감돌았다. 날이 저물어서인지 건물에서 떨어진 긴 그림자가 겹쳐져 더욱 짙어져서 발밑도 조금씩 어두워져 갔다.

"같이 종이 만들고 책을 만들어서 팔자고 했으면서. 거짓말쟁이."

덜커덩거리며 옆을 지나가는 짐마차 소리에 묻힌 듯한 루츠의 중얼거림이 똑똑히 내 귀에 들렸다. 어지러이 바뀌는 상황 속에서 말하고 싶어도 말하지 못했던 루츠의 불만이 가슴을 찔렀다.

"미안해, 루츠."

"내 힘으로는 어쩔 수 없다는 건 잘 알아. 주인님이 한 말도 옳아.

마인이 조금이라도 위험한 꼴을 당하지 않게 있는 힘을 다해 협력하고 싶어."

루츠는 거기서 말을 끊고 한 번 어금니를 꽉 깨물었다.

"하지만 분해. 나랑 서점을 하겠다고 했으면서……."

"그랬지. 하지만 난 책을 읽고 싶어서 만들려고 했어. 그러니까 신전에 가서도 책 만들기는 계속할 거야. 오히려 수명이 길어졌으니 더 열심히 할 거야. 책을 늘리지 않으면 내 야망은 달성하지 못하니까."

내 말에 루츠가 고개를 들었다. 울먹이는 일그러진 미소로 어깨를 으쓱했다.

"책에 둘러싸여 책을 읽으면서 산다는 야망?"

"맞아. 루츠는 상인이 되고 싶지? 상인이 되어서 이곳저곳에 가보고 싶잖아? 그것처럼 나에게도 꿈이 있어. 각자의 꿈을 향해 노력하자."

그러자 루츠가 금방이라도 울 것 같은 표정을 지었다. 흘러넘칠 듯한 눈물이 침침한 어둠 속에서도 확실히 보였다.

"너의 꿈을 응원하고 싶어. 하지만 난 너와 함께여서 힘낼 수 있었어. 함께 주인님 상점에서 분발하고 싶었다고. 너와 함께 훨씬 많은 일을 해 보고 싶어."

그렇게 말하며 루츠가 나를 껴안고 내 어깻죽지에 얼굴을 파묻었다. 필사적으로 억누르려던 조용한 흐느낌이 어깨에 떨어졌다.

"괜찮아. 신전에 들어가도 할 수 있어. 반드시 책을 만들 테니까."

"아니야. 그게 아니야. 다른 누군가와 만든 책을 팔고 싶은 게 아니라 내가 너랑 함께 만들고 싶었다고."

쌓이고 쌓인 불만이 터지듯 흘러나왔다. 떼를 쓰듯 고개를 젓는 루츠를 보니 나까지 가슴이 아파져 눈물이 흘러내렸다. 나는 그 불만과 함께 루츠를 껴안으며 토닥토닥 등을 두드렸다.

"전에 결정한 말은 변함없어. 내가 생각한 물건은 루츠가 만든다. 뭔가 만들 땐 벤노 씨보다 먼저, 누구보다도 먼저 루츠에게 상담할 거고 협력을 부탁할 거야."

"난 아무것도 못 하는데?"

루츠가 깜짝 놀라며 고개를 들었다. 나는 루츠의 뺨을 타고 흐르는 눈물을 손으로 닦으면서 조용히 웃었다.

"루츠가 아무것도 못 한다면 난? 내가 할 수 있는 일이 어디 있었어? 그리고 뭘 어떻게 할지 전혀 모르는 백지 상태에서 내가 만들고 싶은 물건을 함께 만들어 준 사람은 루츠밖에 없어. 루츠가 없으면 곤란한 쪽은 나야."

"아니야. 이젠 마인이 만드는 물건의 가치를 알아 주는 사람들이 도와줄 거야."

루츠가 시시하다는 듯이 입술을 내밀고 운 자신이 부끄러운지 서둘러 눈물을 닦았다. 참았던 불만을 마음껏 뱉어내고 조금은 후련해졌는지, 아니면 창피함을 털어내고 싶은지 계속해서 어깨와 팔을 들썩였다.

"음, 다른 사람과 만들어도 생각대로 안 돼서 결국 루츠에게 중개를 부탁하는 미래밖에 떠오르지 않는데, 정말 도와줄래?"

내가 어깨를 들썩이자 루츠가 겨우 웃어 주었다. 손을 꼭 잡고 점차 어두워지는 길을 밝은 미소로 걷기 시작했다.

"걱정하지 마. 마인이 생각한 물건은 내가 반드시 만들어 줄게."

대책 회의와 신전

집에 돌아가자 가족 모두가 굉장히 걱정하는 얼굴로 내가 돌아오길 애타게 기다리고 있었다. 현관문이 열린 순간 투리와 엄마가 안심한 표정을 지었고, 같은 표정을 짓던 아빠가 곧바로 노발대발했다.

"늦었잖아! 얼마나 걱정을 끼쳐야 직성이 풀려?"

"걱정 끼쳐서 미안, 아빠."

신전에 대해 벤노에게 많은 이야기를 들은 나는 아빠가 상당히 걱정했음을 이해하고 곧장 사과했다. 나는 이미 차려진 저녁 식사를 곁눈질로 보면서 짐을 옮기러 침실로 갔다. 집에 돌아오자마자 공복과 피로가 확 밀려왔다.

"신전에 갔다가 벤노 씨 상점에 들르고 상업 길드까지 가는 바람에 시간이 엄청 걸렸어. 피곤한 데다 굉장히 배고파."

"대체 무슨 일이 있었던 거냐!"

아빠의 말이 가족들의 심정을 대표하는지 엄마와 투리도 불안한 눈으로 나를 바라보았다.

"전부 보고할 테니까 밥 먼저 먹어도 돼? 배가 고픈데 이야기가 길거든."

"알았다……."

여러 가지 고민에 빠졌는지 아니면 변변한 얘기가 아닐 거라는 불안에서인지 가족들은 어두운 표정으로 제각기 무언가 생각에 잠긴 채 식사를 했다. 밝은 화제가 없을까 기억을 더듬다가 문뜩 생각이 났다.

코린나 화제라면 분명 조금은 활발한 대화가 오가겠지.

"저기, 엄마. 오늘 벤노 씨 상점에 갔을 때 들었는데, 코린나 씨가 내가 입은 예복이랑 머리 장식을 보고 싶대. 보여도 돼?"

수프를 먹던 엄마가 숟가락을 떨어뜨렸다. 눈을 크게 뜨고 주변을 안절부절 둘러보다가 얼굴이 빨개져서는 고개를 저었다.

"뭐, 뭐!? 그런, 코린나 님께 보일 만한 물건이 아니잖니!"

"그래……? 그럼 거절해 둘게."

혹시나 망설이지 않을까 했는데 완강히 거절할 줄은 몰랐다. 엄마를 곤란하게 할 수는 없으니 거절해 두는 편이 좋겠지. 친절한 마음으로 한 발언이었는데, 엄마는 더욱 당황하여 손을 휙휙 젓고 눈을 이리저리 굴렸다.

"자, 잠깐만 기다려, 마인! 거절은 안 돼. 코린나 님께 실례잖아. 잠깐만 기다려 봐. 아아, 정말이지, 이걸 어떻게 금방 대답하겠어?"

엄마가 완전히 혼란 상태에 빠져버렸다. 코린나에게 인정받아 기쁘긴 하지만, 높은 사람을 상대로 어떻게 대응해야 할지 몰라 했다. 그런 엄마의 심리를 눈치채고 조용히 웃었다. 평소에 볼 수 없는 엄마의 모습이 조금 웃기고 귀여웠다.

이것도 아니다, 저것도 아니라고 중얼거리며 고민하느라 식사를 입에 대지 못하는 엄마의 허둥대는 모습을 웃으며 보고 있는데 투리가 옆에서 내 팔을 콕 찔렀다.

"저기, 마인. 그걸 코린나 님 댁에 가져간다고?"

"아마 그럴 것 같은데?"

엄마 입으로 거절은 안 된다니 예복과 머리 장식을 가져가도 된다는 말이겠지. 엄마가 갈지 나만 갈지 모르겠지만, 코린나를 우리 집에

오게 할 수는 없으니 우리가 코린나의 집에 가야 했다.

투리가 기대에 찬 반짝이는 눈으로 나를 지긋이 바라보며 가슴 앞에 깍지를 꼈다. 투리의 가장 귀여운 조르기 필살기다.

"마인, 이번엔 나도 가도 돼?"

지난번 린샴을 가져갈 때는 코린나가 내 앞으로 초대장을 보냈던 탓에 투리는 가고 싶은데도 꾹 참고 집을 지켜야 했다. 이번엔 따로 초대장을 받은 상태도 아니니까 벤노 씨에게 투리도 같이 가겠다고 말해 두면 괜찮을 듯싶었다.

"코린나 씨는 상냥하니까 거절하지는 않겠지만……. 머리 장식의 큰 꽃은 투리가 만들었다고 미리 말하면서 부탁해 볼게."

"와! 마인, 정말 좋아! 고마워!"

얼굴을 반짝이며 투리가 천진난만하게 웃었다.

'투리, 정말 귀여워. 역시 나의 천사야. 재봉 수습생 투리에게 코린나 씨는 카리스마 재봉사랄까, 동경의 사람이겠지.'

온화한 눈으로 투리를 보는데 엄마가 휙 손을 내밀며 제동을 걸었다.

"두 사람 다 잠깐. 아직 가겠다고 안 했어……."

"엥? 하지만 거절은 못 한다며?"

"그건 그렇지만, 그래도……."

"코린나 씨는 실제로 수선한 사람의 이야기를 듣고 싶어 할 것 같은데……. 그렇게 가고 싶지 않으면 안 가도 괜찮아."

허둥지둥하는 엄마의 입에서는 이렇다 할 의미를 가지는 말이 나오지 않았다. 내가 투리랑 같이 가겠다고 말하려 했더니 엄마가 단호하게 고개를 저었다.

"가고 싶지 않다는 말은 안 했잖니?"

"응. 그럼 셋이서 간다고 말해 둘게."

싱긋 웃으며 말하자 엄마가 절규했다. 투리가 엄마를 보고 킥킥 웃었다. 나도 덩달아 웃자 엄마도 포기한 듯 한숨을 내쉬더니 웃기 시작했다. 그런 우리를 보고 아빠가 눈을 가늘게 뜨며 완전히 웃지는 못하는 복잡한 미소를 띠었다.

"자, 오늘 있었던 일을 전부 들어 볼까?"

식사 후 차를 준비하면서 뱉은 엄마의 말에 들떴던 공기가 한순간에 무겁게 가라앉았다. 가족 모두의 시선이 내게 집중되며 이야기를 재촉했다.

"음, 신전 이야기부터 할게. 무녀 수습생 얘기는 거절했는데 내가 신식이란 사실을 알고는 부모님과 얘기하고 싶다면서 이 초대장을 줬어. 내일모레 세 점 종이래."

가방에서 꺼낸 목패를 보자 아빠의 얼굴색이 바뀌었다. 문지기인 아빠는 몇 번씩이나 보아 온 이 초대장의 존재를 알고 있었다. 그리고 귀족인 신전장이 보낸 초대장이 어떤 의미를 가지는지도 잘 알았다. 강제 소환 명령장을 보자 씰룩하고 입가가 굳어졌다.

"마인, 너 무슨 짓을 한 거냐!?"

"딱히 아무 짓도 안 했어. 이야기하다가 신관장이 성경을 읽어 주는 걸 들었을 뿐인데……."

"귀족님을 상대로 성경을 읽게 하다니, 너……."

"하지만 그땐 신관장이 귀족인지 몰랐단 말이야."

어쩔 수 없었다며 입술을 내밀면서 신전의 술잔을 빛냈던 이야기를 하자 부모님이 혼이 빠진 얼굴로 나를 보았다. 아무래도 허용치를 넘은 모양이다.

나는 멍하니 있는 부모님 앞에 손을 휘휘 저으며 가볍게 고개를 갸웃거렸다.

"이야기 이어도 돼?"

방심하던 아빠가 정신을 차리려고 고개를 휙휙 젓더니 머리를 벅벅 긁었다.

"아아, 말해."

"신전에 갔다가 벤노 씨 상점에 갔어. 벤노 씨는 나보다 신식과 신전이나 귀족들에 대해서 자세히 알아서 이것저것 가르쳐 줬거든."

의아스럽게 나를 보는 가족을 쭉 돌아보면서 한번 크게 끄덕였다. 그리고 천천히 숨을 내쉬고 다시 마셨다.

"신식 열은 마력이래. 그래서 신전이나 귀족한테서 도망칠 수 없을 거래."

"그런……."

엄마와 투리가 입가에 손을 대고 두려움에 몸을 떨었다. 그것이 마력을 가진 내가 두려워서인지 아니면 신전이라는 권력이 두려워서인지는 판단이 서지 않았다. 가볍게 눈을 내리깔고 이야기를 이었다.

"하지만 신전에 가면 마술 도구가 있어서 목숨은 구할 수 있어."

아빠도 엄마도 투리도 기대와 불안이 뒤섞인 표정으로 나를 보았다. 마력이 두려워서가 아닌 나를 걱정하는 눈이었다. 나는 안도감에 몸에서 힘이 빠졌다.

"저기, 마인. 신전에 들어가 버리면 목숨은 부지해도 만날 수 없게 되는 거지?"

"이대로라면 아마도……."

내 말에 투리가 글썽거리는 눈으로 싫다며 고개를 저었다.

"그게 귀족에게 잡혀 사는 미래랑 뭐가 달라! 난 널 신전 같은 곳에 보내고 싶지 않다!"

아빠가 쥐어짜며 말했다. 확실히 이대로라면 회색 무녀 수습생으로 신전에 들어가 마력과 기부금을 뺏기고 그들이 좋을 대로 취급받는 미래밖에 보이지 않았다.

"저기, 아빠. 아빠는 중앙이 어떻게 움직이는지 알아? 정변이 일어나서 귀족의 움직임에 변화가 있었다는 말을 들은 적 없어?"

"그러고 보니 며칠 전에 그런 말을 한 상인이 있었지. 문지기니까 약간의 정보는 들어오지만, 이 이야기와는 무관한 이야기잖냐?"

어쩌면 벤노는 오토 경유로 이야기를 들었을지도 몰랐다. 그런 생각을 하면서 나는 고개를 저었다.

"그래서 신전이 나를 부르는 거야. 지금은 귀족 수가 줄어든 탓에 신전에 마력이 필요해졌대. 벤노 씨의 말이 사실인지 모르겠지만, 아빠가 생각하기엔 어때?"

짐작 가는 데가 있는지 아빠가 침을 삼켰다. 턱을 만지며 뭔가를 생각해내려는 듯 가볍게 눈을 내리떴다.

"귀족이 줄었다는 말은 맞는 말이다. 나가는 귀족은 있어도 들어오는 귀족은 최근엔 없구나."

"벤노 씨 말이 사실이었구나. 그럼 가능성 있겠어."

"무슨 말이니?"

내가 중얼거리자 가족이 몸을 내밀며 달려들었다.

"벤노 씨가 나보고 운이 좋대. 귀족이 줄어서 신전이 곤란한 상황이라 잘 협상하면 귀족에 가까운 취급을 받을 수 있을지도 모른다고 했어.”

“자세히 말해 봐.”

아빠의 옅은 갈색 눈이 일할 때와 같은 진지하고 사나운 눈빛으로 바뀌어 나를 보았다.

나는 벤노가 알려 준 말을 되도록 짧고 알기 쉽게 설명했다. 그리고 계약 마술과 공방 등록에 대해서도 이야기했다.

“그래서 해 보지 않으면 모르지만, 허약 체질인 점을 강조해서 통근할 수 있게 하든지, 대우를 높이든지 협상하라고 했어. 이 상황이라면 어느 정도 저쪽도 양보해 줄 거래. 살려면 몸부림치라고 했어.”

내 말에 아빠가 눈을 번뜩였다.

“‘살려면 몸부림쳐라’라. 생각하기에 따라서는 좋은 기회라는 말인가?”

“응.”

마력 제공과 허약 체질을 주장해서 귀족과 거의 동등한 취급을 해 줄 것. 허약함과 부모의 마음을 강조하여 통근을 인정받을 것. 돈의 융통성으로 꼬드겨서 공방 존속을 인정받을 것.

“그 외에도 도서실 관람이나 노동력 확보 등 통과시키고 싶은 건은 많은데 이게 통과되면 이겼다고 봐도 될 거야.”

“알았다. 해 보지. 아빠는 이 마을과 함께 가족을 지키기 위해 병사가 되었는데 가족도 못 지켜서 뭘 지키겠느냐. 마인이 살 수 있는 최선의 길을 쟁취해 주마.”

눈을 형형하게 빛내며 입술을 씩 끌어 올린 아빠는 전쟁을 목전에 둔 남자의 얼굴이었다.

다음 날, 부모님은 직장에서 휴가를 받아 집에 머물렀다. 전날 지나치게 움직인 탓에 변변히 움직이질 못한 나는 휴식을 취했다.

그리고 그다음 날은 신전에 호출을 받은 약속의 날이다. 부모님은 옷 중에서 가장 깨끗한 예복을, 나는 길베르타 상회에 다니려고 맞춘 수습생 제복을 입고 신전으로 향했다.

"아빠, 날 지켜 줘."

나는 문에서 본 주먹을 쥐어 알통을 만들 듯 팔꿈치를 꺾는 자세를 취했다.

병사가 서로의 건투를 빌 때 하는 동작이었다. 아빠가 놀란 듯 가볍게 눈을 뜨고 피식 웃었다. 그리고 똑같이 주먹을 쥐어 팔꿈치를 꺾고 내 주먹에 자신의 주먹을 가볍게 부딪쳤다.

"맡겨 둬."

신전 문에는 이미 통보가 내려진 듯했다. 우리는 회색 신관을 따라 금방 신전장의 방으로 안내받았다. 평소대로 예배실을 지나 평민 숙박실이 있는 곳을 지나 귀족이 쓰는 공간으로 발걸음을 옮겼다.

나아갈 때마다 복도가 조금씩 화려해졌다. 아빠는 무언가 결심한 듯 관자놀이를 떨며 주먹을 세게 쥐고 걸었고 엄마는 나를 잡은 손에 힘을 주며 조금씩 떨었다.

"신전장님, 마인이라는 소녀와 그 부모가 도착했습니다."

회색 신관이 그렇게 말하며 신전장의 방문을 열었다. 방 중앙 테이블에 신전장과 신관장이 기다리는 모습이 보였다. 그리고 테이블의 뒤쪽 공간에 회색 신관 네 명이 서 있었다.

어제는 회색 신관이 고아인지 몰랐지만, 그 사실을 알고 다시 보아도 고아치고는 청결해 보였다. 대우가 그리 나쁘지 않은 걸까? 아니면 귀족의 시중을 드는 사람이니 청결해야 하는 걸까?

"안녕하세요. 신전장님."

"아아, 마인."

신전장은 낯익은 성격 좋은 할아버지 같은 표정으로 나를 맞이해 주었다. 하지만 그 후 나의 부모님을 보고 깜짝 놀라며 눈을 크게 떴다. 믿을 수 없다는 듯이 휘둥그레 뜨고 주먹을 부들부들 떨었다.

"그쪽이…… 마인의 부모가 틀림없는가?"

"네. 제 부모님이에요."

"대체 어떤 직업을?"

"아빠는 병사이시고 엄마는 염색 공장에서 일합니다."

내가 질문에 대답하자 신전장은 노골적인 시선으로 부모님을 빤히 쳐다본 뒤 바보 취급하듯 코웃음을 쳤다. 말하지 않아도 '빈민'이라 무시하는 태도임이 뻔히 보였다.

손바닥 뒤집듯 돌변한 태도에 나는 멍청히 눈을 깜빡였다. 갑자기 남을 깔보는 눈빛으로 변한 신전장의 모습에는 조금 전까지 사람 좋아 보이던 모습은 조금도 찾아볼 수 없었다. 신분의 차이를 눈으로 직접 목격함과 동시에 지금까지 좋은 대우를 받았던 원인이 돈의 위력에 있었다는 사실을 깨달았다.

"그럼 빨리 이야기를 마치도록 하지."

인사도 없고 테이블에 앉으라는 말조차 듣지 못해 우리는 선 채로 신전장의 이야기를 들어야 했다. 어쩌면 이것이 일반적일지도 모르지만, 지금까지 신전장이 친절한 사람이라고 생각했던 만큼 무심코 인상을 찡그리게 됐다.

신전장 옆에 앉은 신관장은 묵묵한 표정으로 우리를 볼 뿐 신전장처럼 경멸의 눈빛으로 보지는 않았다. 하지만 신전장을 말릴 생각은 전혀 없는지 점잖은 표정이었다.

신전장은 콜록하고 헛기침을 하고 눈썹을 움직이면서 실로 거들먹거리는 태도로 입을 열었다.

"마인이 무녀 수습생을 희망한다는 사실은 이미 알겠지만, 반대한다고?"

"네. 그렇습니다. 사랑하는 딸을 고아들과 똑같은 환경에 보내고 싶지 않아서이지요."

아빠가 조용히 눈에 불꽃을 튀기며 신전장을 봤지만, 신전장은 그런 아빠의 태도 따위 상대할 가치도 없다는 듯이 흥미 없는 얼굴로 수염을 쓰다듬었다.

"흠. 그럴지도 모르나 마인은 신식이다. 신식은 마술 도구가 없으면 살 수가 없지. 신전에는 마술 도구가 있다. 자비를 베풀어 마인을 신전에 받아들여 주겠다."

그것은 협상의 여지도 없는 명령이었다. 신전장이 상당히 고압적인 어조와 막된 태도를 보이자 신분 차이에 익숙지 않은 나는 그만 울컥해 버렸다. 역력하게 우리를 얕보는 거동에 짜증을 느끼는 건 나뿐만은 아니었던 모양이다. 아빠의 몸이 움찔거렸다.

"거절하겠습니다. 어차피 고아와 같은 환경에서는 마인은 살 수 없습니다."

"맞아요. 마인은 신식이 아니어도 상당히 허약해요. 세례식에서 두 번이나 쓰러졌고 그 뒤에도 며칠이나 앓은 약한 아이예요. 신전에서는 생활할 수 없어요."

나를 지키려는 듯 잡은 엄마의 손에 힘이 들어갔다. 신분 차이를 넘은 거절은 목숨을 거는 행위나 마찬가지였다. 당연히 거절당하리라고 조금도 생각지 못했던 신전장은 부모가 나란히 거절하자 반쯤 벗겨진 이마 위까지 새빨개져서 격분했다.

"부모가 나란히 무례하다! 얌전히 딸을 내놔!"

이 사람의 어디가 성직자인지 의심스러울 정도로 감정적이고 꼴사나운 모습에 내 얼굴이 굳어졌다. 이런 사람을 귀족이라고 평민인 우리가 머리를 조아려야 한다는 사실을 이해하고 싶지 않았다.

아빠도 분노로 떨었지만, 그 감정이 느껴지지 않을 정도로 조용한 어조로 다시 거절했다.

"거절하겠습니다. 신전에는 고아가 많이 있지 않습니까? 혹사하든 노리개로 삼든 그쪽에서 해결하십시오. 소중한 딸을 고아들 속에 보내는 짓은 절대 하지 않겠습니다."

아빠의 말에 엄마도 아플 정도로 손을 꽉 쥐고 분명하게 끄덕였다. 나는 부모님의 말이 기쁘고 자랑스러워서 무심코 웃어버릴 것 같았지만, 신전장에게는 물에 기름을 붓는 격이었다.

"웃기지 말아라! 이 무례한 부모를 구속하고 마인을 방에 가둬!"

신전장이 의자를 밀치며 일어나 뒤를 돌아서 등 뒤에 서 있는 회색 신관들을 향해 소리쳤다. 단순한지, 아니면 의논이라는 방법은 생각해 본 적도 없는지 갑자기 강경 수단으로 나왔다.

"물러서."

아빠가 나와 엄마를 지키려고 앞으로 나옴과 동시에 회색 신관들이 다가왔다. 테이블 뒤에 서 있었던 덕분에 일제히 덤벼들지는 못해 조금씩 시간차가 있었다. 잽싸게 자세를 취한 아빠를 향해 신전장이 기분 나쁜 미소를 지었다.

"신관에게 손을 댔다간 신의 이름으로 극형에 처하겠다."

"마인을 지키겠다고 결심한 순간부터 그 정도는 각오했다."

아빠는 덤비는 신관의 배를 주먹으로 힘껏 치고 고꾸라지는 신관을 무릎 차기로 턱을 찍어 졸도시켰다. 그리고 등 뒤로 달려온 신관의 미간을 그대로 등주먹치기로 내리쳤다.

한 명씩 급소를 공격하여 신관을 전투 불능 상태로 만드는 아빠의 물 흐르는 듯한 움직임에 망설임이 전혀 없었다. 무엇보다 병사로서 훈련을 거듭한 아빠에게 주로 귀족 신관의 시종을 드는 회색 신관은 상대가 안 되었다. 평소 그렇게 폭력에 노출되는 일이 없는지 남은 두 신관이 겁먹은 눈으로 아빠를 바라보면서 슬금슬금 뒷걸음쳤다.

"흥. 한두 명은 상대해도 여럿이면 얼마나 견디려나?"

신전장은 아빠의 각오를 비웃으며 문을 열었다. 어떤 방법으로 불러 모았는지 문 너머에서 열 명도 넘는 신관들이 방 안으로 우르르 몰려왔다.

다 이긴 게임인 양 이쪽을 쳐다보는 신전장의 표정을 보자 내 속의 무언가가 툭 하고 끊어졌다.

'적당히 해!'

체내의 피가 끓어오를 듯 전신이 뜨거워지고 그 반면에 머리는 침착하게 차가워지는 듯한 묘한 감각에 휩싸였다. 전신이 분노에 물들어가는 느낌이 들었다.

"웃기지 말라는 말은 내가 해야 할 대사야. 아빠랑 엄마를 건드리지 마."

내가 한 발짝 앞으로 나가자 거들먹거리며 웃던 신전장도, 혼자 조용히 앉은 채 상황을 지켜보던 신관장도, 우르르 몰려온 신관들까지 모두가 어째서인지 경악스러운 눈으로 나를 보았다.

결착

몸은 피가 들끓을 만큼 뜨거운데 머릿속은 차가워져 평소보다 훨씬 몸이 가벼워진 기분이었다. 지긋이 응시하는 내 눈빛만으로 문 가까이에서 떡하니 버티고 서 있던 신전장의 얼굴이 핏기가 가신 듯 새파랗게 질렸다.

'그런 얼굴을 할 바에 처음부터 심한 짓을 하지 않았으면 좋았을 것을. 바보 아냐?'

지금까지 모든 상황을 지켜보기만 하던 신관장이 점점 혈색이 나빠지는 신전장을 보고는 얼굴색이 바뀌어 벌떡 일어나 소리쳤다.

"마인! 마력이 새어 나오고 있다. 감정을 억눌러야 해!"

생각지도 못한 곳에서 들려온 목소리에 신전장에서 신관장으로 시선을 돌렸다.

내 시야에서 신전장의 모습이 사라진 순간, 무거운 짐을 떨어뜨린 것처럼 신전장이 그 자리에 털썩 주저앉는 소리가 들렸다. 내 시야에서 벗어나면 움직일 수 있는지 못에 박힌 듯 꼼짝 못 하던 신관들이 신전장에게 달려가 말을 거는 소리가 들리기 시작했다. 신전장의 안위를 묻는 목소리를 흘러들으며 나는 신관장에게 물었다.

"어떻게 억누르라고?"

내가 분노를 담아 신관장을 응시하면서 고개를 갸웃거리자 신관장이 가슴을 누르며 짧게 신음했다.

"크……, 항상, 하고 있지 않나?"

"대화하고 싶다고 사람을 호출해 놓고 갑자기 명령조에 강경 수단으로 나온 데다 반격하면 극형에 처하겠다는 상대에게 어떻게 분노를 억누르라는 건지 잘 모르겠는데?"

신관장에서 고개를 휙 돌려 다시 신전장을 시야에 담았다. 올려다봐야했던 조금 전과 달리 바닥에 녹초가 되어 주저앉은 신전장의 얼굴이 나와 시선이 맞는 위치에 있었다.

'힉' 하고 숨을 삼키며 얼굴이 공포심으로 물든 신전장이 우스꽝스러울 만치 바들거리며 조금이라도 나와 거리를 두려고 빌빌거렸다.

'이상한 얼굴이네.'

사람 좋아 보이던 얼굴도, 오만불손한 얼굴과도 달랐다. 나처럼 허약한 소녀를 상대로 마치 괴물, 혹은 요괴라도 보는 듯한 얼굴이다.

계속해서 표정이 바뀌는 신전장에게 참을 수 없는 짜증을 느끼며 한 발짝 걸음을 내디뎠다.

"오, 오지 마! 오지 마! 이쪽으로 오지 마라!"

헉헉거리며 가쁘게 호흡하는 신전장은 공황상태에 빠진 듯 몇 번이고 같은 말을 되풀이했다.

그러자 나의 오른쪽 어깨 뒤쪽에서 신관장의 다급한 목소리가 울려왔다.

"기다려! 이대로 감정에 맡겨 마력을 방출했다간 신전장님의 심장이 못 버틴다!"

나는 '흥' 하고 되받아치면서 한 발, 또 한 발 신전장을 향해 걸음을 옮겼다.

"죽어 버리면 되잖아. 이대로 살려두면 아빠랑 엄마를 죽일 거지? 그럼 먼저 죽어. 사람을 죽이려 했으니 당연히 죽임을 당할 각오도 있어야지. 당신이 죽으면 분명 당신 자리를 노리던 사람은 기뻐해 줄 거야."

네 발짝째 내딛자 신전장이 거품을 물고 눈을 뒤집으며 졸도했다.

다음 순간, 신관장이 내 시야에서 신전장을 가리듯 가로막고 내 앞에 무릎을 꿇었다. 그리고 괴로운지 눈살을 찌푸리고 비지땀을 흘리며 진지한 얼굴로 열을 올리며 말했다.

"대화하자."

"대화? 육체 언어로? 아니면 마력으로?"

내 질문에 눈을 크게 뜬 신관장이 쿨럭였고 입가에서 피가 떨어졌다. 나는 미끄러지듯 떨어지는 빨간 핏방울에 시선을 빼앗겼다.

"죽여서는, 안 돼. 그대가 신전장을 죽이면 그대 가족들은 귀족 살인범 일당이 되어 버린다. 그건 그대도 원치 않을 텐데."

신관장의 말에 정신을 차렸다. 가족을 지키려던 나의 폭주로 가족을 범죄자 일당으로 끌어들일 수는 없었다.

내가 재차 눈을 껌뻑이자 신관장의 입에서 매우 지친 한숨이 새어 나왔다.

"이성이 돌아온 모양이군."

"아마도……."

신관장은 안도한 듯 몸에서 힘을 빼고 주머니에서 꺼낸 손수건으로 피 묻은 자신의 입가를 닦았다. 그리고 헝클어진 앞머리를 정리했다. 그것만으로 아무 일도 없었다는 듯 침착한 얼굴로 다시 돌아왔다.

"그대가 원하는 대로 대화로 하자."

"그건 이쪽 조건을 전부 받아들이겠다는 말?"

순간 씁쓸한 얼굴을 한 신관장이 가볍게 고개를 저은 후 내 어깨에

손을 얹었다.

"그러기 위해서 날뛰는 마력을 억눌러야 해. 할 수 있겠나?"

나는 천천히 심호흡하면서 온몸에 퍼져 버린 열을 집중하여 중심으로 밀어 갔다. 평소의 익숙한 작업이었지만, 생각보다 신식 열이 증가한 느낌이 들었다.

'신식 열이 아니라 마력이었지?'

그런 쓸데없는 생각을 하면서 열을 깔끔하게 꾹꾹 밀어 넣고 뚜껑을 꽉 닫았다. 그러자마자 체내의 힘이 빠져 실이 끊어진 꼭두각시 인형처럼 털썩 쓰러졌다.

"이런."

쓰러지는 내 몸을 눈앞의 신관장이 껴안으며 받아 준 덕분에 바닥에 내동댕이쳐지는 일은 면했다.

"마인!"

"괜찮으냐!?"

신관장이 내 몸을 안아 올려 달려온 부모님에게 넘겼다. 엄마가 가볍게 무릎을 구부리고 나를 받아서 꼭 껴안아 주었다. 아빠는 축 늘어져 몸에 힘이 들어가지 않는 나를 불안해하며 걱정스럽게 내려다보았다.

"괜찮아. 신식 열이 폭주할 때 갑작스러운 체온 변화로 몸이 따라오질 못해서 그래. 항상 있는 일이야. 정신은 또렷해."

"항상 있는 일이라고? 이게?"

아빠의 불안스러운 말에 나는 가볍게 웃음을 터트렸다.

"이렇게 감정적으로 폭주하는 일은 거의 없지만, 먹혀 버릴 뻔했던 반년 전쯤엔 꽤 자주 열이 날뛰었었어."

"그랬었구나……."

내가 부모님과 그런 이야기를 나누는 동안 신관장이 일어나 그 자리를 수습하라고 신관들에게 지시를 내렸다. 신전장을 부탁하고 대화하기 위해 방을 정리하게 했다.

"자네들은 신전장을 침대에 눕히면 방으로 돌아가 쉬도록. 이만큼 마력의 위압을 정면으로 받았으니 상당히 몸에 무리가 갔을 거다."

"그렇지만 신관장님이 더……."

걱정스럽게 말하는 신관의 말대로 아마 이 자리에서 가장 무리한 사람은 주위의 신관들보다 신관장 쪽이었다. 신전장과 내 사이에 끼어들어 아주 가까운 정면에서 나와 눈을 맞추며 이야기를 했으니까.

"신관장님은…… 괜찮나요?"

입술 끝에서 떨어진 빨간 피를 새삼 떠올리며 나는 무심코 말을 걸었다. 깜짝 놀란 듯 이쪽을 본 신관장이 쓴웃음을 지었다.

"이것은 내게 주어진 벌이다. 세례식까지 살아남은 신식이 얼마만큼의 마력이 있는지도 모른 채 그대를 화나게 한 신전장님을 방관하기만 했으니 당연한 일이다."

모든 지시를 내린 신관장이 우리를 향해 천천히 걸어왔다. 가까이에서 보니 거친 숨과 지친 표정에서 무리하고 있다는 걸 감지했다.

"어째서 신관장님은 지켜보고만 있었죠?"

"아무런 조건 없이 그대를 신전에 들일 수 있다면 그걸로 충분하다고 생각했기 때문이다. 품을 덜 들여 조금이라도 이익을 얻으려고 욕심을 냈다. 설마 평민인 그대의 부모가 귀족의 명령을 강경하게 거절하리라곤 생각도 못 했지. 자식을 지키려고 극형마저 각오할 줄은 말이야."

계산 밖이라고 중얼거리는 신관장에게 아빠가 살짝 눈을 가늘게 뜨며 말했다.

"마인은 소중한 딸입니다. 몇 번이나 그렇게 말했을 텐데요."

아빠의 말에 신관장이 나를 보았다. 마치 자기 자신을 비웃는 듯한, 굉장히 눈부신 존재를 본 듯한 복잡한 미소를 지으며 엄마의 품에 안긴 내 머리를 가볍게 쓰다듬었다.

"마인……. 나는 솔직히 이렇게까지 부모에게 소중하게 사랑받는 그대가 부럽다. 신전에는 고아든 귀족이든 부모에게 버림받은 자들뿐이니까."

눈부시도록 화려한 방에서 사는 신관장의 말이 매우 슬프게 들렸고, 신전과 관계를 유지하는 동안 줄곧 내 가슴에 남는 말이 되었다.

신전장을 침대에 눕힌 후 우리는 장소를 바꾸어 대화를 나누기 위해 신관장의 방으로 이동했다.

기본적인 배치나 사용하는 고급스러운 가구는 신전장의 방과 똑같았지만, 장식장이 없고 집무 책상이 목패와 종이에 파묻혀 있었다. 아무래도 신전의 전반적인 실무를 신관장이 도맡아 하는 모양이었다.

이번에는 제대로 자리를 권유받았다. 힘이 빠진 나를 위해 소파까지 준비해 주고 대화를 시작했다.

"조금 전에 위압이라고 했었나? 그것이 대체 무엇인지 물어도 되겠습니까? 마인의 눈이 무지개처럼 빛나고 몸에서 자욱하게 옅은 노란 빛이 나왔는데……."

'그런 기괴한 현상이 일어났었다고? 눈이 무지개색이고 몸에서 뭔가 나오다니 그게 뭔데!?'

아빠의 말에 흠칫했다. 나만 못 보고 몰랐는지 아무도 놀란 나를 눈치채지 못하고 이야기를 척척 진행해갔다.

"격한 감정을 억제하지 못했을 때 생기는 현상이다. 마력이 온몸을 타고 활성화하여 자신의 적이라고 인식한 대상을 마력으로 위압하지. 감정을 잘 조절하지 못하는 어린아이에게 일어나기 쉬운 현상인데, 지금까지 없었는가?"

엄마와 아빠는 얼굴을 마주 보며 기억을 더듬었다.

"눈의 색이 바뀐 적은 몇 번 봤어요. 고집부릴 때 그렇게 돼요. 하지만 위압적이랄 것까지는 아니었는데. 억지로 이해시키면 대체로 가라앉았으니까."

부모님은 추억 이야기로 꽃을 피웠지만, 제삼자 입장으로 이야기를 들으니 자신이 얼마나 기묘한지 두드러지게 느껴졌다. 고집을 부리면 눈 색이 바뀌는 아이라면 솔직히 섬뜩하지 않을까?

'난 버림받아도 이상하지 않았네. 그런 나를 엄마, 아빠는 여기까지 정말 소중하게 길러 주셨어.'

"마력의 크기에 따라 영향에도 차이가 생기니 예전보다 위력이 높아졌다는 말은 조금씩 마인의 마력이 증가한다는 증거겠지. 앞으로 폭주하지 않게 주의하도록."

"웬만한 일이 아니면 감정에 휘둘리지 않아요."

열 받게 한 신전장을 에둘러 비난하자 신관장은 나를 지그시 관찰하면서 눈을 가늘게 떴다.

"신식은 마력이 비교적 높다는 말은 들었지만, 설마 신전장을 졸도시킬 정도의 위압을 뿜을 만한 마력을 내포하고 있을 줄이야. 이런 말을 해도 좋을지 모르겠지만, 어째서 그대는 아직도 숨이 붙어 있지?"

어째서냐고 물어도 곤란했다. 이해하지 못해 고개를 갸웃거리자 신관장이 설명해 주었다.

"마력이 강할수록 억제에는 정신력이 필요하다. 감정적이고 억제 방법을 모르는 아이가 약한 정신력으로 버틸 수 있는 마력은 솔직히 그다지 강하지 않지. 강한 마력을 가지고 태어난 아이일수록 빨리 죽는다. 성장에 따라 마력도 증가하여 세례식까지 살아남은 신식의 마력은 본래라면 별로 위협적이지 않다. 그대만큼의 마력을 가진 자가 살아 있는 자체가 이상한 일이다."

"이미 죽었었어요. 친절한 사람이 깨지다 만 마술 도구를 양보해 줘서 생명을 연장할 수 있었던 거예요."

원래의 마인은 약 2년 전에. 그리고 프리다가 구해주지 않았다면 나 역시도 반년 전에 죽었을 터였다. 신관장의 말대로 신식이 세례식까지 사는 건 쉬운 일이 아니었다.

"그렇군. 그런데 왜 그대는 그 친절한 사람을 통해 귀족과 계약하려 하지 않는가? 계약하지 않으면 살 수 없는 몸이다. 그대가 계약하지 않은 덕분에 이렇게 신전에 맞이할 수 있게 되었지만, 난 이해할 수가 없군."

정말 의아하다는 듯이 묻자 나도 마찬가지로 고개를 갸웃거렸다.

"계약해서 귀족에게 잡혀 사는 인생은 살아도 의미가 없지 않나요? 전 가족과 함께 있고 싶었어요. 책을 읽고 싶고, 만들고 싶었어요. 살고 싶은 대로 살지 못하는 인생은 죽은 거나 마찬가지예요. 의미가 없어요."

"'살고 싶은 대로 산다'라. 정말 이해할 수 없는 사고방식이군."

가볍게 고개를 젓던 신관장은 천천히 호흡을 가다듬고 나를, 엄마를, 그리고 아빠를 차례로 보다가 입을 열었다.

"마인, 그대가 신전에 들어오길 바란다. 이건 명령이 아니라 부탁이다."

"상인한테 들었어요. 귀족이 줄어서 마력이 부족한 거죠? 마력에 따라 수확에 영향이 생긴다는 말이 사실이에요?"

"꽤 박식한 상인이군. 뭐, 상관없다만."

아무래도 벤노가 모은 정보가 사실이었던 모양이다. 그 말은 마력이 부족하면 그 영향을 끼치는 범위가 심각하게 커질 수 있다는 뜻이었다.

"다른 귀족들의 협력을 받을 수는 없나요?"

"제각기 지키고 움직여야 하는 마술 도구가 있다. 나라와 마을의 중추를 거의 마술 도구가 지키기 때문이지."

귀족도 조금은 협력해 주길 바랐는데 따로 할 일이 있다니.

"신전장님은 저런 상태지만, 실무를 담당하는 사람은 나다. 그대만큼 마력을 가진 자는 신식 중에서도 드물다. 약속한 대로 가능한 한 편의를 도모해 주겠다."

"아빠, 뒤를 부탁해."

조건은 완벽하게 아빠에게 얘기해 뒀다. 이제부터의 협상은 가장인 아빠에게 맡기기로 했다. 엄마는 가만히 내 머리를 쓰다듬으며 "피곤하지? 자도 괜찮아." 하고 말해 주었지만, 내가 관련된 이야기를 똑바로 들어 두지 않았다가는 또 벤노에게 한소리 듣겠지. 소파에 기댄 채 나는 아빠와 신관장의 대화를 지켜보기로 했다.

"그럼 저희의 조건입니다. 마인의 마력이 필요하다면 귀족과 거의 동등한 취급을 요구합니다. 마인에게 회색 무녀와 같은 일은 절대 시키지 말아 줬으면 합니다."

아빠의 요구에 고민하는 기색도 없이 신관장이 끄덕였다.

"마인에게는 특별히 파란 의상을 준비하겠다. 귀족 자제와 마찬가지로 마술 도구 손질이 주 업무가 될 것이다. 본래 신전장님이 폭주하지 않았다면 그럴 생각이었다. 마술 도구의 손질과 본인이 열망하는 도서실 작업을 하도록 함이 어떤가?"

아무런 조건 없이 도서실 출입을 허가해 준 신관장의 호감도가 쑥쑥 올라가기 시작했다. 차가워 보여도 좋은 사람이다.

'나의 폭주도 몸을 던져 막아 줬고, 실무를 도맡은 유능한 사람인데다 성경도 읽어 주고 도서실에도 출입하게 해 주고, 도서실에도 출입하게 해 주고, 도서실에도 출입하게 해 주고!'

"신관장님은 정말 좋은 분이네요!"

나의 감동과 환희는 아무에게도 통하지 않은 모양이다. 아빠와 신관장도 힐끗 쳐다보기만 할 뿐 다시 대화로 돌아갔다.

"그리고 부모 눈에 닿지 않으면 너무 걱정되니 통근을 부탁하고 싶습니다. 저희는 마인을 떼어 놓을 수 없거든요."

"그렇군……. 마인은 고아가 아니니 집에서 다녀도 좋다. 실제로 집에서 통근하는 귀족도 많으니 문제는 없겠지."

"저기, 마인은 허약해서 매일 근무하기 어려운데, 그 점은 어떻게……."

엄마가 한 손으로 가볍게 내 입을 막아 발언을 금지하는 동안 나를 두고 이야기가 척척 진행되었다.

"몸 상태가 안 좋을 때는 무리할 필요는 없지만, 상태가 좋은 날은 숲에 간다고 했으니 못 움직이는 건 아니지 않은가?"

신관장의 시선에 주절주절 나불거린 자신에게 이를 갈면서 고개를 좌우로 저었다.

"몸 상태가 좋아도 루츠가 없으면 무리예요."

"루츠? 요전 날 마중을 왔던 소년인가?"

"네. 제 몸 상태를 줄곧 관리해 줬어요. 루츠가 없으면 갑자기 쓰러지거나 열이 나니까 몸 상태를 관리해 줄 사람이 있어야 해요."

그래서 루츠의 일정이 괜찮고, 몸 상태도 좋은 날만…… 이라고 말하기 전에 충분히 이해한다는 듯이 신관장이 끄덕였다. 말할 필요도 없다는 듯이 손 앞에 놓인 목패에 글을 써내려갔다.

"아아, 시종이 필요하다는 말이군. 청색 신관이나 청색 무녀에게는 반드시 시종 여럿을 붙여 두니 문제없다."

'네……? 시종이라고요? 그렇게 몇 명이나 붙이면 오히려 제가 곤란한데요?'

신관장은 당황한 내게서 시선을 돌려 부모님을 바라보았다. 뭐든지 들어 줄 생각이다. 어떻게든 나를 신전에 넣고 싶을 거라고 한 벤노의 말은 사실이었다.

"저기, 신관장님. 전 상업 길드에 등록되어 있는데 공방을 계속 이어서 해도 괜찮나요?"

"그런 건 신을 모시는 자에게 필요 없다, 라고 신전장님이라면 말씀하셨겠지."

신관장이 처음으로 난색을 보였다. 곤란한 듯 눈살을 찌푸리며 고민에 빠졌다. 나는 벤노에게 배운 대로 협상에 들어갔다.

"하지만 공방 일은 지금까지 계속해 왔어요. 저의 중요한 수입원이기도 하고요. 이곳에 고아원이 있죠? 고아들에게 급료를 지급해서 고용하든지, 상품 이익의 일부를 신전에 낸다든지, 뭔가 타협점을 찾을 수 있지 않을까요?"

무조건 거절할 것 같은 신전장과 달리 실무를 혼자 담당하는 신관장이라면 경제 사정도 머릿속에 있을 터였다. 귀족이 줄어 기부가 적어진 신전은 수입이 절실하다고 벤노가 말했었다. 가만히 신관장의 대답을 기다리자 신관장이 "대체 어디까지 알고 있는 건지." 하고 불쾌하다는 듯이 중얼거리며 관자놀이를 눌렀다.

"좋다……. 이익이나 신전에 낼 비율은 후일 천천히 의논한 후에 인정할지 어떨지를 결정하도록 하지. 오늘은 정보가 전혀 없어서 의논이 안 되니까."

"알겠습니다. 그럼 기부도 포함해서 돈 얘기는 후일로 미뤄요."

솔직히 부모님 앞에서 기부금 이야기는 하고 싶지 않았다. 뭔가를 눈치챈 듯한 신관장이 가볍게 한쪽 눈썹을 올렸지만, 아무 말 없이 부모님에게로 시선을 돌렸다.

"다른 조건은?"

"없습니다. 파란 옷을 받고, 상태에 따라 집에서 통근할 수 있다면 부모로서는 반대할 이유가 없지요."

"그럼 한 달 뒤, 신전에 오도록. 파란 의상을 준비하는 기간이 필요하다."

신관장이 쓱 하고 팔을 저으며 퇴실을 재촉했다.

높은 문에 둘러싸인 신전을 나오자 맑게 펼쳐진 오전의 파란 하늘이 상쾌하여 전부 끝났다는 해방감이 더욱 깊게 느껴졌다.

나는 아빠에게 안긴 채 집으로 돌아갔다. 잠시 누구도 입을 열지 않고 아무 말 없이 걸었다. 그리고 중앙 광장이 보이고 우리의 생활권 안으로 돌아왔을 때 아빠가 작은 목소리로 중얼거렸다.

"끝났군……."

"응."

"이긴 거지?"

마치 실감이 나지 않는다는 식으로 묻는 아빠에게 나는 활짝 웃으며 크게 끄덕였다.

"대승리야. 아빠도, 엄마도 지켜줘서 고마워."

나는 겨우 힘이 들어가기 시작한 주먹을 가볍게 쥐고 팔꿈치를 굽혔다. 그러자 아빠는 평소의 미소를 보이며 한 손으로 나를 고쳐 안은 후, 다른 한 손으로 주먹을 쥐었다.

"마인이 우리를 지켜 줬지. 위압이라는 놈으로."

"음, 화 때문에 열이 폭주했을 뿐이라 솔직히 잘 기억이 안 나."

키득키득 웃으며 아빠와 가볍게 주먹을 부딪쳤다. 우리가 낸 조건은 전부 받아들여졌고, 돈에 관해서는 앞으로의 협상에 달렸다. 벤노와 상담하고 대책을 짜서 반드시 이겨내야 한다.

"난 좀 안심했어. 신관장님이 계시면 괜찮을 것 같지 않니?"

엄마의 말에 고개를 갸웃거렸다. 확실히 신관장은 유능해 보이지만, 엄마가 무엇을 보고 안심한 걸까.

"신관장님은 제대로 마인을 막아 주었잖니? 마인은 제멋대로 행동하니까 아무도 막아 줄 사람이 없으면 걱정돼. 뭔 일이 생겨서 마력이 폭주해도 반드시 막아서 혼내 주는 사람은 귀중해."

나를 잘 아는 엄마다운 이유다. 신전에 들어가면 엄마를 필적할 신관장에게 혼날 날들을 보내게 될 미래가 눈에 훤하다.

"엄청 혼나겠네……."

내 예상에 아빠와 엄마가 웃었다. 부모님을 처형하려고 한 신전장을 막지 못했다면 이 풍경을 볼 수 없었을지도 모른다는 생각에 안도의 한숨을 내쉬었다.

'다행이다. 폭주하기는 했지만, 틀린 행동은 아니었어.'

모두와 나란히 돌아올 수 있게 되어 안도하면서 큰길을 꺾어 집으로 가는 좁은 골목길로 들어갔다.

우물 광장에서 투리가 주위를 서성이며 우리가 돌아오길 기다리는 모습에 자연스럽게 미소가 지어졌다.

"투리!"

"마인! 다행이다! 무사히 돌아왔어!"

우리의 모습을 발견한 투리가 길쭉한 잡초를 힘껏 밟으며 달려와 주었다.

아빠가 나를 내려 내 등을 잡아 자신에게 기대도록 하고 품으로 뛰어든 투리와 함께 나를 지탱해 주었다.

"어서 와, 마인! 기다렸어."

다행이라며 눈물을 글썽이는 투리의 미소에 나도 웃음으로 대답했다.

"다녀왔어, 투리."

에필로그

무사히, 라고는 말하기 어렵지만, 어떻게든 신전과 협상을 끝낸 권터는 오랜만에 근심 없이 일할 수 있겠다 싶었다. 오토의 헤벌레 웃는 얼굴을 보기 전까지는.

"오토. 조금은 표정 관리 좀 해. 그런 얼굴로 어떻게 문지기 일을 하겠나!?"

지적받은 오토는 자신의 뺨을 찰싹찰싹 두드려 굳은 표정을 지었다. 하지만 살짝 볼이 빨개질 뿐 전혀 효과가 없었다. 필시 푹 빠져 있는 아내에게 뭔가 좋은 일이 있었겠지 하고 예상했지만, 몇 대 때려 주고 싶을 정도로 실실거리는 표정 그대로였다.

전혀 바뀌지 않았다고 어이없어하며 한숨을 내쉬는 권터의 등 뒤로 크큭 하고 낮은 웃음소리가 들려왔다.

누가 웃나 싶어 째려보는 눈으로 뒤돌아보니 그곳에는 병사장이 어깨를 들썩이며 서 있었다.

"부하는 상사를 닮는다고 하지? 지금의 오토는 가족에게 무슨 일이 있을 때의 자네와 똑같구먼. 권터, 자네가 이야기를 들어 주게. 뭐, 평소와 역할이 바뀐 것뿐이잖나."

그렇게 권터의 어깨를 톡톡 두드리며 병사장은 자리를 떴다.

권터에게는 투리의 세례식 날에 회의가 겹쳤을 때나 가끔 마인에 대한 일로 이야기를 할 때 등 오토에게 폐를 끼쳤다는 자각이 아주 조금은 있었다.

'어쩔 수 없지. 썩 내키지는 않지만, 오늘은 오토 얘기를 마지막까지 들어 주자.'

아내 자랑이 길어 귀찮아도 들어 줘야겠다고 결심했다.

다행히도 주위 사람들이 자신을 똑같이 평가한다는 사실도, 가족애가 폭주해서 성가신 두 사람이 사이좋게 지내길 바란다는 사실도 귄터는 모르고 있었다.

교대와 인계를 마치고 귄터는 오토를 데리고 동문 쪽으로 갔다. 동문은 가도와 이어진 문으로 사람의 왕래가 가장 잦아 여관이나 음식점이 줄지은 거리다. 큰길에 가까운 골목이나 뒷골목에도 가게가 늘어서 있다. 이 마을 주민들은 대체로 단골 가게 하나씩은 가지고 있었다.

여름이라 어느 가게도 출입문을 활짝 열어젖혀 놓은 탓에 안에서 술을 마시며 떠드는 목소리가 사방팔방에서 들려 왔다. 지나가는 사람과 부딪치지 않게 요리조리 피하면서 귄터와 오토는 문지기들이 잘 모이는 단골 술집으로 향했다.

귄터가 술과 요리 냄새가 충만한 술집 안에 들어갔다. 거의 정중앙에 있는 긴 테이블 두 개를 연결한 자리에 수십 명의 단체 손님이 자리를 차지하고 큰 소리로 떠들고 있는 모습이 눈에 들어왔다. 그리고 벽 쪽에 소수 인원이 사용할 수 있는 테이블 몇 군데는 대부분이 꽉 차 있었다.

"우와, 가득 찼네요."

귄터는 오토의 목소리에 동의하면서 와글와글 소란스러운 단체의 뒤를 지나 안쪽 카운터에서 술을 따르는 주인장에게 말을 걸었다.

"여어, 에보. 베레아를 두 잔 주게. 그리고 데친 소시지도 몇 개 적당히 줘."

베레아 두 잔과 소시지 금액으로 대은화 1닢을 카운터 위에 내놓자 에보가 나무잔에 베레아를 넘칠 만치 따라 주었다. 흘리지 않게 조심히 술잔을 들고 빈 테이블을 찾아 구석 쪽의 둥근 테이블로 이동했다.

아직 앞 손님이 남긴 식기가 있었지만, 앉으려는 귄터를 금방 발견한 여종업원이 나무잔과 포크 등의 식기를 재빨리 가져갔다. 테이블에는 식기 대용으로 쓰는 딱딱한 빵이 고기 기름을 흡수하여 조금 흐물거리는 상태로 남아 있었다. 그 빵으로 테이블 위를 대충 닦아 그대로 바닥에 떨어뜨리자 가게에서 키우는 개가 꼬리를 흔들며 다가와 빵을 쩝쩝 먹기 시작했다.

정리한 테이블 위에 가져온 술잔을 놓고 덜커덩 소리를 내며 의자에 앉았다.

"반토르에게 감사를!"

술의 신에게 감사를 외치고 서로 가볍게 나무잔을 부딪친 후 귄터는 베레아를 입으로 가져갔다. 꿀꺽꿀꺽하고 잔에 든 술을 단숨에 목구멍에 부어 넣었다. 이것에 베레아를 가장 맛있게 마시는 최고의 방법이다. 퇴근 후의 마른 목을 통과하는 베레아의 청량함이 참을 수 없었다. 탄산의 자극과 베레아의 독특한 쓴맛과 향기가 잠깐의 시간을 두고 귄터의 입안에 퍼져나갔다.

"푸하, 맛있군! 그래서? 대체 무슨 일이야?"

귄터는 빈 잔을 테이블에 세차게 놓고 입가에 묻은 거품을 닦는 오토를 재촉했다. 오토는 여종업원에게서 데친 소시지를 받아들고 베레아 두 잔을 더 주문했다. 접시 대신 쓰는 딱딱한 빵 위에 소시지를 옮기며 수줍은 듯 실실 웃는 얼굴로 가볍게 어깨를 들썩였다.

"이건 코린나가 아직 말하지 말라고 해서 아무리 반장님이라도 말 못 해요."

"뭐야, 아이가 생겼어?"

"그, 그, 그걸 어떻게 압니까!?"

"아니, 네 태도나 다른 사람에게 말하지 말라는 부인의 말로 대충 알지 않나?"

큰일이라며 오토가 볼을 긁적였다. 솔직히 권터 자신도 완전히 똑같은 행동으로 주위 사람들에게 똑같은 지적을 받았기에 알 수 있었던 것이지만, 이런 사실을 쓸데없이 오토에게 알릴 필요는 없었다.

'그나저나 오토가 아빠라니. 이런 실실거리는 남자로 괜찮은가?'

그런 말이 권터의 머리를 스쳐 지나갔다. 하지만 이것 또한 권터가 주위 사람들에게 들은 평이었다.

아이가 생겨 들뜨는 사람은 애정이 깊은 좋은 아빠가 된다는 거다. 전혀 문제없지.

권터는 자신을 반성한 후 그렇게 고쳐 생각하고 재차 끄덕였다.

"여기 술 오래 기다리셨습니다!"

테이블 위에 기세 좋게 술잔이 놓이자 안에 든 액체가 흔들렸다. 베레아 거품이 조금 튀었지만, 그런 세세한 점을 신경 쓸 점원도 손님도 없다. 여종업원에게 중동화를 건네고 권터와 오토는 주위의 떠드는 소리에 이끌려 술잔에 입을 댔다. 단숨에 부어 넣었던 첫 잔째와 달리 보리의 향과 씁쌀한 맛과 단맛이 섞인 복잡한 맛을 음미하고 목구멍으로 흘려 넘겼다.

오토의 부인인 코린나는 에파와 투리가 동경하는 재봉사라고 들었다. 투리는 지금 다니는 공방 계약이 끝나면 코린나의 공방으로 옮기고 싶다고 했다. 그리고 코린나의 오빠인 벤노는 마인이 신세 지고 있는 상회의 주인이다. 귄터 자신은 오토와의 연밖에 없지만, 가족 전체로 보면 의외로 관계가 깊었다.

"오토. 너 마누라랑 자식도 소중히 해. 네 아이가 상점 후계자가 된다며? 예전에 마인이 그런 말을 했었지."

"그 일로 할 말이 있습니다, 반장님."

오토의 분위기가 갑자기 싹 바뀌었다. 실실거리던 얼굴이 굳었고, 시선은 할 말을 찾으려고 허공을 헤맸다. 마인이 혼자 끌어안은 일을 가족들에게 말하려던 때처럼 오토의 긴장한 어깨를 본 순간 술기운이 날아가고 머리가 차갑게 식었다. 막 마시기 시작했는데 목이 바싹바싹 말라 버린 느낌이 들었다. 귄터는 천천히 베레아를 입에 머금고 목으로 삼켰다.

"좋아……. 말해."

"아~ 그게 지금 당장은 아닙니다. 몇 년 뒤 일이긴 한데, 저 병사를 그만두게 될 것 같습니다."

오토가 병사 일에 몸을 담게 된 것은 코린나와의 결혼을 허락받기 위해서였다. 일개 행상인이 반한 상대가 거대 상점을 이을 딸이었다. 코린나의 주위 사람들은 오토가 마을에서 상인의 지위를 노리고 구애했다고 반대했고, 코린나마저 오토에게 불신감을 품었다고 했다. 그래서 오토는 마을 시민권을 사고 상인이 아닌 곳에 취직함으로써 자신의 진심을 증명하려 했다.

하지만 그때 귄터는 진심으로 놀랐다. 귄터가 서문에서 문지기를 했던 때였으니 벌써 4년 정도 전의 일이다.

"이번에 여기서 상품을 팔고 나면 부모님이 사는 마을에 가서 상점을 열 겁니다."

문을 빠져나가면서 이렇게 말했던 행상인이 불과 며칠 뒤에 여자를 꼬시려고 이 마을 시민권을 사는데 전 재산을 썼다며 상인 이외의 직장에 연줄이 없는지 물으러 왔다. 다른 문지기와 함께 재차 되물었을 정도로 귄터는 자신의 귀를 의심했다.

하지만 귄터는 문지기를 하면서 오토가 어릴 때부터 아빠를 따라다니며 행상인으로서 지내는 모습을 봐 왔고, 부모님 곁에 간다고 했던 남자가 전 재산을 털어 시민권을 살 정도로 진심으로 사랑에 빠졌다는 사실을 자기 자신을 돌이켜 보면 이해할 수 있었다.

오토는 행상인으로서 살아온 덕분에 계산이 가능하고 서류도 그럭저럭 익숙하게 읽기 때문에 주로 서류 작업 담당을 조건으로 귄터가 오토에게 병사직을 소개한 것이다. 병사는 몸 단련에는 열심이지만, 아무래도 서류 작업에는 서투른 남자가 많았다. 오토가 들어오고 나서는 출입하는 상인이나 귀족의 소개장을 가진 자와의 대응이 상당히 편해졌다.

그런 오토가 병사를 그만둔다? 상인으로서 처가에 인정받았다는 말일까?

병사를 하면서 상점을 도와야 하는 사실은 알고 있었다. 상인으로서 문에 출입하는 업자와 정보를 교환하면서 감이 둔해지지 않도록 노력한다는 사실도 알았다. 오토의 노력이 결실을 본다면 축하할 일이지만, 어째서인지 오토의 얼굴에는 당혹스러움이 짙게 물들어 있었다.

"아이가 생겨서 겨우 처남에게 인정받았나?"

"그 전부터 그런 이야기가 나왔으니 그건 아닙니다. 마인이 원인이에요."

뜬금없이 튀어나온 딸의 이름에 권터는 눈을 부릅뜨며 술잔을 거세게 내려놓았다. 그 반면에 오토는 표정을 누그러뜨리며 잔을 집어 한 모금 술을 마셨다.

"반장님, 제가 상인 이외의 직업 중에서 첫째로 병사를 고른 이유는 이 마을 주민과 관계를 이어 가기 위해서였습니다. 마을 사람들에게 제 얼굴을 알리고, 제가 마을 사람들의 얼굴을 기억하기 위해서. 그리고 마을에 출입하는 상인이나 귀족을 알기 위해. 정보 수집을 위해 병사를 골랐죠. 사실은 좀 더 병사 일을 계속할 생각이었지만, 상점의 상황이 바뀌었어요. 마인이 가져온 린샴이나 머리 장식이 굉장히 좋은 상품이라 길베르타 상회의 평판과 실적이 단숨에 올라갔거든요."

"호오. 마인이 가져온 상품이?"

마인이 칭찬받으니 부모로서 당연히 기쁘고 자랑스럽지만, 권터는 도무지 납득할 수 없었다. 권터의 눈에는 린샴을 만드는 사람은 투리였다. 머리 장식은 마인보다 에파나 투리가 훨씬 예쁘게 만들었다. 마인은 만들려고 해도 힘이 부족해서 실패하거나 완성도가 떨어져 곤란해 하는 모습을 훨씬 많이 봐왔었다.

"하지만 길베르타 상회는 기본 거래품이 의류입니다. 마인이 루츠와 함께 만들어 가져온 식물지는 이익과 영향도 크지만, 방향성이 다르죠. 그래서 벤노는 취급 물품 범위를 넓히고 싶다고 하고 코린나는 기본적으로 의류나 장식품밖에 흥미가 없으니 넓히고 싶지 않다고 하고…….”

“혹시 마인이 가져온 물건이 분쟁의 불씨가 된 건가?”

“아뇨. 분쟁이랄 정도는 아닙니다. 상인의 눈으로 보면 대단한 물건이에요. 벤노가 손대고 싶어 하는 마음도 이해가 갑니다. 다만 코린나의 힘으로는 다루기 힘들 뿐입니다. 그래서 벤노는 코린나에게 저를 보좌역으로 붙여서 길베르타 상회를 넘긴 뒤 자기 상점을 차리고 싶은 모양입니다……. 새로운 상점을 세워 마인이 가져오는 물건을 다른 마을에도 보급하려는 생각이죠.”

대상점 주인이 새로운 상점을 열면서까지 널리 팔려는 행동은 막대한 금액이 움직인다는 뜻이었다. 예전에 투리가 흥분하면서 마인이 부자라고 열심히 설명했는데 귄터는 대충 하는 말이겠거니 하고 크게 신경 쓰지 않았다. 세례식이 막 끝난 아이가 가질 만한 금액이 아니었기에 흘려들어서 금액이 얼마였는지 기억도 안 난다.

“마인이 어마어마한 돈을 번다는 말은 사실이었나?”

“사실이에요. 하지만 누구에게 배웠는지 어린애라고 생각할 수 없을 정도로 돈 관리가 철저합니다. 대충 계산하는 반장님이 가르쳤을 리는 없고. 대체 어디에서 배웠을까요?”

놀리듯 한쪽 눈썹을 올리며 말하는 벤노를 귄터는 가볍게 노려보고 코웃음을 쳤다. 귀여운 딸이 마음에 들어 쓸데없는 마력 같은 힘을 주고, 지나치게 현명한 지식까지 주는 존재는 단 한 사람뿐이다.

“신에게 배웠겠지. 마인은 신에게 사랑받는 딸이니까.”

“그냥 딸 바보인 줄 알았는데, 묘하게 설득력이 있어서 무섭네요.”

오토는 웃으면서 어깨를 들썩이고 소시지를 덥석 물었다. 귄터도 소시지를 베어 물었다.

"그래서 언제 그만두게 되지? 네 일을 이어서 할 녀석이 없는데?"

"아무리 그래도 지금 당장 교대할 수는 없으니 2년에서 3년 후 정도가 되겠네요. 계산할 줄 아는 후임자를 키워 두고 싶긴 한데……. 하아, 마인을 신전에 빼앗기다니. 제 오산이었어요. 너무 갑작스러워서 뭘 어떻게 해야 할지 모를 상황이에요."

오토가 마인이 상인 수습생이 되지 않도록 허약한 체력과 힘든 인간관계를 이유로 꼬드겨 자택 근무를 권한 사실을 떠올렸다. 그때 그대로 마인이 집에서 일하면서 가끔 문에 와서 함께 작업할 수 있었다면 얼마나 좋았을까? 귄터도 마인을 신전에 빼앗기리라고는 전혀 생각하지 않았다.

"나도 정말 생각지도 못했지. 귀족과 가까이하고 싶지 않다고 했던 마인이 갑자기 신전 무녀가 되고 싶다는 말을 꺼냈으니까. 아무리 책을 읽고 싶어도 그렇지……."

귄터는 세례식에서 돌아오자마자 신전 무녀 수습생이 되고 싶다는 말을 꺼냈을 때를 떠올리자 잔을 든 손에 힘이 실렸다. 겨우 발견한 도서실에서 죽을 때까지 책을 읽고 싶다는 이유로 신전이 어떤 장소인지도 모르면서 발을 들여놓은 마인은 바보였다.

"벤노도 이것저것 정보를 끌어모아 수단을 찾긴 하던데, 반장님은 지금 상황에 납득하시나요?"

"내가 납득할 것 같으냐?"

귄터가 오토를 찌릿 노려보자 오토는 항복했다는 듯이 가볍게 양손을 들어 고개를 저었다. 아무리 좋은 조건이 붙었다 해도 딸을 신전에 보내고 좋다 할 부모는 없었다.

"어찌 납득하겠냐? 귀족과 동등하게 취급하겠다지만, 녀석들의 특권 의식을 보면 정말 그런 취급을 해 줄 리가 없어."

어차피 말뿐이다. 명분상 파란 의상을 지급해 주기는 하겠으나, 마인을 진정으로 귀족과 동등하게 취급할 리가 없다. 어떤 취급을 당할지 전혀 모르는 일이었다.

"그래도 고아원에 들어가는 일은 피했어. 집에 돌아와 준다면 아직 내 눈 안에 있어. 귀족이 상대다. 완전히 잡히지 않은 것만으로도 다행이라고 생각할 수밖에."

"하지만 상당히 위험한 입장이죠?"

마인의 마력이 폭주한 위압으로 신전장을 막아서 흐지부지되었지만, 사실 신전장은 권터와 에파를 극형에 처해서라도 마인을 고아원에 집어넣을 계획이었다. 그런 마인을 집에서 통근하게 하는 것만으로도 신전장 입장에서는 크게 양보한 셈이었다. 이 이상의 우대를 바라기는 힘들었다. 오히려 평민에게 위압당한 신전장이 마인을 극도로 싫어하여 천대할 게 뻔했다. 마인이 신전에 다니기 시작하면 어떻게 될지 생각만으로도 두려웠다.

"반장님. 이건 벤노 말인데요, 아마 마인이 신전에서 안전하게 지낼 수 있는 건 기껏해야 5년 정도랍니다. 지금은 귀족이 적어서 마력을 가진 자를 보물처럼 대하겠지만, 귀족이 늘어나면 귀찮은 존재로 취급할 위험이 있대요."

"겨우 5년이라. 그래도 신전에 들어가지 못해서 반년도 안 지나서 죽는 것보다는 낫겠지."

마인을 신전에 보내는 가장 큰 목적은 마인의 생명 연장이었다. 이것만큼은 권터의 힘으로 어찌할 수가 없었다. 생명을 늘리려면 마술 도구가 필요한데 권터에게는 이를 손에 넣을 만큼의 연줄도, 돈도 없었다. 아비로서 한심스럽기 그지없었다.

“하지만 마인의 가치는 높아요. 마력도 있고, 돈을 벌 능력도 있죠. 위험이 닥치기 전에 그 존재 가치를 발휘한다면 평생 잡혀 사는 일보다 훨씬 좋은 계약 조건을 얻을 수 있을지도 몰라요.”

“마인은 가족과 함께 있고 싶으니까 귀족과 계약하지 않겠다고 하지만, 부모 마음으로는 가능한 한 오래 살아 줬으면 좋겠어.”

지금껏 열로 괴로워하다가 겨우 자신이 원하던 일을 할 수 있게 되었다. 자신이 바라는 대로 살아 주길 바랐다. 하지만 더 살고 싶은 마음에 귀족과 계약할지 안 할지. 계약하게 되면 대체 어떤 귀족과 어떤 계약 조건을 맺을지. 이 모든 결정은 마인에게 달렸다.

아빠인데도 귄터가 도와줄 수 있는 범위가 너무나도 좁았다. 자신보다도 친절히 상담을 들어 주고 정보를 모아주는 벤노나, 손녀를 위해 모은 마법 도구를 팔아 준 길드장 쪽이 훨씬 마인에게 도움이 되지 않을까.

“대체 내가 뭘 할 수 있지? 돈도 없고, 연줄도 없어. 아무리 소중히 키워 와도 내 자식 하나 제대로 지킬 수 없다니, 이 얼마나 대단한 병사냐?”

귄터는 술에 취해 집에서는 입 밖에 내지 않는 푸념을 늘어놓았다. 마을과 함께 가족을 지키겠다고 잘난 척 늘어놓아 봤자 일개 병사가 뭘 할 수 있겠는가.

그러자 그런 푸념을 듣던 오토가 가볍게 고개를 갸웃거렸다.

“아뇨. 마인의 아빠가 이 마을의 문을 지키는 병사인 건 어쩌면 신의 뜻일지도 모릅니다.”

“무슨 말이지?”

권터가 눈을 가늘게 뜨자 오토가 소음으로 가득 찬 주위를 돌아본 후 살짝 목소리를 죽여 말했다.

"이 마을 안에서라면 벤노가 힘을 썼으니 마인을 계약 마술로 다소 보호할 수 있어요. 벤노의 예측 중 가장 무서운 일은 다른 마을 귀족에게 유괴당하는 일이죠."

"유괴라고?"

위험스러운 말에 권터가 침을 꼴깍 삼켰다. 신전에 있는 귀족들은 다소 예상했지만, 다른 마을 귀족들까지 마인을 노린다는 가능성은 생각지도 못했다.

"마을을 나가면 계약 마술의 효과가 없어진답니다. 상대가 이 마을 귀족이라면 길드장이나 벤노가 움직여서 영주님께 청원을 넣을 수 있을지도 모르죠. 다만, 다른 마을 귀족은 영주님의 손이 미치지 않을 가능성이 있답니다."

거대한 권력을 가진 듯 보이는 대상점의 주인도 상업 길드장도 이 마을의 영주님마저도 그 힘이 미치는 곳이 한정적이라는 말에 권터는 머리를 두드려 맞은 기분이 들었다.

'영주님이 어찌하지 못하는 다른 마을 귀족 따위를 대체 내가 어찌 맞서야 좋단 말인가.'

권터가 관자놀이를 꾹 눌렀다. 그러자 오토가 입술을 씩 올리며 도발적으로 웃었다.

"그런 일이 일어나지 않으려면 신전에서 마인에게 좋은 감정을 가지지 않는 신관과 그 신관에 관여된 귀족을 조사해야 합니다. 그리고 다른 지역에서 들어오는 귀족을 주의하여 문제가 있는 자인지 어떤지 판단해야 하죠. 그러려면 모든 소개장이나 초대장을 봐야 하는 문지기가 마인을 지키기 위한 최적의 직업 아니겠습니까?"

권터는 눈을 껌뻑이며 문지기 일을 떠올렸다. 평민이 귀족의 동향을 알려면 문지기라는 직업이 안성맞춤이었다. 타 마을 귀족이 소개장이나 초대장 없이 들어올 수는 없었다. 마차나 말을 타고 마을로 들어오는 귀족은 반드시 문을 통해 소개장을 바탕으로 성벽으로 이동하여 귀족 마을로 출입한다. 잘난 귀족님이 평민 마을을 서성거릴 일은 없었다. 마을에서 마차를 세우거나 직접 신전으로 향하는 귀족을 주의한다면 상당히 높은 확률로 유괴를 피할 수 있을 터였다.

가령 귀족이 무뢰한을 시켜 유괴하려고 꾀한다 해도 문지기라면 외지인을 금방 가려낼 수 있다. 특히 뒤가 구린 일을 생업으로 하는 자는 보면 금방 알았다. 마을 주민에게 물어보며 수상한 자가 없는지 순찰하거나 문지기끼리 결속을 다지며 이상 사태가 일어났을 때는 신속히 움직이도록 평소 준비를 해 뒀다. 이 모든 일이 병사의 일이었다.

"마을과 함께 가족을 지키기 위해 병사가 되신 거죠? 지금까지처럼 마을을 지키면 되는 겁니다."

"그렇게 보면 다음 봄부터 동문으로 이동하게 된 것을 행운으로 봐야겠군."

병사는 3년에 한 번 조별로 담당 문을 바꾼다. 묘한 유착을 막고 병사끼리의 결속을 다져 작업을 균일화하는 것이 목적인 모양이나, 그런 건 어찌 되든 좋았다. 이번 봄에 권터네 조는 남문에서 동문으로 이동한다. 동문은 가도에 면해 있는 만큼 가장 경계가 필요한 곳이었다.

"확실히 경계해서 빈틈없이 정보를 수집해야겠군요. 병사끼리 연결 고리를 이용해서 조금이라도 위험을 감지하면 움직일 수 있도록 연락 방법도 재검토하는 편이 좋을지도 모릅니다. 저도 협력할게요. 벤노가 거기까지 관여하는 이상 우리 가족도 관계가 없지 않으니까요."

오토가 그렇게 말하며 주먹을 쥐고 팔꿈치를 꺾어 알통을 만들어 보였다. 도발적인 웃음을 지으며 병사가 서로의 건투를 빌 때 하는 행동이다.

"반장님. 반드시 지켜냅시다."

귄터도 오토와 마찬가지로 다부진 웃음을 지었다. 가라앉은 기분을 술잔에 남은 베레아와 함께 목구멍에 털어 넣고 거세게 술잔을 테이블 위에 놓았다. 그리고 힘껏 주먹을 쥐어 오토의 주먹에 자신의 주먹을 가볍게 부딪쳤다.

"아아, 내 가족은 이 마을과 함께 내가 지키겠어."

그로부터 신전에 들어가기까지

투리 – 코린나 님 댁을 방문하다

"나 왔어, 투리. 있잖아. 코린나 씨가 꼭 다 같이 오라고 했어. 내일 오후에 오래."

조금 서둘러 왔는지 마인이 숨을 헐떡거리며 현관문으로 뛰어 들어왔다. 활짝 웃음 띤 얼굴로 그렇게 말하더니 흐느적거리며 그 자리에 주저앉았다.

"윽……. 투리에게 빨리 알려주고 싶어서 너무 급하게 걸었나 봐."

"내일 못 가게 되는 일이 더 곤란해. 잠깐 앉아서 쉬어."

마인이 축 처진 모습으로 테이블에 몸을 기대어 앉았다. 윤기 나는 남색 머리가 스르륵 흘러내렸다. 그 모습에 나는 안도의 한숨을 쉬었다.

'응. 괜찮아 보여.'

마인은 이것저것 도전하며 조금씩 체력을 키웠지만, 완력은 전혀 강해지지 않았고 덩치도 여전했다. 여전히 네다섯 살 정도로밖에 보이지 않아서 걱정이었다. 또래인 루츠와 서 있어도 남매로밖에 보이지 않았고, 최근에는 숲에 갈 때 두 살이나 어린 아이가 자기를 챙겨줬다고 시무룩해졌었다. 같은 병을 가진 프리다와 달리 마인은 신식이라서가 아니라 신식이 나아도 그대로 허약 체질이라고 얼마 전에 루츠가 말했다.

마인은 파란 무녀 수습생으로서 신전에 들어가게 되었다. 덕분에 신식으로 죽지 않아도 되고, 회색 무녀로서 고아원에 들어갈 일도 없어졌다고 했다. 언제 마인이 사라질지 몰라 불안했는데 그렇게 되지 않게 되어 정말 기뻤다.

그리고 오늘 마인은 벤노 씨 상점에 신관장 대책을 상담하러 갔었다. 그 김에 코린나 씨와 만날 날을 정해 오겠다고 했다. 전에는 마인만 초대받고 난 집을 지켜야 했는데 이번에는 함께 갈 수 있도록 부탁해 보겠다고 했다.

'아아, 기대돼. 코린나 님 댁에 가다니. 공방 동료들에게 자랑해야지. 우후훗.'

코린나 님은 막 성인이 된 무렵부터 자신의 공방을 가지고 귀족님의 주문을 받아 의상을 만들 만큼 대단한 사람이다. 나 같은 재봉 수습생들에게 코린나 님은 저 파란 하늘보다 훨씬 먼 존재이고, 언젠가 저렇게 되고 싶다고 동경하는 사람이다.

멋진 남편에게 열렬한 구혼을 받았다는 이야기도 공방 동료들 사이에서 유명했다. 코린나 님을 위해 상인이라는 직업과 지금까지 쌓아온 재산을 버리고 구혼했다는 소문이 음유시인의 이야기처럼 전해져 왔다. 이토록 사랑받으며 남편의 아낌을 듬뿍 받는 코린나 님은 여자아이들에게 이상적인 존재 그 자체였다.

'코린나 님은 어떤 분일까? 마인은 상냥하고 예쁜 사람이라고 했는데.'

"우…… 좀 괜찮아졌나?"

마인이 관자놀이를 빙글빙글 누르며 일어나 느릿느릿하게 움직이기 시작했다.

마인이 스스로 만들고 항상 들고 다니는 가방에 정성스럽게 개어 더러워지지 않게 천으로 싼 예복과 머리 장식, 가느다란 코바늘을 넣었다. 내일 준비라는 걸 눈치챈 나는 마인에게 물었다.

"마인, 나는? 뭘 준비하면 돼?"

"음, 딱히 없는데…… 그럼 린샴으로 반듯하게 씻고 갈까?"

내가 만든 린샴으로 마인과 서로 머리를 감겨 주었다. 전에는 이렇게 자주 씻지 않았는데 최근에는 청결히 해야겠다는 생각을 하게 되었다. 공방에서도 손님이 방문했을 때 안내나 이야기 상대 역할은 청결한 사람들에게만 맡기기 때문이었다.

"있잖아, 마인. 나 오늘 처음으로 안내 담당을 맡았어."

"정말? 잘 됐다. 투리."

예전에 마인에게 옷차림이 단정한 사람만 손님과 마주할 수 있다며 공방 동료와 넋두리 떠는 기분으로 불평을 했었다. 그러자 마인은 "손님을 상대하는 장사는 첫인상이 제일 중요해. 상인이라면 당연히 신경 써야 하는 부분이야. 제작 담당자면 몰라도 손님에게 얼굴을 팔고 싶으면 투리도 옷차림에 신경 쓰는 편이 좋아." 하고 상인의 시점에서 주의를 주었다. 그 외에도 손님에게 보여도 괜찮은 작업복을 입고, 더럽히고 싶지 않다면 소매가 달린 앞치마를 입고, 안내하기 전에 앞치마만 벗으면 깨끗한 작업복 상태로 손님 앞에 나설 수 있다는 조언도 들었다.

마인의 충고를 받아들였더니 손님에게 얼굴을 내미는 일이 들어오게 되었다. 마인 덕분이라며 내가 고마워하자 마인은 "투리가 충고를 순순히 들어 줘서야." 하며 웃었다.

오늘 있었던 일을 서로 이야기하며 정성 들여 머리를 닦는 사이 엄마가 돌아왔다. 그리고 우리가 머리를 닦고 머리를 빗는 모습을 보고 가볍게 눈을 떴다.

"어머, 린샴을 썼니? 혹시……?"

"응. 내일 코린나 씨 집에 가기로 했어."

마인의 말을 들은 엄마는 요리 당번을 우리에게 떠넘기고는 진지한 얼굴로 열심히 머리를 씻기 시작했다. 코린나 님을 만나기 전 최대한 단정히 하고 싶은 기분을 충분히 이해한 나와 마인은 서로 어깨를 들썩이고 요리 당번을 교대해 줬다.

"나 내일은 엄마가 만들어 준 새 하복을 입고 가려고."

"좋네. 시원해 보이고 귀여워."

마인의 예복을 만들지 않게 된 덕에 남은 천은 나의 하복이 되었다. 마인과 달리 성장이 빠른 나는 눈 깜짝할 사이에 예전 옷이 맞지 않았다. 내 옷으로 만들기에 천이 부족했던 탓에 치마 밑단 부분만 여러 종류의 천을 꿰맞춰 길이를 보충했다. 마인이 패치워크 같다는 말을 했다. 장식을 뜻하는 말이라고 한다. 굉장히 귀여운 이 하복이 내 마음에 쏙 들었다.

'코린나 님도 귀엽다고 생각해 주실까?'

다음날 마인의 걸음 속도에 맞춰도 약속 시각에 도착할 수 있게 우리는 이른 시간에 집을 나섰다.

중앙 광장을 넘어 북쪽으로 향하니 오가는 사람들의 옷 색깔이 화려해지고 천을 잔뜩 사용한 디자인으로 바뀌었다. 북쪽에 올 일이 거의 없었던 나는 내 옷을 내려다보고 눈에 띄지 않을까 걱정되었다. 엄마도 나와 같은 느낌을 받았는지 주위의 눈을 신경 쓰는 듯 보였다. 마인 혼자 조금의 긴장도 없이 당당했다. 걸음 속도는 느리지만.

"코린나 씨 집은 벤노 씨 상점의 위층이야."

그 말을 듣고 깨달았다. 엄마와 나는 매일 듣기만 해서 실감이 나지 않았지만, 마인은 루츠와 함께 일상적으로 걷는 길이다. 그러니 긴장할 리가 없지.

"아아, 뭐라 인사해야 좋으려나?"

"우선 '처음 뵙겠습니다'겠지? 그리고 '초대해 주셔서 감사합니다'라든지? 벤노 씨나 마르크 씨에게는 '딸이 신세 지고 있습니다'라고 하면 될 걸?"

긴장한 엄마에게 마인이 단박에 대답했다. 평소 우리가 쓰지 않는 인사말을 망설임 없이 금방 말할 수 있는 건 문이나 상점에서 배워서일까?

"마인, 나는? 뭐라고 인사하면 돼?"

"투리는 귀엽게 웃으면 돼. 투리가 '만나길 기대했어요'라고 하면 좋아하지 않을 사람은 없을 테니까."

나와 엄마는 인사말을 연습하면서 걸었다. 그런 우리를 보며 길베르타 상회의 수습 제복을 입고 즐겁게 걷는 마인은 마치 이 주변과 잘 어울렸다. 자신이 모르는 마인의 모습을 느끼고 왠지 모를 초조함과 섭섭한 기분이 들었다.

"코린나 씨. 안녕하세요~"

계단을 하나 오를 때마다 긴장감에 몸을 떠는 엄마와 다리가 후들거리는 나와 달리 마인은 익숙한 태도로 문을 두드렸다.

'잠깐만. 아직 마음의 준비가!'

"어서 와, 마인. 어서 와요, 마인의 어머니와 언니분. 코린나입니다. 들어오세요."

마음의 준비가 되기 전에 귀엽고 사랑스러운 여성이 문을 열어주었다. 내 상상보다 훨씬 젊고 아름다운 사람이었다. 달빛을 모은 듯한 옅은 크림색 머리는 윤기가 흘렀고 마치 은색으로 보이는 부드럽고 눈웃음을 띤 회색 눈동자가 너무나도 상냥한 인상을 주었다. 전체적인 색채가 옅어 언뜻 연약해 보이지만, 스타일이 좋았다.

"코린나 님. 처음 뵙겠습니다. 마인의 엄마인 에파입니다. 오늘 초대해 주셔서 감사합니다."

엄마가 가볍게 무릎을 구부리고 허리를 살짝 낮추어 조금 전에 연습한 인사말을 했다. 나도 엄마를 따라 하면서 인사했다.

"코린나 님, 전 투리입니다. 정말 오늘을 기대했어요. 만나서 기뻐요."

"나도 기대했어. 마인의 예복이 멀리서 봐도 정말 눈에 띄게 멋있어서 꼭 보고 싶었거든. 고집을 부려서 미안해요."

부드러운 코린나 님의 미소에 나도 덩달아 미소 지었다. 봄 햇볕처럼 따뜻한 미소다.

"차를 준비할 테니 여기서 기다려 주세요."

코린나 님이 안내해주신 방은 작업 공간이기도 한 모양인지 상담테이블과 안쪽에는 작업용으로 보이는 테이블 두 개가 놓여있었다. 모든 일을 부엌에서 해결하는 우리 집과는 비교도 할 수 없었다. 그리고 아름다운 자수가 새겨진 천과 코린나 님이 만든 견본 의상이 진열되어 있었다.

'꺅! 멋져~!'

나와 엄마는 벽면에 걸린 의상과 형형색색의 태피스트리에 시선이 박혔다. 이렇게 멋진 작품을 직접 볼 줄이야. 나는 고개를 돌리며 작품 하나하나를 황홀하게 쳐다보았다. 정성 들인 손길과 선명한 색채로 디자인된 옷은 내가 입은 옷과는 차원이 달랐다. 감탄스러운 한숨을 내쉬며 진열된 옷을 쳐다봤다.

"예뻐……. 어떻게 해야 이런 옷을 만들 수 있을까? 난 이런 디자인이 떠오르지 않는데. 역시 연습일까?"

"기술도 중요하지만, 멋진 디자인을 짜려면 좋은 작품을 많이 보는 것도 중요해."

마인은 피곤한지 혼자 자리에 앉아 발을 흔들거리며 금색 눈빛을 내게로 향했다. 생각지도 못한 말에 빙글 몸을 돌렸다.

"마인, 무슨 말이야?"

"부자들이 어떤 옷을 좋아하는지, 어떤 옷이 유행하는지 잘 관찰해야 한다는 말이야. 코린나 씨는 부잣집 출신이라 자연스럽게 좋은 물건들에 둘러싸여 자라왔기 때문에 어떤 물건이 좋은지 잘 아는 거야."

"그럼 나한텐 무리라는 말이야?"

넌 아무리 노력해도 안 된다는 말로 들려 어깨가 축 처졌다. 그러자 마인이 고개를 저으며 말했다.

"아니야. 쉬는 날 숲에 가는 것도 중요할지 모르겠지만, 중앙 광장에서 북쪽으로 산책해 보면 좋아. 지나다니는 부자들이나 그들이 출입하는 상점도 많잖아? 다양한 옷을 입은 사람들을 보고 비교해 보거나 유행하는 옷이나 디자인을 조사해 보면 참고가 될 거야."

쉬는 날에 숲에 가는 일은 있어도 북쪽으로 간 적은 없었다. 이제껏 중앙 광장에서 북쪽으로 넘어간 적은 한 손으로 셀 정도밖에 없었다. 부자들이 사는 곳에 가면 부자들 사이에서 유행하는 정보를 얻을 수 있다는 사실조차 생각해본 적 없었다.

“그리고 이런 태피스트리의 모양이나 이런 꽃 자수는 숲에서 따는 채집물 모양이랑 비슷하지? 이런 것들도 자세히 봐 두면 디자인을 짤 때 도움이 돼.”

마인은 나와 전혀 다른 시선으로 장식을 보는 듯했다. 그저 예쁘다고 들뜬 나는 장인, 마인은 상인의 시선으로 본다는 차이일까? 나는 들뜬 마음을 조금 누그러뜨리고 지금의 나라도 훔칠 수 있는 기술이 없는지 코린나 님의 작품을 자세히 살펴보기 시작했다.

“어머, 투리. 그렇게 자세히 쳐다보면 조금 부끄럽잖니.”

코린나 님이 그렇게 말하며 시종을 데리고 방으로 들어왔다.

“처음 본 옷 형태라 신기해서요. 전 재봉 수습생인데 옷처럼 큰 재봉은 아직 맡아보지 못했거든요…….”

최근에는 상품 중에서도 눈에 잘 띄지 않는 작은 부분을 겨우 맡아 꿰맬 수 있게 되었지만, 옷을 꿰매는 일은 아직 먼 이야기였다.

“기초 연습이 중요하단다. 정성스럽게 바느질 눈을 맞춰 꿰매지 않으면 예쁜 옷을 만들지 못해.”

“열심히 할게요. 저, 코린나 님. 이 부분은 어떻게 꿰매 붙였나요?”

시종이 차와 과자를 들고 와 테이블에 준비하는 동안 코린나 님은 각각의 옷을 설명해 주었다. 어느새 엄마까지 다가와 함께 들었는데 마인만 흥미 없이 테이블에 앉은 채였다.

“자, 어서 들어요.”

코린나 님의 권유에 차를 한 모금 마셨다. 우리 집에서 먹는 차와 달리 입안에서 퍼져 나가는 향이 너무나도 좋았다.

“맛있어! 정말 맛있어요!”

"마음에 들어 하니 다행이야."

내 목소리에 코린나 님이 생긋 웃었다. 가족들의 동의를 구하려고 옆을 보니 엄마는 맛있긴 하지만, 가격이 신경 쓰이는 표정이었고, 마인은 가볍게 눈을 감고 황홀한 표정으로 음미하고 있었다.

"이쪽도 먹어 봐."

코린나 님이 살짝 구운 빵 같은 반죽 위에 과일과 꿀을 바른 과자 접시를 살짝 밀어 주었다. 나는 잘린 조각 하나를 들어 입에 넣었다.

'음, 맛있긴 한데 마인이 가르쳐 준 과자가 훨씬 맛있어.'

얼마 전에 마인이 프리다의 집에서 요리를 가르쳐 준 대신 설탕을 받아 왔다. 그리고 크레이프, 콩포트[3], 쿠키라는 처음 듣는 과자를 가르쳐 줘서 함께 만들었다. 좀 더 추워지면 푸딩이라는 과자를 만들고 싶다고도 했다. 차게 식혀야 해서 여름에는 만들 수 없다고 한다. 그 외에도 항아리 속에 설탕과 과일과 술을 담가 뭔가를 만들었다. 여름 맛이 듬뿍 담긴 겨울 과자가 될 거라니 벌써 기대가 된다.

"달콤해서 맛있네요. 역시 꿀을 듬뿍 쓸 수 있어서 부러워요."

마인이 과자를 먹으며 그렇게 말하자 코린나 님이 쓴웃음을 지었다.

"마인은 마음만 먹으면 살 수 있지 않니? 벤노 오빠가 씁쓸해 했어."

"용돈이랑 공방에서 쓰는 돈은 따로예요."

과자를 먹은 후 바로 마인의 예복을 펼쳤다. 엄마와 마인이 예복을 보이며 수선 방법을 설명했다. 코린나 님은 예복을 손에 들고 찬찬히

3 설탕에 절인 과일

바라보다가 뒤집어 보기도, 옷단을 말아 보기도 하며 관찰했다.

"이런 수선을 하다니 놀라워."

"처음부터 만드는 것보다 훨씬 간단해요."

코린나 님은 마인의 설명의 들으면서 목패에 뭔가를 써내려갔다. 마인이 종종 석판이나 종이에 적는 모습과 똑같아 보였다. 그 모습이 왠지 멋있어 보여서 나도 글을 배워야 할 것 같은 기분이 들었다.

"이것이 머리 장식이구나. 이런 장식은 처음 봐."

그렇게 말하며 코린나 님이 마인의 머리 장식을 집었다. 작은 흰색 꽃이 하늘거렸다.

"이 흰색 큰 꽃은 제가 만들었어요."

"그러니? 정말 예쁘게 만들었네. 투리."

코린나 님께 칭찬을 받은 나는 히죽 웃었다. 하얀 손가락 끝이 꽃을 쓰다듬었다.

"이 머리 장식을 우리 공방이 주문을 받아 만들고 싶은데 괜찮을까?"

코린나 님이 부드럽게 웃으며 고개를 갸웃거렸다. 설마 코린나 님의 공방에서 만들겠다고 할 정도로 마음에 들어해 줄지 몰랐던 나는 감동과 감격에 가득 찼다. 그리고 기쁜 마음에 "물론이에요!" 하고 말하려고 했는데 그보다 먼저 마인이 고개를 저으며 말했다.

"조건에 따라서요."

"자, 잠깐만, 마인!?"

모처럼 코린나 님께서 주신 제의에 조건을 붙이다니. 마인의 말이 믿기지 않아 내가 눈을 동그랗게 뜨자 마인은 손을 들어 나를 제지했다.

“머리 장식은 저희의 중요한 겨울 수작업이고, 수입원이라서 간단하게 허가를 낼 수 없어요. 꼭 만들고 싶으시다면 권리를 사셔야 이쪽이 곤란하지 않아요.”

마인의 말에 머리가 차갑게 식었다. 확실히 머리 장식은 우리로서 정말 중요한 수입원이었다. 겨울 동안 충분히 돈을 벌었던 나는 마인을 막아야겠다는 생각이 사라졌다.

“그럼 벤노 오빠와 얘기해 주렴.”

코린나 님이 종을 울리자 시녀가 나타나 벤노 씨를 부르러 갔다. 그리고 금방 계단을 올라오는 발소리가 들렸다.

“코린나, 불렀나……? 아아, 마인의 가족이군. 처음 뵙겠습니다. 코린나의 오빠인 벤노입니다.”

‘이 사람이 마인이 신세 지는 벤노 씨구나.’

밀크티 같은 옅은 색 곱슬머리에 부드러워 보이는 용모, 적갈색 눈동자를 가진 사람이었다. 인상 좋은 벤노 씨의 미소가 코린나 님과 닮았다. 상냥한 얼굴에 좋은 사람 같은 인상을 받았다.

“마인의 엄마인 에파입니다. 딸이 항상 신세 지고 있습니다.”

“안녕하세요, 투리예요.”

인사하는 엄마에 이어 나도 허둥대며 인사했다. 생긋 웃은 채 가볍게 고개를 끄덕인 벤노 씨는 마인을 내려다보더니 가볍게 한쪽 눈을 치켜세웠다.

“마인, 이번엔 뭐지?”

“코린나 씨가 머리 장식의 권리를 갖고 싶대요. 벤노 씨, 얼마에 사시겠어요?”

벤노 씨가 “협상인가?” 라고 작게 중얼거리자 마인이 “협상이에요." 하고 끄덕였다. 그러자 벤노 씨의 상냥해 보이던 얼굴이 갑자기 장사꾼의 얼굴로 바뀌었다. 눈을 번뜩이며 무서운 분위기를 풍겼다.

의자에 털썩 앉아 날카로운 눈빛으로 마인을 응시하며 손가락 몇 개를 세웠다.

"이건 어떠냐?"

"그 금액으로는 못 팔아요. 프리다한테 파는 편이 훨씬 낫겠군요."

옆에서 봐도 무서운 분위기를 풍기는 벤노 씨를 마인은 코웃음을 치며 흘려 넘겼다. 상인의 표정을 한 벤노 씨를 전혀 겁내지 않고, 마치 즐겁게 겨루는 듯이 보였다.

"어이. 마인 공방에서 만든 물건은 루츠가 판다고 계약했잖아?"

"'마인 공방에서 만든 물건'은 이잖아요? 권리와 조리법은 포함되지 않아요."

"이 녀석이!"

격분하듯 고함치는 벤노 씨의 박력에 같은 테이블에 앉은 나와 엄마가 움찔했다. 하지만 마인은 싱긋 웃으며 고개를 기울일 뿐이었다.

"벤노 씨. 그러고 보니 프리다가 그러는데 다른 곳에 없는 새로운 물건의 권리는 시세가 대금화부터라던데요? 지금까지 저한테 꽤 싼 값에 사 가셨더라고요? 후후~"

처음으로 말로만 듣던 장사하는 마인을 봤다. 눈으로 보니 듣던 것과는 차이가 컸다. 이런 분위기 속에서 무서운 어른과 다투는 마인을 보고 깜짝 놀랐다.

집에서는 흐느적거리고 움직이면 바로 열이 나고 여전히 집안일에 도움이 안 되는 마인이 이런 식으로 활약하는 장면을 처음 보았다. 솔직히 놀랐다.

‘체력이 따르지 않아 상인 수습생을 포기하겠다고 했지만, 사실은 하고 싶었던 게 아닐까? 굉장히 잘 맞아 보이는데.’

“투리, 에파. 이야기가 길어질 듯하니 이쪽으로 오세요.”

코린나 님이 자리에서 일어나 방 안쪽 테이블로 향했다. 나와 엄마는 서로 얼굴을 마주 본 후 조심스레 일어나 코린나 님의 뒤를 따랐다. 마인이 걱정되었지만, 우리가 여기 있어도 도움이 될 분위기가 아니었다.

“저렇게 즐거워하는 벤노 오빠를 보니 이야기가 길어지겠어. 그나저나 마인은 대단하네. 저 오빠와 협상하다니.”

부러운 듯 두 사람을 보며 코린나 님이 중얼거렸다. 나는 처음으로 마인이 얼마나 대단한지 알았다.

‘언니면서 전혀 몰랐어.’

“협상은 저쪽에 맡기고 우리는 바느질 이야기를 할까요? 조금 전 치마 형태에 대해서 말했었죠?”

저쪽 테이블에서는 협상, 이쪽 테이블에서는 차를 마시며 바느질 이야기로 화기애애했다. 코린나 님이 귀족들 사이에서 유행하는 옷과 장식 이야기를 들려 주었다. 바느질 방식에도 여러 종류가 있는지 이름을 들어도 어떤 치마 형태인지 금방 떠오르지 않았다. 공방 수습생 동료들끼리의 대화에서는 전혀 나오지 않는 바느질 용어가 코린나 님의 말에서 계속 나왔다. 수습을 시작한 지 1년이나 지났는데 이리도 모르는 점들이 많을 줄 몰랐다. 이야기를 듣기만 해도 바느질 공부가 부족하다고 통감했다. 더욱 연습해서 공부하지 않으면 손님이 옷 제작을 맡겨 주시지 않겠지.

“이게 지금 유행하는 드레스 형태야.”

코린나 님이 특별히 제작 중인 드레스를 보여 주셨다. 귀족의 다과회 드레스라고 했다. 옷감의 윤기나 촘촘한 실, 군데군데 새겨진 훌륭한 자수 솜씨에 감탄의 한숨을 내쉬었다.

"정말 멋져요. 용도별로 드레스가 정해져 있다니 믿을 수 없어요. 천이 필요 이상으로 많이 쓰이잖아요."

"그렇지. 하지만 우리도 잘 때나 외출할 때, 옷이 더러워지는 작업을 할 때 전부 다른 옷을 입잖니? 그 사람들은 돈이 있으니까 더 세세하게 용도를 나누는 것뿐이야."

그런 이야기를 하는데 갑자기 저쪽 테이블에서 덜컹 하고 일어나는 소리가 났다.

놀라서 시선을 돌리자 벤노 씨와 마인 두 사람 다 자리에서 일어나 테이블에서 조금 떨어진 위치에서 마주 보고 있었다.

"너, 귀여운 맛이 없어졌군."

"이것도 다 벤노 씨의 교육 덕분이죠."

"쓸데없는 꾀나 배우고 말이지……."

"여러 수단으로 얻은 정보의 정밀도를 올리는 게 상인의 기본이잖아요?"

그런 대화를 하며 두 사람이 뭔가를 숨기는 구석이 있는 미소로 악수했다. 어쩐지 두 사람의 등 뒤에서 시꺼먼 기운이 나와 서로를 견제하는 느낌이 들었다.

'응, 난 절대 상인이 될 수 없겠어.'

두 사람의 대화를 보며 그렇게 생각하는데 마인이 두리번거리다가 우리를 발견하고 뛰어왔다.

"엄마, 코린나 씨에게 머리 장식 만드는 법을 가르쳐 드려. 하아……. 목말라.”

코린나 님이 바로 차가운 차를 준비해 주시자 마인은 예를 표하고 찻잔에 팔을 뻗었다.

“수고했어. 결국, 얼마로 결말났니? 결과에 따라서 나도 가격 설정을 해야 하거든.”

마인이 엄마와 나를 힐끔 쳐다본 후 손가락 몇 개를 불쑥 세워 코린나 님께 보였다.

“일 년 간 코린나 씨의 공방에서 머리 장식을 제작하고 독점 판매하기로 했어요.”

“용케 벤노 오빠한테서 그 금액을 따냈구나.”

코린나 님이 작게 숨을 삼키고 마인의 손가락을 감탄스럽게 바라보았다. 상인 특유의 사인일까? 나는 의미를 몰라 답답했다.

“마인. 얼마야?”

머리 장식의 권리가 대체 어느 정도 금액일지 흥미가 생겨 마인에게 물어보았다. 그러자 마인이 굉장히 곤란한 얼굴로 나와 엄마를 번갈아 보고, 코린나 님을 본 후 조그맣게 신음했다. 말하고 싶지 않다는 생각이 얼굴에 쓰여 있다.

“말할 수 없는 금액이야?”

“적정 가격이라 말하지 못하는 건 아니지만, 말하고 싶지 않아…….”

애매모호하게 대답하는 마인에게 재차 가르쳐 달라고 졸랐지만, 마인은 떨떠름한 표정을 드러내며 조그맣게 중얼거렸다. 대금화 1닢과 소금화 7닢이라고.

비싸도 대은화 정도라고 생각했던 나는 차원이 다른 금액의 자릿수에 힘껏 머리를 얻어맞은 듯한 충격을 받았다. 엄마도 놀란 얼굴로 마인을 보았다.

"엄청 큰 금액으로 들리겠지만, 권리 양도라고 보면 적정 가격이야. 내가 벤노 씨도 아니고 바가지는 안 씌워. 게다가 이건 마인 공방의 돈이니까 내 개인적인 용돈이 아니라고."

마인이 필사적으로 손을 저으며 연이어 변명했지만, 그런 큰돈을 태연하게 거래하는 마인의 신경을 이해할 수 없었다.

'대금화라니? 개인적인 돈이 아니라지만, 대체 마인은 얼마를 가지고 있는 거야? 역시 신전보다 장사 쪽이 맞는 것 아닐까?'

자신의 공부 부족과 바느질 세계의 심오함, 그리고 여동생의 능력……. 여러 가지로 압도당한 코린나 님 댁의 방문이 끝이 났다.

일제 - 과자 조리법

"일제, 마인을 데려올 테니까 카트르 카르를 만들어 둬."

"여러가지 맛 전부 준비할게요."

아가씨께 힘차게 대답하고 나는 바로 조리 도구로 손을 뻗었다.

내가 요리사의 길을 걷기 시작한 건 부모님이 음식점을 운영했으므로 당연한 결과였다. 어렸을 때 노점으로 장사를 시작해 얼마 지나지 않아 동문 가까운 곳에 작은 가게를 차린 부모님의 등을 보며 자랐다. 부모님에게 받은 훈련 덕분에 수습생이 되기 전부터 요리도 할 수 있었고, 세례 전 아이 중에서는 드물게 계산도 가능했다.

세례식을 마친 나는 부모님 지인의 가게에서 수습으로 일하기 시작했고 새로운 조리법을 속속 흡수해 갔다. 기억하는 일이 즐거워서 배운 조리법, 옆에서 훔쳐보며 익힌 조리법 등을 더욱 맛있게 만드는 방법을 고안하는 일이 좋았다.

이곳저곳 가게를 돌아다니며 실력을 쌓는 동안 귀족 저택에서 일하지 않겠냐는 제의를 받았다. 더는 서민 거리로 돌아오지 못할지도 모르니 거절하라는 부모님을 뿌리치고 나는 귀족 저택에 갔다. 이번 기회를 놓치면 귀족들이 먹는 음식의 조리법을 알 기회가 다신 오지 않을 것 같았기 때문이었다.

말단 신입으로 식사 준비나 설거지를 하면서 나는 계속해서 요리장의 기술을 훔쳐 갔다. 귀족의 식사는 사용하는 식기도, 조미료도 현저히 달랐다. 접시도 마을 식당에서는 볼 수 없는 화려한 물건들뿐이었다. 이 모든 것들이 매일매일의 공부가 되었다.

하지만 그것도 겨우 몇 년이었다. 아무리 기술을 쌓아도 좀처럼 위로 올라가지 못했다. 귀족의 저택에서 위로 올라가려면 기술뿐만 아니라 혈통이나 연줄도 필요했다.

말단에만 맴도는 내게 제안을 해 준 사람은 길드장이었다. 사실은 부요리장을 스카우트하려 했지만, 기술이 있어도 위로 오르지 못하는 나를 요리장이 추천해 주었다. 성인이 되면 귀족 마을로 들어가야 하는 손녀를 위해 귀족이 먹는 식사와 동등한 음식을 만들라고 했다.

그 자리에서 바로 제안을 받아들였다. 내가 요리장으로서 실력을 발휘할 기회가 찾아왔으니까. 게다가 어설픈 하급 귀족보다 돈이 많은 길드장 저택이니 당연한 선택이었다.

귀족의 저택과 동일한 주방 설비, 그리고 조미료나 소재도 갖추어 주셨다. 요리사로서 더할 나위 없는 보람이고, 최고의 직장이었다. 최고의 환경에 부응하기 위해 나는 매일 실력을 발휘했다. 이렇게 즐겁고 충실한 날들은 없었다. 나는 내 실력에 자신이 있었다. 지금까지 끌어모은 조리법에 강한 자부심이 있었다.

그래. 마인이 나타나기 전까지는.

그것은 충격이었다. 길드장 저택에서도 겨우 손에 넣은 설탕은 중앙에서 이쪽으로 막 유입되기 시작한 조미료로 아직 이렇다 할 조리법이 확립되지 않은 상황이었다. 여러 방법으로 써 보려고 했지만, 아직 완벽히 연구하지 못했다. 그런데도 마인은 당연한 듯 설탕을 쓴 과자를 만들어 냈다. 체력도 완력도 없어 전부 내가 만들었지만, 조리법을 알지 못하면 하지 못하는 지시를 내렸다.

구워낸 카트르 카르는 폭신하면서도 촉촉한 데다가 고풍스러운 단맛과 입안에서 사르르 부서지는 식감이 지금까지 만들어 온 조리법에는 없는 과자였다. 귀족의 저택에서도 다룬 적이 없었다.

하지만 아가씨가 알려 준 마인의 집안은 병사 아버지와 염색 공장에서 일하는 어머니를 둔 평민이다. 과자 같은 사치품에 그리 어울리는 집안 사정은 아니었다. 단 음식이라곤 숲에서 채집해 온 열매나 꿀 정도일 터였다.

난 그때부터 마인에게 배운 카트르 카르에 대해 반죽을 적당히 거품 내는 법이나 오븐의 온도, 알맞게 굽는 방법 등 이것저것 연구해 보았다. 여러 번 구워 만든 끝에 나 자신도 최고 걸작이라 자신할 만큼 완성도를 높였다. 아가씨도 이것을 귀족을 대상으로 한 상품으로 내놓자고 할 정도로 성과가 좋았다.

마인에게 맛을 보이고 이야기를 잘 끌어내어 권리를 사고 싶다고 아가씨가 말했다. 신식인 마인은 분명 귀족과의 연결을 원해 올 것이며 조건이 좋은 귀족을 소개하겠다는 조건을 교환으로 카트르 카르의 권리를 받겠다고 말이다.

하지만 아가씨의 계획은 어긋났다. 마인은 여름이 다가와도 한 번도 모습을 보이지 않았다. 조급해진 아가씨가 거친 수단으로 끌고 온 마인은 마치 자신의 시한부 인생을 모르는 듯 평온해 보였다.

그리고 내가 개량에 개량을 거듭한 카트르 카르를 먹은 마인은 설탕과 교환을 조건으로 더 좋은 개선책을 말했다. 반죽에 무언가를 가미하면 맛이 바뀌는 점, 잘 저어 거품 낸 생크림이나 장식으로 자른 과일을 곁들이면 정말 화려해진다는 점 등이다.

페리지네 껍질을 잘게 갈아 넣은 카트르 카르를 만들면서 볼을 잡은 손에 힘을 주었다. 금방 개선점을 입에서 뱉은 마인은 분명 더 많은 조리법을 알고 있음이 분명했다.

'새로운 조리법을 원해. 마인이 아는 조리법을 알고 싶어.'

"일제, 일제! 마인을 데려왔어!"

주방 한구석 테이블에서 카트르 카르를 작은 조각으로 나누어 세팅하는 동안 아가씨가 문을 벌컥 열고 활짝 웃음 띤 얼굴로 뛰어 들어왔다.

태어날 적부터 병약했던 아가씨는 내가 막 이곳에 왔을 땐 방에서 나오지 않는 날이 많았다. 넓은 방 안에서 금화를 세는 일이 최고의 취미였던 아가씨가 마인을 만나고부터 같은 사람이라고는 생각지도 못할 정도로 바뀌었다. 그리고 세력과 영향력을 넓혀 가는 벤노 씨에게 지지 않는 상인이 되어서 마인을 끌어들이겠다는 야망에 불탔다.

첫 시도로 시식회라는 모임을 열기로 한 아가씨는 최근 깜짝 놀랄 정도로 활동적으로 일했다. 아가씨에게 가족 전원이 휘둘렸다. 마인도 그런 아가씨에게 휘둘려 오늘 시식회 의견을 듣기 위해 끌려왔다.

"그럼 마인은 어린애도 범위에 넣는 편이 좋다는 말이지?"

마인은 주방 안을 두리번거리며 아가씨에게 대답했다.

"평민 아이가 사기는 어려워도 상인 집안의 아이라면 상품 가치를 알 테고, 살 만한 돈을 가지고 있을지도 모르잖아? 수습생이 될 정도라면 글자도 읽을 수 있고……. 무엇보다 어릴 때 먹고 좋아했던 음식은 어른이 되어서도 잊지 못하는 법이거든."

"그럴까?"

아가씨는 그렇게 말하며 목패에 뭔가 메모했지만, 나는 참으로 이상한 느낌이 들었다. 신식으로 성장이 늦은 마인은 아직 세례식도 마치지 않은 어린아이로밖에 보이지 않는데 마치 어른이 된 적이 있는 듯한 말투지 않은가.

“그리고 카트르 카르를 팔 때 전체 통으로만 팔지 말고 이런 식으로 잘라서 조각으로 팔면 가격을 낮출 수 있으니까 구매층이 넓어질 거야. 애인이랑 둘이서 먹는다든지, 아니면 세례식 축하 기념으로 사기도 하겠지.”

“처음엔 비싼 과자라고 내세워서 귀족 중심으로 팔 계획이야.”

아가씨는 독점 판매이니 가격을 높이고 싶다, 마인은 조금이라도 가격을 낮춰서 많은 사람에게 넓히고 싶다고 했다. 비슷한 또래의 소녀가 같은 상품을 파는 경우에도 상당히 생각 차이가 생기는 모양이다.

“독점 판매로 가격을 책정해도 괜찮지만, 이건 과자니까 지명도를 높이려면 역시 구매층을 넓히는 편이 좋을 텐데…….”

“우리 독점 판매 기간은 1년이잖니. 1년이 지나면 싫어도 알려지는 법이잖아? 1년 동안은 귀족 중심으로 팔아서 최대한 가격을 높여 두고 싶어.”

“흠. 그럼 제철 과일을 가미해서 조금씩 계절 한정으로 새로운 맛을 내면 다른 것과 차별화도 생기고 고정 고객도 기뻐할 거야.”

‘계절 한정으로 새로운 맛이라고?’

마인이 흘린 말을 내 귀가 재빨리 잡아냈다. 제철 과일을 떠올리며 생각에 잠겼다.

“겨울은 제철 과일이 없잖아. 그럴 땐 어떻게 하지?”

“겨울 과일이라면 파루가 있잖아요. 또 **‘룸토프’**…………”

말하는 도중에 마인이 갑자기 깜짝 놀라며 얼른 입을 닫았다. 대화가 갑자기 끊겨 의아해하며 마인을 쳐다보자 마인이 입 앞에서 집게 손가락을 교차시켰다.

"여기서부터는 유료예요."

대화에 빠져 귀중한 정보를 술술 내뱉었다는 사실을 겨우 눈치챈 모양이다. 겸연쩍은 표정을 짓는 마인을 보고 아가씨가 조그맣게 웃었다.

"그건 어떤 정보니? 마인의 정보에는 정당한 돈을 낼 준비가 되어 있어."

마인 본인이 납득한 적정 가격을 내면 대체로 그 가격보다 훨씬 가치가 높은 정보를 덤이라고 덧붙이며 넘겨 주었다. 자신이 이익을 얻으려고 인색하게 굴거나, 속여서 마인과 거리감이 생기는 일보다는 정당한 가격을 붙여 오랫동안 사이좋게 신뢰 관계를 쌓아 가는 편이 훨씬 득이라고 아가씨가 말했다. 장사꾼은 속여야 남는 장사라던 아가씨의 변화에 조금 감동했다.

"음, 나는 '**룸토프**'라고 부르는데, 간단히 말하면 술에 절인 과일이야. 맛있게 절이려면 시간이 걸리지만, 겨울 카트르 카르 소재로 쓸 수 있을 거야."

"대은화 5닢은 어때?"

술에 절인 과일까지만 알면 나중엔 시행착오를 거치면 어떻게든 되었다. 최악의 경우 이 협상이 체결되지 않아도 도전해 보겠다고 속으로 다짐한 순간 마인이 설탕을 힐끗 보았다.

"설탕이 유통되지 않았다는 말은 '**룸토프**' 만드는 법도, 사용법도 전혀 나오지 않았다는 말이겠지?"

술에 절인 과일이라면서 설탕도 쓰는 모양이다. 이건 들어 두는 편이 좋았다. 설탕을 쓴 요리는 아직 시행착오가 많아 조리법이 별로 나오지 않은 상황이었다. 내가 아가씨에게 시선을 보내자 아가씨도 조그맣게 고개를 끄덕였다.

"소금화 8닢은 어떨까?"

"알았어. 만드는 법과 사용법도 알려줄게. 이건 설탕이 유통되기 전까지는 프리다가 독점할 테니까 딱히 계약서는 필요 없지?"

길드 카드를 맞추어 돈 계산을 끝내자 마인은 주방에 있는 항아리 하나를 가리켰다.

"저런 항아리가 필요한데 다른 것도 있어?"

"지금은 안 쓰니까 써도 돼. 또 뭐가 필요하지?"

마인의 지시대로 나는 주방 안을 돌아다니며 하나씩 준비하기 시작했다. 제철 과일인 루토레베를 깨끗이 씻고 꼭지를 잘라 크기에 맞춰 자른 후 볼에 넣었다. 그리고 설탕을 반만큼 넣고 한동안 내버려 두었다. 루토레베에서 수분이 빠져나와 설탕이 녹을 때까지 놓아둔다고 마인이 말했다.

"마인은 설탕의 가치를 제대로 아는 거니? 이렇게나 설탕을 많이 쓰다니, 제정신이야?"

"보존해야 하니까요. 아끼면 과일이 썩어서 못 먹게 돼요. 그리고 나중에 넣을 술도 증류주같이 엄청 센 술이 아니면 과일이 썩어 버리니까 조심하세요."

권리나 조리법을 팔아 큰돈을 버는 마인은 금전 감각이 어딘가 이상했다. 설탕이 같은 무게의 은화와 가치가 같다는 사실을 알면서도 이렇게 거침없이 쓰는 걸까?

"루토레베에서 수분이 나오면 이 항아리에 넣고 술을 부으세요. 음, 과일이 전부 잠길 만큼 넣지 않으면 잠기지 않은 부분에 곰팡이가 생겨요. 그렇게 열흘 정도 지나면 또 다른 과일을 추가해요. 이제 퓌르나 브라레가 나올 때죠? 여름 과일을 가득 넣고 겨울이 되고 나서 먹는 거야. 아, 맞다. 페리지네 같은 과일은 안 맞는 모양이야."

아가씨가 열심히 주의사항을 써 갔다. 나도 기억을 머릿속에 새겨 두면서 볼 속의 내용물을 둥글게 휘저었다. 조금씩 수분이 나오기 시작했다.

"너도 만들고 있니?"

"네. 전에 설탕도 받았으니까요. 나도 첫 도전이에요. 카트르 카르에 넣어도 되고 잼 대신 써도 돼요. '파르페'나 '아이스크림'에 뿌려도 맛있어요."

이걸 만들면 겨울이 기대되겠다며 황홀한 미소로 마인이 중얼거리자 아가씨가 번뜩 정신을 차린 듯 테이블 쪽을 응시했다.

"이야기가 옆길로 새어 버렸네. 시식회 이야기를 하려고 마인을 데려왔는데."

"아아, 그렇지. 그 시식회 말이야. 벤노 씨도 참가하고 싶다는데 괜찮아?"

아가씨가 눈을 번뜩이며 마인을 보았다. 마인은 뺨을 긁적이며 벤노 씨의 대화를 떠올리듯 가볍게 허공을 쳐다보았다.

"음, 시식회라는 것 자체가 드물다지? 어떤 과자를 내놓을지 흥미도 있지만, 그것보다 시식회라는 모임에 흥미가 있나 봐."

마인의 말에 잠시 고민하던 아가씨가 고개를 번쩍 들었다. 아무래도 무언가 생각난 모양이다. 아가씨는 몸을 돌려 주방 문으로 향했다.

"나 할아버님께 물어볼 일이 생겼어. 조금 자리를 비울게. 일제, 마인을 접대해 줘."

아가씨 혼자 적대감을 불태우는 벤노가 온다는 말에 더욱 승부욕이 불타오른 모양이다. 아가씨는 마인을 주방에 남겨두고 우아한 분위기로 발 빠르게 자리를 떴다.

"프리다……, 가 버렸네요."

"평소엔 저런 행동을 하지 않는데."

"그 말 일제 씨에게 카트르 카르의 개선책을 알렸을 때 프리다도 똑같이 말했어요."

키득키득 웃는 마인에게 예전 자신의 행동을 지적받은 나는 가볍게 한숨을 내쉬었다. 새로운 조리법을 알면 안절부절못하는 버릇은 오래전부터 지적받아 왔지만, 전혀 고치질 못했다.

"네가 알려준 새로운 조리법이 나쁜 거야."

"으으. 죄송합니다."

"사과할 건 없지. 새로운 조리법이 궁금하니까. 그럼 이번 감상을 들려주겠니?"

마인이 제일 처음으로 가르쳐 준 기본 카트르 카르, 페리지네 껍질을 갈아 향과 맛을 가미한 것, 설탕 조금을 꿀로 바꾼 것, 호두를 넣은 것을 테이블에 놓았다. 그리고 카트르 카르에 맞춘 차를 끓여 마인 앞에 살짝 놓았다.

"이것도 저것도 다 맛있겠다! 잘 먹겠습니다."

마인이 눈을 반짝이며 넋 빠진 미소로 뺨을 감싸 안고, 한 입씩 천천히 맛을 보며 만족해했다. 그 포크를 놀리는 손가락 움직임이나 반듯한 자세는 마치 제대로 매너를 배운 귀족의 자녀 같았다. 적어도 과자를 먹을 일이 적은 빈민의 걸신들린 자세와 전혀 달랐다.

마인은 차를 함께 즐기면서 만족스러운 숨을 내쉬고 말했다.

"이 중에서 가장 내가 좋아하는 맛은 페리지네예요. 입안에 퍼지는 향이 좋아요."

그리고 차를 한 모금 마시고 눈을 가늘게 뜨고 중얼거렸다.

"아……. 이 찻잎도 카트르 카르와 상성이 맞을 것 같네요."

"찻잎? 먹기 힘들지 않아?"

마인이 아차 싶은 표정으로 입가를 막았다. 아무래도 귀중한 정보였던 모양이다.

나는 코웃음을 치면서 예전에 건넨 설탕과 똑같은 봉투를 쿵 하고 작업대 위에 올렸다.

"설탕 한 봉지와 교환으로 말해. 그렇게 말하다 말면 내가 찜찜하거든. 룸토프를 만들고 있다면 설탕도 슬슬 다 써 갈 테지?"

솔직히 찻잎을 과자에 넣는다는 발상은 없었다. 과자란 달콤한 음식이다. 중앙에서는 비싼 설탕을 쓰는 만큼 달면 달수록 좋다 여긴다고 들었다. 찻잎을 넣는다고 더욱 달콤해질 턱이 없다. 어떤 찻잎을 어떤 식으로 쓰는지는 연구할 시간이 부족했다.

아주 잠깐 고민하던 마인이 입을 열었다.

"설탕 한 봉지라면 뭐, 괜찮겠죠. 일제 씨라면 맛있는 과자를 만들어 줄 테니까요. 음, 텁텁해지지 않게 찻잎을 잘게 으깨서 반죽에 섞으세요. 그러면 향이 좋은 반죽이 될 거예요."

"찻잎이라면 이걸 말하니?"

마인에게 넣어 준 찻잎이 담긴 병을 꺼내자 마인은 크게 고개를 끄덕였다. 잠시 병을 바라본 후 나는 바로 구워 볼 생각에 오븐에 불을 붙였다. 그리고 카트르 카르를 먹는 마인 옆에서 찻잎을 박박 으깨기 시작했다. 손님인 마인을 내팽개치는 꼴이 되었지만, 마인은 웃으며 제일 첫 번째로 맛보게 해 준다면 상관없다며 나의 손놀림을 바라보았다.

"저기, 마인. 묻고 싶은 게 있는데 괜찮니?"

"네. 뭔가요?"

"너 말이야. 과자뿐만이 아니라 수프에도 뭔가 비밀을 가지고 있지? 네가 여기에 묵었을 때 남긴 음식을 보면 그런 결론이 나오거든. 수프만 남겼잖아? 채소를 싫어하나 했는데 다른 음식은 먹었더라고. 뭔가 맛있게 만드는 비법을 알고 있는 거지?"

마인은 포크를 입에 넣은 상태로 금색 눈을 동그랗게 뜨며 나를 올려다보았다. 나는 달걀 거품을 내면서 한쪽 눈썹을 실룩 올렸다.

"예리하네요, 일제 씨."

"수프의 비밀을 알려줄 수 있겠니?"

마인은 입에서 포크를 빼내 살짝 접시 위에 올렸다.

"수프는 조금 고민되네요. 예전과 좀 상황이 달라져서 싫어도 귀족과 이어져야 할 것 같아요. 제 몸을 지키기 위해서라도 비장의 카드는 여러 개 숨겨 두고 싶거든요."

"그렇구나."

마인의 난처한 표정에 나는 그 이상 억지를 부리지 못하고 어깨를 움츠렸다.

귀족 저택에서 일했던 난 잘 알고 있었다. 신분 차이가 얼마나 엄격한지, 그리고 그곳에 깊이 파고 들어가면 얼마나 위험한지를. 자신을 지키기 위해 비장의 카드를 가져야겠다는 생각도 전혀 이상하지 않았고, 오히려 그러는 편이 좋았다.

"과자 조리법은 기한이 한정된 독점 판매라면 상담해 드리겠지만요."

"정말이야!?"

내가 볼을 껴안은 채 몸을 불쑥 내밀자, 마인이 놀란 듯 몸을 뒤로 빼고 재차 끄덕였다.

"카트르 카르 판매가 순조롭게 진행된다면 말이죠. 카트르 카르의 독점 판매가 끝날 때쯤이 좋으려나?"

"그것도 벤노 씨가 방해하지 않겠어?"

아가씨가 씁쓸한 표정으로 '루츠랑 벤노 씨만 마인의 지식을 독점해'하고 한탄하던 모습을 본 내가 그렇게 말하자 마인이 고개를 갸웃거렸다.

"음, 글쎄요. 언짢기는 하겠지만, 방해는 못 할 걸요? 솔직히 벤노 씨에게 과자 조리법을 공개해도 의미가 없어요."

"어째서니?"

"벤노 씨는 아직 귀족과 연줄이 깊지 않으니까 소재와 기술을 손에 넣기 힘들어요. 설탕 구매 루트도 아직 뚫지 못한 모양이고, 일제 씨 레벨의 요리사는 귀족한테서 빼내지 않으면 없잖아요? 길드장이 일제 씨를 스카우트해 왔다고 프리다에게 들었어요."

자신의 후견인이래도 과언이 아닌 벤노 씨에 대한 마인의 분석과 판단에 나는 혀를 둘렀다. 마인은 자기 나름 정보를 흘려도 될 상대를 고민하는 모양이다. 그렇다면 마인의 조리법을 얻을 기회가 내게 있을지도 모른다.

볼에 밀가루를 쳐서 넣으며 힐끗 마인의 표정을 살폈다.

"조리법을 내게 공개하는 건 괜찮니?"

"일제 씨 정도로 실력 있는 요리사가 아니면 입으로 설명만 해서는 못 만들겠죠. 게다가 일제 씨는 연구에 열심이셔서 응원하고 싶거든요."

마인의 말에 나는 큰소리로 외치고 싶을 정도로 기뻤다.

즉 마인이 내 실력을 인정하여 은혜를 입은 벤노 씨에게 공개하지 않은 조리법을 내게 공개하겠다는 말이었다.

"하지만 조리법을 공개하는 대신 돈을 받지 않으면 다른 곳과 불평등해지니까 좀 어렵기는 해요."

마인 자신은 이익에 중심을 두지 않아도 주변 사람들은 그렇지 않다. 그리고 마인의 조리법은 여러 가지 의미로 주위를 혼란에 말려들게 했다. 아마도 요리 이외의 상품도 전례가 없는 물건들이 대부분이겠지.

녹인 버터를 섞으며 줄곧 품어 왔던 의문을 마인에게 던져 보았다.

"저기, 마인. 넌 정체가 뭐니? 대체 어디에서 그런 조리법을 손에 넣었어?"

"어…… 꿈속에서요."

"뭐?"

장난스러운 대답에 위협적인 태도를 보이자 마인이 곤란한 듯 웃어 보였다.

"정말이에요. 지금 생각하면 꿈속에서밖에 맛볼 수 없었던 음식들이네요."

그리운 듯이 눈을 가늘게 뜨며 웃는 마인의 어른스러운 미소를 묘한 불안감에 쫓기듯 응시했다.

"가능하면 후다닥 조리법을 알려서 일제 씨처럼 요리 실력이 뛰어난 사람들이 계속 만들어 줬으면 좋겠어요."

마인이 가볍게 눈을 한 번 감은 후 고개를 들어 씩 하고 어린아이다운 미소를 보였다. 하지만 억지 미소라고 금방 알 수 있을 만큼 어색했다. 그다지 건드리고 싶지 않은 부분이라고 눈치챈 나는 반죽을 틀에 흘려 넣으면서 마인의 대화에 맞춰 주었다.

"네가 만들지는 않고?"

"팔심도 체력도 도구도 없고, 기술도 너무 부족해서 재현할 수가 없어요. 사실 기술이 있는 요리사가 만들어 준다면 조리법 따위 얼마든지 공개하고 싶죠. 현재는 그것도 어렵지만."

마인은 조그마한 손을 휘휘 저으며 낙심한 표정으로 웃었다. 달걀 거품을 내기는커녕 밀가루 섞기마저 할 수 없었던 완력과 저질 체력을 떠올리며 마인의 얄따랗고 빈약한 팔을 내려다보았다. 저 팔로는 어떤 요리도 못 만들 듯하다.

"먹고 싶어지면 언제든지 말해. 조리법만 알려주면 얼마든지 만들어 줄 테니까."

마인의 꿈속에서밖에 존재하지 않는다는 조리법을 재현한다는 생각에 마음이 설레었다.

'아아, 기대돼. 대체 어떤 조리법이 저 아이 속에 잠들어 있을까?'

카트르 카르를 야금야금 맛보는 마인을 보며 찻잎을 넣은 새로운 반죽을 뜨거운 오븐에 집어넣었다.

벤노 - 카트르 카르 시식회

마을에 상점을 차린 사람 중에서도 일정 금액 이상의 세금을 내는 대규모 상점들의 점주들만 모이는 회의에서였다. 회의 막바지에 길드장인 망할 영감이 출석자들 전원의 얼굴을 둘러보며 입을 열었다.

"의제는 이상인가? 그럼 대회의실에서 새롭게 판매 예정인 과자 시식회를 개최하고 있으니 시간이 있으면 들러들 주시게. 데려온 시종들 몫도 준비해 뒀다고 하네. 벤노, 자네가 온다는 말에 프리다가 상당히 의욕에 넘치더군. 감상을 들려주겠지?"

망할 영감의 말에 나는 자리에서 일어나 대회의실로 향했다.

이 회의의 출석자는 대규모 상점의 주인들뿐이다. 즉 고가의 과자를 매입할 만큼의 금전과 상품을 보는 눈을 가진 상인이 모두 모였다 해도 과언이 아니었다. 길드장의 집이나 상점에서 시식회를 개최했다면 일부러 찾아가 볼지 어떨지는 모르겠으나, 회의가 끝난 후에 방만 옮기는 정도라면 누구라도 들러 보겠지. 일정과 개최 장소의 설정이 화가 날 정도로 훌륭했다. 주목을 받을 게 틀림없다.

마인이 정보를 흘려서 만든 카트르 카르란 과자와 마인이 무심코 뱉은 말에 망할 영감의 손녀가 열기로 했다는 시식회.

정말이지 그 바보가 어김없이 일을 벌이는군! 시장을 뒤흔드는 물건을 뿌리다니! 자기가 지나치게 눈에 띄지 않게 내가 얼마나 애쓰는지도 모르고, 그 생각 없는 녀석이!

보통은 자기 상점의 인기 상품을 주위에 알리지 않는다. 하지만 판매 전에 상품을 알리면 첫 고안자가 누구인지 인상을 심을 수 있다. 특히 다른 사람이 금방 따라 만들 수 없는 상품이라면 더더욱 효과적인 방법이었다.

열 받게도 아직 설탕이 대량으로 유통되지 않은 상황이다. 중앙에서 유통되는 설탕은 이 마을에서는 오트마르 상회 정도만 취급하고 있었다. 중앙에서 넘어온 유행을 따라 단 과자를 찾는 귀족 계급에게 강하게 어필하게 될 상품이 될 터였다. 그리고 이 시식회를 계기로 길드장뿐만 아니라 손녀도 상인으로서의 재능이 주목받게 될 게 틀림없었다. 돈 냄새를 맡는 뛰어난 후각을 영감에게 그대로 물려받은 손녀이니까.

"시식회에 어서 오세요. 마음에 든 카트르 카르를 골라 상자 안에 이 목패를 넣어 주세요."

대회의실에 들어가니 똑같은 천으로 머리를 감싼 소년 소녀들 여러 명이 나란히 서서 들어오는 손님에게 작은 목패를 세 개씩 나누어 주었다.

"가장 마음에 든 과자에 세 개를 전부 넣어도 되고 세 종류를 골라도 좋습니다."

나는 건네받은 목패를 손안에 쥐고 회의실 안을 둘러보았다. 돌아다니는 자들이 똑같은 천을 머리에 감싸고 있어 개최 측 사람을 금방 식별해 낼 수 있었다. 회의실 안은 아직 손님이 적었고, 서로의 행동을 탐색하느라 카트르 카르로 손을 뻗는 사람은 아직 없었다.

다섯 줄로 늘어선 각각의 책상에 놓인 서로 종류가 다른 카트르 카르가 보였다. 한입 크기로 자른 카트르 카르였지만, 내 예상과 달리 종류가 많았다.

"아, 벤노 씨다!"

크게 손을 흔들며 이 사건의 원흉인 마인과 수습생 루츠가 다가왔다. 우리 상점의 제복을 입은 루츠와 달리 마인은 시식회를 개최하는 사람들과 같은 옷차림이었다.

나는 가볍게 손을 들어 손짓으로 두 사람을 불렀다. 그리고 가까이 다가온 마인의 머리를 덥석 잡았다.

"마인, 넌 여기서 뭘 하고 있지?"

"아파아아! 도와주고 있잖아요."

이 옷차림을 보고도 모르겠냐는 얼굴로 고개를 갸웃거리자 나는 마인의 머리를 감싼 천을 잡아 벗겼다.

"당장 갈아입어. 앞으로 들어올 상인들에게 네 모습을 각인시키지 마. 내가 뭐 때문에 종이와 머리 장식을 만든 네 존재를 숨긴다고 생각하나? 이쪽 상점에서 이목을 집중받고 싶나? 내가 화려하게 홍보해 줄까?"

"으으……. 바로 갈아입을게요. 루츠는 여기 있어."

내가 잡아챈 천을 돌려주자 마인이 재빠르게 대회의실을 나갔다. 나는 그 모습을 보고 가볍게 한숨을 쉬었다.

마인은 세례식을 막 마친 아이라고 보지 못할 정도로 비상하리만치 머리 회전이 빠르고 이해력이 좋은 아이다. 아무나 모르는 지식도 있었다. 그런데도 주위를 잘 보지 못해 생각이 짧았다. 어린아이라면 당연하겠지만, 다른 부분이 특출난 만큼 짧은 생각과 위기감 없는 언행이 눈에 띄었다. 되도록 마인은 주목받지 않는 편이 좋았다. 후원자가 없는 아이가 눈에 띄어 봤자 좋은 일이 없기 때문이었다. 아빠를 여의고 막 성인이 된 자신이 상점을 이었을 때도 풋내기라며 업신여기는 사람들로 인해 수많은 쓴 경험을 해온 나는 세례식이 끝난 아이가 그들에게 이용당하는 먹잇감이 되리란 걸 잘 알았다.

"주인님은…… 마인한테 엄격하시네요."

"루츠, 마인을 지키고 싶다면 기억해 둬. 상인으로서 후원자도 없고, 신전에서 뒤를 봐줄 귀족도 정해지지 않은 어정쩡한 위치에 있는 마인은 상당히 위태로운 존재다."

연명과 앞으로 귀족과의 연결을 고려해도 현시점에서는 신전에 들어가는 편이 마인을 위해서 좋았다. 하지만 과연 수년 후에도 계속 같은 상황이 이어질 수 있을까.

"네? 하지만 주인님이 후견인이시잖아요……?"

"일단 표면적으로는 마인 공방의 책임자로 내가 보호자 역할을 하고 있지만, 이 관계로는 약해. 적어도 마인이 너처럼 수습생이었다면 좀 더 방법이 있었겠지만, 이미 신전에 들어가기로 결정된 이상 내 손이 닿는 범위는 그리 넓지 않다. 지금까지와 달리 네 눈에도 닿기 어려워질 테지. 그러니 쓸데없이 주목받지 않는 편이 좋아. 안 그래도 뭘 생각하는지 도통 알 수 없는 녀석인데 잠깐 눈을 돌리면 갑자기 이상한 짓을 저지르니 엄하게 관리하는 정도가 적당하지."

"아~ 확실히 그렇군요."

루츠가 얌전한 얼굴로 끄덕였다. 그 표정이 마르크와 닮아 풋 하고 웃음이 터졌다. 세례식을 마친 루츠는 수습에 들어오고부터 급속도로 말투가 고쳐졌고, 자세나 몸짓이 마르크를 닮아 갔다. 마인이 마르크를 본받으라고 조언했기 때문이었다.

상인 출신 자제와 모든 생활 습관이 다른 루츠는 상인으로서 부족한 점이 많았다. 그래서 어떻게든 다른 수습생과 차이를 좁히려고 항상 필사적이었다. 마르크와 나를 지긋이 관찰하며 조금이라도 많은 부분을 따라 하려고 했다. 그 강한 향상심이 나는 꽤 마음에 들었다.

"루츠, 넌 이 카트르 카르를 상품으로 어떻게 생각하지?"

"귀족에게도 틀림없이 잘 팔릴 것 같습니다. 아마 굉장히 환영받는 상품이 될 겁니다."

"무슨 근거로? 넌 귀족이 뭘 좋아하는지, 평소에 어떤 음식을 먹는지 모르잖나?"

내가 날카롭게 질문을 던졌지만, 루츠는 딱히 고민하는 기색 없이 곧바로 대답했다.

"길드장은 귀족 마을에 들어가게 될 프리다를 위해 최대한 모든 생활에 귀족 문화를 도입했다고 마인에게 들었습니다. 요리사도 귀족 저택에서 일하던 사람을 빼 왔다고 합니다. 그런 프리다와 요리사가 자신 있게 팔려는 요리라면 분명 잘 팔릴 거라고 생각했습니다."

길드장이 저택에 돈을 쏟아붓는다는 사실은 알았지만, 거의 모든 생활에 귀족 문화를 도입했을 줄은 몰랐다. 생각지도 못한 정보에 조금 놀랐다. 아이들 입을 통한 정보도 우습게 볼 수 없다고 생각했다.

"루츠, 기다렸지?"

우리 상점 제복으로 갈아입은 마인이 돌아왔다. 이걸로 내가 마인과 루츠를 데리고 있어도 그리 이상하게 보이지 않을 터였다.

"주인님, 이쪽이 기본 카트르 카르입니다. 제가 처음 먹은 게 이것이에요."

루츠가 가장 오른쪽 끝에 놓인 카트르 카르를 가리키며 말했다. 예전에 먹었던 그 맛을 떠올리는지 당장에라도 침을 흘릴 것 같은 얼굴을 하고서 기대에 찬 눈으로 카트르 카르 조각을 바라보았다.

“일제 씨는 정말 연구에 열심이셔. 그때보다 훨씬 맛있어졌어. 이 테이블 건 페리지네가 들어갔고 저쪽 테이블 건 꿀을 발랐고 저쪽은 호두가 들어갔어요. 그리고 저 끝에는 찻잎을 넣은 최신작이에요. 어서 먹어 보세요. 맛있어요.”

마치 자기 솜씨인 양 자랑스럽게 설명하는 마인을 보자니 썩 유쾌하지 않았다. 흥 하고 가볍게 콧방귀를 뀌며 카트르 카르를 내려다보았다.

“네가 술술 정보를 흘린 덕분에 이렇게 종류가 많은 거겠지?”

“윽……. 서, 설탕이랑 교환했으니 쓸데없이 흘린 건 아니죠.”

이 녀석은 아무래도 약삭빠르게 정보 교환 대가로 자기가 쓸 설탕을 손에 넣은 모양이다. 이 상황에서 상인다워졌다고 칭찬을 해줘야 할까, 아니면 저쪽에 유리한 정보를 흘리지 말라고 한 대 때려야 할까.

“그리고 전 이 페리지네와 찻잎만 알려줬을 뿐이에요. 나머지는 전부 일제 씨의 연구 성과니까 제가 모든 원인은 아니라고요.”

마인이 ‘피’ 하고 내게서 시선을 피했다. 그리고 테이블 위에 놓인 카트르 카르로 손을 뻗었다. 입에 덥석 넣어 맛보는 마인을 보고 루츠도 테이블 위로 손을 뻗었다. 주위에서 터져 나오는 감탄에 찬 소리에 맛있는 건 틀림없어 보였다. 나도 카트르 카르를 집었다.

‘이건 뭐지!?’

손가락으로 집는 순간 느껴지는 푹신함과 입안에서 사르르 녹는 부드러움. 겉보기에는 빵처럼 생겼지만, 빵은 이렇게까지 부드럽지 않아 기본적으로 수프에 찍어서 먹었다. 그리고 지금까지 먹어 본 적 없는 달콤함에 경악했다. 단맛이 듬뿍 느껴졌지만, 꿀 절임처럼 응축된 단맛도 아니고 과일의 단맛과도 전혀 다른 부드러운 달콤함이 입안 가득히 퍼졌다. 단맛과 버터 섞인 냄새도 식감을 자극하여 또 먹고 싶게 만들었다.

"맛있나요?"

마인이 칭찬을 기대하는 금색 눈을 반짝이며 나를 올려다보았다. 솔직하게 칭찬해 주기도 왠지 울화가 치밀었다. 나는 마인을 무시하고 페리지네를 넣은 카트르 카르로 손을 뻗었다.

폭신함과 부드러움 그대로 페리지네의 향이 입안에 퍼졌다. 상큼한 단맛이 먹기 좋았다. 향과 맛을 약간 더했을 뿐인데 상당히 인상이 달랐다. 슬쩍 시선을 들어 다른 책상에 놓인 카트르 카르를 보았다.

"일제 씨 대단하죠?"

남의 요리사를 절찬하는 마인을 피해 테이블을 이동하여 꿀 발린 카트르 카르를 입에 넣었다. 지금까지 먹은 카트르 카르와 다르게 조금 반죽에 무게감이 느껴졌고 끈적한 단맛이 강했다. 익숙한 맛이기도 하고 지금까지 먹은 것 중에서 가장 단맛이 강해 어린아이나 단맛에 중점을 두는 이에게는 가장 반응이 좋을 듯했다.

"달긴 해도 그렇게 느끼하지 않죠?"

다음은 호두가 들어간 카트르 카르다. 호두빵과 비슷해 가장 익숙한 모양이었다. 하지만 식감은 평소에 먹는 빵과 전혀 달랐다. 지나치게 부드러운 반죽 때문에 호두의 식감이 더욱 딱딱하게 느껴졌다. 부드러운 반죽이 금방 입속에서 사라지고 호두만 남았다. 익숙해지면 이 씹는 맛이 좋아질 수도 있겠지만, 그다지 내 취향이 아니었다.

"저기, 벤노 씨. 대답해 주세요."

"조용히 해. 시끄럽다."

내 옆에서 빙글빙글 돌며 시끄럽게 빽빽거리는 마인을 조용히 시키고 마지막 책상으로 향했다.

찻잎을 넣었다는 말에 순간 망설였지만, 입에 넣어 보니 향이 상당히 훌륭했다. 호두와 달리 안에 들어간 잎이 완전히 잘게 다져져 식감에도 전혀 문제 될 게 없었다. 차 맛이 분명히 나는데 달콤한 과자라니 이상한 느낌이다. 단맛이 강하지 않은데도 맛있었다. 이 중에서 가장 남성에게 반응을 끌어낼 수 있다고 생각되었다. 적어도 가장 내 마음에 들었다.

"벤노 씨는 어디에 목패를 넣을 건가요?"

카트르 카르는 전부 놀랄 정도로 맛있었다. 반드시 귀족 계급에 팔릴 만큼 누구나가 좋아할 맛이었다. 타의 추종을 불허할 정도로 지금까지의 과자와 차원이 달랐다.

"어이, 마인. 어째서 이런 조리법을 길드장에게 넘겼지?"

귀족 사회에 깊이 파고드는 데에 큰 무기가 될 만한 이 조리법은 내가 필요로 하던 것이었다.

내가 마인을 노려보자 마인은 눈을 끔벅이며 고개를 갸웃거렸다.

"넘긴 건 일제 씨한테인데요……."

"그 망할 영감네 상점에서 파는 거라면 마찬가지지다."

카트르 카르로 귀족 안에서 그 망할 영감의 영향력이 더욱 강해질게 불 보듯 뻔했다. 나의 짜증을 눈치챈 마인이 곤란한 듯 눈썹을 찡그렸다.

"벤노 씨는 길드장한테 굉장히 안 좋은 태도로 대하는데 어째서죠?"

그러고 보니 마인에게 말한 적이 없었다고 생각하면서 떠올리기도 불쾌한 과거들이 머리를 스쳤다.

"한창 성장 중인 우리 상점을 줄곧 눈엣가시처럼 봐 오던 그 영감탱이가 아버지가 돌아가신 직후에 어머니를 후처로 삼아 상점을 흡수하려고 수작을 부렸지."

아버지는 일로 숙부가 운영하는 상점을 향하던 중 돈을 노린 도적에게 습격당해 돌아가셨다. 마을 근처에서 일어난 범행이라 시신만은 돌아왔지만, 상처투성이의 참혹한 상태였고 어머니는 얼마간 일어나지 못했다. 그렇게 상처받은 어머니에게 희희낙락하며 후처 자리를 제안한 게 바로 저 영감탱이였다.

"네? 그, 그건 길드장의 후처라는 말이에요?"

"그래. 어머니가 거절했더니 일일이 끊임없이 우리를 괴롭혀 왔지…… 아니, 그건 지금도 계속되고 있구나. 길드에 신청해도 잘 통과시켜 주지 않거나 트집을 잡거나 하지?"

"아아~……."

여러 번 말려든 적 있는 마인과 루츠는 얼굴을 찌푸렸다. 그 영감탱이는 나뿐만 아니라 내 주변 사람들에게도 민폐를 끼치고 다녔다.

"내 약혼녀가 죽은 직후에 활짝 웃는 얼굴로 자기 딸을 주선한 적도 있고, 성인도 안 된 동생들에게 나보다도 나이 많은 아들을 장가보내려고 한 상대에게 넌 좋게 대할 수 있겠나?"

장사에 관해서는 말도 안 되는 생트집을 잡힌 적도 많았지만, 마인을 상대로 자신이 얼마나 고생했는지 자랑처럼 이야기해도 의미가 없었다. 그저 그 망할 영감이 얼마나 이상한 사람인가만 전달된다면 충분했다.

"음, 듣기에 따라서는 길베르타 상회가 굉장히 평가받고 있다는 말이잖아요? 길드장이 강압적이고 찰거머리에 귀찮은 사람이란 점은 부정 안 할게요."

확실한 대답은 아니었지만, 마인도 길드장이 얼마나 귀찮은 존재인지는 다소 아는 듯했다.

"그런데 왜 그런 주첫덩어리에게 조리법을 넘겼지?"

"왜냐고 물어도 전에 말씀드린 대로 프리다와 과자 만들기를 약속했기 때문에 함께 만들기만 했어요."

"하지만 계약했잖아?"

"고작 1년간 독점 계약이에요. 그렇게 흠잡을 만한 일인가요?"

기간 한정은 마인치고는 잘 생각한 일이지만, 정말 지켜질 수 있을지 불안했다. 그 손녀가 감언이설로 독점 상태를 질질 끌지는 않을까?

"정말 1년 뒤에 공개할 거냐?"

"네. 과자는 독점할 만한 게 못 돼요. 그리고 많은 분이 만들어 줬으면 하거든요."

마인은 1년간 독점권으로 조리법을 팔았다고 하지만, 설탕을 손에 넣을 수 없는 이상 당분간은 길드장 상점에서 독점 상태가 이어질 터였다. 이 이상 격차를 벌리고 싶지 않은데 또 벌어져 버린 느낌이다.

"어이, 마인. 너 다른 조리법도 알고 있다고 했지? 다른 건 우리 상점에 팔 생각은 없나?"

마인이 멍한 얼굴로 나를 올려다본 후 고개를 저었다.

"지금 벤노 씨에게 팔아도 의미가 없어요. 벤노 씨한텐 설탕과 요리사가 없잖아요."

"무슨 의미지?"

"제가 아는 과자 조리법은 기본적으로 설탕을 써야 해요. 게다가 실력 있는 요리사가 가장 중요하죠. 귀족 저택에서 근무한 경험이 있을 정도의 요리 기술을 소유한 사람이 아니면 제가 조리법을 가르쳐도 바로 재현해낼 수 없을 거예요."

"귀족 저택……?"

"필수 조건으로 오븐을 자유자재로 쓸 수 있어야 해요. 빵 공방 이외에는 오븐이 없다고 하던데, 그리 보급되지 않았죠?"

개인적으로 오븐을 둔 집은 거의 없었다. 상당한 부자에 식도락가가 아니라면 그런 물건은 필요가 없기 때문이었다. 즉 길드장 저택에는 오븐이 있고, 그것을 자유자재로 쓸 수 있는 요리사가 있다는 말이었다.

"어쩌죠? 벤노 씨가 전부 갖추기 전에 제가 마인의 조리법을 전부 사 버릴 거예요. 우리 요리사는 새로운 조리법을 굉장히 좋아하거든요."

키득키득 웃는 어린 목소리에 뒤를 돌아보자 그곳에는 봄꽃 색채 같은 머리를 양쪽 귀 위로 묶은 길베르타의 손녀가 있었다.

"안녕하셨어요? 벤노 씨. 루츠도 안녕?"

나를 올려다보는 도전적인 눈이 그 망할 영감과 판박이다. 망할 영감이 사라지면 조금의 승산을 기대했건만, 이 손녀도 얕잡아 볼 상대가 아니었다. 온갖 술수로 마인에게 접근하고 돈 냄새를 맡는 뛰어난 후각이 영감 못지않다. 그런데 마인은 이쪽이 경계할 대상임에도 헤죽거리며 가볍게 손을 흔들어 친한 듯 말을 걸었다. 사이 좋아 보이는 모습에 적잖은 초조함을 느꼈다.

“프리다. 시식회는 어때?”

“마인 덕분에 성황이야. 다들 카트르 카르를 칭찬해 주셔. 1년 후에는 조리법을 공개하겠다고 하니 은근히 기다리는 분들도 적지 않을 거야.”

‘경계심이 부족하다고 몇 번을 말해야 알아들어, 이 바보가!’

마인은 몇 번씩이나 나한테도 속아 넘어가도 불만스럽게 뾰로통해지는 정도로 흘러 넘겼다. 어떤 반응을 보일지, 제대로 눈치를 챌지 시험하는 내가 걱정될 정도로 경계심이 없었다. 분명 경계심이란 것을 어딘가에 흘리고 온 게 분명했다.

그렇다 해도 같은 또래 친구끼리의 즐거운 대화를 방해하는 어른스럽지 못한 행동을 취할 수는 없었다. 그저 말꼬투리가 잡히거나 쓸데없는 일에 얽히지 않게 대화가 들리는 범위 안에서 루츠와 함께 엄중히 감시할 수밖에.

“어이, 루츠. 저 녀석은 어째서 목숨이 걸린 상황에서도 속아 넘어가고 또 웃으면서 대할 수 있지?”

“저도 모르죠. 게다가 전 프리다를 별로 좋아하지 않습니다.”

마인에게 다가가지 말라고 얼굴에 쓰여 있을 정도로 루츠의 생각이 알기 쉽게 드러났다. 녹색 눈에 깃든 독점욕이 가장 소중한 친구를 향한 감정인지, 아니면 이미 연애 감정까지 이르렀는지는 판단하기 미묘했다.

그래도 마인을 과보호하는 루츠를 보고 있으면 벌써 몇 년도 전에 약혼녀의 죽음과 함께 두고 온 달콤하고 씁쓸했던 감정이 떠올라 간지러움이 스멀스멀 올라오는 기분이 들었다.

"앞으로도 고생하겠구나, 루츠. 마인을 잡아 두는 건 쉽지 않아."

루츠의 머리를 마구 쓰다듬으며 격려하자 루츠는 녹색 눈을 강하게 반짝이며 천천히 끄덕였다.

"마인, 맛은 어땠니?"

덩치 좋은 한 여성이 상당히 친밀한 말투로 마인과 손녀에게 다가왔다. 온몸에서 달콤한 향을 풍기며 머리는 시식회 관계자가 두른 천으로 감싸고 있었다. 누구지? 하고 경계하는 나와 루츠를 배려하는 기색도 없이 마인은 활짝 웃으며 그 여성에게로 달려갔다.

"당연히 엄청 맛있었죠. 찻잎 카트르 카르도 조금 전에 먹었는데 굉장히 맛있었어요. 역시 일제 씨예요."

마인의 칭찬에 싱글벙글하는 이 여성이 아무래도 길드장 저택에서 근무하는 요리사로, 이 카트르 카르를 만든 장본인인 모양이다.

상인의 감으로 막대한 돈을 불리게 될 일제를 관찰하자 일제 쪽도 나에게 시선을 향했다.

"그쪽이 벤노 씬가?"

"아아, 그런데?"

왜 길드장의 요리사가 내 이름을 부르며 말을 거는지 이유를 몰랐다. 또 마인이 무슨 짓을 저지른 걸까? 의심스러운 눈으로 쳐다보는 나를 일제가 위에서부터 아래까지 뜯어보았다.

"흐음……."

상대를 관찰하는 그 눈이 길드장과 닮아 보여 굉장히 불쾌해졌다. 손녀를 진심으로 상대하기엔 어른스럽지 않아 무의식적으로 참고 있었는데 상대가 어른이라면 사양할 필요가 없었다.

"마인을 구속해서 지식을 독점하는 사람이 당신이지?"

"딱히 독점은 아니다만? 실제로 카트르 카르의 조리법이 그쪽한테가 있지 않나?"

가능하다면 내 쪽이 독점하고 싶지만, 마인이 그렇게 넘어가 주지 않았다. 구속한다고 하지만, 마인이 무심코 흘린 정보로 시장이 혼란스러워지니 마인의 지식은 조금씩 내놓는 정도가 딱 좋았다.

"대체로 마인이 관련된 귀찮은 일은 전부 이쪽이 떠맡는데 맛있는 부분만 쏙 낚아채는 사람은 그쪽이지 않나?"

마인을 지키기 위해 이곳저곳에서 정보를 모으고 루츠와의 연결을 굳히기 위해 계약 마술까지 쓰고 마인의 존재를 숨기려고 식물지 협회를 설립하는 등 배후에서 은밀히 움직였다. 생각 없는 마인 때문에 고생하는 사람은 길드장이 아닌 나다.

"저 벤노 씨한테 꽤 바가지 당하고 있는데요?"

나는 입술을 내미는 마인의 볼을 손가락으로 튕겼다.

"너한테 린샴으로 바가지 씌운 돈은 계약 마술 두 번으로 전부 없어졌어."

"네?"

"계약 마술을 두 번이라니요?"

마인과 손녀가 멍하게 입을 쩍 벌린 표정으로 나를 올려다보았다.

"정말 남의 고생도 모르는 녀석……."

나는 멍한 마인의 얼굴을 내려다보며 기가 찬 표정을 지었다.

"당신 고생은 아무래도 좋아. 마인은 실력을 인정한 상대에게만 조리법을 넘기겠다고 했으니까. 다른 물건은 그렇다 쳐도 요리 조리법은 내가 받겠어."

요리사에게까지 선전 포고를 받다니. 나는 그 망할 영감과 관련한

모든 사람과 대립 관계에 놓여야 하는 모양이다.

"누가 넘긴다던?"

언제까지 길드장이 카트르 카르를 독점하게 내버려 둘까 보냐. 독점 계약이 끝나는 1년 이내에 설탕을 손에 넣고 실력 좋은 요리사를 찾아내 주지. 설탕은 조금 소원해진 친척 관계를 더듬으면 다소 어렵긴 해도 어떻게든 손에 넣을 수 있을 터였다. 머릿속으로 빠르게 계산하면서 일제와 서로 노려보는데, 마인이 불안한 얼굴로 내 소매를 슬쩍 잡아당겼다.

"벤노 씨, 벤노 씨. 요리사 찾기는 굉장히 어려워요. 부탁할 만한 귀족의 연줄이 없으면 무리예요."

"연줄 따위 필요 없어. 향상심과 오븐 취급 방법만 있으면 돼."

귀족 저택에서 근무할 정도의 실력과 오븐을 익숙하게 쓸 수 있는 사람이면 되지 반드시 귀족의 저택에서 일한 경험이 필요한 건 아니다.

"넌 책이 없으니까 직접 만들면 된다고 그랬지? 그럼 요리사가 없다면?"

"직접 키우면 된다?"

"그 말이다."

시설을 갖추고 이 마을에서 실력 좋다는 요리사를 찾아내어 과자에 특화한 요리사로 키우면 된다.

"그래, 한 번 해 보자고."

마르크 - 나와 주인님

저는 길베르타 상회에서 주인님을 보좌하는 마르크라고 합니다. 그러고 보니 서른일곱 살 즈음이 되었겠군요. 이 나이쯤 되면 제 나이도 정확히 기억나지 않는 법이지요.

전 선대 길베르타 상회 때부터 섬겨 왔습니다. 수습 기간을 포함하면 30년이나 신세를 지고 있습니다. 제가 이곳에 다루아로 수습을 들어온 연도에 주인님이 태어나셨으니 참 세월이 빠르다고 느낍니다.

상인이나 장인 수습생은 다루아와 다프라라는 두 종류로 구별합니다. 간단히 설명해 드리자면 다루아는 점장과의 고용 계약이고, 다프라는 장래에 상점의 업무를 맡는 도제 계약이라는 점에서 차이가 있습니다. 계약금이나 계약 내용에도 큰 차이가 있습니다만, 여기에서 자세한 설명은 필요 없겠지요.

길베르타 상회에서는 기본적으로 다른 상점의 자제를 다루아로 받아 맡고 있습니다. 상인의 자제는 일정 기간을 다른 상점에서 수습을 받아야 합니다. 이 기간은 상점과 수습생 부모와의 협의로 결정됩니다만, 대부분 3년에서 4년 동안입니다. 시야를 넓히고 자신의 위치를 인식하여 제구실을 할 수 있기 위해, 그리고 차기 점장이 될 자들과 교우를 쌓기 위해 등 여러 가지 이유가 있습니다만, 그들이 상점과 상점을 잇는 사다리 역할을 합니다.

저도 원래는 고용 계약이 끝나면 친가의 상점으로 돌아가는 다루아 계약이었습니다. 하지만 아버님이 돌아가시고 뒤를 이은 큰 형님과는 경영에 대한 생각이 크게 달라 재차 다루아로 계약을 갱신한 후 15세 성인식에 이르러서는 다프라로 계약을 갱신한 것입니다.

다프라 수습 기간은 8년. 원래라면 다른 상점에서 다루아로 수습한 후, 대략 10세부터 12세 정도 사이에 다프라로 계약하게 되어있습니다. 그리고 20세쯤이 되면 주인님을 대리하여 상점을 맡게 되지요.

전 계약이 늦은 탓에 성인이 되고 나서 8년간 추가로 수습 기간을 보내야 했습니다. 수습 기간이라 하여도 이미 다루아로서 8년이나 일을 했고, 길베르타 상회에서의 업무는 거의 이해하고 있었습니다. 선대 주인님의 깊은 배려로 일반적인 다프라와 달리 수습 급료가 아닌 성인 고용자와 거의 비슷한 급료를 받았기에 늘어난 8년간의 수습도 특별히 괴롭다고 느끼지 않았습니다. 오히려 다루아 때보다 좋아진 대우에 기뻐하며 매일같이 열심히 일했습니다.

그러나 안타깝게도 제가 다프라 수습 기간이 끝나기 직전에 선대 주인님이 돌아가셨습니다. 주인님은 막 성인이 되었던 때라 아직 점장으로서 굉장히 미덥지 못한 상태였습니다. 선대와 계약한 다루아들 중에 주인님과의 계약 갱신을 거부하고 상점을 떠난 자들도 적지 않았습니다.

저는 아직 수습이 끝나지 않아 계속해서 길베르타 상회에서 일하기 위해 친가에 원조를 요청했습니다. 그러나 상점을 이은 큰 형님은 원조는커녕 선대 주인님의 죽음을 비웃으며 길베르타 상회와 연을 끊겠다고 선언해 버렸습니다. 그때의 분노를 어떻게 표현해야 할까요. 친가와의 결별을 결심하고 무슨 일이 있어도 길베르타 상회와 주인님을 끝까지 지켜내어 후회하게 만들어 주겠다고 마음속으로 맹세한 순간을 전 지금도 선명하게 기억하고 있습니다.

다프라 수습 기간이 끝났을 때 주인님이 친가로 돌아가겠냐고 물었지만, 친가와 연을 끊은 제게 돌아갈 곳은 없었습니다. 그리고 그 어느 곳보다 저를 필요로 하는 곳은 길베르타 상회였습니다. 저는 상점에 남아 주인님과 함께 정신없이 일하여 상점을 다시 일으켜 세웠습니다. 금방 예전의 기세를 되찾았고, 규모를 더욱 키웠습니다. 제가 상점을 일으키기 위해 배후에 손을 써 친가를 이용한 사실도 지금은 시효가 끝난 이야기겠죠.

선대의 막내딸이신 코린나 님은 결혼하셨지만, 장남인 주인님은 리제 님이 돌아가신 후 결혼에 흥미를 잃으신 모양입니다. 저도 정신을 차리고 보니 이미 혼기를 놓쳐 버렸지요. 모든 일은 뜻대로 되지 않는 법입니다.

일에도 만족감을 느꼈고 주인님이 상점의 후계자를 코린나 님의 자제분으로 정하셨으니 지금으로써는 상점의 존망이 걸릴 만한 큰 문제 없이 하루하루를 보내고 있습니다.

오늘은 규모가 큰 점주들만 모이는 회의가 있어 주인님이 자리를 비웠습니다. 그러면 중요한 판단이 필요한 안건은 제게 돌아옵니다.

"마르크 씨, 린샤의 납품이 늦어질 것 같다는 연락이 들어왔습니다."

"이번엔 레브 입고가 늦었으니 어쩔 수 없군요. 완성한 몫을 먼저 납품하도록 하고 나머지는 되도록 서두르도록 주인장에게 전달하세요."

"저기, 마르크 씨. 부론 남작영애님으로부터 코린나 님께 의뢰가 들어왔습니다."

"여름에 의뢰하시다니 드문 일이군요. 급하신 모양이니 바로 코린나 님께 연락하도록 하세요."

평소보다 조금 바쁜 시간을 보내는 동안 주인님이 마인을 안고 돌아오셨습니다.

"마르크, 할 말이 있어. 들어와!"

주인님이 성큼성큼 안쪽 방으로 들어가셨습니다. 눈을 번뜩이며 의욕이 넘치는 주인님과 무척이나 곤란한 얼굴의 마인과 숨을 헐떡이며 두 사람을 쫓아온 루츠를 보고 또다시 주인님이 억지스러운 일거리를 던지겠다는 예감이 들었습니다.

린샴 제작을 위한 공방 준비에 원료 구매, 장인 확보와 판로 개척으로 분주하게 뛰어다녔고, 식물지를 제작하는 마인과 루츠를 위해 도구와 재료를 구하러 마을 안을 휘저었으며, 양피지 협회와 생긴 마찰을 원만히 처리하려고 힘썼으며 식물지 공방의 개설을 통째로 맡는 등……. 생각해보면 약 1년간 상당히 무리한 업무를 떠맡은 것 같군요. 이번에는 대체 뭘까요?

"마르크, 과자 장인을 육성할 거다. 준비해!"

과자 장인의 육성? 지금까지의 업무와 전혀 관계도 없어 보이는 단어가 튀어나왔습니다. 굉장히 불안한 예감이 드는군요. 이런 느닷없는 발언에는 마인이 관련되어 있다고 봐도 틀림없어 보입니다.

주인님의 모습을 살펴보니 의욕에 찬 이글거리는 눈으로 여러 목패를 꺼내서는 뭔가를 확인하고 있습니다. 건강해 보이시니 더할 나위 없습니다만, 주위에 끼칠 영향이 상당히 커질 것 같습니다.

"과자 장인이라고 하셨습니다만, 대체 무엇을 만들게 하실 계획이십니까?"

"마인한테 물어."

'아아, 역시 마인이군요. 아무래도 또 어려운 문제를 제기한 모양입니다.'

원래 길베르타 상회는 주인님의 증조모님이신 길베르타 님의 양장 공방에서 시작된 상점입니다. 기본적으로는 부인이 공방에서 옷을 제작하여 남편이 판매하는 형태로 발전했습니다. 점주는 항상 남편의 이름으로 등록하지만, 실질적으로 여계가 상점을 이어 맡는 실정입니다.

마을 부유층을 상대로 장사해 온 길베르타 상회이지만, 주인님의 모친이 만든 디자인이 하급 귀족의 눈에 띈 것을 계기로 조금씩 귀족 사회로 진출하게 되었습니다. 귀족 계급과 거래를 하게 된 것은 최근 10년 정도 전의 일로, 그리 오래는 아닙니다.

코린나 님의 센스도 귀족 사회에서 좋은 평가를 얻어 길베르타 상회의 앞날은 탄탄할 것입니다. 즉, 길베르타 상회는 의류품뿐만 아니라 장식품, 미용 관련 상품들까지 취급하고 있지요.

마인이 가져온 린샴은 미용 물품으로서 상당히 좋은 상품이 되었고, 앞으로 코린나 님의 공방에서 제작하게 될 머리 장식도 이미 마을에서 높은 인기를 얻고 있습니다. 실의 품질이나 디자인을 고려하면 귀족 부인이나 영애에게도 반응이 좋을 것이라며 코린나 님이 좋은 권리를 손에 넣었다고 진심으로 기뻐하셨습니다.

하지만 한편으로 마인이 들여 온 제지업은 길베르타 상회와는 방향성이 전혀 다른 업무였고, 과자 장인을 육성하는 사업 역시 지금까지의 업무와는 상당히 색다른 일입니다.

"그—러—니—까! 설탕이 없으면 무리라고 제가 몇 번을 말해요!"

"설탕이 없어도 빵은 구울 수 있어. 오븐을 쓰는 연습이 먼저지 않나?"

"하지만 이미 마을에 빵 공방은 여러 군데 있잖아요. 빵 장인 협회도 있는데 또 기득권자들과 부딪칠 생각이에요? 그저 연습 때문에!? 심지어 빵 공방에서 장인을 빼돌릴 생각인 거죠?"

"기득권자가 무서워서야 어디 새로운 사업을 시작하겠나?"

의자에 앉은 주인님과 의자 위에 올라서서 시선 높이를 맞춘 마인의 대화를 보면 주인님과 리제 님의 모습이 떠오릅니다. 싸울 정도로 사이가 좋다고나 할까요. 가볍게 말다툼을 할 정도로 신뢰감이 두터워졌다고나 할까요.

주인님은 상업을 주제로 마인과 소란스럽게 격론을 벌일 때 가장 생기가 넘쳐 보이기까지 합니다. 언변이 좋은 마인을 찍소리도 못하게 하면 리제 님에게 말싸움으로 이겼을 때와 같은 쾌감을 느끼시나 봅니다. 리제 님에게는 항상 지셨거든요.

"루츠, 저 두 사람은 내버려 두고 먼저 전후 상황을 설명해 주겠습니까? 왜 주인님이 갑자기 과자 장인을 육성하겠다고 주장하시는 겁니까?"

두 사람의 언쟁을 멀리서 보고 있던 루츠가 흠칫 놀라듯 자세를 고치고 설명해 주기 시작했습니다. 마인에게 항상 휘둘리는 루츠는 의식 전환도 빠릅니다. 솔직하고 무엇에 관해서도 흡수력이 좋으며 성실하고 인내심이 강한 구하기 힘든 인재라고 할 수 있겠지요. 원래 머리도 좋은지 오늘 있었던 일을 조리 있게 말해주었습니다.

루츠의 설명에 따르면 상업 길드의 회의 후에 열린 카트르 카르의 시식회에서 길드장의 요리사와 한 차례 언쟁이 있었다고 합니다. 과자 장인이 없으면 키우면 된다고 주인님이 큰소리쳤다는 이야기였습니다. 저 지기 싫어하는 주인님에게는 참으라는 말 자체가 무리한 이야기입니다.

"마인이 말하기를 과자를 만들려면 오븐을 자유자재로 쓰고 조리법 연구나 맛을 위해 노력을 아끼지 않는 열정적인 사람이 필요하다고 해요. 주인님은 이미 오븐 사용법을 마스터한 빵 공방에서 빼 올 생각인 모양이지만, 빵이 아닌 과자를 만들어야 하니까 새로운 음식을 만들려는 열의가 깊은 사람이 아니면 안 된다고 마인이……."

루츠의 설명을 듣고서야 겨우 주인님과 마인의 언쟁이 중점을 보이기 시작했습니다.

"그 과자라는 것이 귀족에게 팔리겠다고 주인님이 판단하신 것이지요?"

"네. 하지만……."

"루츠, '하지만'은 사용 금지입니다, 주인님이 의욕적인 이상, 해야 합니다."

이는 내가 주인님의 심복이라서일지도 모르지만, 주인님은 천성적인 장사의 감을 가지고 계십니다. 팔린다는 판단하에 의욕이 생긴 주인님이 전력을 다해 착수해서 팔리지 않은 물건이 없습니다. 저는 손뼉을 쳐서 주인님과 마인의 주의를 제게로 돌렸습니다.

"주인님, 과자 장인을 육성하겠다고 말씀하셨는데, 이것은 어느 정도 기간에 키울 계획이십니까? 그리고 수지가 맞는 이야기입니까?"

"맞아. 어느 정도 오븐을 쓸 수 있는 녀석을 빵 공장에서 빼내서 교육 담당을 시킬 생각이니까 그리 시간이 걸리지 않겠지."

제 질문에 주인님이 살짝 고개를 끄덕이셨습니다. 자신감에 찬 눈을 하고, 약간의 실패도 생각하지 않는 얼굴이었습니다.

"설탕이 없으면 만들 수 없다고 들었습니다만, 설탕을 어떻게 매입하실지 계획이 있으십니까?"

"조금 소원해진 친척이란 친척들에게 손을 뻗으면 다소는 어려워도 구할 수 있다. 분명 에밀 숙부님은 중앙 쪽에 조금 연줄이 있었지. 또 오토와 옛날부터 친한 행상인에게도 부탁해 뒀다. 장인에게는 당분간 빵을 구우며 오븐 사용에 익숙해지게 하면 돼."

"흠. 전혀 승산이 없진 않군요."

기본적으로 승산도 없는 승부를 거는 법이 없는 주인님은 마인에게 처음 과자 이야기를 들었을 때부터 설탕을 손에 넣을 경로를 검토하셨던 모양입니다. 공방 매수나 오븐 준비는 절차가 복잡해서 까다롭긴 하지만, 그리 힘든 일은 아닙니다. 역시 가장 큰 문제는 기득권자들과의 마찰과 협상이겠지요. 아마 또다시 길드장이 문제를 제기해 올 겁니다.

식물지의 유통에도 양피지 협회 사이에 일어난 분쟁이 떠올라 살짝 눈썹을 찡그렸습니다. 본업이 아닌 제지업이나 과자 장인 육성으로 일어나는 분쟁은 상업상 상당히 곤란한 일입니다.

"마인, 예전에 양피지 협회와 종이 용도로 이익을 나누었던 것처럼 기존의 빵 장인과 마찰을 적게 할 방법은 없습니까?"

"네!? 그걸 제가 생각해야 하나요!?"

정면 돌파라고 할까요, 기본적으로 양보가 없는 주인님보다 분쟁을 싫어하여 피해 가려는 마인 쪽이 좋은 해결책을 내놓을 겁니다. 무엇보다 저 역시 과자 장인 육성은 전공이 아니다 보니 해결책을 낼 지식이 없기 때문이지요.

"이 안에서 과자 장인에 대해 가장 밝은 사람은 마인입니다. 주인님보다 마인 쪽이 해결책을 잘 찾을 겁니다. 그러니 저희 쪽에도 이익이 될 만한 의견을 들려주십시오."

세례식을 마친 지 얼마 지나지 않은 소녀에게 억지스러운 요구라는 건 알지만, 주인님과 마찬가지로 저도 마인을 평범한 소녀라고 생각하지 않습니다.

"네!? 음, 해결책? 쌍방에 이익이 되게 해 달라고 해도, 음……."

"지금까지의 빵과 다른 빵이라든지, 빵 이외에 오븐을 쓰는 음식이라든지……."

생각에 잠긴 마인에게 종이 협상 때의 타협점을 빵에 빗대어 제안해 보았습니다. 전 전혀 떠오르지 않았지만, 묘한 물건을 계속해서 가져오는 마인이라면 짚이는 부분이 있을지도 모른다고 생각했기 때문입니다. 제 예상대로였는지 마인이 남색 머리를 흔들며 저를 돌아보더니 금색 눈동자를 빛내면서 왼손을 번쩍 들어 올렸습니다.

"있어요! 저 **'이탈리안'**이 먹고 싶어요!"

들어본 적 없는 단어가 튀어나왔습니다. 주인님과 루츠도 잘 모르겠다는 표정이지만, 마인은 전혀 개의치 않고 말을 이었습니다.

"설탕이 없어도 오븐을 쓰는 요리라면 연습으로 만들 수 있잖아요? **'피자'**, **'그라탕'**, **'라자냐'** 정도면 괜찮아요. 아, 그리고 고기 오븐 구이나 **'키슈'**랑 **'파이'**도 만들 수 있겠네요. 우와, 기대된다."

덩실덩실 신이 난 목소리로 마인이 잇달아 음식 이름을 대는 건 좋지만, 고기 오븐 구이가 나온 이상, 과자 이름이라고는 생각할 수 없었습니다. 눈을 반짝거리며 침을 흘릴 것 같은 황홀한 표정을 짓는 마인을 보던 루츠가 제 옆에서 조그맣게 신음하며 머리를 감싸 안았습니다.

"안 돼. 마인이 폭주하기 시작했어. 한 번 목표를 정하면 눈에 보이는 게 없는 앤데…… 주인님이 이길 수 있을까?"

루츠의 신음하는 목소리에서 평소 마인의 폭주에 휘둘렸을 루츠의 모습이 쉽게 떠오릅니다. 아무래도 마인과 주인님은 닮았나 봅니다. 목표를 정하면 눈에 보이는 게 없죠. 이들은 자신들 때문에 주위가 얼마나 고생하는지 눈에 보이지 않는 것이겠지요.

"벤노 씨. 그냥 과자는 그만두고 **'레스토랑'**…… 음, 좀 고급 식당을 차리면 좋겠는데요?"

"어이, 잠깐만! 멋대로 그만두지 마!"

"설탕이 있으면 **'디저트'**로 과자도 만들 수 있어요. 괜찮아요. **'이탈리안'**으로 합시다."

"뭐가 괜찮다는 거냐!?"

루츠의 걱정대로 주인님 쪽이 열세인 듯합니다. 마인에게 휘둘리는 루츠의 입장이 마치 주인님에게 휘둘리는 제 경우와 비슷하여 저는 조용히 마음속에서 흐르는 눈물을 닦았습니다.

"루츠, 마음을 강하게 키우십시오. 휘둘리지만 말고 미리 폭주를 예측해서 휘둘리기 전에 피한다면 마음고생이 훨씬 덜할 겁니다."

"마르크 씨?"

"휘둘리는 방법에도 다소 요령이 있는 법이지요."

녹색 눈을 반짝이며 나를 존경하듯 바라보는 루츠의 순수함을 보고 마음속으로 맹세했습니다. 루츠는 이 두 사람이 어떠한 터무니없는 요구를 하더라도 이겨낼 수 있도록 제가 확실히 교육하겠다고.

저희가 조용히 서로의 고생을 나누는 동안 마인의 입은 쉴 새 없이 움직였습니다. 주인님을 상대로 계속해서 공방이 아니라 식당을 차려야 하는 이점을 늘어놓습니다.

"그러니까 과자만 팔지 말고 요리도 내는 편이 여러 방면으로 좋다니까요? 연습한 음식을 손님에게 제공하면 낭비할 일도 없고, 장인도 의욕이 생기잖아요. 과자를 만들 수 있게 되면 귀족에게 팔기 전에 식당 손님들에게 시식해 보도록 할 수 있고요. 의견을 받아서 개선할 수도 있다고요."

정말 아이라고 느껴지지 않는 설득력과 말주변에 감탄하자 루츠가 난감하다는 표정으로 나를 올려다보았습니다.

"저, 왠지…… 마인의 열정적인 말을 듣고 있으면 왠지 마인 말이 맞을지도 모른다고 생각하게 돼요."

"손님의 구매 충동을 일으키게 하는 점은 장사꾼에게도 귀한 재능이죠."

제가 고개를 끄덕이자 루츠는 어깨를 으쓱하며 가볍게 웃었습니다.

"마인의 경우 자기가 하고 싶은 일 이외에는 전혀 작용하지 않는 효과인데요."

"어떤 식으로 전달해야 상대방이 마음을 끌어낼 수 있는지 자세히 관찰하세요. 주변의 모든 것들이 본보기가 될 겁니다."

상대방을 혹하게 하는 설득력은 굉장히 매력적인 재능이지만, 상점을 운영해야 하는 우리는 마인의 열의에만 끌려 결정할 수 있는 입장이 아닙니다.

"그보다 루츠. 마인은 괜찮습니까? 너무 흥분한 것 같습니다만."

"으아! 마인! 좀 진정해!"

루츠의 목소리에 말을 멈춘 마인은 그대로 테이블에 힘없이 엎드리고 말았습니다. 역시 너무 흥분했나 봅니다. 그래도 아직 할 말이 남았는지 테이블에 엎드린 채 계속해서 중얼중얼 입을 움직였습니다.

"평민 부자와 귀족의 식사는 하늘과 땅 차이예요. 맛있는 요리라면 조금 정도 비싸도 먹으러 오는 사람이 있다고요. 반드시요."

"하늘과 땅 차이? 너 어디서 귀족의 식사를…… 길드장이냐?"

"보세요. 벤노 씨도 흥미 있죠? 정말 다르다니까요? 하지만 승산은 있어요. 저 일제 씨에게 요리에 관한 정보는 아직 하나도 넘기지 않았으니까요."

우후후 하고 웃는 마인의 말에 주인님의 마음이 살짝 흔들린 것 같았지만, 이 자리에서 기세에 밀려 결정할 수는 없습니다. 한 번 머리를 식히고 마인의 제안을 꼼꼼히 검토해 봐야 할 듯합니다. 매사에는 이점이 있으면 반드시 결점도 있는 법이지요.

"마인의 말대로 정말 과자 장인을 육성할 필요가 있을지 천천히 고민해 보는 편이 좋겠습니다. 훌륭한 제안을 주셔서 감사합니다, 마인. 정말 큰 도움이 되었습니다. 오늘은 이만 돌아가서 컨디션을 조절하는 편이 좋지 않습니까? 주인님께 휘둘려서 피곤하지요?"

"으으, 마르크 씨의 상냥함에 감동했어요."

전 테이블에 엎드린 채 있는 마인을 보내도록 루츠에게 지시를 내리고 두 사람을 집으로 돌려보냈습니다.

아이들을 배웅한 후 안쪽 방에 돌아오니 주인님이 조금 전 마인과 똑같은 자세로 집무 책상에 엎드려 제 쪽으로 시선만 돌렸습니다.

"정말이지, 마인 때문에 매번 놀라는군."

"빵 협회와의 마찰을 피하려던 타협안이 저런 식으로 방향을 틀 줄은 예상 못 했습니다."

주인님이 머리를 긁으며 천천히 몸을 일으켰습니다. 그리고 적갈색 눈을 날카롭게 빛내며 저를 응시했습니다.

"마르크는 어떻게 생각해?"

"과자 장인 육성보다는 식당 쪽이 쉽게 실현할 수 있을 겁니다. 식당이라면 빵 협회와 마찰이 생길 가능성도 전혀 없지요. 오히려 음식점 협회 쪽을 고민해야 합니다만, 정당하게 절차를 밟으면 가게를 내는 일 자체는 어렵지 않을 겁니다."

마인은 고급 식당을 제안했습니다. 대규모 상점이 저가 시장을 망치려는 속셈이 아니므로 음식점 협회도 두드러지게 반대하지 않을 겁니다.

"식당도 나쁘지 않아. 요리사를 고용한 부유층은 많지만, 요리사는 기본적으로 평민이다. 식사에 사용하는 금액이 늘어도 음식 종류가 많아질 뿐, 요리 자체는 크게 다르지 않지. 귀족의 식사는 실력 좋은 요리사가 귀족의 저택에서밖에 만들지 않는 조리법을 쓰니까 애초에 맛도 가짓수도 달라. 조금 가격이 비싸도 소재나 맛에 신경 쓰면 분명 손님은 붙을 거다."

전 귀족의 음식을 맛본 적이 없어서 잘 모르겠습니다만, 주인님은 한 손으로 셀 만큼이긴 하나 귀족들 식사에 초대받은 적이 있습니다. 그 주인님의 말씀이니 귀족과 평민 부유층의 식사가 크게 다르다는 점은 사실일 겁니다.

"하지만 마인은 대체 뭘 알고 있는 거지? 녀석이 길드장 집에 묵은 건 겨우 며칠이야. 몇 종류나 되는 조리법을 어떻게 알까? 오븐을 사용한 요리 이름이 어떻게 그렇게나 튀어나올 수 있지?"

"마인이지 않습니까."

주인님의 입에서 나온 의문에 저는 한숨 섞인 대답을 했습니다. 주인님은 불만스러워 보였지만, 그 외에 다른 대답은 없었습니다.

"마르크, 넌……."

"괜한 고민은 시간 낭비. 마인이 어떤 자든 상인으로서 이용 가치가 있다면 뭐든 상관없다고 린샴 때 주인님께서 하신 말씀입니다. 이제 고민한다 해도 아무것도 바뀌지 않습니다. 오히려 마인이 귀중한 정보를 다른 곳에 누설하지 않을 방책을 고민하는 편이 훨씬 건설적입니다."

제가 고개를 저으며 여봐라는 듯 어깨를 으쓱거리는 동작을 취하자 주인님은 겸연쩍은지 시선을 피하더니 화제를 돌리려고 부자연스럽게 손뼉을 쳤습니다.

"아아, 그래…… 루츠를 내 양자로 맞을까 하는데 마르크는 어떻게 생각해?"

"즉흥적인 생각을 아무 생각 없이 입 밖에 내는 점은 마인의 영향을 받으신 것 같습니다."

"뭐라!? 기분 나쁘군! 그 단세포랑 똑같이 취급하지 마!"

주인님은 위협적으로 소리치셨지만, 루츠를 양자로 삼겠다는 제안이 단세포적인 발상이 아니라면 대체 뭐란 말일까요. 상점을 운영하는 주인님이 양자를 맞이하면 주위 사람들은 그를 후계자로 간주할 것입니다. 코린나 님의 자제분이 태어나기 전에 그러한 분쟁의 씨앗을 뿌려서는 곤란합니다.

"그렇다면 코린나 님과 쓸데없는 마찰을 일으킬 법한 제안을 생각하시게 된 이유에 대해 주인님께서 숙고하신 의견을 들려주십시오."

"일일이 비아냥거리는군."

주인님은 가볍게 한숨을 내쉬고 불평하시며 루츠를 양자로 삼고 싶은 이유를 털어놓으셨습니다.

"우선 마인과 관계를 유지하려면 반드시 루츠를 확보해야 해. 이건 이해하겠지?"

마인 공방에서 만든 물건은 루츠를 통해 팔겠다는 계약 마술을 맺은 이상 반드시 루츠를 확보해야 하는 점은 이해합니다. 그리고 지금의 루츠는 다루아이므로 고용 기간이 끝나면 본인 의지로 어디든 옮길 수 있었기에 주인님은 이를 막고 싶다고 생각하셨겠지요.

"다프라로 계약할까도 고민했는데 어차피 상점을 맡긴다면 양자로 삼아서 내 의견을 강하게 주장할 수 있는 자리를 만들어 두는 편이 좋을 것 같아서 말이지."

"전 다프라로 충분하다고 봅니다만? 어차피 코린나 님의 자녀분이 딸이라면 결혼 상대로 삼아 버리면 되지 않습니까?"

양자로 키우기보다 다프라로 수습을 거쳐 사위로 맞는 편이 주위의 반감이 적을 겁니다. 하지만 주인님은 납득할 수 없다는 듯 손을 저었습니다.

"루츠는 안 돼. 마인밖에 안 보이는 녀석이다. 게다가 루츠는 원래 행상인이 꿈이었으니 이 마을에서 나갈 기회를 살피고 있을 테지. 이 상점에 묶어 두는 건 어렵지 않을까 싶군."

"행상인 말입니까? 그건 또 무슨……."

마을에서 태어나고 자란 아이가 꾸기엔 상당히 드문 꿈에 제가 놀라자 주인님이 가볍게 어깨를 들썩이며 입꼬리를 올리셨습니다.

"억압받는 생활 환경이 가장 큰 이유라고 보지만, 마인이라는 고리가 없어지면 루츠가 이곳에 있을 의미도 없어지겠지. 틀림없이 마인은 가까운 미래에 어딘가의 귀족이 거두어 갈 거야. 이 마을 귀족일지, 아니면 다른 영지 귀족에게 구슬려 가든지 이 마을을 떠날 가능성이 높아."

지금의 루츠는 주인님 비호하의 수습생으로 지식이 전혀 없습니다. 하지만 성인이 되고 여러 지식을 습득하면 언젠가 자신의 가치를 깨닫게 되겠지요. 그때 마인이 이 마을을 떠나 계약 마술의 의미가 사라진다면 다른 마을의 상점에 갈 가능성도 있습니다.

"마인이 이 마을에서 움직였을 때 루츠를 데리고 움직일 수 있는 상태로 만들어 두고 싶다."

"왜 주인님이 거기까지?"

제가 살짝 눈을 가늘게 뜨자 주인님이 약간 곤란한 듯 피식 웃었습니다.

"길베르타 상회의 후계자는 코린나고, 나는 대리 경영자다. 마인이 바라는 책 제작은 우리 상점과 방향성이 다르지. 지금 당장은 아니지만, 코린나와 오토에게 상점을 맡기고 나는 독립하여 다른 상점을 세워도 되겠다고 생각한 거다."

길베르타 상회는 본래라면 여계가 잇는 상점이기에 코린나 님과 오토 님이 상점을 운영해야 하므로 주인님의 말은 틀리지 않습니다. 하지만 독립을 내비친 주인님의 생각과 루츠에 대한 행동이 잘 이어지지 않았습니다. 제가 주인님을 바라보자 주인님은 가볍게 한숨을 쉬고 "마르크한테는 못 숨기겠군." 하고 중얼거리더니 그리움에 잠긴 웃음을 지었습니다.

"최근 마인과 루츠를 보고 있으면 옛날 생각이 나. 아버님이 살아 계시고 아무 부족함 없이 살 때…… 리제와 함께였던 나를, 말이지.”

루츠와 마인이 장난치는 모습을 보면 마치 주인님과 리제 님이 웃고 지내던 무렵이 생생하게 떠올라 주인님의 마음을 조금은 이해할 수 있었습니다. 살포시 눈을 감으면 상점 뒤쪽에서 어른 흉내를 내거나 몰래 심술궂은 장난을 궁리하는 두 사람의 모습을 곁눈질로 보던 옛날 풍경이 되살아났습니다.

“그 둘을 보고 떠올랐어. 아버지가 돌아가시고 상점과 가족을 지키는 데에 힘쓰느라 완전히 잊어버린 내 꿈까지…….”

“전 세계에 영향력 있는 상인이 되고 싶다던 꿈이었지요.”

제가 지적하자 주인님이 눈을 크게 뜨고 재밌어 보일 만큼 당황한 기색이셨습니다.

“어, 어째서 네가 기억하고 있지!?”

“주인님 일이니까요.”

‘절 만만하게 보지 마십시오. 전 주인님이 태어났을 때부터 주인님을 알고 있습니다.’

제가 자신만만해하자 주인님이 머리를 감싸며 신음했습니다. 자신의 어릴 적 일을 세세히 아는 상대를 상대하는 건 실로 어려운 법이지요. 이해합니다.

잠시 머리를 감싸며 신음하던 주인님은 부끄러움에서 벗어났는지 한 번 헛기침했습니다.

“마인의 머릿속에 든 물건을 하나씩 실현해 가면 내 꿈이 확실하게 이루어질 것 같지 않나?”

“지나치게 방대하긴 합니다만, 마인이 말하는 모든 물건을 실현할 수 있다면 확실히 전 세계적으로 영향력을 가지실 겁니다.”

"우선 친척들이 있는 마을 쪽에 식물지 공방을 세워 식물지를 보급해 보지. 마르크…… 넌 어떻게 할 거지?"

가슴 앞에 깍지를 끼고 의자 등에 기대어 살짝 고개를 기울인 자세로 주인님이 나를 올려다보았습니다. 지긋이 대답을 기다리는 주인님의 모습에 나도 모르게 웃음이 나올 뻔했습니다.

선대께서 돌아가시고 제 수습 기간이 끝났을 때 상점을 옮길지 물었을 때와 똑같은 모습, 똑같은 표정이었기 때문이죠.

"저보다 테오가 오토 님과 어울릴 겁니다. 전 주인님을 따라가겠습니다. 루츠의 교육 담당도 필요하실 테니까요."

안도의 한숨을 내쉬는 주인님의 모습에 저는 기쁜 웃음을 지었습니다.

가족과 상점을 지키려고 굳게 결심하여 자신의 꿈 따위 아주 잊어버렸던 주인님을 움직여서 식물지 협회를 세우게 하고 또다시 새로운 사업에 뛰어들게 하는 마인은 어쩌면 오토 님의 말씀처럼 주인님에게 긴 겨울의 끝을 가져다주는 물의 여신일 겁니다.

덕분에 저도 제 꿈이 떠올랐습니다. 마인이 물의 여신이라면 전 앞으로도 주인님의 성장을 돕는 불의 신으로 주인님 곁을 지키겠다던 꿈을 말이지요.

상인 수습생 생활

댕댕…….

이른 아침부터 일하기 시작해야 하는 사람들을 깨우는 자명종처럼 시커먼 거리에 한 점 종이 울려 퍼졌다.

"으으, 벌써 아침이야……."

이제껏 엄마가 깨우기 전까지는 종소리 따위 신경도 쓰지 않고 잤는데, 상인 수습생이 된 지금은 한 점 종이 울리는 소리를 듣고 일어나야만 했다.

아직 자고 싶다고 호소하는 몸을 일으켜 움직였다. 10살까지 계약한 다루아 수습생의 업무는 격일제로 오늘은 길베르타 상회에 가는 날이었다.

"젠장, 졸리는데에……."

"루츠가 선택한 길이야. 불평하면 안 되지."

엄마에게 한소리 들으며 나는 부엌으로 향해 아침 식사에 손을 뻗었다. 어제저녁에 남은 수프에 딱딱한 빵을 찍어 불려서 먹었다. 마지막으로 달걀과 교환한 우유를 단숨에 마시고 얼굴을 소맷자락으로 쓱쓱 닦았다. 그러다 번쩍 정신이 들었다.

"아, 실수했다……."

언행을 정중히 하고 얼굴은 천으로 닦으라던 마르크 씨의 말을 떠올리고 무심코 우유 자국이 묻은 소매를 바라보았다.

부유한 길베르타 상회 사람들과 비교해서 나는 언행이 매우 거칠어 상점에 내보낼 만한 상태가 아니라고 했다. 주의를 받는 점들을 신경 쓰려고 했지만, 순간순간에 평소의 언행이 튀어나와 버린다. 마인이 마르크 씨를 본보기로 삼으라고 하여 나름대로 연습하고는 있는데 지금까지의 생활을 어떻게 고쳐야 할지 모르는 것들이 너무 많았다.

'지적해 주지 않으면 잘 모르겠는걸.'

건축 관계 업무를 보는 장인 집안에서 자란 나는 상인 세계를 전혀 몰랐다. 종이를 만들어 길베르타 상회의 수습생이 되는 길을 걷게 되고부터 마르크 씨에게 세세한 주의를 받게 되었다.

식사 후에 입안 청소, 복장이나 머리는 청결히, 말투와 자세 고치기, 물건 정중히 다루기. 무엇이든 지금까지 생활에서 누구도 지적해 준 적 없던 일들뿐이라 당혹스러웠다.

덕분에 전혀 다른 세계의 기억이 있는 탓에 이곳 상식을 전혀 모르겠다던 마인의 마음을 이해할 수 있게 되었다. 그리고 전보다 더욱 마인과 가까워졌다고 느꼈다. 정말 상인 세계는 세세하게 집어 주지 않으면 알 수 없는 상식들로 가득했다.

"잘 먹었습니다. 다녀올게!"

서둘러 아침을 마치고 집을 뛰쳐나와 달리기 시작했다.

두 점 종이 울리면 마을 문이 열린다. 주변 마을 농민들이 한 점 종부터 일어나 수확물을 팔러 오고, 어제 폐문 시간에 늦어 근처 농가에서 묵은 행상인들이 우르르 거리로 몰려든다. 길베르타 상회는 개문과 동시에 들어오는 손님들을 위해 두 점 종에 개점하기 때문에 더 일찍부터 개점 준비를 해야 한다.

아빠와 큰 형 자샤가 하는 건축 관련 업무는 날씨에 크게 영향을 받기 때문에 해가 뜨면 일을 나간다. 둘째 형 지크와 셋째 형 랄프는 목공 관련 공방에서 수습하고 있고, 엄마는 천을 짜는 직물 공방에서 일한다. 개점과 무관한 공방 사람들은 대부분 두 점 종이 울리고 나서 집을 나섰다. 숲에 가는 아이들도 비슷한 시간에 집을 나선다.

즉, 길베르타 상회의 수습 다루아가 된 나만 지금까지의 생활과 달리 매우 이른 아침부터 움직여야 했다.

발밑이 잘 보이지 않는 좁은 골목길을 빠져나와 아직 어둠이 깔린 큰길을 달렸다. 여름에 태어난 나의 세례식이 끝날 즈음부터 하루가 다르게 여름 더위가 심해져 갔지만, 동트기 전의 쌀쌀한 공기가 뺨에 닿는 차가운 느낌이 기분 좋았다.

길베르타 상회 종업원들은 부유층 상인 출신 자제들로 다들 북쪽에 집이 있다. 남문 가까이에 있는 우리 집이 가장 멀었다. 한 점 종이 울리고 바로 움직여도 조금 늦을 때가 있었다. 지금은 여름이라 아직 괜찮지만, 이불에서 나오기 힘든 겨울이 오면 일어나기가 더욱 힘들어질 것 같았다.

길베르타 상회에 도착했지만, 아직 개점 준비를 시작할 시간이 아닌 터라 점원인 다루아가 들어가는 문도 아직 닫혀 있었다. 안도의 한숨을 내쉬고 상점 옆 계단으로 발을 딛는 순간, 문이 열리는 둔중한 소리가 들렸다.

'큰일이다. 벌써 열었어. 서두르자!'

다락방을 빌린 내 방으로 달려가 그리 크지 않은 물병에 든 물로 얼굴을 씻고 수건으로 닦았다. 다음 손가락에 소금을 묻혀 이빨에 바른 다음 수건으로 이를 닦고 입을 헹궜다. 그리고 방에 친 끈에 널어 두었던 길베르타 상회의 수습 제복을 걷어 최대한 서둘러 갈아입고 마르크 씨에게서 산 빗으로 되도록 빠르고 정성스럽게 머리를 정리했다.

"음, 아무래도 오늘은 머리를 감는 편이 좋겠어."

빗고 있던 머리를 만지고는 가볍게 한숨을 쉬었다. 머리칼이 조금 달라붙는 느낌이 들기 시작했다. 슬슬 감지 않으면 마르크 씨에게 주의를 받을 것 같았다. 내가 만든 린샴으로 집에서 씻으려 하면 형들이 하도 시끄럽게 놀려대기 때문에 나는 이 방에서 몸단장했다. 오늘은 옷도 빨고 머리도 감아야 할 듯하다.

옷차림을 단정히 하고 업무에 필요한 잉크와 펜, 계산기 등 짐을 넣은 천 가방을 들고 계단을 뛰어 내려와 상점 안으로 들어갔다.

"안녕하세요."

"안녕하세요, 루츠. 마르크 씨는 벌써 뒤쪽 방에 가셨어."

손님이 출입하는 현관을 청소하던 다프라의 말에 나는 허둥지둥 뒤쪽 방으로 들어갔다.

어떤 상점이든 도난을 막기 위해 손님이 드나드는 상점 입구에는 몇몇 견본을 제외하면 상품을 거의 진열하지 않았다. 보통 필요한 상품을 지시받으면 그때 뒤쪽 방이나 지하 창고에서 상품을 꺼내 온다. 즉 상점 앞쪽보다 뒤쪽이 넓고 물품이 가득하다는 말이다.

"루츠, 조금 늦었군요."

"마르크 씨, 미안………… 아니, 죄송합니다."

창고를 관리하며 다루아들에게 지시를 내리는 마르크 씨에게 사과하고 다른 다루아들과 함께 업무를 시작했다. 창고 일은 신입 다루아의 업무였다. 창고 어디에 무엇이 있고, 어떤 식으로 취급하는지를 모르면 일을 할 수 없기 때문이다. 수많은 천과 소품의 취급 방법을 배우는 것이 다루아의 첫 업무인 셈이다. 마르크 씨처럼 전부 완벽하게 기억하려면 얼마나 걸릴까?

"루츠, 머리 장식을 매장 쪽에 내 주세요."

"네!"

겨울 동안 내가 마인과 함께 만든 머리 장식은 불티나게 팔렸다. 그 사이 마인이 길베르타 상회에 제작법을 팔아서 앞으로는 코린나 님의 공방에서 만들게 되었다고 했지만, 지금은 아직 마인과 투리와 함께 만든 장식들만 판매 중이었다.

나는 꽃이 시드는 가을 끝물부터 봄이 시작하는 세례식이나 성인식 때 팔리고, 따로 돈을 들이지 않아도 꽃을 모을 수 있는 여름에는 팔리지 않겠다고 예상했다. 하지만 희귀한 물건에 열광하는 행상인이 요전번에도 머리 장식을 잔뜩 사 갔다.

'오늘도 잘 팔리면 좋겠다.'

나는 꽃 모양이 망가지지 않게 트레이에 올려 조심스레 옮겼다. 색깔이 다른 머리 장식 다섯 개를 옮기다가 딱 하나 엉성한 장식을 발견했다. 분명 마인이 만든 것이라고 생각하니 피식 웃음이 나왔다.

두 점 종이 울리고 문이 열린다. 손님들이 차례차례 들어왔다. 모피나 천, 실 등을 팔러 온 사람, 반대로 사서 마을을 나갈 사람으로 상점 안이 붐비기 시작했다. 아직 전혀 도움이 되지 않는 나는 매장 쪽으로 나가지 못하고 어른이 체크를 끝낸 짐을 뒤쪽 방에 옮기는 일밖에 할 수 없었다.

봄에 들어온 다루아는 대규모 상점 출신의 아이로 장사가 익숙해서 손님에게 차를 내거나 물건을 포장하여 가져다주는 등 매장으로 얼굴을 내비치는 업무도 가능했다.

"루츠, 이 짐도 뒤쪽 방에 옮겨 주지 않을래? 레온에게 넘겨."

"알겠습니다."

맡은 천을 안고 뒤쪽 방으로 돌아가 다프라인 레온을 찾아 천을 건넸다. 레온은 가볍게 고개를 끄덕이고 지정 위치에 재빨리 정돈해 넣었다. 천은 품질이나 색으로 선반이 나뉘는데 나는 건네받은 천을 만져도 품질을 구분할 수 없었다. 친가가 천을 다루는 상점이라 익숙한 레온은 다루아로 계약한 첫날부터 일을 잘했고, 그 유능함을 인정받아 다프라로 승격했다고 들었다.

'다프라는 어려울지 몰라도 다루아 계약이 3년 만에 끊어지지 않도록 해야 해.'

길베르타 상회에서 일하는 사람은 전부 상인 출신 아이들뿐이었다. 목수 집 아이라 상인의 상식을 모르는 나는 다른 아이들보다 더욱더 노력해야 한다. 마인과 함께 종이와 머리 장식을 만들어 수습생으로 인정받았지만, 그것은 내가 아니라 거의 마인이 이룬 공적이었다.

세 점 종이 울릴 때 즈음엔 오픈과 동시에 들어온 외곽 손님들과의 거래가 어느 정도 진정되고, 마을 안 상인들이 출입하는 시간이 된다. 친가 관계자가 출입하면 신입 다루아가 매장에 나와 접객 연습을 했다. 하지만 친가 관계자가 없는 나는 연습할 기회가 없었다. 주인님은 "마인이 올 때 연습할 수밖에 없겠군."이라고 했다. 마인도 상인이 아니라서 실제로 연습이 될지는 솔직히 조금 불안하지만.

네 점 종이 울리면 오전 업무가 끝나고 점심시간이다. 상점문을 닫고 점심 당번 한 사람만 남기고 모두가 각자의 집에 돌아가거나 큰길의 노점 또는 식당에 밥을 먹으러 간다. 난 엄마가 챙겨 준 빵만으로는 부족해서 큰길 노점에 사러 가는 경우가 많았다. 내가 쓸 돈이 있다는 건 굉장했다. 앞으로 필요하게 될 테니까 저축하라고 조언해 준 마인이 고마웠다.

점심을 사러 가려면 귀찮아도 다락방에 돌아가서 옷을 갈아입고 가야 했다. 길베르타 상회의 수습 제복을 입은 채로는 아무리 배가 고파도 길거리에서 사 먹어서는 안 되기 때문이다. 심지어 우걱우걱 먹으며 걸어다니다가는 마르크 씨에게 혼나겠지.

동쪽이나 중앙 광장 쪽 노점보다 시장에 가까운 서쪽 음식점이 쌌다. 거기서 산 갈레트를 먹으며 뜨거운 여름 햇볕이 내리쬐는 길을 걸어 중앙 광장으로 돌아갔다. 갈레트는 밀가루나 보릿가루에 메밀가루를 섞어 양을 늘린 반죽을 얇게 구워 햄이나 베이컨 소시지 등을 말아 만든 간편 식사였다. 보존을 가장 크게 생각하고 굽는 딱딱한 빵과 달리, 국물이 없어도 간단하게 먹을 수 있는 점이 좋았다.

오늘은 날씨가 맑아 밖에서 사 먹을 수 있지만, 비가 내렸다면 집에서 가져온 딱딱한 빵과 물만 먹어야 했다. 비가 오면 노점들이 거의 나오지 않고, 밖을 걷기도 귀찮기 때문이다. 매사에 날씨가 중요했다.

마침 중앙 광장에 도착했을 즈음에 갈레트를 다 먹고 평소 버릇대로 바지에 손을 닦았다. 그러다 번쩍 정신이 들어 주위에 상점 사람이 없나 조심스레 두리번거렸다.

'좋아. 아무도 없어.'

가슴을 쓸어내리고 서둘러 다락방으로 돌아갔다. 천천히 점심을 먹는 주인님과 달리 난 점심시간이 남기에 그동안 빨래를 한다. 이왕이면 오늘은 머리도 감아 버리고 싶었다. 대야에 통, 갈아입을 제복과 수건, 비누, 빨래판과 린샴 병을 넣고 계단을 내려와 우물로 향했다. 방이 제일 위층이다 보니 왕복이 힘들었다.

우물 앞에서 먼저 통에 물을 길어 린샴을 넣고 머리를 감기로 했다. 상의를 벗고 대야 위에서 린샴을 섞은 물을 머리에 부었다. 대야에 흘러내린 린샤 물을 다시 통에 넣어 또다시 머리에 부었다. 이렇게 완전히 머리를 적시고 수건으로 꼼꼼하게 닦았다. 이것이 내가 머리 감는 방법이다. 마인과 달리 머리도 짧고 도와줄 사람도 없어서 이렇게 씻게 되었다.

그 다음 머리를 닦은 수건과 함께 빨래를 했다. 길베르타 상회의 수습 제복과 수건까지 빨래가 전부 끝나면 방으로 돌아가 쳐 놓은 끈에 걸어서 말린다. 이렇게 두면 다음에 올 때까지는 완전히 마른다.

머리를 정성 들여 빗자 깔끔하고 머리카락이 부드러워졌다. 앞머리를 살짝 잡아당겨 윤기가 돌아온 것을 보고 만족했다. 그리고 아침에 입었던 제복으로 다시 갈아입고 상점으로 돌아왔다.

"머리를 감았군요. 지적하기 전에 스스로 하다니 발전했네요. 몸을 단정히 하는 습관이 중요하지요."

마르크 씨가 칭찬해 주었다. 이렇게 내가 한 일을 인정받으면 또 힘내자는 의욕이 생겼다. 나는 마르크 씨의 이런 배려를 본받고 싶었다. 어렵겠지만.

오후부터는 마을 상인들이 조금씩 출입하는 반면 방문객은 확 준다. 매일은 아니지만, 주인님이나 마르크 씨가 귀족 마을로 외출하는 날도 있었다.

다섯 점 종이 울리면 우리 신입 다루아들은 교육 담당 다프라에게 상점을 출입하는 업자에 대한 교육을 받거나, 상업 길드로 심부름을 가는 등 업무 내용을 배우는 시간이다. 비교적 여유가 있어 질문하기 편한 시간이었다.

"오늘은 주문서 작성법을 가르치겠다. 이것은 상점마다 조금씩 다른데 친가 쪽 방식이 아닌 길베르타 상회의 작성법을 외우도록."

"또 외워야 하나요? 세세하게 달라서 성가셔요."

신입 다루아는 친가에서 배운 방식이 아닌 길베르타 상회의 업무 방식을 배워야 한다. 전혀 아는 게 없던 나도 외우기가 힘든데 지금까지 방식을 바꾸는 아이들도 힘들어 보였다.

"루츠는 주문서 작성법을 이미 알고 있어? 그것도 길베르타 상회 방식을 쓰는구나. 응, 문제없군. 그럼 이 매상을 계산해 보렴."

"네."

'역시 마인은 대단해.'

마인에게 배워 글 읽는 법이나 계산 공부를 하고 돈 세는 방법이나 주문서 작성법도 기억했던 터라 상인의 상식이 없는 나라도 어떻게든 업무가 가능했다. 마인이 없었다면 이미 교육 담당 다프라의 눈 밖에 났겠지.

나는 탁탁 소리 내며 계산기를 움직여 계산해 갔다. 아직은 느리지만, 좀 더 익숙해지면 다른 수습생들을 따라잡을 수 있을 것 같았다. 이것도 다 마인과 연습한 덕분이다.

"루츠, 주인님이 부르십니다. 안방으로 와 주세요."

마르크가 나를 안방으로 오도록 불렀다. 내가 대답하고 자리에서 일어나자 주위에서 선망의 시선들이 쏟아졌다.

"또 루츠야……."

"주인님이 마인 담당이라니까 또 마인 일이겠지."

등 뒤에서 다른 다루아들의 대화를 들으며 나는 안방으로 향했다. 어떤 말이든 사실이었다. 나는 마인과 소꿉친구이고 마인 담당이니까 이렇게 상인 수습생이 되었다. 그러니 마인 담당으로서의 업무를 제

대로 해낼 생각이다.

'마인 담당은 나밖에 못 하니까.'

"아아, 루츠. 마인 말인데……."

안방에 들어가자 목패와 종이를 확인하던 주인님이 그렇게 말하며 고개를 들었다.

"마인이 신전에 들어간 일로 네 주위 사람들은 어때?"

"아마 마인 가족과 저 이외에는 무녀로 신전에 들어가는 사실을 모를 거예요. 분명 지금까지처럼 집에서 일하거나 상점에 다닌다고 생각할 겁니다. 소문이 나도 좋을 게 없으니까 가족들도 굳이 주변에 퍼트리지 않을 거…… 라고 생각합니다.

신전에는 고아만 들어간다. 그것도 부모에게 버림받거나 맡아 줄 친척이 없는 사정이 있는 세례 전 아이들만. 세례식을 마치고 더부살이 수습생으로 직장에 들어가게 되면 그곳 주인이 돌봐 준다. 생활은 힘들어지지만, 부모가 죽더라도 길거리를 헤매는 일은 없다.

고아원에서 자란 아이는 귀족의 시종으로 혹사당한다거나 두 번 다시 신전에서 나올 수 없다는 등 여러 소문이 많았다. 변변한 직업도 못 구하고 세례식이나 성인식 같은 의식도 받지 못한다고 소문난 고아들은 마을 주민으로 인정받지 못했다. 있으나마나 한 존재로 취급받았다. 그런 곳에 자식을 넣었다고 알려지면 다들 마인 가족을 손가락질하겠지.

"마인은 청색 무녀로 들어가겠지만, 그걸 이해하지 못하는 사람도 많을 거고, 만약 성가신 귀족과 이어지면 어떤 영향이 나올지 우리로서는 전혀 예상할 수가 없다. 되도록 쓸데없는 말은 삼가도록. 최근 마인 주변을 조사하는 녀석도 있는 모양이니까 최대한 신경 써 줘."

오늘 주인님이 상업 길드에 갔을 때 마인에 관한 정보를 수집하는 남자가 있다고 프리다에게 들었다고 했다.

"그 아가씨는 새로운 경쟁자일 거라고 했지만, 신전에 들어가게 됐으니 귀족 측에서 정보를 모은다고 봐도 이상하지 않지. 루츠, 네 이름은 마인과 계약 마술을 맺었으니 마음만 먹으면 조사당할 수 있다. 너도 네 주변을 조심해."

나도 조금이라도 마인을 숨기려는 주인님의 뜻에 따를 생각이었다. 귀족과 관계된 적이 없는 나는 솔직히 귀족이 얼마나 무서운지, 어떤 식으로 성가신 존재인지 잘 몰랐다. 하지만 다들 경계하는 모습을 보니 경계해야만 하는 상대임은 틀림없는 듯했다.

"그런데 마인은 슬슬 부활할 듯싶으냐?"

"아마도. 열이 난지 벌써 3일째니까 슬슬 괜찮아졌을 겁니다."

"묻고 싶은 게 있으니까 또 데려와."

"네."

나는 대답하고 안방을 나왔다. 그러자 이미 상점 정리가 대부분 끝나 있었다.

"루츠도 뒷방에 놓은 짐을 정리하세요. 곧 종이 울립니다."

마르크 씨의 지시에 벌써 그런 시간인가 생각하는 사이 댕댕 하고 여섯 점 종이 울리기 시작했다. 여섯 점 종이 울리면 공방과 상점도 영업을 마친다.

"수고하셨습니다. 내일 뵙겠습니다."

다루아들이 일제히 귀가하기 시작했다. 마지막에 상점을 닫는 역할은 주인님 댁에서 사는 마르크 씨와 레온 같은 다프라들의 업무다. 상점문을 닫으려면 나도 빨리 돌아가야 했다. 허둥지둥 짐을 안고 상점을 빠져나왔다.

그리고 다락방에 올라가 집에 돌아갈 준비를 시작했다. 제복을 벗어 대야에 던져 넣고 평상복으로 갈아입었다. 그리고 물병 속을 보고 물이 남았는지 확인했다. 다음에 얼굴을 씻을 물을 채워 넣지 않으면 시간이 부족한 아침에 물을 채울 여유가 없기 때문이다.

'오늘은 아직 괜찮겠어.'

다락방 문을 잠그고 계단을 뛰어 내려와 집을 향해 걸음을 내디뎠다. 여섯 점 종에 모두가 일제히 귀가하므로 조금씩 어두컴컴해지기 시작한 큰길에도 사람이 많았다. 바람이 조금 쌀쌀해졌지만, 소용없을 정도로 북적이는 사람들 사이로 훈기가 느껴졌다.

숲에서 돌아올 때는 이렇게 사람이 많지 않았다.

지금은 내게 여섯 점 종이 귀가하는 파도에 시달리며 걷는 시간이 되었지만, 숲에서 채집하던 무렵에는 폐문을 알리는 종소리였다. 어떻게든 마을 안으로 들어오려는 행인과 그들을 밀어내며 문을 닫으려는 문지기들의 다툼을 보았다. 아이들끼리는 좁은 골목길을 빠져나와 돌아가는 일이 많아서 이렇게 많은 인파에 휩쓸린 적이 거의 없었다.

"아아, 어서 오렴, 루츠."

집에 돌아오니 엄마가 저녁을 준비하고 있었고 형들도 이미 돌아와 있었다.

"자자, 지친 건 모두가 똑같으니까 엄마 좀 도와줘!"

엄마의 꾸중을 들으며 식사 준비를 돕고 저녁을 먹는 일이 일상이었다.

마인이 가르쳐 준 조리법으로 조금은 메뉴가 많아지긴 했다. 하지만 파루 찌꺼기처럼 저녁 재료가 필요하다거나 귀찮은 손질이 많은 조리법이라 평소 식사에는 그다지 올라오지 않았다. 대체로 빵과 수프와 햄, 소시지가 전부다.

"아~! 랄프! 그거 내 거야!"

"느려빠진 네 잘못이지!"

랄프에게 햄 하나를 빼앗긴 나는 눈을 부라리며 접시를 높이 들어 올렸는데, 이번에는 위에서 자샤가 소시지를 노렸다.

"루츠는 상인 수습이니까 크게 몸을 안 쓰잖아. 목수를 하는 나보다 덜 고플 거 아냐."

"이 녀석, 자샤! 앉아서 먹어야지!"

엄마의 고함 덕분에 소시지를 사수했지만, 형들의 움직이는 시선으로 보아 아직 소시지를 노리고 있다는 걸 알았다. 엄마가 눈을 부라리는 이때 먹지 않으면 또 빼앗길 것 같아 나는 목구멍에 쑤셔 넣듯이 소시지를 먹고 마지막으로 수프에 적신 빵을 집었다.

'젠장! 언젠가 반드시 복수할 테다!'

저축 금액으로 보면 사 먹어도 될 정도로 금전적인 여유가 있지만, 그래도 밥을 뺏기면 화가 났다.

형들과 다투며 식사를 끝내면 이젠 취침 준비다. 아침에 일어나려면 빨리 자야 했다. 하지만 어차피 해가 떨어지면 어두워서 아무것도 할 수 없었다. 양초를 절약하기 위해서도 후다닥 자는 편이 제일이었다.

댕댕 하고 취침을 재촉하는 일곱 점 종소리가 들렸다.

'내일은 건강해졌을 테니까 마인을 보러 가야겠다.'

길드장의 고민거리

"의제는 이상인가? 그럼 대회의실에서 새롭게 판매 예정인 과자 시식회를 개최하고 있으니 시간이 있으면 들러들 주시게. 데려온 시종들 몫도 준비해 뒀다고 하네. 벤노, 자네가 온다는 말에 프리다가 상당히 의욕에 넘치더군. 감상을 들려주겠지?"

내 말에 벤노가 벌레 씹은 얼굴로 일어섰다. 한눈에 불쾌해도 갈 수밖에 없다는 표정이란 것을 알아차리고 승리감에 몸을 떨었다. 나를 쏘아보는 벤노의 시선에 짜릿함을 느끼며 코웃음을 치면서 회의실을 나섰다.

큰 상점의 점주들이 흥미진진해 하며 발걸음을 옮기는 대회의실과는 반대 방향을 향해 계단을 올라 길드장실의 의자에 앉았다.

'자, 어찌 되려나?'

시식회는 마인이 제안하여 손녀인 프리다가 도전하는 새로운 시도였다. 이 시도는 앞으로 판매할 카트르 카르라는 과자를 오트마르 상회의 상품이라 선전하고 더욱 손님이 원하는 맛을 찾는 것이 목적이었다.

이곳에서는 들릴 리 없는 아래층 소음에 귀를 기울였다.

"구스타프 님도 아래층이 신경 쓰이시죠?"

오래전부터 나의 오른팔로 불리며 시중을 들고 있는 코시모가 차가 든 컵을 놓으며 미소를 머금은 얼굴로 말했다. 분명 프리다가 시식회에 대해 상의할 때 "할아버님은 오시면 안 돼요. 영향력 있는 할아버님이 오시면 제 노력이 물거품이 되니까요."라고 한 말을 떠올린 게 분명했다.

모처럼 손녀가 분투하는 모습을 보고 싶었는데 얌전히 빠져 있어야겠지. 조금 재미는 없지만, 프리다의 말대로 상업 길드의 길드장인 내가 모습을 드러내면 '오트마르 상회의 시식회'라는 인상이 약해져 버리는 셈이다.

"정말 프리다 님이 꽤 건강해지셨군요. 이것도 다 마인 덕분일까요?"

코시모의 기뻐하는 목소리에 시식회 개최 준비로 분투하는 프리다의 모습을 떠올리고 나도 미소를 지었다.

신식이라는 병 때문에 자주 일어나는 발열로 언제 어디에서 쓰러질지 몰랐던 프리다는 귀족과 계약이 정해지기 전까지는 집안에서만 자랐다. 귀족과 계약한 후에는 성인식 이후 귀족 마을에서 지낼 수 있게 줄곧 저택 안에서 교육을 받았다. 그런 프리다를 더부살이 시종들이 매우 애지중지했다.

프리다는 세례식이 있기 얼마 전에 자신과 똑같이 신식을 앓는 마인을 만났다. 그리고 자신의 꿈을 향해 돌진하는 마인의 모습에 감동했는지 상당히 활동적으로 변했다. 이 시식회도 마인의 의견을 받아들이면서 프리다가 주도하여 개최한 행사였다. 물론 가족의 협력이 필요했지만, 그 나이로는 생각할 수 없을 정도로 예리하고 주위 사람을 잘 다루는 모습을 보여주었다.

"시식회 상황이 신경 쓰이기는 하나 결과가 나쁘지는 않을 것이네. 보고를 기다릴 수밖에."

"구스타프 님이 그렇게 말씀하신다면 성공하겠지요. 장사에 있어서 구스타프 님의 감이 빗나갈 리가 없습니다. 에렌페스트에 변화가 오고 있다고 말씀하신 대로 되고 있으니까요."

코시모가 훗 하고 미소를 지었다. 그의 말대로 장사에 관해서 내 감이 빗나가는 일은 드물었다.

"그래서 더욱 마인을 우리 쪽으로 끌어들이지 못해 가슴 아프네. 머리 장식, 린샴, 카트르 카르, 룸토프, 식물지……. 마인이 만들어 내고 제안한 상품이 에렌페스트를 완전히 변화시키고 있어."

이제 막 세례식을 마친 마인, 프리다, 루츠라는 어린아이들이 하는 일들을 젊은 세대인 벤노가 이끌어 감으로써 에렌페스트의 상업이 크게 바뀌려 하고 있었다.

코시모가 천천히 끄덕이며 나를 보았다.

"아직 마인의 영향은 평민 마을에서뿐입니다. 하지만 구스타프 님은 마인을 일컬어 조그맣지만, 상업의 싹인 소중한 존재라고 말씀하셨지요. 그렇다면 변화를 꺼리는 귀족에게 짓눌리지 않게 잘 처신하여 변화를 받아들이는 그릇이 큰 귀족에게 팔 수 있도록 잘 협상해서 키워야겠습니다."

그런 건 말하지 않아도 알고 있다. 그것이 상업 길드와 상업 길드의 설립에도 관련한 긴 역사와 전통을 자랑하는 오트마르 상회의 역할이다.

오트마르 상회의 역사는 길다. 지금의 에렌페스트가 생기기 이전부터 줄곧 에렌페스트에 자리했다. 선대 영주 세대에서도 영주의 어용상인으로 귀족에게 식료품을 판매해 왔다.

의복이나 도구를 만드는 장인은 새로이 부임한 영주가 전속으로 데려왔다. 귀족들은 자기 취향의 물건을 만드는 장인을 직접 데려오는 것이 당연했다. 하지만 식료품만은 그렇지 못했다. 전속 요리사는 데려올 수 있어도 식재료는 이 땅에서 조달해야 했기 때문이다.

오트마르 상회는 주변 농촌에서 품질이 좋은 귀족용 식재료를 구입하여 전 영주나 귀족들에게 팔아 왔다. 농촌과의 거래, 이 땅에서만 나는 제철 채소를 구분하는 방법이나 품질 보증 등은 타지에서 온 사람에게는 불가능한 일이었다. 그렇기에 영주가 바뀌어도 상업을 계속할 수 있었다.

동시에 지금까지의 귀족과 새롭게 들어온 귀족의 중재역을 전속으로 맡게 되었다. 에렌페스트를 전체적으로 관리할 상업 조직이 필요하여 귀족의 창구나 큰 상점끼리의 이익 분쟁을 중재하는 역할로 상업 길드가 세워진 것이다.

"구스타프 님, 다미안 님이 오셨습니다."

시식회 상황을 보고하러 온 모양이다. 들어온 다미안에게 보고를 재촉했다.

다미안은 내 손자로 프리다의 오빠다. 아직 성인이 아니나 이미 몇몇 상점에서 다루아로서 경험을 쌓고 있었다. 지금 상점과의 계약이 끝나면 다음엔 길베르타 상회에 다루아로 들여보낼까 생각하던 참이다.

"카트르 카르의 평판이 좋습니다. 다들 진지하게 하나씩 맛을 보면서 비교하고 있어요."

"호오……. 벤노의 반응은 어떻지?"

다미안이 쓴웃음을 지으며 어깨를 으쓱했다.

"회장에 들어오자마자 마인을 잡아 길베르타 상회의 수습 제복으로 갈아입혔습니다."

"마인과 오트마르 상회가 관계가 깊다는 인상을 심을 계획이었는데 실패로군."

일제가 말한 '마인이 꿈나라에서 깨우친 아이디어'는 단 한 곳만 독점해서는 안 되었다. 마을 전체를 위해 써야 하는 능력이다. 신흥 상점인 길베르타 상회만으로는 떠맡을 수 없는 것들이다. 오트마르 상회와도 관계가 있다는 점을 어필하고 모든 이익을 길베르타 상회가 독점하지 않는다는 인상을 심을 계획이었으나 생각대로 이루어지지 않은 모양이다.

"벤노는 또 자기 상점을 궁지에 몰려는 셈인가?"

머리 장식과 린샴은 그렇다 치고 종이인 식물지는 양피지 협회를 종이 협회라 이름을 바꾸어 맡겨 버리면 되었다. 하지만 벤노는 식물지마저 독점해 버렸다. 의류와는 전혀 관계도 없는 분야까지 손을 뻗어서 어찌할 셈인가.

다미안에게 시식회 회장으로 돌아가도록 말한 후, 나는 천천히 숨을 뱉었다.

"길베르타 상회처럼 단독으로 막대한 이익을 독점하려는 짓은 혼란의 근원이다. 자기 상점을 지키려고 기를 쓰는 벤노의 생각을 이해하지 못하는 것은 아니나 이제 슬슬 시야를 넓게 봤으면 하는군. 아직 혈기왕성한 풋내기라 모르겠지만."

에렌페스트 전체에 이익을 낳게 하려는 상업 길드와 자기 상점의 성과만을 키우려는 길베르타 상회는 사고방식이 맞물리지 않아 충돌할 수밖에 없었다. 요 최근에는 독점적 이익에 폭주하는 벤노 덕분에 매일같이 머리가 지끈거렸다.

"생각이 맞지 않는 점은 상업적인 부분만이 아니지요. 구스타프 님에게도 책임이 있으십니다."

코시모가 보란 듯이 한숨을 내쉬며 고개를 저었다.

"그건 내 나름의 성의였다."

"그 마음이 전달되지 않으면 전혀 의미가 없지요. 저쪽이 완고하게 나오면 어쩔 방도가 없습니다."

길베르타 상회는 요 10년 사이에 세력을 키워 왔다. 아직 100년도 되지 않은 신흥 상점이었다. 귀족의 의상을 만들던 재봉사가 길베르타라는 이름을 하사받았다. 그런 그녀를 아내로 맞이한 남자가 양장점을 차린 것이 길베르타 상회의 시작점이었다.

길베르타 상회가 순조롭게 성과를 쌓아 큰 상점으로 불릴 정도로 확대하게 된 것은 벤노의 아비인 선대 때였다. 하지만 그대로 순탄하게 성장하리라 생각하던 참에 선대가 마을 밖에서 세상을 떠났다.

막 성인이 된 코흘리개가 큰 상점의 경영을 유지할 수 있을 턱이 없었다. 이대로라면 길베르타 상회는 망할 게 뻔했다. 모처럼 키운 상점이 망하게 두긴 아까웠다. 그리고 그 역할을 대신할 상점이 없어지면 귀족의 대응이 상당히 어려워진다.

나도 첫째 부인이 세상을 떠났지만, 그 무렵 오트마르 상회의 존속을 고려하고 가정을 다시 일으키기 위해 곧장 재혼하였다. 두 번째 부인도 먼저 세상을 떠났으나 이미 아들들도 어엿이 성장하였고 나 역시 가장 큰아들에게 가게를 넘길 생각을 할 만큼 나이를 먹어 그 후로 부인을 받아들이지 않았다.

나는 적절한 시기라고 생각하고 길베르타 상회를 원조한다는 구실로 선대의 부인, 벤노의 어미에게 재혼을 제의했다. 꾸물대다가는 그 사이에 종업원이 줄고, 경험도 없는 풋내기가 돌이킬 수 없는 실수를 저질러 경영이 기울어 버릴 수 있었다. 앞날을 생각해 보면 죽은 자보다 상점을 지키는 일이 훨씬 중요했다.

나는 이 재혼을 제의했을 때 막 성인이 된 아들뿐만 아니라 그 아래로 자식이 여럿 있는 부인이 기뻐해 주리라고 생각했다.

하지만 그렇지 않았다. 길베르타 상회에서는 '웃기지 마!' 라는 대답이 돌아왔다. 어째서 이런 대답이 돌아왔을까 의아해하는 내게 주위 사람들 모두가 한숨을 내쉬었다.

"모름지기 남자와 여자는 사고방식이 다릅니다. 남편을 잃고 바로 재혼하려는 사람은 없어요. 지금 당장이 아니라 조금 슬픔이 가라앉고 자식들을 키우는 생활이 힘들어져서 현실이 보일 때쯤에 도움의 손길을 뻗었으면 망설임 없이 제의를 받아들였을 텐데요."

그렇게 아들과 며느리에게 충고를 듣고서야 납득했다. 확실히 모든 일에 남자와 여자는 생각하는 방법이 달랐다.

"만약 남은 사람이 여자가 아니었더라면 결과도 조금은 달랐을 것을……."

나의 예상대로 길베르타 상회는 계약 갱신을 주저한 다루아들이 계속해서 빠져나갔고, 거래처가 줄어 막 성인이 된 벤노는 궁지에 몰렸다. 선대 때부터 들어와 훌륭한 장사 솜씨를 지닌 다프라 마르크가 벤노를 열심히 도왔지만, 그래도 기울어지는 상황을 막지는 못했다.

이 모든 상황을 알아도 이익의 조절 역할을 맡은 상업 길드장이 아무런 구실도 없이 길베르타 상회를 후원할 수는 없었다. 장사에 꽤 소질이 있는 젊은이가 쓰러지기엔 아깝다고 생각하던 참이었다. 벤노의 애인이 병으로 쓰러져 그대로 눈을 감았다.

점주로서 버텨 온 자라면 이 이상 상점이 기울기 전에 손을 써야 한다고 뼈저리게 느낄 게 분명했다. 그래서 나는 벤노에게 딸과의 결혼을 제의했다.

결과는 또다시 '웃기지 마!'였다.

벤노는 남자인데 어째서 이런 대답이 돌아왔을까?

"그 둘은 상업상의 인맥을 중시한 약혼자가 아니라 어릴 때부터 서로 사랑해 온 애인이었을 겁니다. 애인을 떠나보낸 직후에 결혼 제의를 받으면 당연히 기분이 나쁘겠지요."

그 후에는 정공법으로 벤노의 여동생에게 아들과의 혼담을 제의했지만, 한쪽은 도망치듯 마을 밖으로 시집을 가고 다른 한 명은 행상인과 결혼했다. 그리고 벤노는 모든 일에 반항적인 태도를 보이게 되었으니 참으로 곤란한 일이 아닐 수 없었다.

"상당히 험악한 분위기이긴 했으나 신식 정보를 팔고 마인에게 마술 도구를 융통한 덕분에 조금은 벤노와의 관계가 완화되었으니 그나마 다행이군……."

"그건 구스타프 님이 희망하시는 일방적 관측 아닙니까? 벤노 님은 마인을 사이에 두고 더욱 경계심이 깊어진 거로 보입니다만……."

코시모의 말에 나는 눈살을 찌푸렸다.

"어째서지? 프리다를 위해 필사적으로 모은 마술 도구를 양보했는데 조금은 은혜를 느껴야 하지 않나?"

"목숨을 구한 마인은 은혜를 느낄지 모르겠으나 금액을 속여 마인을 끌어들이려 하셨으니 벤노 님의 경계가 더 심해졌을 거라 봅니다."

"벤노뿐만이 아니라 마인도 계속해서 특이한 신상품을 가져와 소동을 일으키고 있어. 그 두 사람이 한패가 되면 어마어마한 일이 벌어질 걸세. 그러니 가능한 한 떨어뜨려 놓아야 하네."

"길베르타 상회와 마인이 관련된 일은 한 번도 구스타프 님의 의도대로 일이 진행된 적이 없으니 이번에도 마찬가지겠지요."

코시모가 가볍게 숨을 내뱉으며 말하고 있는데, 문도 창문도 모두 닫힌 방에 하얀 새가 쓱 들어왔다. 몇 년에 한 번 일어날까말까 한 사태에 눈을 크게 뜨자 새하얀 새가 편지로 변해 손 앞에 떨어졌다. 귀족이 보낸 긴급 의뢰였다.

평소에는 귀족 저택에서 시종으로 일하는 평민이 면회일이 적힌 종이를 들고 오는데, 한시가 바쁠 만큼 긴급한 상황에는 이와 같은 마술 도구로 의뢰가 도착했다. 영주 회의의 전후에 오는 경우는 있어도 여름이 된 지금 계절에 있을 만한 긴급한 용무가 떠오르지 않았다.

"대체 뭐지?"

편지를 열어 읽었다. 그것은 신전에서 보낸 마인에 관한 신상 조사 의뢰서였다. 신전에 무녀로 들어오게 되는 마인에 대해 가진 재산이나 공방 운영 상황을 포함하여 숨김없이 진술하라는 내용이었다.

"마인이 신전에 들어간다고?"

마인이 공방장으로 등록했던 게 엊그제였다. 자택에서 업무를 맡으면서 벤노의 비호 아래 신상품 개발에 힘쓴다고 들었다. 신전 무녀로 들어간다는 정보는 일절 없었다. 일제가 싫어도 귀족과 이어지게 생겼다고 마인에게 들었다 했는데, 그 말이 신전으로 들어가게 되었다는 뜻이었다니.

마술 도구가 없고, 귀족과 계약할 생각이 없던 마인의 남은 목숨은 반년에서 1년이다. 아무리 벤노가 에워싸도 그리 많은 상품은 만들어내기 어렵겠다고 우습게 봤었다.

하지만 신전에 들어간다면 이야기가 달라진다. 신전에는 마술 도구인 신구가 존재하고 귀족 자제인 청색 신관이나 청색 무녀가 있으니 마인은 스스로 명줄을 늘려 귀족과 계약할 수 있게 되는 셈이다.

'심한 대우를 받게 되겠지만.'

신전의 고아원은 보호자가 없는 평민 고아가 가는 곳이라는 인식이 있다. 귀족의 아이는 청색 복장, 고아는 회색 복장을 입고 현저히 다른 대우를 받는다는 사실은 의식 때 몇 번 신전에 출입해 본 사람이면 누구나 안다. 특히 신전에 상품을 납품하러 가면 그 실태가 드러나 보였다. 회색은 청색에게 절대적으로 복종하는 노예처럼 대우받는다고 말이다.

프리다가 그런 취급을 받게 놔둘 수 없었던 나는 온후하고 성실한 귀족을 찾아 계약을 맺었다. 하지만 마인은 살아남기 위해서 굉장히 힘든 경험을 하게 될 터였다.

벤노는 알고 있을까.

평민이 어중간하게 귀족과 관계를 맺었다가는 오히려 자기 목을 죄게 된다는 것을.

"공방장 등록도 그렇고, 새로 맺은 계약 마술도 전부 마인을 위해서…… 였나?"

계속해서 마인을 보호하면 신흥 길베르타 상회 입장에서는 새로운 귀족과의 연줄을 얻어 상업상 좋은 기회를 잡을 수 있긴 하겠으나, 상당한 위험이 따르는 큰 도박이다.

"젊다고 무모하게 구는 것도 정도가 있지, 벤노."

그리고 길베르타 상회가 큰 실패를 했을 때는 상업 길드도 어떤 형태로든 손해를 입게 되겠지.

"큭. 머리가 지끈거리는군."

신전에 들어가기로 한 이상 마인을 오트마르 상회에 끌어들이는 계획은 포기하는 편이 좋다. 앞으로 성인이 된 후에 귀족 마을에 들어갈 프리다에게 어떤 영향을 미칠지 몰랐다. 프리다가 계약한 헨릭 님은 성품만 보고 고른 계약 상대로, 하급 귀족이라 귀족 마을에 큰 영향력은 없는 인물이다.

적어도 마인이 어느 귀족과 계약할지 분명해지기 전까지 가까이하지 않는 편이 좋을 듯하다.

"친구가 생겼다고 좋아한 프리다에겐 미안하지만, 프리다의 안전이 최우선이니."

나는 한숨을 내쉬며 마인에 관한 답장을 써 내려갔다. 조금이라도 가치를 높게 보이도록 하여 느슨한 대응을 받도록 하는 방법이 유리할 듯했다. 실제로 마인에게는 새로운 상품에 관련된 지식이 넘치니 돈을 벌려고 마음먹으면 얼마든지 떼돈을 벌 수 있었다.

이 정도로 귀족의 대응이 바뀌진 않겠지만, 중앙에서 일어난 정변으로 마력도 돈도 부족한 지금 상황이라면 조금은 먹히겠지.

"벤노를 한 번 불러내서 사정을 들어야겠군."

"면회 의뢰를 보내 둘까요? 구스타프 님?"

"부탁하네."

코시모가 길베르타 상회에 보낼 면회 의뢰 목패를 작성하기 시작했다. 그때 성난 표정을 하고 프리다가 방에 불쑥 들어왔다.

"큰일이에요, 할아버님! 벤노 씨가 이번엔 요리사를 육성하겠대요! 요리 쪽에도 마인의 지식을 활용할 계획이라니까요! 마인이 요리는 전부 일제에게 맡기고 싶다고 하는데도요!"

본업인 머리 장식과 미용 관련 사업이라 치면 허용 범위 내에 들어가는 린샴, 완전히 본업에서 벗어난 식물지도 모자라 이번엔 요리까지 끼어든다고!?

“계속해서 일을 크게 만들다니……. 쓸데없는 짓을. 망하고 싶은 겐가?”

무심코 노성을 지르며 벌떡 일어난 내게 코시모가 말했다.

“침착하세요. 구스타프 님. 구스타프 님의 능력을 기대하고 있습니다. 하다못해 프리다 님이 성인이 될 때까지 힘내 주시지 않으면…….”

지금까지처럼 자신의 이익만을 위해 돌진하는 벤노와 신전에 들어가 어중간하게 귀족과 계약을 맺을 마인이 손을 잡았다. 독주하는 길베르타 상회와 대규모 상점들과의 조정이 전부 내 업무로 쏟아져 들어온다.

벤노 녀석! 조금은 늙은이의 노고에 감사하라고.

후기

오랜만입니다. 카즈키 미야입니다.

이번 「책벌레의 하극상~사서가 되기 위해서라면 뭐든지 할 수 있어~제1부 병사의 딸Ⅲ」을 구입해 주셔서 감사합니다.

자, 이 3권으로 제1부가 끝났습니다.

프리다와 길드장의 도움으로 목숨은 건졌지만, 기한이 있습니다. 마인은 가족과 살기를 선택하고 될 수 있는 대로 책을 만들어 가기로 합니다. 루츠도 엄마에게 상인 수습생이 되겠다고 주장하여 본심을 보였습니다.

그런 마인이 세례식이 이루어진 신전에서 발견한 것은 바로 원하고 원하던 도서실. 마인이 발견한 신전 도서실은 체인드 라이브러리라고 하는 책이 쇠사슬로 연결된 도서실입니다. 더욱 중요한 책은 책궤에 넣어놓고 세 명의 책임자가 열쇠를 따로 관리하는데, 열쇠 세 개를 전부 모으지 않으면 책궤를 열 수 없게 되어 있다고 합니다.

목숨이 다하는 날까지는 책을 읽으며 지내고 싶다. 그런 자신의 소원대로 독주하는 마인은 고액의 기부를 하고 신전장을 위압하면서까지 자신의 요구를 끝까지 주장한 끝에 신전에 청색 무녀로 들어가게 되었습니다.

파란 의상을 걸친 무녀 수습생이 된 마인의 활약은 「제2부 신전의 무녀 수습생 I 」에 이어집니다. 제2부도 기대해 주세요.

그리고 이미 이 책을 들어 보신 분은 잘 아시겠지만, 이 3권은 상당히 두껍습니다. 그 이유는 '그로부터 신전에 들어가기까지'라는 마인 외 인물들의 시점으로 엮은 단편집을 억지로 넣었기 때문입니다. 제2부 내용에도 크게 관계되기 때문에 뺄 수도 없고, 번외편만 모아 따로 4권을 낼 수도 없었던지라 분발했답니다.

이 페이지수로 3권을 내려고 관계자분들이 굉장히 힘써 주셨다고 들었습니다. TO북스 여러분, 정말 감사합니다.

그리고 이번 표지는 지금까지와 다르게 제 요구에 따른 이미지입니다. 제1부 완결 기념으로 가족들이 한자리에 모인 일러스트를 그려 주신 시이나 유우님, 감사합니다.

마지막으로 이 책을 펼쳐 주신 여러분들에게 최상급의 감사를 바치겠습니다.

이어서 제2부는 가을에 발매될 예정입니다. 그때 다시 뵙겠습니다.

2015년 5월 카즈키 미야

역자후기

안녕하세요. 역자 김 봄입니다.

벌써 책벌레도 3권에 접어들었습니다.

이번 편에서는 확실히 마인이 예전과 많이 달라진 모습을 보여주었습니다. 머릿속에 책밖에 없었던 마인에게 가족이 가장 큰 존재로 차지하게 되었다는 점을 보여주는 편이었지요. 예전의 우라노였다면 두말없이 책을 선택하고 가족을 떠났을 것입니다. 하지만 지나칠 정도로 허약하고 이상한 기운(!?)까지 풍기는 자신을 버리지 않고 가족들이 사랑으로 키워주었다는 점을 깨닫게 됩니다. 이번 표지도 카즈키 미야 작가님의 요청으로 마인 가족이 그려졌으니 상당히 이번 편에서 중요한 요소였다고 봅니다.

'가족회의' 에피소드에서 침착해 보이던 아빠가 가족들 몰래 술을 마시며 눈물을 훔치는 장면이나 극형에 처해질 수 있는 상황에서도 딸을 지켜내겠다는 일념으로 신관들을 막아내는 모습에 가슴이 찡해집니다. 마인은 꿈에 그리던 도서실을 발견하고서도 가족과 함께 살며 도서실을 출입할 방법을 모색합니다. 책을 향한 마인의 야망에 한 걸음 다가간 듯하지만, 다음 2부에서 신전의 무녀 수습생으로 또 어떤 시련이 마인을 기다리고 있을지 참으로 기대가 됩니다.

그리고 이번 편 개그 코드는 바로 예배 의식이었습니다. 예배 포즈로 나온 '구리코'는 일본 오사카에 가 보신 분들이라면 아시겠지만,

오사카에서 반드시 사진을 찍어야 한다는 대표적인 촬영 명소입니다. 삽화 일러스트에도 그려져 있고, 한 번 검색해서 보신 후 읽으시면 더 느낌이 와 닿을 거라 생각합니다. 여담입니다만, 실제로 원래 구리코가 일본의 실제 제약사명이기에 원서에서는 의도치 않는 홍보를 막기 위해 '구○코'로 기재되었지만, 번역본에서는 그대로 표현했습니다.

사실 이번 3권에서 놀란 점은 무려 470이나 되는 페이지수였습니다. 게다가 번외만 100페이지나 됩니다. 이 번외는 마인 시점이 아닌 다른 등장인물들의 시점으로 일상이 전개되어 상당히 재미있습니다. 특히 마르크 편에서 막무가내인 벤노 밑에서 일하는 마르크의 고생이 눈에 보이는 듯합니다. 친절하고 정중한 말투 속에 숨겨진 비아냥거림을 보아 마르크도 사실은 한 성격하는 것 아닐까 생각해봅니다.

이로서 1부가 모두 끝났습니다. 2부는 신전의 청색 무녀 수습생으로 들어가게 된 마인 이야기가 펼쳐집니다. 과연 작가님께서 마인이 쉽게 도서실에서 책을 읽게 해 주실까요? 또 어떤 성장통을 겪으며 자신의 주변 사람들을 휘두를지 마인의 행동이 기대됩니다.

그럼, 다음 2부에서 다시 만나길 바라며 짧은 역자 후기를 마치겠습니다.

역자 김 봄

책벌레의 하극상 [1부] 병사의 딸 Ⅲ

초판 1쇄 발행 2017년 1월 31일
초판 4쇄 발행 2021년 12월 10일

저자 카즈키 미야

발행인 원종우
발행처 (주)이미지프레임

주소 (13814) 경기도 과천시 뒷골로 26, 2층
영업부 02-3667-2653 **편집부** 02-3667-2654 **팩스** 02-3667-2655
메일 edit01@imageframe.kr **웹** vnovel.kr

ISBN 978-89-6052-013-4 02830

Honzukino Gekokujo Shisho ni naru tameni ha Syudan wo Erande Iraremasen Dai Ichi-bu
Heishi no Musume 3
By Miya Kazuki